**WITHDRAWN**

HISTÓRICA

# Memorias de Cleopatra
## III
### El ocaso de una diosa

## Margaret George

**Memorias de Cleopatra**
*El ocaso de una diosa*

Título original: *The Memoirs of Cleopatra*

Primera edición en Penguin Random House: septiembre, 2018

D. R. © 1997, Margaret George

D. R. © 2005, 2018, Penguin Random House Grupo Editorial, S. A. U.
Travessera de Gràcia, 47-49, 08021, Barcelona

D. R. © 2018, derechos de edición mundiales en lengua castellana:
Penguin Random House Grupo Editorial, S. A. de C. V.
Blvd. Miguel de Cervantes Saavedra núm. 301, 1er piso,
colonia Granada, delegación Miguel Hidalgo, C. P. 11520,
Ciudad de México

www.megustaleer.mx

María Antonia Menini, por la traducción

Penguin Random House Grupo Editorial apoya la protección del *copyright*.
El *copyright* estimula la creatividad, defiende la diversidad en el ámbito de las ideas y el conocimiento, promueve la libre expresión y favorece una cultura viva. Gracias por comprar una edición autorizada de este libro y por respetar las leyes del Derecho de Autor y *copyright*. Al hacerlo está respaldando a los autores y permitiendo que PRHGE continúe publicando libros para todos los lectores.

Queda prohibido bajo las sanciones establecidas por las leyes escanear, reproducir total o parcialmente esta obra por cualquier medio o procedimiento así como la distribución de ejemplares mediante alquiler o préstamo público sin previa autorización.
Si necesita fotocopiar o escanear algún fragmento de esta obra diríjase a CemPro
(Centro Mexicano de Protección y Fomento de los Derechos de Autor, https://www.cempro.com.mx).

ISBN: 978-607-317-090-1

Impreso en México – *Printed in Mexico*

El papel utilizado para la impresión de este libro ha sido fabricado a partir de madera procedente de bosques y plantaciones gestionadas con los más altos estándares ambientales, garantizando una explotación de los recursos sostenible con el medio ambiente y beneficiosa para las personas.

Penguin
Random House
Grupo Editorial

# EL SÉPTIMO ROLLO

# 60

En mi extraña vida, interpretaba muchos papeles. Era Isis, la hija de Ra; era una Lágida, perteneciente a la más intrigante de todas las casas reinantes; era la reina de Egipto, era la madre del siguiente faraón, la esposa de un triunviro romano, la viuda de César y la implacable enemiga de Octavio. No comprendía cómo era posible que el destino me hubiera impuesto tantos papeles. Y aún entendía menos que pudiera interpretarlos todos por separado, tal como efectivamente estaba haciendo.

Mis hijos estaban todos a salvo en Alejandría. Cesarión había regresado de Roma, huyendo de cualquier acción malévola que Octavio pudiera haber tramado contra él. Antonio había lanzado su repetidamente aplazada campaña de castigo contra Armenia y había regresado victorioso de la empresa. Había movilizado dieciséis legiones. Por si fuera poco, el rey medo, tras haber cambiado de bando por milésima vez, se había adherido a nuestra causa: había ofrecido en matrimonio su única hija a nuestro hijo Alejandro y lo había nombrado heredero del trono. Incluso había dejado en libertad al rey Polemón del Ponto, hecho prisionero después de la campaña parta, y éste se había unido incondicionalmente a nosotros. Esta vez no se habían producido sorpresas y yo no tenía ninguna preocupación. Antonio había dirigido una campaña cuyo resultado era previsible. Todo el poderío de Oriente estaba dirigido contra Armenia. ¿De qué otra manera hubiera podido finalizar la campaña sino con Artabaces encadenado y convertido en prisionero real?

La única novedad consistía en las cadenas de plata que lo aherrojaban. Eso y el repentino deseo de Antonio de celebrar su victoria en Alejandría. Roma había guardado silencio con respecto a él, a pesar del orgulloso anuncio de su conquista enviado a toda prisa a Roma. No se organizaron festejos ni celebraciones, no se decretaron días de acción de gracias en su honor en la capital.

—Es como si... como si ya no me consideraran romano —dijo.

Por su tono de voz no supe si estaba ofendido o trastornado; puede que un poco de las dos cosas.

—Estoy segura de que tus partidarios en el Senado lo estarán celebrando —le dije.

—No, mis enemigos lo acallan todo.

—No se puede acallar.

—Me tendrían que organizar un Triunfo —dijo—. ¡Me lo he ganado! ¿Cómo se atreven a no hacerlo?

Jamás se había organizado un Triunfo en su honor, aunque sí en honor de su abuelo en los días en que no era fácil conseguirlo. Pero los Triunfos estaban destinados a celebrar las victorias sobre enemigos extranjeros y Antonio había alcanzado sus mayores éxitos en las guerras civiles. Había sido aclamado tres veces como imperator, pero por sus actuaciones contra Pompeyo y contra Bruto y Casio, y sólo al final por las que había emprendido contra los partos. A él y a su general Baso les habían prometido la celebración de unos Triunfos por sus victorias contra los partos que previamente habían invadido territorio romano en Siria; Baso había regresado a Roma para celebrar el suyo, pero Antonio había decidido dejarlo para más tarde.

—Sí, ya lo sé.

Que un general romano de su categoría jamás hubiera celebrado un Triunfo suponía un gran vacío que él estaba deseando llenar; quería que le reconocieran los méritos.

Quería recorrer las calles en un carro, ser aclamado,

llevar a los prisioneros encadenados a su espalda, oír los enfervorizados gritos de la multitud.

—¡Me lo voy a organizar yo mismo! —resolvió de repente.

¡Oh, Isis! ¿Ir a Roma? El corazón me dio un vuelco en el pecho. Le debían dos: el que tenía que compartir con Baso y ahora el de su victoria sobre los armenios.

—¡Lo celebraré aquí, en Alejandría! —añadió—. ¿Qué magia especial tiene Roma? ¿A quién tengo que ofrecerle los despojos? ¿Acaso no es a ti, Reina mía? He combatido a pesar de Roma, a pesar de que no me enviaron soldados, sólo con mis soldados orientales y los restos de mis antiguas legiones. ¿Por qué no aquí?

Lo estaba deseando con toda su alma. Pero un Triunfo fuera de Roma no era tal, pues se trataba de un honor exclusivamente relacionado con Roma, algo que concedía el Senado. Los despojos se tenían que depositar al pie de la estatua del dios romano Júpiter Máximo en su templo de la colina del Capitolio.

—Puedes celebrar tu victoria aquí —le dije—. Pero no será un verdadero Triunfo. Eso sólo te lo puede otorgar el Senado de Roma. Sin embargo, no cabe duda de que Alejandría sería un hermoso escenario para un desfile victorioso.

Estaba sentada en un trono dorado sobre una tribuna plateada en las gradas del templo de Serapis. Había accedido a los deseos de Antonio y había ordenado que Alejandría se engalanara para la celebración. Mi corazón sufría por él, despreciado en su tierra natal. Bueno, ya llegaría el día en que lo recibirían. ¡Y entonces no sólo lo recibirían sino que, además, se inclinarían en reverencia y le rendirían homenaje! ¡Sí, llegaría el día! ¡Y mucho antes de lo que ellos pensaban!

El desfile había empezado en el palacio a primera hora

de la mañana y aún estaba recorriendo las calles, pasando por el puerto y por delante del templo de Neptuno y por la ancha y blanca avenida de Canopo para que todo el mundo lo pudiera ver. Después bajaría hacia la colina de Pan, donde giraría al oeste, pasaría por el impresionante cruce de la calle del Soma y el Camino Canópico, rendiría homenaje a la tumba donde descansaba el cuerpo de Alejandro y el Mausoleo de los Lágidas y seguiría hacia el Gymnasion y los tribunales, donde, a ambos lados de la calle, la muchedumbre se apretujaría en las columnatas. Las ventanas y la escalinata del Museion estarían llenas de estudiosos y de alumnos, todos ellos tan deseosos de presenciar el desfile como los demás ciudadanos. Y, finalmente, Antonio llegaría al lugar donde yo lo esperaba, en el templo de Serapis, junto a todos los miembros de mi corte que aguardaban en la escalinata del impresionante edificio.

Oía los lejanos gritos de la muchedumbre. Todos los barrios de la ciudad aclamaban el paso de los soldados, los prisioneros, los carros y el botín de la guerra. Contemplé a mis hijos, extendidos a mi alrededor como unas alas, estirando el cuello y forzando la vista en espera de que apareciera el cortejo. Era un espectáculo al que los niños de Roma estaban muy acostumbrados. Recordé la muchedumbre que asistía a los de César... ¡si Octavio pudiera verlo ahora! Alejandro y Selene vestían a la griega y el nervioso Alejandro estaba golpeando con sus sandalias los peldaños de plata de su asiento de ceremonia. Yo iba vestida de diosa tal como correspondía a una ceremonia en el templo de Serapis y el santuario de Isis. Para todas las personas congregadas allí aquel día, yo era su símbolo viviente, la representante en la tierra de Isis. La túnica bordada con hilo de plata, que me cubría los hombros y el pecho como escarceos de agua, estaba anudada con un voluminoso nudo sobre mi pecho, el emblemático nudo de Isis. Lucía, además, una pesada peluca con unas largas trenzas adornadas con hilos de plata que centelleaban bajo el sol.

Desde mi ventajosa posición en la colina veía la multitud que se apretujaba a ambos lados como si se tratara de una alfombra. Cada mancha de cabello negro, cada túnica roja, cada capa amarilla contribuía a crear un dibujo mucho más complejo que los de los tejidos de Arabia. Y, detrás del gentío, en la distancia, el intenso azul del mar formando una frontera.

¡Mi alfombra! ¡Mi pueblo! Mi Alejandría... una ciudad que no tenía igual en la tierra, un variado y soberbio conjunto, un nuevo cielo, un nuevo reino. Lo más destacado de la visión que Antonio y yo teníamos de nuestro imperio... o, mejor dicho, que yo tenía y Antonio comprendía.

Ahora ya los veíamos. Un murmullo rasgó el aire. Los escudos de los soldados brillaban bajo el sol como si hicieran señales. Los tambores y las flautas seguían el ritmo de su marcha, el rumor de sus sandalias claveteadas resonaba sobre las baldosas de la calle.

Primero marchaba la Guardia Macedonia, mi tradicional guardia personal. Ellos y sólo ellos lucían la letra C en sus escudos. Las dos legiones romanas que marchaban detrás de ellos no la lucían... ¡por mucho que así se dijera en las mentiras que más tarde se contaron! Sólo llevaban sus habituales escudos redondos cubiertos de cuero sin ninguna inscripción.

Antonio los seguía en un carro dorado tirado por cuatro caballos blancos, como en los Triunfos romanos. Pero en lugar de llevar la capa púrpura de general, la corona de laurel y el cetro, Antonio lucía una corona de hojas de vid, una cegadora y resplandeciente túnica dorada y el tirso de Dioniso en la mano. Era Dioniso el que ofrecería el botín a Isis. Su bronceado rostro brillaba bajo el sol y sus labios sonreían en respuesta a las aclamaciones de la multitud. Yo sabía lo mucho que las necesitaba, pues eran un bálsamo para él. Siempre había sido un leal lugarteniente que cumplía con gran valentía las misiones que le encomendaban, pero jamás le habían dedicado vítores exclusivamente a él. Ahora se los dedicaban y yo hubiera deseado poder ampliarlos hasta que en todos los edificios resonaran como ensordecedoras campanas.

Detrás del carro de Antonio, erguido y orgulloso a pesar de las gruesas cadenas, caminaba el rey Artabaces con su esposa y varios de sus hijos. Estaban cubiertos de polvo, agobiados de calor y parecían muy cansados después de su largo camino entre las burlas y los hostiles gritos de la muchedumbre.

Miré enfurecida al rey. Por su culpa, cuarenta y dos mil hombres habían perdido la vida. Aunque lo hubieran cortado en cuarenta y dos mil pedazos, no hubiera pagado su culpa. Una muerte jamás podría compensar todas las muertes que él había provocado. Se detuvo al pie de las gradas del templo mientras el largo cortejo proseguía su marcha y ocupaba finalmente posiciones en la gran explanada que rodeaba el templo. Pasó un grupo de desventurados prisioneros armenios, gente del pueblo y esclavos capturados. Después pasaron los carros cargados con el botín. Armenia era —¡había sido!— muy rica en oro. Pero ya no. Ahora estaba todo en aquellos carros.

Los carros. ¿Cuántos había? ¿Veinte? ¿Treinta? Pero ¿cuántos carros transportaban el equipaje romano? ¿Trescientos? Ni siquiera treinta carros cargados de oro podrían compensar la pérdida de aquellos carros de apoyo tan necesarios. Cuando se produce un hecho grave, parece que nada logra compensarlo. La muerte de los asesinos era necesaria, pero no borró el asesinato de César. Y todo aquello tampoco borraría la devastación provocada por la despreciable conducta de Artabaces.

Los reyes clientes habían enviado representantes con coronas de oro para el vencedor. Allí estaban todos ellos vestidos con sus atuendos nacionales, los representantes de Capadocia, el Ponto, Licia, Galacia, Paflagonia, Tracia, Mauritania, Judea, Comagene.

Otra legión romana, la caballería gala, un contingente egipcio, unos arqueros medos montados y la caballería ligera del Ponto cerraban el cortejo.

Antonio bajó del carro con la capa dorada volando a su espalda. Lentamente se acercó a Artabaces, pasó por delante de él y ascendió por las gradas del templo hasta el lugar donde nosotros lo esperábamos. Los soldados romanos empujaron a Artabaces para que subiera detrás de Antonio y el prisionero obedeció, arrastrando lentamente los pies encadenados. El sol arrancaba destellos de la cabeza de Antonio cuyo espeso cabello negro se ensortijaba alrededor de la corona de hojas de vid, verde sobre negro. Sonreía y parecía plenamente satisfecho de todos los acontecimientos de aquel día.

—Reina de Egipto, Hija de Isis, Amiga y Aliada de Roma —gritó mientras su célebre voz de orador resonaba por todo el espacio que lo rodeaba, tan dulce a los oídos como su capa dorada a los ojos—. Hoy te presento a este nobilísimo prisionero, un rey que ahora lamenta su traición y desea saludarte.

Los soldados empujaron a Artabaces hacia delante con sus lanzas y éste subió un peldaño. Sus líquidos ojos se clavaron en los míos.

Hubiera tenido que caer de rodillas y hacerme una reverencia... o, por lo menos, saludarme con todos mis títulos y pedirme perdón por su delito. Pero mantuvo la boca cerrada.

—Saluda a la Reina, a la Nobilísima Majestad, Faraona de Egipto y de todas sus tierras y sus territorios.

El rey se mantuvo en silencio, la cabeza erguida y los hombros echados hacia atrás.

—Rey Artabaces —dijo Antonio—, tienes que saludar a la Reina que ahora es la dueña de tu vida, tal como lo soy yo.

El tono de su voz se había endurecido.

El monarca armenio permaneció inmóvil en muda actitud de desafío.

—¡Habla! —le ordenó Antonio.

Los soldados desenvainaron sus cortos puñales y los empujaron contra las costillas de Artabaces. Vi cómo se hundía la túnica. Bastaría un movimiento para que las puntas de los puñales atravesaran el tejido. Su sola respiración dejaría la señal de un pinchazo.

—Salve, Cleopatra —dijo con sonora voz.

Se oyó un descomunal jadeo. ¡Llamarme por mi nombre y sin ningún título en un acto público! ¡Él, que era un enemigo! Verdaderamente aquel hombre era un insolente, orgulloso e insensato más allá de toda razón. Bien estaba que hubiera perdido el trono; Armenia se merecía un monarca mejor.

—Salve, Cleopatra —repitió, levantando un poco más la voz. Arrastró tanto las sílabas que, al final, la palabra fue casi tan larga como todo el perdido convoy de los carros del equipaje.

—Salve, conquistado traidor —le contesté.

Quería superar su ofensa, evitando usar su nombre; quería convertirlo en una cosa. Asentí con la cabeza y Antonio indicó por señas que se lo llevaran. Los dos soldados obedecieron, sujetándolo por los hombros y llevándolo casi a rastras por las gradas.

¿Creía acaso, sabiendo que los prisioneros eran tradicionalmente ejecutados inmediatamente después del Triunfo, que aquéllas serían recordadas como sus últimas palabras? ¿Y que le otorgarían fama imperecedera?

Antonio se volvió para entrar en el templo y ofrecer el sacrificio a Serapis. Los sacerdotes se congregaron a su alrededor en las gradas y empezaron a agitar los sistros, cuyo sibilante matraqueo se difundió inmediatamente por el aire. Antonio desapareció en la oscuridad del templo y su dorada capa fue devorada por las tinieblas que llenaban el interior del edificio incluso en los días más claros.

Acto seguido se iniciaron los festejos destinados al pueblo de Alejandría; al igual que en Roma, se colocaron mesas por toda la ciudad y el público fue invitado a servirse carne, pasteles e interminables ríos de vino, todo por cuenta de palacio. Antonio salió con sus soldados para presidir las mesas de los legionarios. Después recorrió toda la ciudad, mezclándose con la gente y participando de su alegría. ¿Hubiera hecho menos Dioniso?

Yo permanecí en palacio, disfrutando de los manjares que llenaban las mesas colocadas en el jardín. Los sirvientes de mi casa, los funcionarios y los amigos paseaban bajo los árboles iluminados, bebiendo y cantando, aunque de una manera más decorosa que la muchedumbre que llenaba las calles de Alejandría.

Ya estaba clareando cuando Antonio regresó. Rebosaba de júbilo, pero no parecía cansado ni se tambaleaba al caminar. Se había quitado la capa y su túnica aparecía arrugada y manchada de sudor. Alrededor del cuello le habían colgado guirnaldas de flores y collares de hierba. Lo habían saludado, vitoreado, festejado y adorado y ahora la emoción le teñía las mejillas del mismo color rosado que estaba empezando a despuntar por el este. Corrió por la hierba y, cual si fuera el joven oficial de caballería que todavía llevaba dentro, me levantó en brazos y empezó a dar vertiginosas vueltas conmigo, riéndose a carcajadas mientras yo le miraba, aturdida.

—¡Ven! —Me tomó de la mano y me hizo subir corriendo las gradas del templo de Isis que se levantaba casi a la orilla del mar—. Vamos a contemplar la salida del sol desde aquí arriba. Esta jornada no terminará hasta que el sol vuelva a salir.

Seis días después, ataviada de nuevo como Isis, volví a sentarme en un trono dorado instalado sobre una tribuna de plata. Me acompañaban mis hijos y Antonio presidía la ceremonia, pero qué distintos serían el ritual y la intención. La ceremonia marcaría la declaración y el nacimiento de nuestro imperio oriental. La víspera, unos tres días después de la celebración del Triunfo, le habíamos dado los últimos toques. Mientras los obreros limpiaban las calles, numerosos carros abandonaban la ciudad llenos a rebosar de los desperdicios de los festejos. Yo no quería que los perros y los cuervos rebuscaran entre la basura. Juntos habíamos decidido no ejecutar a Artabaces sino mantenerlo en prisión. Deseábamos que aquel Triunfo —o festejo dionisíaco— proclamara el abismo que nos separaba de su versión romana. Nuestro gobierno no sería tan cruel.

—Aunque se ha desarrollado de forma distinta y no ha sido, estrictamente hablando, un auténtico Triunfo, los romanos se pondrán furiosos cuando se enteren —le dije a Antonio.

—No me importa —respondió, encogiéndose de hombros. Su mano buscó un almohadón en el que apoyarse.

—Pues yo creo que sí te importa —repliqué—. Tú no tienes por costumbre provocar deliberadamente el enfado de los demás. —Hice una pausa—. Tuviste la astucia de hacerlo lo bastante distinto de un Triunfo romano como para, en caso necesario, poder decir que no tenías la intención de celebrar tal cosa. Al fin y al cabo, ibas vestido de Dioniso y no de general romano; por consiguiente, ¿cómo podría alguien pensar que...?

—No fue tan deliberado —dijo él—. Lo que ocurre es que... aquí yo soy Dioniso de la misma manera que tú eres Afrodita, por lo menos para los griegos. Para los egipcios soy Osiris tal como tú eres Isis. En Roma no saben nada de todo eso. Tal vez convendría...

Su voz se perdió sin terminar la frase.

Poco a poco, Antonio se había ido convirtiendo en un «dios» oriental. Todo había empezado cuando, por primera vez, había sido aclamado como tal en Éfeso, después de la batalla de Filipos. Más adelante se había disfrazado de Dioniso en Tarso y posteriormente, en Atenas, él y Octavia habían sido proclamados «dioses de las Buenas Obras» y él había sido nombrado «nuevo Dioniso». Para conmemorarlo, había acuñado unas monedas en las que aparecía representado como Dioniso. Finalmente había permitido que lo proclamaran Dioniso en todas las ciudades de Oriente. El paso definitivo después de nuestra boda había sido convertirse en objeto de adoración en todo Egipto como Dioniso-Osiris al lado de Afrodita-Isis.

—Has superado a Octavio —le dije en broma—. ¡Pues él sólo es hijo de un dios!

Tal como siempre ocurría cuando oía mencionar el nombre de Octavio, aunque fuera en broma, el rostro de Antonio se ensombreció.

—¡No tengo la menor intención de competir con él por unos títulos divinos! —contestó desdeñosamente... tan desdeñosamente como un dios.

—Ahora que has entrado en la divinidad, creo que se te debería erigir un templo —sugerí.

—No digas disparates —contestó.

—En serio. César tiene uno y tú también deberías tenerlo. Octavio está construyendo un templo en honor de su nuevo protector Apolo justo al lado de su casa. Qué descaro. Es lo que ahora causa furor. Tú también debes tener el tuyo.

—Tonterías.

—Construiré en tu honor un templo orientado hacia el puerto. Se llamará el Antoneum. O tal vez la Basílica del Divino Antonio... *Divus Antonius*.

—Haz lo que quieras —dijo, riéndose.

Pero yo comprendí que la idea le gustaba. Raro es el ser humano que no se complace en recibir honores, especialmente algo tan tangible como una estatua o un edificio.

—Aquí en Oriente se tributan honores divinos a cualquier autoridad, incluso a los magistrados de la ciudad.

Claro que eso no equivale a ser un dios. Pompeyo era saludado como dios y su cliente Teófanes había recibido el título de «salvador y benefactor».

—Pero no podemos esperar que en Roma entiendan estas sutiles diferencias —dijo Antonio—. Y en Roma la imagen de Dioniso es distinta de la que tiene en Oriente. Aquí es un dios amable y benévolo que concede la fertilidad, la alegría y la euforia, se le considera el protector de los artistas y del espíritu creador e incluso de la civilización. Allí lo reducen al desenfreno y las borracheras, al dios Pan y a los sátiros. Por aquí mis enemigos romanos me podrán atacar sin ninguna dificultad.

Una cosa me llamó la atención.

—Los artistas y el espíritu creador. Al parecer, Apolo ha usurpado estos atributos en Roma y últimamente Octavio ensalza mucho a Apolo, como si tú y él estuvierais compitiendo para ver cuál de los dos puede gobernar el mundo con más espíritu creador.

—El espíritu creador de Dioniso surge de unas inefables fuerzas interiores —dijo Antonio—. Es eso que aparece sin más y de forma espontánea y que sorprende incluso al propio artista, pues no sabe de dónde viene ni es capaz de predecir su llegada. Es lo que confiere rasgos divinos a quien lo posee. —Se levantó del banco en el que estaba recostado y se acercó a un pequeño mosaico que yo había mandado colocar en nuestra cámara. Mostraba una escena del Nilo: altas plantas de papiros, hipopótamos, embarcaciones y aves—. ¿A quién se le ocurrió por primera vez la idea de juntar piedrecitas para crear una imagen? Y esta imagen ya existía en la mente del artista antes de empezar a colocar una sola piedra. O quizá surgió de la primera piedra y se fue desenroscando como un tallo de helecho —añadió, cada vez más excitado—. Las ideas van y vienen como quieren; y pueden desaparecer sin previo aviso. De todos los hombres, creo que el artista es el que más depende del dominio y el capricho del dios Dioniso.

Me llamaron la atención sus profundos conocimientos al respecto.

—Me parece que tú habrás tenido una inspiración de este tipo alguna vez —dije.

—Bueno, nunca he querido pintar —se apresuró a decir—, pero es cierto que hasta la estrategia de una batalla puede surgir de repente como llovida del cielo al igual que una inspiración. —Sacudió la cabeza como si quisiera apartar de su mente cualquier posible aparición—. Pero Apolo es el dios de la razón y del pensamiento ordenado. Justo lo contrario de la anónima pasión de la creación.

—Creo que ambos aspectos son necesarios para el imperio. Necesitamos funcionarios que piensen con serenidad y con lógica, pero que no se sientan enteramente atados por las normas.

Mientras lo decía, comprendí que estaba soñando.

—Un imperio así, con funcionarios de esta clase, no puede existir en este mundo. Tenemos que conformarnos con hombres llenos de defectos y con el azar —dijo Antonio sin apartar la mirada del mosaico—. Egipto tiene un pasado muy poderoso.

—Y un fuerte presente —dije yo—. Pero ¿y el futuro? ¿Cuál será el futuro de Egipto?

—Yo te lo diré —contestó, apartándose del mosaico—. Ya es hora de que pensemos en nuestros hijos. Pronto haré testamento para cumplir con mis obligaciones romanas.

Testamento, obligaciones... todo aquello me parecía un poco siniestro. Aborrecía el carácter definitivo de un testamento. Sin embargo, sólo los necios se niegan a hacerlo; y, si no lo haces, los enemigos atacan a tus herederos.

—¡Confío en que lo guardes en lugar seguro! —fue lo único que se me ocurrió decirle.

Estaba convencida de que César había hecho un testamento posterior al que custodiaban las vírgenes vestales, pero no lo habría guardado en lugar seguro, un fallo sorprende en alguien tan previsor como él. De haberlo guardado, puede que en aquellos momentos Octavio aún estuviera estudiando en Apolonia como desconocido pariente lejano de César, al igual que tantos otros sobrinos suyos, perdidos en las sombras del olvido. Pero ya basta de todo eso, me dije.

—Sí, lo entregaré en custodia a las vírgenes vestales de Roma —dijo—. Allí permanecerá hasta mi muerte. Pero su contenido no será un secreto. Tú estarás presente cuando lo dicte y Planco y Ticio serán testimonios. Pero ya discutiremos los detalles más tarde. Se trata de algo relacionado con mi familia romana. Pienso también en nuestros hijos. ¿Cuál será su futuro?

Aquella conversación era muy extraña. El único hijo cuyo futuro era un misterio era Cesarión, a causa precisamente de su singular posición.

—El de Alejandro ya está resuelto —dije—. Se casará con la princesa meda y heredará su reino. En cuanto a Selene, se casará... con alguien. Y el pequeño Filadelfo, Puerco Espín tal como tú te empeñas en llamarlo, lo más probable es que ocupe el trono de Egipto, tratándose del último Lágida que queda.

Antonio se situó a mi espalda y después apoyó las manos sobre mis hombros.

—Qué sueño tan limitado para una madre tan imperial —dijo—. No dejas de sorprenderme.

—Todos tendrán un reino. Todos prosperarán. Las matanzas entre hermanos y hermanas que tanto han manchado el nombre de los Lágidas, amén de sus manos y sus puñales, terminarán en esta generación. ¿Qué mejor logro que ése para una madre... una madre Lágida, por supuesto?

Me miró con una profunda expresión de complacencia que yo jamás hasta entonces había visto en su rostro.

—Y eso que tienes fama de ser ávida y ambiciosa —me dijo al final.

—¿Porque estoy empeñada en recuperar mis territorios ancestrales? Yo más bien lo considero un razonable, sencillo y claramente apolíneo deseo de recuperar unos territorios. ¡Mi casa pasó por un período tan duro que hasta tuvimos que pedir dinero prestado para volver a comprar el trono! Creo que superar esta situación ya fue una tarea suficientemente difícil para mí.

—Pero has conseguido cumplirla —me dijo—. Y puesto que el éxito suele recompensarse con futuros éxitos inesperados, yo te digo que tus sueños son demasiado limitados.

Me eché a reír y aparté el rostro. ¡Nadie me había lanzado jamás semejante acusación!

—Todo Oriente está en mis manos. Soy su dueño definitivo tanto por nombramiento de Roma en mi calidad de triunviro como por derecho de armas como imperator. Puedo repartirlo como y donde quiera. —Con cuánta indiferencia lo dijo—. Creo que el título de «Reina de Egipto» es demasiado poco para ti. Deberías ser la Reina de Reyes y de Sus Hijos Que son Reyes. Y creo que tus hijos tendrían que ser reyes. Alejandro Helios gobernará sobre algunos territorios de Armenia, de la Media y de la Partia, tal como corresponde a un heredero de Alejandro. A Cleopatra Selene, reina, se le cederá la Cirenaica y la isla de Creta. ¿Para qué esperar a que un marido le otorgue un reino? Y el pequeño Puerco Espín Filadelfo... también será rey y gobernará el norte de Siria y Cilicia.

—Estás anunciando el nacimiento de una dinastía —observé—. Tú, que eres un magistrado romano, estás fundando una dinastía real oriental.

Me parecía extraño e increíble. ¿Qué estaba pensando?

—No, no la estoy fundando. ¡La casa de los Lágidas existe desde hace trescientos años! Simplemente estoy ampliando su alcance.

—Y sus reclamaciones y ambiciones —puntualicé—. Estás cediéndole territorio romano y un territorio que ni siquiera está bajo tu control. ¡La Partia!

No podía oponerme. Su plan era impulsivo y audaz. ¿A eso se refería al hablar de la inspiración dionisíaca? No era racional. Seguro que no eran unos pensamientos inspirados por Apolo.

—Yo les ofrezco una idea para que la pongan en práctica —dijo—. Si yo no consigo apoderarme de la Partia, lo tendrán que hacer ellos. —Hizo una pausa—. Pero pienso lograrlo. El año que viene, ahora que Armenia y la Media están aseguradas. ¡Estoy orgulloso de haber adquirido una nueva provincia romana!

—¿De veras?

Jamás me había comentado que hubiera tomado esa decisión.

—Sí. Armenia se convertirá directamente en una provincia. Esta vez he dejado una buena guarnición bajo el mando de Canidio. Presentaré el proyecto a Roma para que se lea y se ratifique en el Senado y, al mismo tiempo, para que se me otorgue como asignación territorial para ti y tus hijos. ¡Todo tiene que ser para ellos! —Se echó a reír—. Eso no admite discusión. Todos mis actos en Oriente han sido aprobados de antemano.

—¿No crees que los niños son demasiado jóvenes para eso?

Me parecía prematuro.

—Cuanto antes conoce alguien su destino, tanto mejor lo puede seguir. De esta manera se previenen las conspiraciones e intrigas y se favorece la paz.

Me pareció una afirmación de inmensa e ignorada importancia. Pero he aprendido que en la vida las oportunidades casi nunca se presentan dos veces; tenemos que atraparlas cuando aparecen, aunque pensemos que el momento no es el más indicado.

—Muy bien —dije—. Me sorprende que hayas elevado a estos niños a tan encumbradas posiciones. Porque, teniendo otros...

—Antilo, mi hijo mayor, será mi heredero romano. Y

su hermano Yulo... bueno, todo eso son detalles romanos que a ti no te interesan ahora. Pero mi hija mayor Antonia muy pronto entrará en nuestra esfera. La voy a casar con Fitodoro de Tralles. Es un poderoso rey muy respetado en todo Oriente.

—¿Un griego de Asia? ¿Qué dirán en Roma? No la considerarán legalmente casada.

Ningún romano reconocería el matrimonio.

—Dirán que debo de creer en la bondad de mi matrimonio extranjero si también lo deseo para mi hija. Tal como tú sabes, a menudo hacemos cosas que no aprobaríamos ni desearíamos para nuestros seres queridos. No podría enviar a Roma un mensaje más claro que éste. Además —añadió sonriendo—, ¡mi hija tendrá tanto dinero que se sentirá ampliamente compensada!

Y ahora estaba allí, esperando el anuncio público de los honores que tan a la ligera habíamos discutido en nuestros aposentos privados. Hubo otra cuestión que no se discutió y de la que no se habló tan a la ligera, pero eso vendrá más tarde.

Tal como ya he dicho, me había vestido de Isis y estaba sentada en el trono dorado. El estrado de plata se había levantado delante del Gymnasion para que los espectadores ocuparan los seiscientos palmos de longitud de las gradas que rodeaban la parte lateral del edificio, rodeado por una columnata. Era un estrado más alto que el utilizado en los Triunfos y tenía distintos niveles. Antonio y yo ocupábamos el superior. Un poco más abajo se sentaba Cesarión en su propio trono. Y, por debajo de él, ocupando otros tres tronos, los más pequeños contemplaban a la muchedumbre que tenían delante, vestidos con sus ricos atuendos.

Antonio, majestuosamente vestido con una túnica romana, se levantó y se dirigió al pueblo en su calidad de triunviro. Se había despojado de sus restantes papeles, el de general, Nuevo Dioniso, gobernante oriental y autocrátor, un término griego utilizado para designar su nuevo papel de señor y gobernante de Oriente, aunque no rey. Al igual que yo, él también interpretaba distintos papeles. Aquel día era un magistrado civil romano, designado para gobernar los vastos territorios romanos de Oriente.

—Pueblo de Egipto, hoy comparezco ante vosotros para haceros testigos de los dones que otorgo a la fiel casa de los Lágidas, leal amiga de Roma. Y también para honrar al gran dios Julio César. A vuestra soberana, que tanto tiempo lleva reinando sobre vosotros, otorgo el título de Reina de Reyes y de Sus Hijos Que Son Reyes. —Se volvió para tomar mi mano, invitándome a situarme a su lado. El brillo del sol reflejado en el estrado de plata me deslumbraba y me impedía ver bien—. Declaro, además —añadió, levantando la voz para que lo oyeran hasta los que se encontraban más lejos—, que ella es la viuda de Julio César, habiendo sido su fiel y leal esposa por matrimonio contraído según los ritos orientales. —Sobre la multitud cayó un silencio tan profundo como si un gigante hubiera posado su mano sobre sus cabezas. Noté que le temblaba la mano. No me había dicho nada de todo aquello ni me había advertido de antemano. A lo mejor había preferido asegurarse de que yo no revelara mis emociones a través de la expresión de mi rostro—. Y juro por tanto que su hijo aquí presente, Tolomeo César, es el verdadero y legítimo hijo del gran César y su único heredero.

No hubiera creído posible que el silencio pudiera intensificarse, pero así ocurrió. Antonio me apretó la mano con tal fuerza que me hizo daño. La tenía resbaladiza a causa del sudor.

—Levántate, joven César —le ordenó Antonio a Cesarión—. Levántate para que tu pueblo te vea y te reconozca.

Cesarión se levantó muy despacio. Había crecido mucho; ya tenía más de trece años y su cabeza estaba casi a la misma altura que la de Antonio. Éste había insistido en que vistiera su mejor atuendo romano sin decirle por qué. El niño miró con una sonrisa al pueblo y lo saludó con la mano. La muchedumbre lo vitoreó con entusiasmo.

—Como hijo de César, se le deben honores en Roma. Pero como Lágida e hijo mayor de la Reina Cleopatra, es cogobernante de la tierra de Egipto y de Chipre, y reina como Rey de Reyes y señor de todos los demás territorios que a partir de ahora se le otorgarán.

Otra vez el silencio. Rey de Reyes era un antiguo título honorífico oriental que ostentaban los soberanos persas. Por consiguiente, Cesarión sería a la vez gobernante oriental y occidental; en él se conjugarían los dos mundos cuando Antonio y yo abandonáramos el escenario de la vida.

—A continuación —añadió Antonio— declaro que Alejandro Helios es rey de Armenia y señor de la Media y de todos los territorios situados al este del Éufrates hasta la India.

¿Rey de Armenia? ¿Cómo podía haber un rey en una provincia romana? Antonio no me lo había explicado. ¿Se refería quizás a una parte de Armenia? Pero ahora no era el momento de preguntarlo.

—Levántate, rey Alejandro —le dijo Antonio.

El niño se levantó, vestido con un atuendo de rey persa especialmente creado para él. Llevaba una alta tiara real, la corona persa, envuelta en un turbante blanco adornado con una pluma de pavo real. Lucía, además, unos holgados calzones y una capa con incrustaciones de piedras preciosas que fulguraban bajo el sol y se reflejaban en la plata batida del estrado, que actuaba como un gigantesco espejo. Unos guardias armenios vestidos con un vistoso uniforme subieron al estrado para situarse a su alrededor. La muchedumbre prorrumpió en aclamaciones.

—Y tú, reina Cleopatra Selene —prosiguió Antonio, acercándose al lugar donde nuestra hija permanecía sentada en su pequeño trono—, gobernarás la Cirenaica y Creta. Levántate, te lo ruego.

Cuando la niña se levantó solemnemente, la orla de su plateada túnica rozó el suelo y la convirtió en una sola cosa con él, como si una delicada flor argéntea hubiera brotado en un suelo de plata. Sus guardias, vestidos con el uniforme de los soldados griegos, sostenían unos escudos de plata.

—Y tú, rey Tolomeo Filadelfo. —Antonio se acercó al trono del niño de dos años, desde donde el pequeño miraba a su alrededor con expresión atemorizada. Jamás había visto tanta gente junta ni lo habían obligado a permanecer sentado tanto rato—. Tú gobernarás los territorios del centro de Siria y Cilicia y serás señor del Ponto, Galacia y Capadocia, al oeste del Éufrates hasta el Helesponto. —Antonio se inclinó y tomó su regordeta mano—. Levántate.

Levantó delicadamente al niño para que todo el mundo viera que, de pie sobre sus inseguras piernecitas, el pequeño vestía un atuendo real macedonio formado por una capa púrpura, una diadema y unas botas macedonias de caña larga. Para completar la imagen, un guardia macedonio lo servía.

—Y ahora, mis buenos ciudadanos de Alejandría, Roma y Egipto, ¡exultemos todos juntos por esta venturosa jornada! Hoy he acuñado una nueva moneda para celebrar la ocasión. La medalla honra a la Reina Cleopatra con la inscripción de «Reina de Reyes y de Sus Hijos Que Son Reyes» y a mí, con la inscripción de «Armenia Conquistada». ¡Que nos pueda servir para recordar dichos logros cuando la contemplemos y que nos enriquezca cuando esté en nuestras bolsas!

Dicho esto, arrojó un puñado de relucientes denarios a la muchedumbre. Se oyó un rugido colectivo y todo el mundo se agachó a recogerlos.

Al ver que tal cosa animaba a los presentes —hasta

aquel momento un poco desconcertados—, ordenó que se abrieran más bolsas de monedas y se arrojaran a la multitud. Se alzaron gritos y aclamaciones.

—Siempre el dinero —dijo, regresando a mi lado—. Creo que es lo que más alegra el corazón, mucho más que el vino.

—El dinero gusta a todo el mundo mientras que no todo el mundo es amante del vino —respondí yo.

Estaba tan perpleja como la gente y fue el único comentario que se me ocurrió.

Como es natural, inmediatamente después se celebró un fastuoso banquete en palacio. Mientras el pueblo se dispersaba, nuestro grupo fue agasajado tal como correspondía a unos reyes, reyes de reyes, reinas y... ¿qué era Antonio? Estaba claro que, si tenía el poder de nombrar reyes de reyes, tenía que estar por encima de ellos, pero... todo estaba muy mal definido. ¿El título de autocrátor era el más apropiado para definir su autoridad?

En la inmensa sala, las columnas de pórfido rojo habían sido adornadas con guirnaldas, el suelo estaba cubierto de pétalos de rosas y unos grandes lienzos de seda azul se habían tendido entre las columnas. Las brisas del puerto de abajo los hinchaban y agitaban y en el aire se aspiraba el perfume de los pisoteados pétalos de rosa.

Sin poder disimular mi orgullo, rodeé los hombros de Selene y Alejandro.

—Hoy habéis estado espléndidos —les felicité.

Me pregunté qué sentiría cualquier niño que fuera declarado un personaje importante a tan temprana edad y recibiera el regalo de un reino. Confiaba en que no se les subiera el poder a la cabeza y más tarde no supieran afrontar las dificultades de la vida. La Guardia Macedonia seguía escoltando a mi hijo. Les dirigí una significativa mirada. Ya era hora de que se retiraran, el juego había terminado.

—Espero que me guste Cirene —comentó Selene—. Porque está muy cerca de Egipto y yo podré quedarme allí y dejar que se me acerquen los hombres... tal como haces tú.

Me eché a reír. A veces, Selene parecía muy madura, pues su perspicacia no era propia de su edad.

—Sí, conviene tener un reino propio —dije.

La túnica plateada le sentaba muy bien: en cambio, el pobre Alejandro había estado a punto de tropezar con sus holgados calzones persas y se sentía tan incómodo que apenas se atrevía a caminar.

Antonio llevaba en brazos a Filadelfo, que no paraba de mirar a su alrededor por encima del hombro. El turbante y la diadema le estaban demasiado grandes y le caían constantemente sobre un ojo. Antonio daba vueltas y más vueltas mientras Filadelfo chillaba de placer al ver cómo ondeaba la capa a su alrededor. De repente, Antonio se la desabrochó y la arrojó a la muchedumbre. Al principio, la prenda voló como si se tratara de un murciélago rojo.

Munacio Planco la atrapó y se acercó a mí, sujetándola en sus manos cual si fuera una sagrada reliquia.

—Aunque me gustaría quedármela y conservarla como un recuerdo de este glorioso día del imperator, tengo que devolverla. ¡No soy un ladrón!

Su ancho y bronceado rostro irradiaba sinceridad.

—No, quédatela —le ofrecí—. El que rechaza algo de valor no puede abrigar la esperanza de recuperarlo. Tiene que quedarse allí donde haya caído. ¡En este caso, me alegro de que haya ido a parar a manos amigas!

Me extrañó un poco que me mirara como si le hubiera otorgado un reino.

Marco Ticio y Domicio Enobarbo, los comandantes romanos de Antonio que, junto con Planco, habían viajado a Alejandría para asistir a la ceremonia, se unieron a nosotros. Al ver que Planco sostenía la capa como si fuera un tesoro, comentaron que se sentían agraviados.

—En este día tiene que haber premios para todos —dije—. No os puedo otorgar reinos, pero ¿qué os parecería una ciudad?

Me miraron, desconcertados, sobre todo, Enobarbo. Siendo un republicano al viejo estilo, era algo totalmente inapropiado para él. Pero yo vi que la propuesta lo halagaba a pesar de todo. Por su parte, Ticio siempre estaba dispuesto a recibir honores.

—Voy a cambiar los nombres de dos ciudades de Cilicia y las llamaré Ticiópolis y Domiciópolis —dije.

Ambos me miraron sin hacer el menor esfuerzo por disimular sus sonrisas de satisfacción.

—Majestad —dijo Ticio—, ¿qué puedo hacer, aparte de expresarte mi eterna gratitud?

Su apuesto semblante me pareció más bello que de costumbre. Se inclinó para besarme la mano, dejando que sus labios se demoraran más de la cuenta sobre mi piel.

—Mi señora... —La cuestión de los títulos era muy delicada. El republicano Enobarbo jamás se hubiera dirigido a mí usando mi regio título— eres muy generosa —me dijo, inclinando la cabeza.

El vino corría libremente. Yo había ordenado que se abrieran docenas de ánforas del mejor vino de Quíos. En cuanto al banquete, hubiera sido digno de Octavio y de la imaginación de sus fieles y venales poetas. Había todas las exquisiteces de la tierra, el mar y el aire. Criaturas marinas, mariscos, jabalí, buey e incluso carne de hipopótamo y de cocodrilo; grullas, codornices, zorzales, pavos reales, flamencos; melones, pepinos, uva, higos, dátiles, natillas y zumos de granada, moras y cerezas enfriados con nieve tracia. Me sentía especialmente orgullosa de esto último. No era fácil conservar un montículo de nieve a centenares de millas romanas de su lugar de origen, ¡y nada menos que en el caluroso Egipto!

Cada vez que se servía un nuevo plato, se oían murmullos de admiración hasta que, al final, los comentarios se convirtieron en un constante zumbido, mezclado con el sonido de las liras y las flautas de los músicos situados al fondo de la sala. Los zumos helados, servidos en unas bandejas e incrustados en la nieve, suscitaron rugidos de entusiasmo.

Cesarión estaba reclinado en un triclinio al lado de los generales romanos mientras que los niños —los Reyes de Reyes— ocupaban otros triclinios cerca de allí. ¡Qué bien encajaba Cesarión entre los generales romanos! Qué serenidad la suya. Qué romano me parecía. Contemplé los rostros de los generales y los sorprendí estudiándolo a hurtadillas en los momentos en que creían no ser observados.

—¡Diversión! ¡Diversión!

Algunos de los invitados más bebidos empezaron a pedir que se iniciara la segunda parte de la fiesta. Yo había preparado un espectáculo de danzarinas, acróbatas y algo que raras veces se veía, unos monos amaestrados que exhibirían sus habilidades encaramándose a las columnas. En cambio, las danzarinas, unas esbeltas mujeres que se movían con suma delicadeza y elegancia, fueron muy poca cosa para ellos. Por su parte, los acróbatas no fueron muy del gusto de los sofisticados y embriagados invitados y, aunque los monos les hicieron más gracia, los gritos de los invitados acabaron aterrorizando a los animales. Sólo me quedaba otra cosa: un grupo de actores dionisíacos que interpretarían una pieza sobre Plutón y Perséfone. Eso siempre atraía a la gente, pues contenía elementos de diversión como el personaje del Hades (con el humo y el fuego), el can Cerbero (con sus tres cabezas que siempre causaban sensación cuando cada una de ellas emitía un ladrido), el barquero de la laguna Estigia y, como es natural, la violencia del secuestro de Perséfone. Además, habría decorados de flores, carros, lluvia de hojas desde el cielo y cosas por el estilo.

Como eso no consiguiera divertirlos o calmarlos... Durante unos cuantos minutos, todo fue bien, pero enseguida empezaron los ruidos y los movimientos. De repente, Planco se levantó y abandonó corriendo la sala. Debía de haber comido demasiado y estaría indispuesto. Los romanos solían hacerlo, para gran desprecio de los griegos y de otros pueblos más refinados.

Pero enseguida regresó, desnudo y pintado de azul. Lucía una corona de cañas y, blandiendo un tridente, se acercó a los sorprendidos actores.

—¡Aquí está Glauco, el hombre del mar! —gritó.

Se puso a gatas y vi con asombro que se había pegado al cuerpo una cola de pescado y la estaba agitando en presencia de los invitados.

Se hizo un profundo silencio y, de repente, los actores y los invitados rompieron a reír. Estaba claro que aquélla era la idea que ellos tenían del humor. Miré a Antonio y vi que se estaba partiendo de risa. Como es natural, los niños se mostraban extasiados. A mí, sin embargo, me pareció un comportamiento impropio de un general romano y gobernador de una provincia. ¡Jamás comprendería a los romanos!

Miré a Planco con desagrado. ¡Eso era lo que se consideraba digno de gobernar el mundo!

Más tarde, cuando los invitados se retiraron, Antonio y yo nos quedamos solos, abrazados en el centro de la vasta sala, contemplando los pisoteados pétalos de rosa y los estandartes de seda desgarrados y hechos jirones tras la actuación de los aterrorizados monos. Los niños ya se habían ido a la cama, incluso Cesarión.

—Alejandría jamás lo olvidará —dijo Antonio—. Un día como éste sólo ocurre una vez en la vida.

—¡Gracias sean dadas a Isis!

No me sentía con ánimos para resistir otro.

—Creo que los honores han sido bien acogidos —comentó cautelosamente Antonio.

—Aquí, sí. No sabemos cómo se lo tomará Octavio.

—Oriente es mío y puedo disponer de él a voluntad. Roma me nombró su señor.

—Me refiero a la proclamación de Cesarión como verdadero heredero de César —dije—. Es nada menos que una declaración de guerra. ¿Era ésa tu intención?

—No tiene por qué ser necesariamente así —contestó—. Pero es la pura verdad y los hombres no deben olvidarlo.

—¿Por qué no me lo advertiste? ¿O acaso lo hiciste sin pensar?

Me parecía que todas las acciones más importantes de su vida habían sido fruto de un capricho. Su oración fúnebre en honor de César; su presencia en mi camarote en Tarso; su boda con Octavia y el posterior repudio; y ahora esto. Todas las decisiones importantes las tomaba sin pensar.

—No, no lo he hecho impulsivamente. Era justo lo que se tenía que hacer. Es la pura verdad. —Lo repetía obstinadamente una y otra vez—. ¿Seguro que no te has enfadado? ¿No crees que ya es hora de que alguien defienda la causa de Cesarión? Es el último servicio que puedo prestarle a mi comandante caído.

Parecía vehemente, decidido del todo.

—No, por supuesto que no me he enfadado.

No obstante, hubiera preferido que me lo consultara.

—¡Ven! —dijo, tirando de mi brazo—. Hoy todo el mundo ha recibido honores menos tú. ¿Crees que te he olvidado?

—Ya tengo tantas cosas... ¿qué más se me puede ofrecer?

Aunque, la verdad, no me hubiera importado que me regalara el país de Herodes.

—Ya lo verás. Tienes que acudir a mis aposentos esta noche. Dormiremos allí.

Recorrimos los pasillos del palacio tomados del brazo. Una fresca brisa penetraba a través de las ventanas y los pórticos como si quisiera borrar los desagradables olores del bullicioso banquete. Varios romanos se habían sentido efectivamente indispuestos y los criados estaban limpiando las gradas y los suelos.

Los aposentos de Antonio se encontraban en la otra ala del palacio y estaban orientados al mar. Yo sabía que le gustaba contemplar el mar y que necesitaba aislarse del resto del palacio como si estuviera en una residencia privada. Aquella parte del palacio se ajustaba perfectamente a sus exigencias.

—Entra.

Abrió la puerta y me hizo pasar como si fuera mi criado.

Siempre me gustaba visitar aquel lugar. Antonio había mandado amueblar las estancias con mesas, sillas y arcones procedentes de sus propiedades de Roma. Muchas cosas eran anticuadas, pues pertenecían a su familia desde hacía mucho tiempo, pero puede que precisamente por eso le hicieran sentir más cerca de casa. Una parte de él debía de ser así, a pesar de lo bien que se había adaptado a la vida en Egipto. Hubiera podido crear un rincón de lujo oriental con cofres de nácar, almohadones de brocado, cortinas de abalorios. Pero no lo había hecho, pues vivía en medio de una austeridad republicana. Era un hombre muy complejo.

Me acompañó a una estancia contigua, también muy austera, iluminada por una sola lámpara. Sobre una mesa vi un gran rollo de pergamino descansando encima de otro rollo.

—Los regalos tienen que ser adecuados a la persona —me dijo en un susurro—. Sé que hay muchas cosas que tú tienes en gran estima. Tengo la suerte de poder encontrarlas y ofrecértelas, o mejor dicho, depositarlas a tus pies.

Dicho lo cual, tomó el rollo y, doblando la rodilla, lo depositó a mis pies.

—No es necesario que hagas eso —le dije, avergonzada.

Pero él permaneció arrodillado.

—Es mi propia persona la que deposito a tus pies. Pero eso tú ya lo sabes; lo sabes desde hace mucho tiempo.

Tomó el rollo y me lo entregó.

Lo desenrollé. El suave pergamino era una escritura que me otorgaba la propiedad de toda la biblioteca de Pérgamo. Pérgamo, nuestra rival tanto en libros como en pergaminos.

—¡Pérgamo! —exclamé—. ¿Toda la biblioteca?

—Sí, los doscientos mil volúmenes —contestó—. Los van a transportar aquí inmediatamente.

—La mejor del mundo, exceptuando la de Alejandría. —Estaba aturdida—. ¡Y ahora lo tendremos todo!

—Sé que un almacén de libros fue destruido durante el incendio de los muelles cuando César estuvo aquí —dijo—. Espero que esto compense aquella pérdida.

Era una extravagancia tan exagerada como todos sus gestos. Su audacia y su generosidad me cortaban la respiración.

—Te doy las gracias —dije finalmente.

¡Toda la biblioteca de Pérgamo!

—Eso es para la cabeza —prosiguió, levantándose y tomando el segundo pergamino. ¿Qué sería?—. Y eso es para tu corazón, o para tus ojos.

Me lo entregó como si fuera un niño, ofreciéndome un ramillete de flores silvestres.

Era un dibujo de Hércules bellamente ejecutado, basado en la célebre estatua de Mirón.

—Sé que aprecias mucho la escultura, la reproducción de la forma humana perennemente apresada en bronce o en piedra en toda su perfección. Ésta tiene nada menos que cuatrocientos años, pero sus músculos no están marchitos, su vientre no se ha aflojado y sus piernas conservan toda su fortaleza.

Sí, sólo el arte podía preservar la juventud y la fuerza. Tal vez por eso lo valoramos tanto. Yo ya tenía más años que la estatua de Venus en Roma; ella perduraba y yo envejecía. ¿Qué sentiría si la viera ahora?

—Te lo agradezco —dije. Qué amada me hacía sentir con su conocimiento de mis mayores deseos y su afán de cumplirlos.

—Se recibirá dentro de unos cuarenta días —me dijo.

Contemplé el pergamino que ya tenía en mis manos.

—Pero...

—¡Eso no es el regalo! —exclamó entre risas—. El regalo es la estatua original esculpida por Mirón.

—¿Cómo? ¡Pero si está en el templo de Hera de Samos!

Se encogió de hombros.

—Ya te he dicho que todo está a mi disposición. La he mandado retirar.

Había despojado al templo de su famosa estatua.

—Ahora mismo la están embalando y...

Lo rodeé con mis brazos y a punto estuve de derribarle al suelo.

—¡Eres un loco! —exclamé—. ¡Mira que mandar traer aquí el Hércules de Mirón! ¡Eres un loco!

Tomé su cabeza y la atraje hacia mí. Lo besé gozosamente. Después mis manos le acariciaron el cuello y los hombros, sus soberbios hombros. Ni siquiera la estatua de Mirón tenía unos hombros más fuertes que los suyos.

Me abrazó con fuerza. Experimenté el mismo deseo que siempre sentía cuando estaba a su lado. Me pareció que había transcurrido mucho tiempo desde la última vez que nos habíamos encontrado en la intimidad. Siempre había gente a nuestro alrededor, siempre estábamos tan agobiados por los deberes y los horarios oficiales y por las exigencias de nuestros hijos, que raras veces podíamos estar solos. Desde su regreso de Armenia, las ceremonias, las reuniones, las apariciones públicas o las obligaciones se habían sucedido ininterrumpidamente.

—Y ahora, mi Reina, vamos a ofrecernos el mejor regalo que puede haber. Intimidad y tiempo.

La sencilla estancia se me antojaba extremadamente excitante. Ningún criado nos anunciaría una reunión. Ninguna Iras, ninguna Carmiana y ningún Mardo. A Eros tampoco se le veía por ninguna parte.

—Ven. —Me acompañó a su dormitorio, tan austero como hubiera podido ser una estancia de Catón.

Permanecimos de pie en el centro de la estancia, besándonos, acariciándonos los brazos, la espalda, los muslos, los hombros. Disfrutaba con la sensación del contacto de su cuerpo. No hubiera deseado cambiar nada de lo suyo. Tal vez el mármol fuera eterno, pero la carne mortal era mucho más cálida.

Su boca sobre la mía sabía mejor que todas las delicias de un banquete. Sus labios eran un festín y yo les arrancaba bocados de placer. Pero, a diferencia de lo que ocurre con la comida, cuanto más los saboreaba, tanto más aumentaba mi apetito.

Sentí la apremiante necesidad de poseerlo, necesitaba poseer toda aquella viril belleza, toda la fuerza de su cuerpo. Pero ¿cómo? La simple posesión está muy bien cuando se trata de rollos de pergaminos o de estatuas, pero si es otra persona, ¿hasta qué extremo se la puede poseer? Hay un instante en el amor en que sentimos que lo hemos alcanzado, pero esa sensación es fugaz, después nos apartamos y nos separamos, sin haber conseguido satisfacer del todo el deseo.

Nos dejamos caer sobre la cama, tan dura como un catre de campamento en la tienda de un soldado. ¿La había elegido quizá para no olvidar que era un soldado? Nos desnudamos mutuamente con el mismo ardor febril que preside las relaciones entre un simple soldado y una lugareña. Tiré de la túnica que con tanta obstinación se aferraba a sus hombros. ¿Por qué sería tan recia y tan ajustada? Sus sandalias habían caído al suelo y sus poderosas piernas desnudas rodeaban las mías, empujando y pulsando. A mí también se me habían caído las sandalias y mis pies trazaban suaves y juguetones dibujos subiendo y bajando por sus piernas.

Besé las cicatrices de sus brazos y sus hombros, y me incliné para besarle las que tenía en la espalda. Tomé su mano derecha y acaricié la cicatriz de la herida que Olimpo le había curado. Aquella estimada mano, ahora tan fuerte, que había estado a punto de perder. Me sentí al borde de las lágrimas.

—¡Oh, dioses, cuánto tiempo hacía...!

Oí sus palabras, hablando más para sus adentros que conmigo.

Al final, había conseguido quitarle la túnica; la mía, arrugada y desechada, ya no se interponía entre nosotros. El delicioso contacto de la carne me proporcionó una sensación absoluta. El peso de su cuerpo, su compacta musculatura me aplastaba, pero yo me deleitaba en sentirla; seguía siendo un león, su fuerza no se había apagado, por más que sus enemigos insinuaran lo contrario.

—Juro por todos los dioses —murmuró junto a mi oído— que esto es lo único que deseo en este mundo.

No podía pensar en nada más; el mundo no existía para mí. Sólo quería poseerle a él, y sólo a él. Deseaba que formara parte de mí.

—Amor mío —le dije.

Acaricié su cabello, le recorrí el rostro con los dedos, percibí los huesos bajo la piel, el perfil de las cuencas de los ojos, los pómulos. Todas las partes de su cuerpo me eran queridas, incluso las que no veía y sólo podía tocar a través de la carne que las cubría.

—Tenme contigo —me dijo—. Pues sólo perdura aquello que tú aprecias y proteges.

Qué extrañas palabras y qué extraña petición. Pero apenas la oí, pues mi ansia de poseerlo, aunque sólo fuera en la limitada forma en que puede hacerlo la carne, era tan avasalladora que hasta la sentía cantar en mis oídos.

—Sí —murmuré—. Claro...

Sentí que se movía en mí e iniciaba el acto que siempre termina, pero que, en el momento en que ocurre, parece eterno y por encima de cualquier otra cosa.

—Ah.

Emitió un grito de felicidad sin pedir más que aquel momento que aún teníamos por delante.

# 61

—Os ruego que os sentéis, amigos míos —dijo Antonio, recién bañado y afeitado y vestido con una túnica tan nueva y tan blanca que parecía de nieve.

Indicó unas sillas que había alrededor de su mesa de trabajo. El día había amanecido encapotado.

Planco y Ticio se sentaron. Ellos también estaban recién bañados y afeitados y vestían su atuendo oficial, el atuendo que llevaba un gobernador cuando concedía audiencias y atendía peticiones en Siria y en Asia.

Dos escribas aguardaban cerca de ellos y los criados habían servido refrigerios como si ya se supiera que el trabajo que tenían por delante iba a ser muy arduo. Fuera caía una lluvia deprimente. Era invierno en Alejandría.

Antonio mostraba un semblante grave.

—En la vida de cada hombre, llega un momento en que... hay que pensar en...

Volvió la cabeza para contemplar el pequeño mausoleo del exterior, junto al templo de Isis.

Planco y Ticio se removieron en sus asientos, preparándose para que Antonio les anunciara su mortal enfermedad, y se miraron el uno al otro.

—Últimamente me he dado cuenta de algo, de algo que no desearía reconocer pero que no tengo más remedio...

Ahora los dos hombres se pusieron en estado de alerta. ¿De qué enfermedad se estaría muriendo?

Antonio vaciló un buen rato como si se debatiera en

la duda y no se atreviera a divulgar un vergonzoso secreto.

—No he hecho testamento —reveló—. Y tengo que hacerlo.

¿Fue una sombra de decepción lo que cruzó por los rostros de Planco y Ticio? No creo, pero siempre hay en nosotros un pequeño rincón que disfruta con las noticias morbosas cuando se refieren a los demás, naturalmente.

—Ah —dijo Planco.

—Puesto que tú tienes mi sello y poderes para responder mi correspondencia oficial, he pensado que tú y tu sobrino seríais unos excelentes testigos. ¿Estáis dispuestos?

—Sí, claro —contestó Ticio con entusiasmo.

—Bueno —dijo Antonio—, aquí tengo una lista de mis deseos, pero hay que trasladarla al lenguaje legal. —Agitó un trozo de pergamino lleno de garabatos—. Eso lo harán los escribas y vosotros oiréis mis disposiciones. —Los miró fijamente—. ¿Un poco de vino?

Su mano permaneció en suspenso sobre la jarra.

—Ahora no —contestó dignamente Planco, como si jamás se hubiera pintado el cuerpo de azul.

—Pues entonces sigamos. —Los ojos de Antonio recorrieron el pergamino—. Primero, es mi deseo que mi hijo mayor Marco Antonio herede la mitad de mis propiedades...

Leyó la lista de sus legados a sus hijos menores habidos de Fulvia y Octavia. ¿Por qué habría insistido en que yo estuviera presente? ¿Qué me importaba a mí todo aquello? No tenía la menor intención de despojar a sus hijos romanos de sus propiedades romanas.

—Deseo también que mis hijos Alejandro Helios y Tolomeo Filadelfo hereden cada uno una de mis fincas de la Campania y que mi hija Cleopatra Selene herede mi casa del Esquilino.

Aquí Planco frunció el ceño.

—Amigo mío —intervino. El escriba interrumpió su trabajo—. ¿Cómo puedes legarles unas propiedades romanas a esos niños? Tú ya conoces el derecho romano...

—¿Acaso no soy el exclusivo propietario? ¿Por qué no puedo repartirlo como se me antoje? Si quiero incendiarlo o destruirlo, estoy en mi derecho. Por consiguiente y por extensión, tendría que poder disponer de ello de cualquier otra manera.

—Pero la ley...

—La ley ha quedado anticuada y se tiene que cambiar —le dijo Antonio en tono irritado—. A lo mejor eso será un estímulo para hacerlo. —Le hizo un gesto con la cabeza al escriba y repitió sus legados—. Y ahora escribe lo siguiente: Afirmo que Tolomeo César es el verdadero y legítimo hijo del difunto Julio César y, por consiguiente, tiene derecho a recibir toda su herencia. El sobrino nieto Cayo Octavio debería ceder dicha herencia y entregarla a su legítimo propietario, dejar de usar el nombre de César y recuperar su verdadero nombre de Cayo Octavio Turino.

Ticio se inclinó bruscamente hacia delante.

—¡Eso no puede figurar en tu testamento! No tienes derecho a decidir cómo debe distribuirse la herencia de los demás.

—¿Te opones acaso a mi reclamación? —preguntó Antonio, mirándole fijamente.

—De eso se trata: no es una reclamación tuya sino una reclamación en nombre de otra persona.

—Es mi hijastro y se encuentra bajo mi protección. Soy su pariente y su protector romano en nombre de su difunto padre. ¿Qué otra persona podría hacer la reclamación?

—¡Pero eso no se puede incluir en un testamento! —exclamó Planco, alarmado.

—¡Dejémoslo! —le dijo Antonio—. Simplemente quería hacerlo constar. De todos modos mi testamento no se leerá hasta dentro de muchísimos años —añadió con una sonrisa—. Pienso vivir tanto como Varrón.

Varrón, el viejo historiador, tenía ochenta y dos años y seguía escribiendo, aunque a veces decía que ya era hora de hacer el equipaje para «su último viaje».

Sería un equipaje muy voluminoso y necesitaría muchos mulos, pues poseía una inmensa biblioteca.

—En tal caso, te sugiero que te retires de la política tal como ha hecho él —dijo Planco fríamente—. La vida pública y la larga vida raras veces van de la mano.

—Gracias, Planco —dijo Antonio al final, tomando el pergamino—. Una última cosa. A mi muerte, después del acostumbrado cortejo fúnebre a través del Foro, deseo ser conducido a Alejandría para descansar junto a mi esposa. Compartiremos un sepulcro.

Todos nos quedamos mudos de asombro, yo incluida.

—Sí —musitó Planco finalmente.

—Ya habéis oído mis disposiciones —dijo Antonio—. Ahora seréis testigos de mi sello y mi firma en los documentos.

Ambos presenciaron obedientemente cómo estampaba su firma y su sello, con lo cual confería a los documentos carácter oficial.

—Entregaré una copia a las vírgenes vestales para su custodia. No quiero que me ocurra lo mismo que a César. Quiero que no haya discusiones acerca de mis deseos.

—Sí.

—Pero, entretanto, debo pediros que guardéis secreto.

—Por supuesto.

Ambos se retiraron en cuanto él les dio permiso.

Cuando se fueron, me volví hacia Antonio. Estaba profundamente impresionada.

—¿Por qué lo has hecho? —le pregunté.

—¿Por qué? ¿Acaso no quieres que me entierren a tu lado?

Me miró con expresión de fingida ofensa.

—Quiero decir que por qué se lo has anunciado a Planco y Ticio. Estoy segura de que no guardarán el secreto.

—Ni yo quiero que lo guarden. Quiero que Octavio se entere de nuestro desafío. Como es natural, el testamento no puede ser leído en público; las vestales no lo pueden entregar a nadie. No obstante, los simples rumores bastarán para preocuparlo.

—¿De veras quieres ser enterrado aquí? ¿Y abandonar tu sepulcro familiar de Roma?

—Tú no puedes ser enterrada allí. Tú te tienes que quedar aquí con tus regios antepasados. Y yo no quiero permanecer separado de ti. En la vida casi no lo soporto. No quiero soportarlo en la muerte.

Me apoyé contra él. Fuera seguía cayendo una fría llovizna. Era un día sepulcral.

—Estoy conmovida —acerté a decir.

—Dentro de tres meses me iré a Armenia y desde allí de nuevo a la Partia, esta vez para terminar lo que comencé el año pasado. No quiero volver a las batallas sin haber resuelto esta cuestión.

Las batallas. Más muertes. Ya estaba cansada de todo aquello y más preocupada que nunca. ¿Cuánto tiempo sería preservado Antonio del peligro?


—He sido atacado —dijo Antonio con asombro, sosteniendo en su mano una carta de Roma—. ¡Octavio me ha atacado públicamente!

La noticia lo había dejado aturdido.

—¿Y qué? —contesté.

Alargué la mano para que Antonio me entregara la carta, pero él no quiso soltarla.

—¡En público! ¡En el Senado! Tú sabes... que este año él tenía que ser cónsul tal como yo lo fui el año pasado. Pero como yo no pude ir a Roma para cumplir mi mandato y sólo estuve un día en el cargo, él ha decidido hacer lo mismo y ha regresado a toda prisa a Iliria. Pero durante el único día en que permaneció en el cargo, se levantó en el Senado y... ¡toma, léelo tú misma!

Me entregó la carta... finalmente. Era de Marco Emilio Escauro, un senador, partidario de Antonio en Roma.

Al triunviro Marco Antonio, imperator:
Salve y que esta carta te encuentre disfrutando de buena salud. Nobilísimo Antonio, tengo que informarte de lo que ocurrió ayer durante el único día de permanencia en el cargo de tu compañero Cayo Julio César Octavio. Recién llegado de Iliria y cojeando de una pierna a causa de una herida de guerra en la rodilla, que exhibía constantemente haciendo asomar la pierna vendada por entre los pliegues de la toga, tomó la palabra y se levantó para hablarnos del «estado de la República».

Tenía el rostro arrebolado y daba la impresión de estar tremendamente enfurecido; cosa que yo jamás había visto en este joven. Cierto que pudo ser fingido.

Lucía la corona de laurel que el Senado le ha autorizado a llevar en todo momento como a César y no paraba de acariciarla. (Tiene unas manos muy hermosas.) Lanzó un ataque contra tu persona y contra tus actuaciones. Te acusó de ceder territorio romano, lo cual está severamente prohibido, denunció las que él llamó tus «donaciones de Alejandría» y dijo:

—Ha cedido a sus hijos tierras romanas, no por sus méritos ni por su lealtad a Roma (¿cómo podrían ser leales si apenas tienen seis años?) y los ha convertido en reyes. ¡Sí, ha nombrado reyes a sus hijos! ¿Qué es él entonces? ¿Algo superior a un rey? ¡Un cónsul romano por supuesto que no! ¡Los cónsules romanos no tienen reyes y reinas por hijos! ¿Acaso se ha vuelto loco? —estalló—. ¡Tendrá que responder de estas afrentas!

Después bajó con aire muy digno y dimitió del cargo de cónsul para regresar a la frontera y castigar a los enemigos de Roma. No creo que tardes en recibir una carta suya.

Debo decirte que, a pesar de los muchos partidarios que tienes, la gente está francamente desconcertada por tus acciones.

Tu leal amigo, M. Emilio Escauro

Dejé la carta.
—Muy bien pues. Vamos a esperar esa carta de Octavio. —Antonio se había puesto de mal humor—. No te preocupes por eso —le dije—. Es todo una farsa.

A su debido tiempo, se recibieron dos cartas, una de carácter oficial y otra personal. En la oficial, Octavio se quejaba en arrogante estilo de los nombramientos de Antonio en Oriente y criticaba su proceder. En la personal, adoptaba un tono sarcástico.

Mi apreciado cuñado:
Si puedes apartarte un momento de tus bacanales en el palacio de Alejandría, tu esposa y tus hijos agradecerían una carta tuya, lo cual constituiría una novedad. ¿O acaso has olvidado a tu familia y tus deberes en brazos de esa Reina egipcia? A juzgar por tu comportamiento más reciente, pongo seriamente en duda tu capacidad de gobernar la mitad del mundo que te ha sido asignada.

Quizá convendría que fueras pensando en retirarte y en nombrar a un hombre más joven que pueda soportar el peso de tus cargas antes de que tropieces y te caigas.

Espero que esta carta te encuentre gozando de buena salud física. Mentalmente me temo que necesitas un descanso reparador... en Occidente. Serás muy bien recibido en casa cuando decidas emprender el viaje.

Tu hermano y compañero de Triunvirato,

Imperator J. César, Divi Filius

P.D. Deja de defender las reclamaciones de este hijo bastardo de la Reina. Es indigno de ti.

—¡Qué desvergüenza! —gritó Antonio—. ¡Insinúa que estoy loco! —Posó ruidosamente el rollo—. ¿Cómo se atreve?

—No grites —le dije—, de lo contrario parecerá que estás loco de verdad.

—¡Y mira que llamarte a ti «Reina egipcia», como si no tuvieras nombre!

—Sabe muy bien cómo me llamo —dije—. ¡De la misma manera que él sabe como se llama Cesarión!

El ataque me pareció una buena señal. Significaba que lo habíamos herido en lo más vivo y que se sentía amenazado por nuestras reclamaciones.

—¡Voy a contestarle ahora mismo! —gritó Antonio.

—¡No, ahora no! —le aconsejé.

—¡Sí, ahora! —Tomó una jarra de vino y se llenó una copa hasta el borde—. ¡De mi puño y letra!

Rebuscó en su estuche de escritura, sacó todo lo necesario y se puso a escribir furiosamente. Después me arrojó la carta.

¿Qué te ocurre? Supongo que estás irritado porque me acuesto con la Reina. Bueno, ¿y qué? Además, ¿acaso es una novedad? Llevamos nueve años juntos. Por cierto, ¿tú qué? ¿Acaso Livia es tu única compañera de lecho? ¡Te felicito si, al recibo de la presente, no te estás acostando con Tertula, Terentila, Rufila o Salvia Titisenia o con todas a la vez! ¿De veras te importa dónde y con quién me acuesto? ¡Está claro que no!

Me eché a reír.
—Menuda escena... todas a la vez. Debe de tener un lecho de pared a pared.
—Lo tiene. Le encantan las grandes reuniones.
Antonio apuró la copa y se llenó otra.
—La carta tiene gracia, pero en realidad no responde a las acusaciones.
—¡No me importa! Que se entere de que lo sé todo acerca de su exhibición de gazmoñería. Contestaré a las acusaciones políticas en otra carta por separado. —Hizo una pausa—. ¡Ni siquiera menciona Armenia! ¿Tan poca importancia tiene el hecho de que yo haya adquirido una nueva provincia para Roma? ¿Acaso ha hecho él alguna vez algo que se le pueda comparar?

Más tarde, en una carta muy seria, expuso sus quejas a Octavio, recordando las solemnes promesas y utilizando argumentos basados en la más estricta legalidad. Su compañero de Triunvirato había obrado de mala fe, negándose a enviarle las cuatro legiones que le debía según los términos del tratado de Tarento, prohibiéndole reclutar nuevos soldados en Italia, otorgando a sus veteranos unas tierras de inferior categoría, destituyendo unilateralmente a Lépido de su cargo y apropiándose de todos los territorios y las legiones de Lépido en lugar de repartirlos. Todas aquellas actuaciones eran otros tantos incumplimientos de los términos de la alianza. En cuanto a Cesarión y Cleopatra, la Reina era su esposa y había sido la de César, y Tolomeo César era su legítimo heredero. Pero ésta era una cuestión totalmente distinta que nada tenía que ver con la indigna conducta legal de Octavio en relación con el pacto que ambos habían suscrito.

Envió la carta y acto seguido abandonó Alejandría para reunirse con Canidio y sus legiones en Armenia y preparar otro ataque contra la Partia en una alianza con el Rey medo.

El ruinoso edificio del Triunvirato aún se mantenía —legalmente— en pie, impidiendo la existencia de abiertas hostilidades entre ambos hombres. No obstante, el Triunvirato terminaría en cuestión de apenas nueve meses. Y entonces, ¿qué ocurriría? La República había muerto, a pesar de los sentimentales comentarios que algunos seguían haciendo acerca de ella. Su resurrección tras la muerte de César había fracasado estrepitosamente. Roma había sido gobernada por un dictador, después por tres dictadores —los triunviros— y ahora por dos dictadores. Era evidente que estaba regresando a la forma de gobierno de un solo hombre. La única cuestión pendiente era cuál de ellos iba a ser.

Y la respuesta era la misma de siempre: el que tuviera el mejor ejército. Siempre había sido así.

Por consiguiente, me dispuse a reforzar la flota egipcia en ausencia de Antonio. Ya teníamos una respetable flota de unos cien barcos, construidos sobre todo con madera de Cilicia. Ahora yo tendría que buscar otras maderas mejores procedentes de los gigantescos cipreses y cedros de los montes del Líbano. Agripa había construido una flota de primera con navíos de gran tamaño; nosotros tendríamos que construir barcos de tamaño parecido; no podíamos navegar por ahí con barcos ligeros como los de Sexto y correr el peligro de que nos hostigaran y nos aplastaran.

Estaba convencida de que la flota revestiría una importancia clave en cualquier guerra. Agripa tenía una poderosa flota y uno siempre usa las armas que tiene a mano. No era probable que dejara sus barcos al margen en un conflicto.

Cada pocos días visitaba los astilleros y me complacía en observar cómo aquellas criaturas marinas de madera iban adquiriendo forma en la orilla. Los costados de las más grandes, los «diez», se levantaban por encima de mi cabeza como fortalezas. Los remos se hacían con los troncos de los pinos más altos que se podía encontrar. La cavidad donde encajaría el ariete de bronce era tan grande como un elefante.

—Majestad, el solo vaciado del ariete ya es todo un arte —me aseguró el carpintero de ribera—. Cuando se hace un pico de bronce de este tamaño... cuesta mucho evitar que el metal se agriete. El enfriamiento es una cuestión muy delicada.

Se tardaba varios días en saber si un vaciado había tenido éxito. Ensamblar la madera, secarla, tratarla con alquitrán y cubrir la madera con planchas de plomo para evitar que se pudriera: era un proceso largo y tremendamente caro.

Epafrodito me había advertido que no me pasara.

—Perdóname —dijo—, pero es fácil perder la cabeza con los barcos. A veces cro que los barcos sólo son un embudo para arrojar dinero directamente al fondo del mar.

—Lo sé —dije—. ¡Pero necesitamos una flota de primera!

—De primera equivale a extravagante. Creo que el dinero se aprovecha mejor en el ejército. El mantenimiento de los barcos es muy caro y encontrar remeros no es fácil. Casi todos los hombres prefieren la tierra, de forma que la flota es siempre lo que los hombres eligen cuando no tienen más remedio.

—¿Y si usáramos esclavos?

Epafrodito se echó a reír.

—Si quieres que Egipto se arruine en una sola estación. Los esclavos salen demasiado caros. ¡Imagínate el coste que implicaría cuando un barco se hundiese! No, sale más barato pagar a los remeros. Además, a los esclavos hay que mantenerlos de por vida mientras que los remeros se contratan sobre la marcha y siempre por breves períodos.

—Tienes un corazón muy duro —le dije.

—Es una condición necesaria en un ministro de finanzas —replicó—. Que el jefe de los médicos se permita el lujo de ser compasivo. Tus generales y tu ministro de finanzas son otra cosa. —Epafrodito me miró sonriendo—. ¿Te imaginas a un general que se echara para atrás antes de lanzarse a una batalla?

—Sí —contesté—. Octavio.

—No puede ser tan cobarde como tú lo presentas. ¿Estás segura de lo que dices?

—Según Antonio, en la batalla de Nauloco el miedo lo indujo a pasarse todo el rato en la bodega del barco sumido en el estupor y que, al final, tuvieron que despertarlo —contesté.

—¿Y no sería que se mareó? Muchos hombres normales se marean y eso no es ninguna deshonra.

—¿Por qué lo defiendes tanto?

—No lo defiendo —contestó—. Sólo quiero decir que Antonio no estuvo en Nauloco, y mucho menos en la bodega del barco de Octavio, de la misma manera que Octavio jamás está presente en tus banquetes de Alejandría. Tenemos que guardarnos de creer las cosas que no hemos visto con nuestros propios ojos.

—Siempre hablas como si fueras mi maestro.

Pero me interesaba mucho la opinión de alguien que no vivía en palacio.

Mientras paseábamos por los astilleros bajo la sombra de los gigantescos barcos, Epafrodito me señaló dos barcos que estaban un poco más adelante.

—Es posible que una guerra se gane con otros medios y que unas simples palabras puedan provocar el hundimiento de estos poderosos barcos. Los chismorreos, las mentiras y las insinuaciones pueden causar más daño que las armas auténticas si debilitan al adversario. Lo importante es no ser víctima de los chismorreos que uno mismo se ha inventado. —Epafrodito hizo una pausa—. Por ejemplo, tienes que difundir el rumor de que Octavio es absolutamente despreciable no sólo como hombre, sino también como soldado. Pero no te lo creas jamás. No estaría donde está si fuera tan inútil. Ni tú necesitarías ahora estos barcos.

Epafrodito tenía razón, naturalmente. La guerra de las palabras y las reputaciones que tanto influía en los corazones de los hombres era muy insidiosa y merecía la pena ganarla. Me habían dicho que en Roma ya se habían celebrado varias «reuniones» para «discutir» la cuestión de Antonio y el «problema africano».

Mardo había sido el primero en advertirme y ahora acudió corriendo a mis aposentos para informarme.

—Lo divulgan los agentes de Octavio, naturalmente —me dijo, arrugando la despejada frente—. De esta manera puede decir que responde a los deseos de la gente.

—¿Qué se dice en concreto?

—Dejemos que lo cuente él mismo. —Mardo arrastró a un renuente joven, sujetándolo por el codo. El espigado muchacho no tuvo más remedio que obedecer—. Acaba de desembarcar de un barco procedente de Ostia. Pero antes vendía verdura en un tenderete del Foro. Dice que ha venido aquí para hacer un trato con nuestros comerciantes de puerros e higos.

El joven sacudió el brazo para librarse de la presa de Mardo.

—¿Y qué? ¿Acaso he cometido un crimen? ¿Es contrario a la ley pasear por los muelles de Alejandría tratando de concertar el transporte de un cargamento de alimentos? ¡Discúlpame si he obrado mal! —Se frotó el brazo—. ¡Pero quítame de encima a este gordinflón!

—Dinos lo que sabes y tendrás un cargamento gratuito de todos los puerros y los higos que quieras. Te pondremos incluso unos dátiles de Derr. Pero ahora háblame de estas reuniones públicas de Roma. ¿Has asistido a alguna de ellas?

—Las anuncian en el Foro. Me invitan a todas, pero yo sólo he asistido a una.

—¿Quién las anuncia? ¿Quién invita?

Me miró desconcertado.

—No lo sé. Unos hombres. Unos hombres muy respetablemente vestidos.

—¿Senadores?

—¡Y yo qué sé! No son famosos, si es eso lo que quieres decir.

—¿Y qué se discute en las reuniones?

—Ya te lo he dicho. Sólo he asistido a una. En la que yo asistí, la gente hablaba de Antonio y decía que había abandonado Roma que se había convertido en un rey oriental olvidando su deber. Recuerdo muy bien que dijeron que Cartago estaba volviendo a levantar la cabeza.

—¿Cartago?

Me parecía absurdo.

—Por lo de Aníbal y esas cosas... los africanos que atacaban Roma.

Estallé en una carcajada.

—No tiene gracia —me advirtió Mardo—. No olvides la historia de Dido y Eneas, el noble romano seducido por una reina extranjera. Es muy conocida en Roma.

—Sí, porque él rechaza a Dido y la abandona y ella se muere de pena. ¡Supongo que es eso lo que ellos quieren que Antonio haga conmigo!

—Sin ninguna duda —asintió Mardo.

—¿Y qué más dicen? —pregunté.

—Que tú eres... Vaya, que no eres virtuosa.

—¿Quieres decir que la llaman ramera?

La voz de Mardo normalmente tan suave como la seda había adquirido un tono muy duro.

—Pues sí. —El muchacho bajó los ojos al suelo—. También dicen que ha embrujado a Antonio utilizando brebajes orientales, que lo ha convertido en su esclavo. Tal como le ocurrió a Hércules con Onfalia. De golpe, han aparecido por todas partes unas copas con la leyenda de Onfalia. Alguien las está distribuyendo. Muestran a Onfalia, la reina de Lidia, vestida con la ropa de Hércules y llevando su clava mientras el afeminado Hércules, vestido con una túnica, camina al lado de su carro bajo la sombra de una sombrilla, sosteniendo una rueca. Está destruido y esclavizado por la reina, que interpreta el papel de un hombre. —El chico se ruborizó—. Las copas son muy bonitas... vienen de Arretium.*

¡Arretium! Eran unas copas muy caras. Alguien debía de estar gastándose un montón de dinero.

—¿Qué más?

—Nada. No sé. Ya te he dicho que no le prestaba demasiada atención.

—¿No te parecía divertido? —le preguntó Mardo.

—Un poco sí —reconoció el muchacho—. Pero al final es siempre lo mismo.

—Bueno, pues regresa a Roma y mantén los oídos atentos. Ya nos encargaremos de que muy pronto empiecen a circular unos rumores distintos, pero no menos divertidos.

Antonio tenía todavía muchos seguidores en Roma y muchos agentes dispuestos a divulgar demoledores chismorreos sobre Octavio. Mardo y yo elaboramos una lista. Me alegré de que Antonio no estuviera con nosotros,

---

* La actual Arezzo, en Toscana. *(N. de la T.)*

pues se hubiera opuesto. Ahora podríamos decir lo que quisiéramos sin ningún tipo de censura.

Hicimos correr la voz de que Octavio era cobarde e inepto y siempre había conseguido que Antonio (en Filipos) y Agripa (en Nauloco) combatieran en su nombre mientras él se escondía muerto de miedo y evitaba enfrentarse con el peligro. Había incumplido todas sus promesas. Era aficionado a los juegos de azar y tan codicioso que condenaba a muerte a los hombres para apoderarse de sus preciosos muebles y de sus copas corintias, por las que sentía una especial predilección.

En cuanto a su moralidad personal, era algo inaudito. Primero le había vendido su apoyo a César a cambio de que éste lo nombrara heredero y después se había ofrecido al amigo de César Aulo Hirtio por trescientos mil sestercios. Después había seducido a la esposa de Claudio Nerón y se había casado escandalosamente con ella cuando todavía estaba embarazada de Claudio. ¿O quizá de él mismo? Pero eso tampoco le había bastado. Ahora enviaba a sus agentes para que le buscaran mujeres por las calles y éstos las desnudaban y examinaban como si fueran esclavas.

A veces en los banquetes no se podía dominar y arrastraba a la mujer de algún invitado a su alcoba ante los sorprendidos ojos del marido.

Pero ¿qué se podía esperar de un hombre cuyo padre era un cambista y cuya madre tenía una tienda de perfumes y ungüentos? ¿Y cuyo abuelo era un esclavo?

En cuanto a las acusaciones que corrían sobre Antonio y sus fiestas dionisíacas, por lo menos allí no se ofendía a los dioses, tal como había hecho Octavio en su Banquete de los Doce Dioses, en el que se presentó vestido de Apolo y después se entregó a una desenfrenada orgía. ¡Un insulto, unas monstruosa afrenta a los dioses!

Yo me había horrorizado al enterarme de las acusaciones que se hacían contra César.

—¡Él despreciaba todas aquellas mentiras! —le dije a Mardo—. ¡Sus enemigos las soltaban siempre que les convenía! ¿Cómo puedo hacer yo lo mismo que hacían sus enemigos?

—César creía que se tenía que usar la mejor arma que se tuviera a mano —dijo Mardo—. Si eso redunda en beneficio de Cesarión, el sacrificio valdría la pena.

Yo seguía dudando. Sin embargo, tenía que arrojarle a Octavio todo el barro que pudiera.

—De acuerdo —dije a regañadientes.

Los chismes no tardaron en circular por toda Roma mientras Octavio seguía ocupado con sus tropas en Iliria. Nos costó mucho dinero, pero ¿para qué sirve el dinero?

Ambos hombres seguían entregados a sus misiones militares en el extranjero mientras en Roma sus partidarios rivalizaban para ver cuál de ellos podía manchar más el nombre del otro. En Alejandría los hermosos días iban pasando, ajenos a todo lo que ocurría en el resto del Imperio. Pero mis agentes me mantenían bien informada y yo tenía conocimiento de todos los detalles de lo que ocurría en Roma: Opio (¡bien conocía él la verdad!, el miserable traidor de César!) había escrito un libelo en el que «demostraba» que Cesarión no era hijo de César; la gente llamaba al dios protector de Octavio no Apolo el Benefactor, sino *Apollo Tortor*, el Torturador; otros acusaban a Antonio de perfidia por haber ejecutado a Sexto; los jocosos comentarios que corrían sobre la costumbre de Octavio de usar cáscara de nuez para suavizar el vello de sus piernas. Los hombres de Octavio se burlaban del estilo de hablar y escribir de Antonio, al que acusaban de usar «el aguijón de las frases rebuscadas», siguiendo una costumbre insólita en Roma.

De repente, Agripa desterró de Roma a todos los adivinos y los magos. «¡No los queremos aquí! —decretó—.

¡Que regresen a Oriente y se junten con aquellos que tanto les gustan, los que adoran animales divinizados y otras abominaciones!» Por la ciudad circulaban letreros en los que se nos representaba a Antonio y a mí con Anubis y Hator inclinados sobre nosotros, Anubis con su cabeza de chacal y Hator con sus orejas de vaca. Mis agentes me habían hecho llegar uno y yo lo había visto con mis propios ojos.

También circulaban versos sobre la Reina a la que servían unos «arrugados eunucos» tan «malvados» como yo. Al parecer, yo encabezaba un desfile de criaturas maléficas: perversos eunucos, rameras, adivinos adoradores de animales y nigromantes que celebraban obscenos ritos. Entretanto, me cubría de joyas y perfumes y acaparaba los reinos que le había exigido a mi borracho general romano a cambio de mis favores... yo, el *fatale monstrum*, el monstruo fatal de Oriente.

Al principio, todo aquello me pareció divertido, aunque sólo fuera como una muestra de la imaginación de la gente. Me preocupaban los comentarios sobre los eunucos y cuidaba de ocultárselos a Mardo. Pero a medida que pasaba el tiempo, el veneno que contenían me empezó a preocupar. El odio que destilaban era muy grande. ¿Serían los mismos que me habían cortejado en Roma cuando yo estaba con César? Me habían visto con sus propios ojos, habían comido y conversado conmigo. ¿Cómo era posible que ahora se creyeran aquellas acusaciones y me odiaran más allá de toda razón?

Pasaban las semanas y yo seguía sin recibir noticias de Antonio. ¿Ya habría lanzado su ataque contra la Partia? ¿Dónde estaría ahora?

Al final, no pude soportar la tensión y anuncié en palacio que me iba a las fuentes termales para tomar las aguas y descansar. Las termas de estilo romano se estaban extendiendo por todas partes, con sus salas de agua caliente y fría, pero a mí todo aquello me parecía demasiado artificial. Yo prefería los antiguos manantiales naturales.

—Los romanos dirían seguramente que regreso a mis primitivos y bestiales orígenes —comenté—. O quizá que quiero entregarme a orgías sensuales. Y sobre todo, no debo olvidar las joyas.

—¡No tienes que bañarte con joyas de plata! —me advirtió Mardo—. Perderían el brillo.

Me eché a reír.

—No seas tonto. Era sólo una broma. No tengo intención de llevarme ninguna joya al manantial.

Me llevaría a Carmiana y a Iras. Últimamente no tenían muchas ocasiones de divertirse y las salutíferas aguas les serían muy beneficiosas.

Ahora, recordando aquellos días, sé que fue la última vez que jugué y me divertí en Egipto como una criatura auténticamente libre, tal como yo era en mi infancia y que más tarde ya no pude ser. La corte de Alejandría no ofrecía la menor intimidad y era siempre un escenario público. Sin embargo, las aguas siempre esperaban pacientemente y, si yo no las buscaba, la culpa era mía. Más tarde ya no las podría buscar por mucho que las echara de menos.

Las gruesas columnas de piedra de la gruta se elevaban hasta la bóveda de la cueva donde las aguas burbujeaban. Dentro reinaba un solemne silencio y la luz del sol, difusa y teñida de azul, bañaba las paredes de la gruta. El agua caliente se vertía en un estanque más vasto y, desde éste, resbalando por un saliente, se canalizaba hasta un estanque inferior. En el interior de la cueva el agua era muy caliente, pero cuando salía y bajaba a los estanques de los distintos niveles, se iba enfriando hasta alcanzar la temperatura del cuerpo. Por consiguiente, no tuve la sensación de que en determinado momento terminaban mis brazos y piernas y empezaba el agua; todo era una sola cosa.

¡Qué alivio sentí!... aunque no de golpe. Tenía los nervios tan alterados que, cuando floté por primera vez en el agua y empecé a moverme muy despacio, experimenté el impaciente deseo de llegar al otro lado. Cuando lo alcancé, me agarré al borde del estanque y dejé que las burbujas resbalaran sobre mi cuerpo. Qué olor más extraño tenía el agua; qué suave dejaba la piel. Crucé el estanque una segunda vez y una tercera. Al llegar a la cuarta o la quinta me sentí más calmada, como si la sustancia que contenía el agua me hubiera penetrado a través de la piel y me hubiera serenado de una manera sutil. El agua era de un verde azulado, distinto del color del mar y del Nilo. El mineral mágico que contenía la debía de teñir de aquel color.

Me tendí en la cálida roca al lado del estanque y dejé que me frotaran todo el cuerpo con unas gruesas toallas hasta llegar a los dedos de los pies. Después me aplicaron una loción tan tenue como la leche y con un perfume como de lirios machacados y me frotaron la espalda, las caderas y los hombros. Sentí que me transformaba en marfil y que me suavizaba y blanqueaba la piel. Lancé un suspiro y apoyé el rostro en mis antebrazos. El delicado perfume, el calor, el agradable hormigueo de mi piel... todo me adormecía y dejaba en suspenso mis pensamientos. Cuando desperté, ya era casi de noche. Las horas se habían deslizado y yo me sentía como nueva.

Sólo se echaba de menos una cosa en la fuente termal y yo me comprometí a proporcionársela. Necesitábamos columnas sumergidas en el agua para poder nadar a su alrededor y descansar junto a ellas como sirenas o ninfas marinas.

En Alejandría mi mundo había cambiado durante mi breve ausencia.

Había llegado una carta de Antonio: Octavio había contestado a sus acusaciones y las había refutado todas. La carta era un hiriente reproche y un desafío directo.

Mi muy amada esposa:

Estaba junto a las orillas del Araxes disponiéndome a atacar la Partia con mis tropas y las del rey medo para cumplir mi promesa de invadir aquel territorio cuando llegó un mensajero de Roma. Octavio me lo ha arrojado todo a la cara. Ya ni siquiera se toma la molestia de mantener la apariencia de amistad entre nosotros. He aquí lo que dice:

En respuesta a mi acusación de que ha quebrantado nuestro pacto, guarda silencio. Yo le había dicho en concreto que Lépido había sido destituido sin las debidas consultas y que él se había apoderado de sus legiones, sus rentas y sus territorios; me contesta que Lépido fue justamente privado de su cargo. Le había dicho que yo tenía derecho a la mitad de Sicilia y y él me contesta que la hubiera podido tener si a mi vez yo le hubiera dado a él la mitad de Armenia. Le había dicho que les negó a mis veteranos las tierras que les correspondían en Italia; me contesta que ni falta que les hace, pues «sus recompensas están en la Media y en la Partia que han conquistado con su gallarda campaña a las órdenes de su comandante».

Mis esperanzas de llevar a cabo una campaña oriental se han desvanecido. No puedo librar una guerra en dos frentes.

Tengo que abandonar mi sueño y movilizar mis tropas para contraatacar a Octavio.

He ordenado a Canidio que retire las dieciséis legiones y me siga a Éfeso. Allí, con mis oficiales y mi flota, tendré que prepararme para el inminente choque.

¡Mi sueño! ¡Mi meta! ¡La deuda que tenía contraída con César para llevar a la práctica sus planes! Todo ha quedado en suspenso, tal vez para siempre. Me siento engañado por la fortuna.

Reúne la flota egipcia y envíamela a Éfeso. Sólo entonces podré calibrar los recursos que tenemos.

¡Oh, cruel y burladora Tique!

¿Vendrás tú también, amada mía? Pero si los asuntos en Egipto impiden tu viaje, que así sea.

Con mi amor, M. Antonio

Contemplé la carta parpadeando. O sea, que ya se habían roto las hostilidades. Una vez tomada la decisión, Octavio había actuado con rapidez y determinación. Se quitaba de encima a Antonio y apartaba a un lado la máscara del Triunvirato; era lo bastante fuerte como para no tener que ocultarse detrás de ninguna de las dos cosas. ¡Qué casualidad que yo ya hubiera construido los cien barcos adicionales!

Azul, azul, azul. Con un color tan brillante y profundo como el de los zafiros, el mar de Éfeso resplandecía bajo el sol. Y sobre él navegaba mi flota cuyos altos mástiles se reflejaban en líneas quebradas en las olas mientras las popas doradas y los arietes de bronce cubrían las aguas de reflejos metálicos. Como en un ejército, donde hay desde generales hasta soldados de a pie, los barcos que tenía bajo mi mando iban desde la sublime altura de mi nave capitana, la *Antoníada* (¿qué otro nombre le hubiera podido poner?) hasta las bajas y ligeras galeras liburnas cuyos remos parecían deslizarse suavemente sobre el agua. No había dejado ningún hueco en la flota, no había ningún tipo o tamaño que no estuviera representado. Tenía que ganar. No podía dejar nada al azar.

El mar y los barcos. Una vez más volvían a interpretar un importante papel en mi vida. Una vez más transportaban algo más que mi persona: transportaban mi destino. Los barcos eran doscientos y Antonio estaba reuniendo otros en todas partes. Los restos de la antigua flota de Sexto, los setenta barcos que le había devuelto Octavio, los barcos de Rodas y de Creta y las escuadras romanas estacionadas en Chipre.

—¡Será la flota más grande que jamás se haya reunido! —exclamó Antonio con asombro protegiéndose los ojos de los rayos del sol con la mano, mientras contemplaba en el puerto de Éfeso los barcos que allí permanecían anclados, esperando su inspección.

—¿Y si los usáramos para atacar Roma en ausencia de Octavio?

Me parecía una oportunidad ideal. Roma estaba desprotegida, su presunto amo se encontraba en Iliria y el pueblo aún se mostraba indeciso con respecto a él. Antonio tenía muchos partidarios en Roma. Si zarpáramos y nos presentáramos con nuestra impresionante flota...

—No —contestó Antonio sin vacilar—. La estación de la navegación ya se ha cerrado.

—Pero los barcos también zarpan en invierno, zarpan y llegan a su destino. —A cambio de semejante trofeo, bien merecería la pena correr el riesgo.

Roma estaba allí, tan apetitosa como una roja manzana madura, colgando de la rama a la espera de que alguien tuviera la audacia de arrancarla.

—¿Qué justificación tendría yo? —preguntó—. No ha habido una declaración de guerra.

—¿Y quién decidirá el momento de la declaración? ¿Octavio o tú?

—Mis tropas aún no han llegado —dijo—. Canidio aún no ha venido con las dieciséis legiones y estoy esperando otras siete de Macedonia. Los reyes clientes acaban de emprender el camino hacia aquí. Ahora sólo dispongo de unas fuerzas muy reducidas.

—¿No podrías mandar un mensaje a Canidio para que se diera prisa? ¿O enviar por delante a las mejores legiones?

—Sería demasiado precipitado. Algunos barcos todavía no han llegado.

—Tienes que actuar con rapidez. Si atacas de golpe con un pequeño contingente de fuerzas, el elemento sorpresa multiplicará su efecto por mil.

Sentía en lo más hondo de mi ser que aquél era el momento, un momento que se nos ofrecía casi como un regalo inesperado. El talento consistía en saber cuándo atraparlo.

Pero Antonio sacudió la cabeza.

—No puedo invadir Italia con barcos y soldados extranjeros. Toda la tierra se uniría contra nosotros.

—Lo que quieres decir es que no puedes invadir Italia estando yo a tu lado.

—Sí, eso es justamente lo que quiero decir. No lo consentirían. No, eso jamás. A menos que tú accedieras a permanecer en segundo plano.

—Imposible. Tendría que estar allí desde el principio, de lo contrario siempre sería considerada una usurpadora.

Lo que no podía decirle era que, si él me dejara en segundo plano, a Octavio le sería muy fácil ofrecerle unas condiciones ventajosas a cambio de que renunciara a mí. Era algo que ya había ocurrido antes. Me avergonzaba mi falta de confianza en él, pero Antonio siempre experimentaba el deseo innato de complacer a los demás y Octavio era muy taimado y persuasivo.

—Siempre te verán así —me dijo tristemente.

—Cuando todo haya terminado, puede que le gente me acepte con más facilidad. ¡Bien que les gustaba cuando vivía en Roma! Entonces no me aplicaban motes insultantes y nadie comentaba mi condición de extranjera. Hasta Horacio y Virgilio me visitaron. Y lo volverán a hacer. ¡Pero primero tenemos que ganar la batalla!

—La ganaremos —me aseguró—. Pero tengo que esperar a que venga Octavio. Él tiene que ser el agresor. Procuraremos alejarlo al máximo de su base de suministros. Cuanto más lejos lo atraigamos, tanto más débil será.

»Su vulnerabilidad está en su pobreza. No puede permitirse el lujo de pagar a sus tropas; es muy posible que su ejército no tarde en venirse abajo: tendrá que licenciar a sus legiones de Iliria y cubrir sus necesidades, echando mano de un tesoro vacío. Combatir una guerra lejana es la aventura más cara a la que puede lanzarse. Tal vez ni siquiera esté a su alcance el simple transporte y manutención de las tropas. Las tropas se amotinarán y habrá malestar en el país.

El razonamiento parecía acertado y sensato. Pero Octavio siempre tenía la habilidad de encontrar rápidas soluciones a corto plazo que le permitían ganar tiempo.

—¿Hasta dónde pretendes atraerlo? ¡Yo no lo quiero en Egipto!

—Hasta Grecia —contestó Antonio—. Grecia se encuentra justo al otro lado de la línea que separa nuestra jurisdicción. Tendrá que cruzar la línea para atacarnos y eso lo convertirá en un claro agresor desde el punto de vista legal.

—¿Y a quién le importa la legalidad? Todo el mundo sabe que eso es una guerra civil. ¿Qué más da quién sea el agresor? ¿Y quién le pondrá la etiqueta?

—El Senado —contestó—. Yo quiero ser considerado el bando inocente.

—Cuando la batalla se haya ganado o perdido, el sumiso Senado dirá y hará lo que le ordene el vencedor. Si le dicen que lo haga, declarará que Agripa es Helena de Troya. ¡Olvídate del Senado y concéntrate en la batalla!

¿Cómo no se daba cuenta de que el Senado no servía para nada?

—Nosotros no atacaremos —se obstinó—. Esperaremos a que nos ataquen ellos. Utilizaremos nuestra gigantesca flota para impedir que Octavio transporte sus tropas y cortaremos los suministros a los pocos supervivientes que consigan llegar hasta aquí.

—Me dejas asombrada —le dije—. Tú eres un general de tierra... el mejor de todos los que hay. Que confíes en la flota me parece cuando menos inaudito. Agripa es en el mar lo que tú en tierra; puede que no acepte humildemente el plan que tú le has trazado.

—No tendrá más remedio que aceptarlo —respondió Antonio—. No puede cambiar la geografía. Italia se encuentra al oeste de aquí y él tendrá que atravesar el ancho mar Jónico para poder trabar combate con nosotros. Y nosotros lo estaremos esperando, bien preparados y más frescos que una rosa. Nos podemos permitir el lujo de esperar a que el dañado y desmoralizado enemigo venga a nosotros.

Esperar no era muy de mi gusto y tampoco lo era del de Antonio. En cierto modo, el hecho de esperar requería un esfuerzo mucho mayor que el lanzamiento de un ataque, pues exigía mantener un ejército motivado durante varios meses de inactividad. Y ahora el ejército de Antonio estaba integrado en buena parte por soldados no romanos debido a que Octavio había bloqueado sus privilegios de reclutamiento en Italia. ¿Hasta qué extremo serían leales a un general romano? ¿Con cuánto fervor lo seguirían? La situación me parecía preocupante. Pero fui derrotada. Procuré tranquilizarme, pensando que él tenía más experiencia que nadie en el campo de batalla y que, por consiguiente, mis recelos no estaban justificados.

Al principio, Antonio se disgustó con Octavio y experimentó aquella curiosa tristeza que suele provocar en los hombres el hecho de sentirse traicionados. El repentino ataque personal lo había dejado aturdido. Cuando llegué a Éfeso lo encontré sumido en un profundo estado de desaliento.

Ni siquiera se fijaba en las bellezas de la ciudad. A mí me parecía un lugar extremadamente hermoso, con sus puertas de entrada en el puerto y la ancha calle que conducía desde el muelle hacia el monte Pion, alrededor de cuya base se apretujaba la ciudad. Unas encantadoras casas trepaban por las laderas mientras que la zona construida sobre terreno llano cerca del puerto tenía una impresionnte ágora comercial no lejos del teatro.

En cambio, el centro administrativo de la ciudad estaba situado en la ladera del monte. Sin embargo, lo mejor eran los campos que la rodeaban, llenos de escarpadas rocas y hondonadas con altos cipreses cuyo verde oscuro casi negro puntuaba el paisaje. Y el fulgurante mar, siempre iluminado por unos rayos de sol que allí se reflejan y difunden como en ningún otro lugar de la tierra. Numerosas islas y penínsulas nadaban en aquel mágico mar.

Intentaría convencerle de que me acompañara al otro lado de las murallas de la ciudad para que, sentado en la ladera del monte calentada por el musgo de las rocas, contemplara las nubes que se desplazaban velozmente por el cielo y proyectaban sus sombras sobre las cambiantes aguas del mar.

Entonces se olvidaría de su melancolía al perderse en el hipnótico paso de las formas que cruzaban el cielo y se sentiría aliviado por el bálsamo de un silencio roto tan sólo por las esquilas de las cabras que pastaban en los escarpados peñascos.

—Ah —dijo, tomando mi mano—, a veces creo que sería feliz en el destierro... si estuviera en un lugar como éste y te tuviera conmigo.

No dedicamos demasiado tiempo a contemplar el cielo mientras examinábamos nuestras vidas. A pesar de que es un defecto muy corriente, me pregunté por qué. ¿Por qué nos miramos siempre los pies en lugar de levantar la vista al cielo?

—Pues a mí no me gustaría el destierro —comenté—. El destierro significa no volver a poner jamás los pies en las playas de tu país.

—Quizás estamos demasiado apegados a nuestra tierra —dijo—. Puede que también fuera agradable vagar siempre por el mundo.

Me apenaba haber dejado a mis hijos por... ¿cuánto tiempo? El destierro no estaba hecho para mí. Yo me sentía demasiado apegada a Egipto. Sin embargo, mientras miraba a Antonio, comprendí que hablaba con toda sinceridad. En el fondo era un hombre corriente que había sido llamado a desempeñar una importante misión. Por eso, el simple hecho de contemplar el cielo y el mar le hubiera sido más que suficiente. Puede que, en el fondo, no deseara gobernar Roma, o al menos que no lo deseara lo bastante como para convertirlo en realidad.

Para gobernar, para imponer tu voluntad sobre los demás, lo tienes que desear con toda tu alma y estar convencido de que ninguna otra cosa te podría satisfacer. Lo malo es cuando eso lo piensa tu rival y tú no.

—Para poder vagar felizmente por el mundo, no tienes que volver jamás la cabeza hacia atrás ni pensar en lo que has dejado a tu espalda —dije finalmente.

Éfeso era el lugar en el que se había iniciado su ascenso personal al poder, cuando acudió allí después de Filipos embriagado de gloria y fue saludado como Dioniso por vez primera. Ahora había vuelto al principio y un nuevo comienzo lo estaba aguardando. Pero, de momento, permanecía sentado en la ladera entre los rebaños de cabras, contemplando el paso de las nubes por el cielo.

Una mañana en Éfeso lo vi: el imponente mausoleo de ocho lados construido junto a la calle más transitada de la ciudad. Los que regresaban de hacer sus compras en el ágora inferior pasaban por delante de él con sus fardos y lo mismo hacían los funcionarios de la parte alta de la ciudad, caminando con paso decidido. El mausoleo parecía participar de toda la vida que lo rodeaba: las mujeres descansaban en las gradas que rodeaban su base, los niños correteaban a su alrededor y los viejos apoyaban las encorvadas espaldas en sus muros.

—Espérame en el Octágono —solía decir la gente cuando se citaba para algo.

—¿Y eso qué es? —le pregunté al magistrado que me

estaba acompañando en un recorrido por la ciudad, a pesar de que, de una misteriosa manera, ya lo sabía. Su forma me era demasiado conocida; el Octágono, con su torre redonda sostenida por columnas y coronada por una figura. Lo había visto a diario a lo largo de toda mi vida: era el Faro de Alejandría.

—Es un sepulcro, Altísima Señora —me contestó mi acompañante, esbozando una nerviosa sonrisa.

Me aparté de él para examinar los relieves que adornaban la base. Eran escenas de luto: una joven rodeada por unos amigos que lloraban visiblemente afligidos por su muerte. En segundo plano, un gigantesco templo.

—¿Y eso? —pregunté, señalándolo mientras acariciaba con los dedos la superficie en relieve. Había sido labrado recientemente, pues los cantos estaban todavía muy bien perfilados.

—¡Es el gran templo de Artemisa, el espléndido, la maravilla del mundo! ¿No lo has visto? ¡Oh, Majestad, te tengo que acompañar allí! ¡Pensar que todavía no lo has visto! Sí, tenemos que...

Hablaba sin parar y las palabras brotaban de su boca como el agua de una fuente.

—¿Quién está enterrado allí?

¿Me diría la verdad o trataría de escabullirse?

—Es... es de... una joven —me contestó, aparentando indiferencia.

—Y muy rica según veo —comenté—. ¿Tal vez su padre era magistrado? ¿O quizás un acaudalado mercader?

—Pues... sí, eso es —dijo asintiendo enérgicamente con la cabeza.

—Supongo que a un rey se le puede calificar de magistrado y de acuadalado mercader —comenté—. Es la hija de Tolomeo, ¿verdad?, la princesa Arsinoe. Y este mausoleo recuerda el Faro de su ciudad natal.

Mi hermana, enviada a la tumba por orden mía.

Sí, hay que aspirar al poder y desearlo por encima de

cualquier otra cosa, si uno quiere ejercer su dominio sobre los demás. Y no hay que tener el menor escrúpulo en enviar a la propia hermana al verdugo en caso de que haya aspirado a ocupar traicioneramente tu trono. Antonio no era capaz de ser tan despiadado, a pesar de que lo había hecho a petición mía. Él había ordenado que la sacaran de su refugio del templo y le dieran muerte, cumpliendo mis deseos.

Ahora, contemplando su sepulcro y sabiendo que ella yacía en su interior aprisionada por la muerte, experimenté una sensación de alivio (sabiendo que ella no hubiera dudado en tomar la misma decisión respecto a mí) y de dolor al pensar en lo que yo había sido capaz de hacer, y también de tristeza por todas las vidas prematuramente truncadas. Arsinoe sólo tenía veintiséis años.

—Sí, Majestad —dijo el hombre, inclinando la cabeza como si fuera el culpable.

—¿Era conocida aquí?

—Pues sí, muy conocida.

Ya había abandonado todo intento de disimulo.

—La belleza te granjea muchos amigos —dije jovialmente.

La gente respondía a un rostro agradable; prefería una belleza poco honrada a una persona honrada, pero fea. Se ve incluso en las tabernas; una agraciada tabernera que sirve comida de mala calidad siempre tiene muchos clientes. Sobre todo si, encima, es simpática.

Acaricié con la mano la pulida piedra. Arsinoe estaba allí dentro.

—Hola y adiós, hermana —dije en un susurro tan leve que sólo la muerta lo pudo escuchar.

Aquella noche, en la espléndida mansión que nos habían cedido en la cuesta que conducía al ágora del Estado, me sumí en un profundo abatimiento. Le dije a Antonio que debía de ser el cansancio, pues me sentía efectivamente agotada. Apenas había tenido tiempo de ordenar todos los asuntos del Reino y tomar las disposiciones necesarias para el período de mi ausencia tras haber recibido la llamada de Antonio. La travesía por mar a finales de otoño no había sido muy agradable. El hecho de que Antonio, con su perenne optimismo, estuviera a punto de lanzarse a una guerra contra Octavio había sido un sorprendente alivio, pero todo había sido un poco precipitado. Había comprendido que tendría que acudir de inmediato a su llamada y animarle en su decisión antes de que cambiara de idea o se convenciera de que no tenía que hacerlo, justificando una vez más la conducta de Octavio. Pero todo aquello me había dejado exhausta.

—¿Qué te ocurre, amor mío? —me preguntó Antonio, levantando la vista de los documentos mientras yo permanecía sentada con la mirada perdida en el espacio, cosa insólita en mí.

—Estoy cansada —contesté—. Creo que me acostaré temprano.

—Sí, seguro que estás cansada. ¡La travesía en esta época del año! Ya te dije que no era necesario que vinieras...

—Como si yo hubiera podido quedarme en casa.

Levanté la mano y me aparté un mechón de cabello de la frente. Me pareció un esfuerzo enorme.

Tenía los pies apoyados en un escabel. Antonio se acercó, me quitó las sandalias y empezó a frotarme los pies.

—A veces eso despierta a la persona —me explicó—. Devuelve la sangre a la cabeza.

Justo en aquel momento Ticio entró en la estancia. Antonio le miró sin soltarme los pies.

—¿Sí? —le preguntó.

—Imperator, he recibido la promesa del rey Amintas de Galacia de que aportará por lo menos dos mil soldados de caballería a nuestra... empresa —dijo.

Pero yo vi que sus ojos estaban clavados en mis pies a pesar de que no movió la cabeza.

—Muy bien —dijo Antonio—. Son los mejores de todo Oriente. —Me soltó los pies y se levantó—. Confío en que los demás no tarden en confirmar su aportación. —Me señaló orgullosamente con la cabeza—. La Reina ha llegado.

—Me complace verte, Majestad —dijo Ticio, esbozando una gentil sonrisa.

Después él y Antonio se apartaron para discutir los detalles.

Yo permanecí sentada, pensando en Arsinoe. Si se hubiera conformado con el destino que le había tocado en suerte —de princesa y no de reina— aún estaría viva y no encerrada en aquella tumba. Pero la gente no suele conformarse con ocupar posiciones inferiores. Yo sabía que Antonio se hubiera sentido satisfecho con tener en su poder la mitad del mundo. Pero Octavio lo quería todo o nada y jamás lo hubiera dejado en paz. Pues muy bien. Yo era como Octavio, tal como atestiguaba la silenciosa tumba de Arsinoe. Ahora combatiríamos cuerpo a cuerpo por el trofeo del mundo entero y Antonio no podía titubear.

Discutimos en el Gran Templo de Artemisa, dejando que toda aquella belleza fuera testigo de nuestra pelea. Fingiendo ser unos visitantes corrientes, habíamos echado a andar por el sagrado camino de aproximadamente una milla de longitud que, rodeando la montaña, conducía al templo que yo estaba deseando visitar.

En la entrada del templo me detuve para estudiar las figuras labradas en las bases de las columnas. Soplaba una ligera brisa y la llana superficie del mar brillaba como un espejo en el cual se reflejaba el sol del atardecer.

Antonio se impacientó y empezó a desplazar el peso

del cuerpo de uno a otro pie, cruzando los brazos al tiempo que tamborileaba con los dedos sobre sus antebrazos. Cuando me acompaña alguien que está deseando irse, me cuesta mucho concentrarme en el arte. Lanzando un suspiro, me aparté de las columnas. Ya regresaría otro día. Pero estaba molesta con Antonio y, en cuanto él me habló, le empecé a llevar la contraria.

—Todo eso —dijo Antonio, señalando con la mano las altas columnas tan blancas como la leche— es lo que ellos no comprenden.

¿De qué estaba hablando? ¿Y por qué tenía que hablar en lugar de dejarme disfrutar de los relieves?

—¿Quiénes? ¿Y qué es lo que no comprenden? —pregunté, deseando que me diera una respuesta breve.

En su lugar, empezó a soltarme la lista de los recelos que le inspiraba el Senado y a comentarme la necesidad de que los senadores comprendieran —y aprobaran— sus acciones en Oriente.

—Aquí es distinto —dijo—. Estos antiguos reinos no desean seguir el signo de los tiempos y prescindir de sus reyes. El simple hecho de que Roma no tenga rey no significa que los demás tengan que seguir su ejemplo.

—Sí, todo eso es cierto, pero ¿y qué? —repliqué.

—Los romanos no entienden las concesiones territoriales que hice en Alejandría —dijo. ¡O sea que era eso! Antes de que yo pudiera decir nada, añadió—: Pero hay que hacérselo comprender y conseguir que lo aprueben. Lo anunciaré en una carta que los nuevos cónsules leerán en el Senado cuando tomen posesión de sus cargos. Gracias sean dadas a los dioses de que los dos cónsules del año que viene son mis fieles comandantes Sosio y Enobarbo. ¡Me dirigiré al Senado a través de ellos! ¡Ellos asumirán la defensa de mis intereses ante Octavio!

¿Por qué era tan ciego y tan obstinado? Contemplé tristemente los relieves. En aquel momento no me era posible admirar su singular belleza.

—¡Maldito sea el Senado! —exclamé, levantando excesivamente la voz.

Varios visitantes volvieron la cabeza tratando de oír algo más. Hasta Antonio se desconcertó.

—Bueno... —dijo, buscando las palabras más apropiadas—. El Senado...

—El Senado perdió su autoridad moral cuando permaneció impasible ante el asesinato de César —repliqué—. Ahora ya no queda casi ninguno de aquellos senadores y, ¿quiénes los han sustituido? Pues unos hombres mezquinos que sólo conocen la envidia, la ambigüedad y la timidez. ¡Olvídate de ellos! Aunque te apoyaran, no serviría de nada.

—La Constitución de Roma contempla el acatamiento de las decisiones del Senado —me dijo sin inmutarse—. ¡Pero, como es natural, no se puede esperar que tú lo comprendas!

—¡Eres tú quien no lo comprende! —repliqué—. No te das cuenta de los cambios que se han producido en Roma, unos cambios que, además, son permanentes. La autoridad del Senado ya no existe, está tan cercenada como... ¡la virilidad de este sacerdote! —dije, indicándole un sacerdote que estaba bajando presuroso las gradas del templo. El sacerdote nos dirigió una severa mirada.

—Pues son la única autoridad que nos queda —replicó sin dar su brazo a torcer.

—Dirás más bien que son la única semblanza de autoridad que os queda. Sólo la sombra de una autoridad. El Senado murió con César y ni siquiera le ofrecieron un entierro oficial.

Antonio bajó unas cuantas gradas con expresión enfurruñada. Siempre que oía algo que no le gustaba, se negaba a aceptarlo.

Lo seguí.

—¡No te me escapes cuando te estoy hablando! —le

dije—. Si alguno de mis súbditos se atreviera a hacerme una cosa así...

Le di alcance. Aún estábamos en el recinto del templo y no parecía un lugar muy apropiado para mantener una discusión.

—La gente nos está mirando —señalé—. ¡Procura reportarte!

¿Acaso no pensaba en nuestras reputaciones?

—¡No me importa! —contestó, alejándose.

—¡Tienes que respetar las formas! ¡Deja de comportarte como un jovenzuelo! Si tú gobernaras el mundo...

Se volvió a mirarme.

—¡Eres tú la que quería que gobernara el mundo!

A nuestro alrededor se había formado un nutrido grupo de personas que nos estaban mirando y escuchando. Me callé y le seguí sin decir nada.

Mejor reanudar la discusión cuando estuviéramos solos.

Aquella noche, en la espléndida residencia que uno de los representantes de la ciudad había puesto a nuestra disposición, Antonio pareció haber olvidado la trifulca. Estaba de tan buen humor que bebió más de la cuenta, comió excesivamente y se rió demasiado. Pero yo no me llamé a engaño y comprendí que tarde o temprano tendríamos que reanudar la discusión... o la conversación.

En el comedor había un mosaico que representaba restos de comida tan fielmente reproducidos que parecían las sobras de un banquete de verdad. Había huesos, mondaduras de fruta y conchas de mariscos esparcidas por el suelo. Era algo que estaba muy de moda en aquellos momentos, pero que a mí me parecía una pérdida de tiempo. ¿Por qué representar los desperdicios? En cambio Antonio, sin dejar de beber, lo contemplaba todo tan fascinado que, al final, empezó a arrojar los restos de su comida al suelo.

—¡Pero si casi no se nota la diferencia! —exclamó mientras una corteza de melón rodaba por el suelo y se detenía finalmente junto a unas cerezas de mosaico—. ¡Mira!

Se inclinó sobre los antebrazos de su asiento y lo estudió cuidadosamente.

—Ya ni los gemelos se comportan así —dije, utilizando un tono más áspero del que pretendía—. Ahora estás al mismo nivel que Filadelfo.

Ladeó la cabeza.

—Dicen que los niños son muy sabios. ¿Cuántas personas mayores quisieran tener tiempo para jugar?

—Por lo visto, hay que ser un niño o el amo del mundo para comportarse de esta manera. Las personas normales no pueden permitirse este lujo.

—Ya estamos otra vez con la historia del amo del mundo. Ya sabía yo que acabaría saliendo. —Se apoyó en los codos esbozando una leve sonrisa—. Bueno, ya estoy preparado. Háblame del alto destino que me espera. —Alargó la mano, tomó su copa y contempló sus profundidades. Escanció un poco más de vino y se lo bebió todo de un trago.

—Antonio, bebes demasiado.

Ya está, se lo había soltado.

Se apoyó una mano a la altura del corazón.

—Me ofendes —dijo con expresión dolida.

—Es la verdad. No... te conviene.

En realidad, le había querido decir que, cuando era más joven, la bebida no le afectaba mientras que ahora...

Pensaba que empezaría a discutir, pero no fue así.

—Lo sé —dijo, pero ello no le impidió volverse a llenar la copa—. Pero me gusta porque me libera la mente, la deja vagar a su antojo, y algunas veces me confiere prudencia o me muestra un nuevo camino. —Apuró el contenido de la copa—. Otras veces me provoca sueño —reconoció, levantando en alto la copa—. Adiós, mi apreciado amigo, puesto que Cleopatra así lo quiere. Y pensar que estamos en una región que tiene justo al lado los mejores vinos del mundo. ¡Lesbos con tu dulce néctar, Quíos con tus mágicos racimos, no debéis acercaros a mí!

—¿Por qué tienes que ser siempre tan exagerado? No tienes por qué desterrarlo por completo de tu vida. Sólo tienes que moderarte.

—Algunos tenemos un temperamento que excluye la moderación —dijo, hablando completamente en serio—. Tenemos que abrazar o rechazar las cosas en su totalidad. —Se levantó. No se tambaleaba y sus palabras eran claras y precisas—. Si no hubiera sido un hombre así, no estaría aquí ahora a tu lado. Hubiera jugado contigo, hubiéramos disfrutado juntos, pero jamás me hubiera comprometido. Y Roma se hubiera alegrado. Roma estaba encantada de verte como mi amante, pero se horrorizó al verte convertida en mi esposa. Sin embargo, yo desprecio todos esos convencionalismos.

—Pues entonces, ¿por qué buscas tanto su aprobación? Si tú no apruebas lo que hacen, ¿por qué quieres que ellos aprueben lo que haces tú? ¿Por qué pretendemos que nos respeten aquellos a quienes nosotros no respetamos?

—No lo sé —contestó—. En Roma reverenciamos a nuestras madres por encima de todo. Y, para bien o para mal, Roma es mi madre.

Yo también me había levantado de la mesa. Antonio me abrazó y me atrajo estrechamente hacia sí. Me apoyé contra él, deseando aliviar su dolor. Estaba claro que tendría que disgustar a su madre, a su madre Roma, por lo menos a Roma tal y como era en aquellos momentos. Pero las madres siempre se alegran de las hazañas de sus hijos descarriados con tal de que tengan éxito.

—Subestimas el amor de una madre —le dije al final—. Ella jamás te abandonará. Roma te recibirá con los brazos abiertos. Roma no es el Senado y tampoco es Octavio. Tú eres tan romano como ellos. Cuando te alces con el triunfo y regreses victorioso a las colinas de Roma...

—Ah, otra vez lo mismo —suspiró—. Siempre se reduce a eso.

—Sí, se reduce a los ejércitos —dije—. Roma siempre ha girado en torno a los ejércitos. La historia de Roma es la de sus ejércitos.

Abrazados nos dirigimos lentamente a la cama, mirando con cuidado por donde pisábamos. Mi reacio imperator, mi jovial Dioniso estaba ahora muy tranquilo y sosegado, y parecía que sólo le apetecía dormir. El peso de la tarea que tenía por delante lo oprimía y por eso buscaba alivio en el vino. Y yo le había estropeado el alivio.

Sin embargo, mientras descansaba a mi lado, sentí que su brazo se tensaba bajo mi nuca. Extendió los dedos y empezó a juguetear con mi cabello. Noté un hormigueo en la piel.

—El cabello de una mujer... —dijo hablando solo—. Es la más bella de todas sus joyas.

Permanecí en silencio con los ojos cerrados. Que hiciera lo que quisiera. Le quería tanto que sólo deseaba lo mejor para él. ¿Por qué no lograba hacérselo entender?

—Mi Reina —me dijo al final—. Nunca me he llegado a acostumbrar a tener a una Reina en mi cama.

«Y yo jamás me he acostumbrado a tener a un apasionado mortal en la mía», pensé.

—Eso significa que seremos perennemente una novedad el uno para el otro —susurró—. Ojalá sea siempre así.

El beso que le di le hizo comprender sin el menor asomo de duda lo mucho que lo quería y lo deseaba.

Su respuesta no me decepcionó.

# 63

Se nos ocurrió hacer una excursión a Pérgamo.

—Lo expondré todo allí —dijo Antonio—. Explicaré mi plan por el camino. Se mostrarán más favorablemente dispuestos si lo presentamos durante una excursión.

Dudé un poco.

—Me gustará ver el teatro, pero ¿por qué tienes que mimarlos de esta manera? Te comportas como un padre que tiene miedo de sus hijos. Puedes exponerles tus planes en Éfeso.

—No, les tengo que dorar la píldora.

La píldora eran sus donaciones de Alejandría, envueltas en sus conquistas armenias. Con la llegada del nuevo año, Antonio enviaría una carta al Senado, exponiéndole ambas cuestiones. Y los senadores se alegrarían de la adquisión de una nueva provincia y aprobarían las cesiones territoriales. Al menos ésa era su teoría.

—Muy bien.

Me guardé de discutir con él, pues Antonio estaba completamente convencido de conocer a los romanos.

Pérgamo se encontraba a más de ochenta millas de distancia. Los comandantes romanos estaban tan deseosos de ir que cualquiera hubiera dicho que necesitaban un guía. Yo olvidaba a menudo lo inseguros que se sentían a este respecto. A un nivel profundo, temían el mundo griego, temían ser considerados unos bárbaros y unos palurdos a pesar de ser los dueños del territorio.

En Pérgamo se había iniciado la costumbre de la cesión del propio reino a los romanos. Atalo III lo había hecho y mi tío bisabuelo Tolomeo Apión de Cirene había seguido su ejemplo. (Por suerte, Roma prescindió del legado, pues su derecho al trono estaba un poco en entredicho.) Puede que se doblegaran ante lo inevitable, pero su comportamiento no les granjeó la simpatía de sus súbditos.

Pérgamo era una provincia romana desde hacía cien años. Cuando los tres generales de Alejandro, Antígono el Tuerto, Seleuco y Tolomeo, se habían repartido el territorio, Asia le había tocado en suerte a Seleuco, pero éste no pudo evitar la fragmentación de su reino y entonces Pérgamo se separó.

Pérgamo, patria del jardín de las plantas venenosas de Atalo III, del pergamino y de la biblioteca más grande del mundo después de la de Alejandría, había intentado, sin éxito, igualarnos a nosotros, los Lágidas de Egipto. Y entonces, lanzando un gran suspiro parecido al de un camello cuando deposita sus cargas, se había dado por vencida y lo había cedido todo a Roma. Ahora, despojada de su poder, estaba aguardando nuestra llegada.

De lejos vimos la vasta llanura y la elevada ciudad al fondo. ¡Qué espectáculo tan impresionante! La acrópolis se elevaba a mil palmos por encima del llano y su cegadora blancura brillaba en la distancia. Refrenamos nuestros caballos para admirarla.

Nuestra rival intelectual, pensé. En otros tiempos Alejandría y Pérgamo habían competido por la gloria de ser la verdadera hija artística e intelectual de Atenas. Pero la política, el poder y los ejércitos impusieron su voluntad. ¿Qué hubiera sido de Alejandría si César y Antonio no hubieran sido hombres y yo no hubiera sido una mujer? ¡Qué suerte tuve de haber nacido con la forma adecuada en el momento adecuado! Le di en silencio las gracias a Isis. Ahora Egipto estaba a salvo, cosa que Pérgamo jamás podría estar.

—Qué hermosa ciudad —dijo Sosio—. Siempre me alegro de contemplarla.

—Si no hay más remedio que vivir en tierra, Pérgamo no está mal —rezongó Enobarbo.

Mientras nos acercábamos a la ciudad, pasamos por delante del famoso centro medicinal de Asclepion, con su manantial sagrado, su galería terapéutica abovedada y el hospital para la interpretación de los sueños, y subimos con gran esfuerzo por el largo camino que ascendía serpeando por las terrazas de la ladera de la montaña, pasando por delante de los gymnasions, las termas, el sagrado lugar de Hera y las ágoras inferior y superior hasta llegar finalmente a la acrópolis propiamente dicha. Allí estaba el núcleo esencial de Pérgamo: la biblioteca, el teatro, el altar de Zeus y los palacios reales.

Los representantes de la ciudad nos estaban esperando con ansia para acompañarnos al antiguo palacio real, convertido ahora en el edificio del gobierno romano. Nos habían preparado un festín para que nos recuperáramos de nuestro viaje de tres días de duración. Las mesas parecían combarse bajo el peso de la vajilla de oro y las montañas de manjares, aunque desde luego el hierro y el mármol no se comban. Las jarras de plata llenas con el mejor vino de la cercana isla de Lesbos esperaban, dispuestas a apagar nuestra sed.

Nuestro grupo estaba formado por más de veinte personas, no sólo Sosio y Enobarbo, futuros cónsules, sino también Delio y Planco y distintos magistrados tanto de Éfeso como de Pérgamo. Las esposas se habían incorporado al grupo y su presencia confería a la reunión cierto aire de acontecimiento social. Puede que Antonio hubiera tenido razón al envolver sus serios asuntos políticos con aquel manto tan ligero y agradable.

Desde el lugar donde yo me encontraba le vi servirse varias copas de vino en rápida sucesión... ¡Allí la moderación brillaba por su ausencia! Se reía y se mostraba jovial y despreocupado. Agucé el oído para ver si podía captar algo de lo que estaba diciendo mientras estudiaba los rostros de Sosio y Enobarbo.

Decían que Sosio iba a celebrar un Triunfo en Roma; ya había celebrado uno apenas un año atrás en conmemoración de su victoria sobre los partos, a los que había expulsado de Jerusalén en favor de Herodes. Ahora había regresado a aquellas regiones, pero yo no podía por menos que pensar que hubiéramos estado mucho mejor si se hubiera quedado en Roma. Necesitábamos que nuestros partidarios permanecieran allí, aunque sólo fuera para equilibrar el poder de Agripa. Pero él parecía encontrarse a gusto en aquellas tierras, donde, al igual que muchos romanos que ocupaban cargos en Asia, disfrutaba de más poder. Era un hombre de hermosas facciones y temperamento equilibrado, en contraste con el áspero y voluble Enobarbo.

Ahora ambos permanecían inclinados, escuchando atentamente a Antonio, quien estaba derrochando a raudales su famoso encanto (tal como yo pude ver con toda claridad). Sonreía, gesticulaba, se reía, echaba la cabeza hacia atrás, les daba confidenciales codazos. Sin embargo, sus interlocutores se mantenían ligeramente distantes: una mala señal. Oí algunas palabras dispersas de Antonio tales como «año nuevo», «evidente» y «bien merecido». Enobarbo frunció el ceño.

—O sea, que esta tarde iremos a ver una comedia, ¿no?

¡Maldición! Delio, de pie a mi lado, estaba deseando conversar conmigo.

Ahora no podría enterarme de lo que estaba diciendo Antonio.

—Sí —dije—. *La muchacha de Samos* de Menandro. El día es demasiado hermoso como para teñirlo de muerte y llanto, aunque sean fingidos.

Sólo pude oír las palabras de Antonio «Puedo fiarme de..» en el momento en que Delio me decía:

—Pienso lo mismo que tú, hermosa reina.

Me miró con una sonrisa, como si quisiera insinuarme algo más.

—¿En el sentido de que a ambos nos gustan las comedias? —pregunté ingenuamente—. Menandro era uno de los autores preferidos de César.

Era algo que siempre me había llamado la atención, pero quizá le servía para distraerse de sus preocupaciones, lo mismo que a Antonio le servía el vino.

—Nunca hubiera imaginado que a César le gustaran las comedias —dijo Delio.

Ahora vi que Sosio y Enobarbo, sonriendo satisfechos, se servían sendas raciones de huevos duros con aceitunas cortados a trocitos y aderezados con especias. A lo mejor la conversación había resultado fructífera. Antonio, con una radiante sonrisa de satisfacción, escanció más vino. Sí, todo había ido bien.

—Mi benignísima Majestad —dijo el oficial pergamino que tenía a mi otro lado—, ¿es la primera vez que nos visitas?

—Sí —contesté—, aunque siempre tuve el deseo de conocer vuestra legendaria ciudad. A mi médico le interesarían especialmente el Asclepion y el jardín de Atalo, que probablemente ya no existe.

—Una pequeña parte todavía se conserva, mi señora, y me sentiría muy honrado de poder mostrártelo. Está muy cerca de la biblioteca.

Ah, sí. La biblioteca. Se trataba de una cuestión delicada. ¿Ya se habrían retirado los rollos? ¿Habría huecos en las estanterías, mirando enfurecidos a los visitantes de la biblioteca?

Sin embargo, si el magistrado no quería hacer ningún comentario, yo tampoco lo haría. Es el principio fundamental de la diplomacia.

—He oído hablar de la estatua de Atenea que hay allí —comenté.

Por lo menos, eso lo habían dejado. Sólo me faltaría otra estatua de Atenea en Alejandría.

Ya era casi la hora de la representación, por lo que el grupo de Antonio se reunió con nosotros en el recinto del templo de Atenea que daba al teatro. Los oí antes de verlos; el ruido desgarraba el silencio y parecía traspasar el aire.

—¡Salve! ¡Salve!

Antonio marchaba en cabeza, agitando un tirso hecho con una rama de pino. Desde el lugar donde se hallaba, me di cuenta de que estaba eufórico, y también bebido. A su lado, sus acompañantes se reían y cabriolaban. ¿Los habría emborrachado también a ellos o simplemente le seguían la corriente?

—¡El teatro nos llama! —dijo, reuniendo a su alrededor a sus acompañantes cual si fuera un pastor con su rebaño—. ¡Ya podemos bajar!

Mientras rodeábamos el estilóbato de dos pisos que circundaba el templo con las estatuas de bronce de los galos vencidos en sus correspondientes hornacinas, me quedé boquiabierta de asombro al ver el teatro que bajaba casi en picado, o eso parecía, hasta el nivel medio de la ciudad. Era la ladera montañosa más empinada que yo jamás hubiera visto aprovechar para las gradas de un teatro; parecía casi perpendicular. Abajo estaba el escenario. Una caída desde arriba hubiera sido fatal. Vi a Antonio tambaleándose en el borde. ¿Estaría bromeando? Debía de haber unos cien palmos desde allí hasta abajo. Me acerqué corriendo para sujetarlo por el brazo y evitar que perdiera el equilibrio, pero él me apartó, agitando el tirso en señal de advertencia. Abajo la gente ya empezaba a llenar las gradas. En la primera fila se encontraba el asiento real de mármol donde nosotros nos acomodaríamos... siempre y cuando consiguiéramos llegar de una pieza hasta allí. Se me ocurrió que quizá sería mejor bajar por el camino y entrar por la parte de abajo. Pero cuando lo sugerí, Antonio se limitó a soltar una carcajada excesivamente sonora.

—Vaya, ¿acaso el dios no va a descender de las alturas? —Pisó la grada superior y allí se quedó, tambaleándose peligrosamente. Bajó a continuación al siguiente nivel y saltó con los pies juntos al otro—. ¡Venid!

Se volvió y nos hizo señas, mirando hacia atrás. Simultáneamente, retrocedió, se enganchó el pie en la toga y bajó rodando por las gradas, convertido en un confuso revoltijo blanco.

Ocurrió con tal rapidez que ni siquiera lo vi. El cerrado ángulo se combinó con el peso de su cuerpo. Delio salió disparado detrás de él, pero no pudo igualar la velocidad de la caída. De pronto, Antonio extendió un brazo y se agarró al borde de una grada, donde el ímpetu de su propio cuerpo lo obligó a dar varias vueltas hasta que se golpeó la espalda contra la piedra. Fue necesaria toda la fuerza de su brazo para que éste actuara como eje y lo hiciera dar varias vueltas antes de lanzarlo en dirección contraria. Oí un fuerte ruido en el momento en que se golpeó contra el asiento de piedra. ¿Se habría partido la cabeza? Sólo podía ver un montón de ropa. Bajé corriendo de lado por las gradas como si fueran una escalera, pero Delio ya había llegado hasta él, seguido por los demás.

Poco a poco, como una tortuga que sacara la cabeza del caparazón, la cabeza de Antonio asomó por entre la toga y sus ojos miraron a su alrededor con expresión aturdida. Su mano aún no había soltado el borde de la grada. Cuando lo hizo dejó en ella una ensangrentada huella. Después sacudió la mano arriba y abajo como si la tuviera entumecida.

Delio se inclinó hacia él y le dijo algo y entonces Antonio se levantó. Al parecer, no se había hecho daño. La holgada toga que lo había hecho tropezar también había servido para amortiguar la caída.

—¡Un comienzo muy propio de una comedia! —comentó alegremente para que todo el mundo supiera que no le había ocurrido nada. Sus palabras fueron acogidas por las nerviosas risas de los componentes del grupo.

Tomé su ensangrentada mano en la mía y bajé lentamente las gradas con él hasta llegar a los asientos reales. Preferí no decir nada. Estaba furiosa, pero el miedo que había pasado al verle caer había disipado mi enojo.

En cuanto nos sentamos, me dijo en tono compungido:

—Lo siento. —Al ver que yo no contestaba, se apresuró a añadir—: No volverá a ocurrir.

Yo me notaba la mano pegajosa a causa de la sangre de Antonio.

—Al salir, convendría que te detuvieras un momento en el templo de Dioniso que hay al fondo del escenario para darle las gracias por haberte salvado —le dije finalmente.

Los actores, todos ellos pertenecientes a la asociación teatral de Dioniso, salieron con las máscaras puestas e inmediatamente se inició la representación de la comedia, pero yo apenas presté atención.

Aquella noche, en cuanto le hubieron curado los cortes y las magulladuras, Antonio me dijo entre risas:

—Las togas son un peligro. Me enganché el pie...

—Antonio —le contesté en un susurro—, no ha sido la toga.

Estábamos tendidos juntos en el dormitorio del vetusto palacio. Antonio no conseguía encontrar una posición cómoda.

—Me duele todo —confesó. Los efectos del vino ya se habían disipado y ahora ya estaba completamente sereno—. Precisamente ahora, cuando más lo necesito. Era una broma —añadió—. Creo que hoy he aprendido una lección. Tenías razón en lo que me dijiste antes. Se impone un poco más de moderación. —Lanzó un suspiro—.

Pero, tal como ya te comenté, la moderación no es muy propia de mí.

No podía quitarme de la cabeza la imagen de la caída. La veía una y otra vez y me estremecía de angustia.

—Por tu bien tienes que aprender —le advertí, dándome cuenta de que parecía un severo preceptor. ¿Por qué nos resulta tan difícil ser duros con los que amamos aunque sea por su propio bien?

—Sí, lo sé. Octavio lo podría usar contra mí.

—Eso es lo de menos. Lo más grave es el peligro. Hoy lo hemos visto.

—Hoy ha sido un día muy provechoso —dijo, optando por abandonar el embarazoso tema. Cambió de posición y cruzó los brazos detrás de la nuca—. Huy —se quejó—. Enobarbo y Sosio leerán mi informe al Senado en cuanto tomen posesión de su cargo el mes que viene. Están de acuerdo en que hay que defender mi causa en Roma. Tenemos suerte de que los dos cónsules de este año sean dos de mis partidarios.

—O sea, que los has convencido de las bondades de tu plan.

—No ha sido necesario convencerlos. Los méritos del plan son más que evidentes.

—Entonces, ¿por qué estabas tan nervioso que hasta has tenido que emborracharte?

Hubo un largo silencio.

—Buena pregunta. Supongo que porque hay muchas cosas que dependen de ello. Tengo que recuperar el favor del Senado; de eso depende nuestro futuro.

Estaba tan poco de acuerdo con su opinión que preferí no decir nada. Me entristecía su obsesión con el Senado. Éste no podía concederle nada que mereciera la pena. Se lo tendría que ganar él por su cuenta y a pesar del Senado. Pero Antonio no era un revolucionario como su rival, que ocultaba sus ambiciones imperiales bajo los ropajes republicanos.

Cerré los ojos y traté de dormir.

¿Quién hubiera podido prever lo que ocurrió? Ningún astrólogo lo había predicho, ningún adivino lo había insinuado. Aunque, en realidad, yo tampoco los hubiera creído.

En cuestión de tres meses, el Senado acudió a nosotros.

Sí, el poderoso Senado romano —o una parte de él— se presentó como fugitivo en Éfeso tras haber sido expulsado de Roma por Octavio.

Sosio y Enobarbo, utilizando su rápida embarcación liburna, se adelantaron a los senadores para advertirnos de lo ocurrido y se presentaron en nuestra casa en cuyo atrio estábamos sentados, disfrutando de la deliciosa temperatura primaveral. El sol iluminaba desde arriba el pequeño estanque cuadrado con su fondo de mosaico.

—Imperator —dijo Enobarbo desde la puerta—, ¡nos han expulsado de Roma!

Lo seguía Sosio, jadeando a causa de la carrera desde el puerto.

Los miramos como si fueran dos fantasmas. Hubieran tenido que estar a miles de millas de distancia, defendiendo nuestros intereses en el Senado.

—¿Cómo? —Antonio se levantó de un salto, dejando las cartas que estaba leyendo. Una de ellas cayó rodando al estanque y se hundió con un gorgoteo.

—Nobilísimo... nobilísimo... ya no puedo decir triunviro...

Sosio estaba anonadado.

¡Sí, el Triunvirato había expirado oficialmente con la llegada del nuevo año y no era probable que se renovara! Ahora Octavio era un ciudadano particular, desde un punto de vista técnico por lo menos. Pero Antonio seguía ostentando su mando militar y su título oriental de autocrátor.

—Os ruego que os sentéis —les dijo, siempre atento con las visitas—. Descansad un poco —añadió y acercó un banco como si se tratara de una visita de cortesía.

Tomaron asiento, alisándose las togas alrededor de las rodillas. Los ojos de Enobarbo brillaban con destellos de indignación por encima de la áspera y poblada barba.

—¿No sabías nada? —preguntó—. ¿No recibiste mis mensajes?

Antonio sacudió la cabeza.

—Cuéntamelo todo ahora.

Enobarbo soltó un gruñido.

—¿La versión corta o la larga?

—Primero la corta —dije yo.

Me miró irritado y después se volvió a mirar a Antonio. Pero si esperaba que Antonio no estuviera de acuerdo, debió de sufrir una decepción.

—Durante el primer mes del nuevo año yo hubiera tenido que presidir el Senado —explicó—. Consideré que el ambiente no era propicio para leer tu mensaje.

—Pero ¿de qué otra manera se hubiera podido enterar Roma? —pregunté, pensando que se había excedido en sus atribuciones al haber optado por no facilitar la información al Senado. Eso lo teníamos que decidir nosotros, no él.

Me dirigió una mirada asesina antes de proseguir su relato.

—Era tal la hostilidad que se respiraba contra tu política oriental, que me pareció que el hecho de mencionar las donaciones hubiera contribuido a enardecer ulteriormente los ánimos. Octavio no estaba en Roma. Decidí tantear la situación y establecer después una estrategia. Pero él... —miró a Sosio—, cuando ocupó su cargo al cabo de un mes, decidió atacar directamente a Octavio y pedir un voto de censura contra él. Un tribuno puso el veto. De repente, Octavio se presentó en el Senado rodeado de hombres armados, nos amenazó y nos impidió leer tu informe, incluso la parte que se refería a la conquista de Armenia. Dijo que regresaría al día siguiente con toda su lista de agravios contra ti, con pruebas escritas y el castigo exacto que merecían tus actos. Al día siguiente nos fuimos; en lugar de acudir a la cita decidimos irnos. Cuatrocientos senadores optaron por acompañarnos.

»¡Todos los traidores que estén de acuerdo deberán marcharse ahora! —les advirtió Octavio.

»Y ahora la mitad del Senado nos ha seguido.

Antonio se había quedado sin habla.

—Pues entonces, ¿dónde reside el verdadero gobierno de Roma? —pregunté—. Desde un punto de vista legal, ¿qué mitad del Senado es la que prevalece?

—Ambas pueden reclamar el derecho a la legitimidad —contestó Sosio—. Hay una tradición, según la cual, si el Senado tiene que desplazarse a otro lugar, allí está la representación del gobierno. Pero, en este caso, muchos han permanecido en sus puestos. ¡Ahora Roma se ha quedado sin gobierno! El Triunvirato ha expirado, el Senado se ha disuelto... —parecía al borde de las lágrimas—. Navegamos a la deriva en un mar muy peligroso.

—¡Cálmate! —le dijo Enobarbo.

—No podría soportar otra guerra civil —dijo Sosio en tono quejumbroso—. Llevamos demasiado tiempo arrastrándolas. ¿Es que Roma jamás podrá descansar? César, Pompeyo, Sexto y ahora Octavio. ¡No y mil veces no! —gimoteó—. No podremos resistirlo.

—Pues no tendremos más remedio —intervine.

—¿A qué viene este plural? —preguntó Enobarbo—. Tú no eres romana.

—Pero estoy estrechamente vinculada a todos estos acontecimientos —contesté—. Puesto que hace quince años tuve un hijo de César, formo parte de la política romana tanto si te gusta como si no.

—¡Pues no me gusta! —replicó.

Me sorprendí, pero no tanto de sus sentimientos como de su honradez.

—Hay días en que a mí tampoco me gusta —dije.

Antonio permanecía al margen. Ambos cónsules lo miraron con gesto expectante.

—Imperator —dijo Sosio—, dinos qué debemos hacer.

—No lo sé —contestó finalmente Antonio, mirando a su alrededor con expresión perpleja—. ¿Dónde vamos a alojar a todos esos senadores?

—Tú siempre has respetado mucho el Senado —le recordé—. ¡Ahora tienes a los senadores en tus manos!

Puede que fuera una crueldad por mi parte, pero es que yo también estaba trastornada. Todo era muy confuso y Octavio estaba lleno de sorpresas.

Llegaron al cabo de pocos días en varias embarcaciones y subieron por la calle del puerto hasta el centro de la ciudad, cargados con sus pertenencias.

¡Qué extraño era su aspecto lejos de Roma! Transportados a otro ambiente, perdían todas sus impresionantes cualidades y parecían simplemente unos extranjeros.

Conseguimos encontrarles alojamiento forzando al máximo la hospitalidad de los efesios.

Octavio se apresuró a cubrir las vacantes de los cónsules con dos partidarios suyos, Valerio Mesala y Cornelio Cinna. Nos habían cerrado todas las puertas. Nuestros cónsules habían sido destituidos. Todo nuestro grupo se encontraba en el exilio. Sólo había una manera de regresar: luchando, derrotando a Octavio y entrando triunfalmente en Roma. Al final, había llegado el momento. Llevaba doce años, desde la muerte de César, esperando que su verdadero heredero fuera reconocido y el falso fuera expulsado del trono, pues se trataba de un trono creado por César y destinado a su hijo.

Las fuerzas se reunieron en Éfeso. Antonio contaba ahora con ocho escuadras integradas por sesenta barcos cada una, más cuarenta embarcaciones de apoyo y cinco de reconocimiento por escuadra, casi quinientos navíos en total. Contaba, además, con otras trescientas embarcaciones de transporte y suministros. Por consiguiente, nuestra gigantesca flota estaba formada nada menos que por ochocientos barcos. Por primera vez desde los tiempos de Alejandro, todo el poderío naval de Oriente estaba en manos de un hombre.

Canidio había llegado con las dieciséis legiones de Armenia y otras siete procedían de Macedonia. Los Reyes clientes de todo el Oriente se habían comprometido a aportar tropas: Arquelao de Capadocia, Amintas de Galacia, Tarcondimoto del Amano, Mitrídates de Comagene, Deyotaro de Paflagonia, Roemetalces y Sadalas de Tracia, Boco de Mauritania, Herodes de Judea, Malco de Nabatea y el rey de la Media. En total, unos veinticinco mil hombres, aparte los setenta y cinco mil legionarios.

¿He olvidado mencionar que yo financiaba toda la operación? Sí, el tesoro de Egipto correría con todos los gastos de mantenimiento del ejército y la flota, unos veinte mil talentos en total. Una suma muy importante, teniendo en cuenta que el mantimiento de una legión en campaña costaba unos cincuenta talentos al año. Era, además, una suma muy superior a toda la deuda inicial de mi padre con Roma. Egipto había prosperado tanto en los años de mi reinado que aquello que inicialmente había sido una enorme deuda imposible de pagar, ahora yo lo tenía a mi disposición para gastarlo en lo que quisiera. Yo corría con todos los gastos y llevaba aquel ejército sobre mis hombros o, mejor dicho, sobre los hombros de mi tesoro. ¡Sin embargo, los romanos se atrevían a ordenarme que me fuera! Su insolencia no tenía límites. Sin mí no hubiera habido ejército, ni provisiones, ni alojamiento, ni pan, ni vino...

¡Y a pesar de todo ello, trataron de convencer a Antonio de que me echara!

Empezó Enobarbo, murmurando por lo bajo que «todo iría mejor si Cleopatra regresara a Egipto». Otros lo repitieron a coro, señalando que mi presencia perjudicaba la causa de Antonio. ¡Pero no especificaban en qué sentido! ¡Y lo decían mientras comían mi pan!

Antonio no prestó atención a los murmullos. Posteriormente, las críticas se hicieron más insistentes, pero durante aquella primavera fueron lo bastante moderadas como para que se pudieran pasar por alto.

# 64

En mayo nos fuimos a Atenas tras haber transportado el ejército al sur de Grecia.

Grecia. Por tercera vez en sólo diecisiete años se tendría que decidir una guerra civil romana en Grecia. Por tercera vez, el duro suelo griego se empaparía con la sangre de los romanos que luchaban por el poder en su patria.

Cada una de aquellas batallas me había afectado profundamente. La primera de ellas había traído a César a mi vida y la segunda a Antonio. Ahora, en el inminente enfrentamiento, se decidiría el destino de mis hijos. ¿Recibirían la herencia que se les había asignado gracias a la victoria de Antonio, o lo perderían todo y serían desterrados a un anónimo vacío fuera de la historia?

En aquella campaña no cabía ningún error. Pompeyo lo había perdido todo contra César porque no había seguido el camino inicial que se había trazado y su estrategia no había sido suficientemente flexible; Bruto y Casio se habían suicidado tras interpretar erróneamente unas señales de su propio campamento. El hecho de que en ambos enfrentamientos los vencidos hubieran sido los romanos que se encontraban en Grecia y los vencedores los romanos que habían invadido el territorio desde el oeste no me había pasado inadvertido. Sí, no podíamos cometer ningún error.

Teníamos diecinueve legiones romanas entregadas al esfuerzo bélico y otras once esperaban en Egipto, Siria, Cirenaica, Bitinia y Macedonia.

Por consiguiente, el campo de batalla sería Grecia. Pero ¿qué parte de Grecia? ¿El norte, el sur? ¿El centro? ¿Dónde se tendrían que desplegar las tropas?

Habíamos estado dando muchas vueltas a esta cuestión de tan vital importancia, tras haber consultado con algunos senadores y con nuestros generales. Y lo seguiríamos haciendo.

Toda mi vida había deseado visitar Atenas. De niña me habían enseñado muchas cosas sobre la gloriosa fuente de toda nuestra historia cultural, la madre de todos los pueblos de habla y educación griegas. Mi padre había pasado algún tiempo allí tras su expulsión del trono y yo había soñado muchas veces con estar con él. A lo largo de toda mi vida, siempre había habido en esta tierra algo que me atraía: la arquitectura, el arte, los sabios, las escuelas de oratoria y filosofía, los santuarios, los salones donde se reunían los personajes más conocidos. Atenas era un lugar imposible de superar.

En mi condición de macedonia educada en la cultura griega, Atenas siempre había sido mi lugar de peregrinación espiritual. Pero después la ciudad empezó a adquirir un tinte algo más oscuro, pues la tuve que asociar con mis enemigos. Bruto había brincado por allí al pie de las estatuas de sus ídolos, los antiguos «tiranicidas». Los atenienses lo habían acogido incluso como libertador cuando se había refugiado allí tras el asesinato de César y hasta habían levantado una estatua en su honor. Cicerón también se había encontrado muy a gusto en la ciudad, donde le dedicaban casi tantas alabanzas como las que él mismo se dedicaba. Y finalmente Antonio había pasado allí buena parte de su vida matrimonial con Octavia.

Por si fuera poco, los atenienses se habían superado a sí mismos, tributando honores a Octavia, otorgándole títulos y dedicándole inscripciones. Todo lo cual había hecho que Atenas se convirtiera en la ciudad de Octavia y me había estropeado el placer de disfrutarla. Por consiguiente, ahora que finalmente la visitaba, mis enemigos y rivales ya se habían apropiado de ella.

Sin embargo, Antonio parecía felizmente ajeno a todas estas cuestiones. Mientras subíamos por la ancha avenida en medio del desbordante entusiasmo de la multitud que se agolpaba a ambos lados, nuestro carro pasó por delante de una inscripción que honraba a Octavia como la «diosa de las buenas obras» y «Atenea Polias». La leí y tensé los músculos. Apreté con fuerza el brazo de Antonio y le dije en voz baja:

—¡Mira!

Él volvió la cabeza.

—¿Qué?

—¡La placa! —contesté. No quería que me vieran señalarla.

—¿Qué placa?

Pero ya la habíamos dejado atrás. Le solté el brazo.

—Nada.

Sin embargo, la contemplación de la placa me hizo comprender que tenía que exigirle inmediatamente el divorcio oficial.

Durante algunas de nuestras reuniones, los senadores y comandantes habían hecho veladas alusiones al tema, pero no en el sentido que yo quería. Le habían recordado a Antonio que la ruptura con Octavio no era irreparable, pues a fin de cuentas él seguía casado con su hermana. Enobarbo llegó casi al extremo de decir que ojalá Antonio regresara junto a Octavia para que, de este modo, se pudiera evitar la guerra. Pero ni siquiera él se atrevió a ir tan lejos, por lo menos, delante de mí.

Ya no lo podía soportar por más tiempo. A lo largo de cinco años —¡cinco!— me había doblegado a los argumentos políticos que aconsejaban conservar los vínculos formales con Octavia y había aceptado las excusas de Antonio acerca de la inminente maternidad de Octavia, la delicadeza de sus sentimientos y el hecho de que la estuvieran utilizando como arma contra él.

Pero aquellos argumentos ya no se tenían en pie. Estaban superados y carecían de sentido, y todas las razones de prudencia que aconsejaban mantener el engaño ya no eran nada comparadas con el dolor que yo había sentido al ver todos aquellos recuerdos de su presencia en la ciudad.

No vivíamos en un palacio, pues los griegos no tenían reyes, pero sí en una mansión que bien lo hubiera podido ser. He observado que allí donde no hay reyes, los ciudadanos particulares acaudalados viven como tales, por lo que, en lugar de un solo palacio, los hay por docenas.

Antonio, con semblante satisfecho, paseaba arriba y abajo por nuestro dormitorio como si estuviera midiendo sus dimensiones. Vestía la que yo llamaba su túnica de «potentado oriental» de seda roja con bordados de oro y perlas y unas mangas muy holgadas, y calzaba unas zapatillas a juego.

Si no quería que lo llamaran «degenerado oriental», pensé yo, convendría que abandonara aquel atuendo. Pero aquella noche preferí no decir nada para no incomodarlo con cuestiones de menor importancia en unos momentos en que necesitaba concentrarse en la más importante.

Me acerqué a él. Finalmente había podido admirar el legendario Partenón. A lo largo de toda mi vida había contemplado el blanco Faro de Alejandría desde mi ventana y ahora otro prodigio de mármol me llenaba los ojos. Pero de pronto y sin previo aviso me vino a la mente la imagen de Antonio brincando disfrazado de Baco en las gradas de la Acrópolis en el transcurso de unos desenfrenados festejos celebrados años atrás. Y la imagen de Antonio «desposado» con la diosa Atenea durante su fiesta anual en el Partenón. Por todas aquellas cosas, Atenas jamás me pertenecería. Yo sería siempre la visita que llega tarde, una forastera.

No quería estropear aquel momento mencionando a Octavia. Que Antonio contemplara el Partenón todo lo que quisiera. Yo permanecería en silencio a su lado. Sin embargo, cuando se volvió a mirarme...

—Antonio, creo que ha llegado el momento —dije.

Hubiera deseado que mi voz sonara suave y persuasiva, no como la de una bruja. Sin embargo, mientras pronunciaba las palabras, yo misma me reproché mi brusquedad. Hubiera tenido que mostrarme sutil y seductora, pero mis sentimientos eran tan intensos que no los podía disimular.

Me miró con expresión expectante. Pensaba que le había preparado alguna deliciosa sorpresa o algún entretenimiento exótico o que había pedido que nos sirvieran unas bandejas de exquisitos manjares atenienses.

Le oprimí el brazo y apoyé la cabeza en su hombro.

—Tienes que divorciarte de Octavia —le dije en un susurro.

—¿Cómo? —dijo algo decepcionado. Frunciendo el ceño, me obligó a volverme de cara hacia él—. ¿Por qué lo dices?

«Porque ya no aguanto más. No puedo soportar mi ambigua posición a los ojos del mundo, no quiero compartirte con nadie. Y la víspera de la guerra todo tiene que estar claro y en orden, todas las deudas se tienen que haber saldado.» Bajé tímidamente los ojos.

—Porque ya lo has aplazado bastante. Es algo que confunde a nuestros amigos y aliados. No conviene a tu causa.

Por fin se lo había dicho. ¿Le parecería un argumento suficientemente político?

—No sé qué quieres decir —contestó, obstinado.

La cosa se estaba poniendo difícil y me molestaba.

—Tu matrimonio tuvo un carácter político y el propósito era vincularte con Octavio. El objetivo no se cumplió y ahora ambos os estáis preparando para una guerra. Los matrimonios concertados por razones políticas tienen que terminar cuando cambia la situación política. Es la costumbre romana, ¿no? El propio Octavio ha hecho y deshecho numerosos vínculos matrimoniales. Hubo un vínculo con Sexto, otro contigo —¿recuerdas el matrimonio de Clodia?— y el compromiso de la pequeña Julia con tu Antilo. Todos se quebraron en un segundo. Sólo tú —¡oh, Isis!, ayúdame a no utilizar este tono de voz— insistes en mantener tu antiguo matrimonio político. Ahora deberías divorciarte, tal como haría cualquier hombre de honor.

—Me sigue siendo útil —protestó.

—¿En qué sentido? —pregunté, levantando involuntariamente la voz.

—Es un pretexto para que algunos romanos se adhieran a mi causa. Mi matrimonio formal con Octavia desmiente todos los intentos de Octavio de presentarme como un no romano.

—¡Mas bien desmiente tu matrimonio conmigo! —repliqué—. Eso es lo que hace. —Todas las cautelas y todo mi comedimiento se habían disuelto y, por primera vez en mi vida, me comportaba exclusivamente como una mujer sin que ninguna otra consideración turbara mi mente. Le apreté el brazo—. ¡Llevo cinco años soportándolo! ¡Ya no puedo más! —Rompí a llorar con desconsuelo—. Tú no podías soportar el recuerdo de César y ni siquiera me dejabas llevar el medallón de su familia que él me había dado. ¿Qué crees que siento yo al verte casado con otra mujer? ¡La odio! ¡La odio!

¿Qué había hecho? Las palabras se me habían escapado de la boca y ahora permanecerían para siempre en la mente de Antonio y nada las podría borrar. Lloré de vergüenza por no haber sabido dominarme.

Antonio se inclinó, se arrodilló delante de mí y me abrazó.

—Bueno pues, me divorciaré de ella —dijo como si de pronto no hubiera que tener en cuenta ninguna otra consideración.

¿Tan fácil sería? Me quedé tan sorprendida que dejé de llorar.

—¿De veras lo harás?

—Pues claro —contestó—. Mañana mismo si quieres. —Alargó la mano y me acarició el cabello—. Me temo que esta noche es demasiado tarde para llamar a un escriba —añadió con una sonrisa.

De repente me invadió un extraño recelo. Sabía que aquel acto sería una provocación para Octavio, el paso final antes de que se abrieran las hostilidades. Pero se tenía que hacer.

—Mañana pues —dije, asintiendo con la cabeza.

«Mañana»... a la mañana siguiente terminaría todo.

—Y ahora, amor mío, creo que ya es muy tarde —me dijo con dulzura, acompañándome al lecho dorado cuyas finas sábanas y almohadones habían sido perfumados con hierbas aromáticas.

Pero todos aquellos lujos no fueron nada para mí aquella noche. Me sentía profundamente cansada y todo me resultaba extraño. Quería dormir al lado de Antonio para que él disipara por entero aquella sensación. Sería la última vez que la presencia de Octavia se interpusiera entre nosotros.

La carta del divorcio se dictó a la mañana siguiente y salió de «palacio» a mediodía. Aquella noche se celebraría una cena y una reunión en cuyo transcurso Antonio tenía previsto hacer el anuncio. Llevábamos celebrando aquellas reuniones con regularidad, pero aquélla sería la primera que se celebrara en Atenas.

Es muy duro vivir en el exilio y yo me compadecía profundamente de los senadores que habían tenido que abandonar precipitadamente Roma tres meses atrás y que ahora tenían que vivir como huéspedes y visitantes perpetuos hasta el día en que pudieran regresar a Roma. Teniendo en cuenta todas las penalidades que habían sufrido, no cabía duda de que su paciencia había sido extraordinaria. Cierto que todos estaban perfectamente alojados y alimentados... gracias a mí. Pero ya estaban empezando a ponerse nerviosos y se sentían cada vez más desconcertados.

Yo confiaba en que Atenas los serenara y los distrajera, pues aún les quedaba una larga espera por delante. Estaba claro que la guerra no estallaría aquel año. Octavio no había hecho el menor intento de reunir sus fuerzas y era él quien tendría que hacer el viaje.

En cambio, nosotros tendríamos la suerte de poder pertrechar y desplegar nuestras fuerzas al ritmo que quisiéramos. Estábamos orgullosos de nuestros comandantes: Canidio, Ticio y Planco por tierra, y Enobarbo y Sosio por mar. Los dos cónsules expulsados ocuparían ahora su lugar en las cubiertas de unos navíos de guerra.

Después de la comida, cuando los estómagos de todos los presentes estaban distendidos por el placer de los ricos manjares y cuando el vino —que seguía corriendo sin límite— les había serenado las mentes, Antonio les dirigió unas palabras.

—Bienvenidos a Atenas, mis fieles amigos —murmuró, levantando la copa—. Confío en que os encontréis a gusto con estos apacibles días estivales que estamos viviendo. Aún nos quedan por decidir muchas cosas, como, por ejemplo, dónde estableceremos nuestros cuarteles de invierno mientras... esperamos.

No dijo para qué, ni falta que hacía.

—¿Estamos de acuerdo en que el centro de Grecia será nuestro punto de partida? —preguntó Planco—. Aún no estoy muy convencido de que una posición más al norte no fuera mejor. ¿Por qué ceder la Vía Egnatia? Es el eslabón esencial, entre el Adriático y el Egeo, entre Dalmacia y Macedonia. Es la única calzada auténtica que hay.

Parecía sinceramente desconcertado y sus ojos azules pasaban constantemente de mi rostro al de Antonio.

—Buena pregunta, amigo mío —dijo Antonio—. Pero esta calzada no nos hace falta. Tenemos que permanecer más al sur, donde las islas cercanas a la costa ofrecen una base para nuestra flota. Los víveres no nos llegarán por tierra sino por mar. Nos abastecerán desde Egipto y la protección de la ruta marina es de vital importancia. Tenemos que mantener la ruta abierta para tener en todo momento un lugar seguro a nuestra espalda.

—¿Para retirarnos? —estalló Enobarbo.

—Siempre se necesita una retirada —contestó Antonio con firmeza—. Pompeyo no la tuvo, tampoco la tuvieron Bruto y Casio y yo no me avergüenzo de decir que, si no hubiera contado con mis refugios después de Mutina y de la Partia —¡gracias sean dadas a los dioses por la Galia Transalpina y por Siria!—, el resultado hubiera sido una derrota total, no un simple revés transitorio.

—¿O sea, que piensas en la posibilidad de una retirada?

—No, pero Egipto tiene que estar protegido, pues se trata de la fuente de nuestra riqueza. Además, es el reino de mi esposa —añadió, mirándome.

—Quizá convendría que ella se retirara allí y esperara el resultado.

Otra vez Enobarbo.

—¡No! —repliqué—. ¿Por qué tengo que retirarme? ¡He aportado una cuarta parte de la flota, he proporcionado los mejores remeros de Egipto y muchos otros barcos, y estoy manteniendo todo el ejército!

—El hecho de que seas una acaudalada protectora no significa que tengas que estar presente —contestó Enobarbo.

—No estoy de acuerdo —terció Canidio—. No es

simplemente nuestra protectora. La Reina lleva veinte años gobernando el país más rico del mundo, tiene su propio ejército y su experiencia es sin duda muy superior a la de cualquiera de los reyes clientes que se han unido a nosotros. No sería justo que la excluyéramos.

Enobarbo soltó un gruñido y cruzó los brazos.

—Además, esta guerra se libra en nombre del hijo que tuvo con César —dijo Planco.

—¿Es éste el motivo de la guerra? —preguntó uno de los senadores—. No me hace ninguna gracia.

—Sí, eso te podría resultar perjudicial en Roma —dijo un forastero que acababa de surgir de las sombras del fondo de la estancia. El forastero miró a su alrededor diciendo—: Me han enviado vuestros amigos de Roma para advertiros.

—¿Quién eres, amigo mío? —le preguntó Antonio, levantando la voz.

—Cayo Geminio —contestó el forastero—. Un senador que es partidario tuyo, pero aún no ha abandonado Roma con los demás. Pensé que te sería más útil quedándome.

—Bien, ¿qué tienes que decir? —le preguntó Antonio.

Geminio miró a su alrededor y, finalmente, se quedó observando las copas de vino.

—Sería mejor decirlo con las cabezas despejadas. Pero te diré lo siguiente tanto si estás bebido como si estás sereno: si quieres que tu causa prospere, la Reina tiene que regresar a Egipto.

Me levanté, enfurecida.

—¡Su causa no prosperará mientras Octavio ostente el poder! —estallé yo—. ¡No soy yo quien condena a Antonio, sino su implacable enemigo y enemigo mío Octavio! ¡Ya basta de mentiras sobre mí, ya basta de culparme de la enemistad de Octavio! Octavio odiaría a Antonio aunque no existiera ni jamás hubiera existido ninguna Cleopatra. ¿Acaso no te das cuenta?

—Pero su hermana, la esposa de Antonio... —objetó Geminio.

—¡Ya no es su esposa! —dije—. Le ha enviado los documentos del divorcio.

Todos miraron a Antonio buscando una confirmación mientras una babel de voces preguntaba a gritos:

—¿Cuándo?

—Sí, es cierto —reconoció Antonio—. El matrimonio ha terminado oficialmente. En realidad, ya había terminado hace mucho tiempo.

Todos nos miraron en silencio. Estaban furiosos y se sentían engañados.

Un senador sacudió la cabeza.

—Cuando se enteren en Roma...

—Muchas de las mejores familias se debatían en la duda sin saber a quién prestar su apoyo —dijo otro—. Todo el mundo respetaba a Octavia, la cual ha estado agasajando constantemente a tus amigos y tus clientes en tu nombre. ¿Adónde irán ahora? ¡Al echarla a ella los has apartado de tu lado!

—Se irá directamente a casa de su hermano. ¿A qué otro sitio podría ir? Y todos ellos la seguirán. ¡Oh, qué locura tan grande!

El senador se levantó consternado, mirando a su alrededor con unos ojos que parecían a punto de saltársele de las órbitas.

Geminio miró a Antonio como si acabara de recibir una bofetada en pleno rostro.

—Veo que mi largo viaje ha sido en vano —se lamentó. Mostró la moneda que sostenía en la mano—. Estas dos cosas juntas, el retrato de la Reina en tus monedas y ahora el divorcio, acaban con cualquier apariencia de lealtad romana.

Ahora fue Antonio quien miró escandalizado a los presentes.

—¡Eso es ridículo! ¿Cuántas veces os habéis divorciado todos vosotros? ¡En Roma todo el mundo se divorcia! Fue un matrimonio político y...

—Y el divorcio también tiene un significado político —lo interrumpió Geminio—. Un grave significado político. —El senador hizo una pausa—. En cuanto a la moneda... ¡el hecho de poner la efigie de un gobernante extranjero en una moneda romana es una afrenta imperdonable! ¡Es una burla para Roma!

—Egipto es aliado de Roma... —se defendió Antonio.

—¿Desde cuándo ponemos las efigies de nuestros aliados en las monedas? —replicó Geminio—. ¿Habéis visto alguna vez en ellas el busto de Herodes? ¿O de Arquelao? ¿O de Bogud? ¡Ya ves qué endeble es tu argumento!

—Yo...

—Tú has perdido la razón —insistió Geminio—. Pero no esperes que nosotros perdamos la nuestra contigo.

—No he hecho nada para merecer semejante juicio —declaró Antonio con firmeza—. He gobernado bien Oriente. Las fronteras están tranquilas; las regiones se están recuperando económicamente de las devastaciones de las guerras civiles. He conquistado Armenia y he ofrecido a Roma una nueva provincia. Éstas son las monumentales tareas que me fueron asignadas después de Filipos y las he cumplido, y muy bien, por cierto ¡Pero vosotros, en lugar de reconocer todas estas cosas, os fijáis en detalles sin importancia, como las efigies de las monedas! ¿Hay alguien en esta sala que no pueda ser culpado de algún fallo o pequeño error de cálculo? ¡Eso es como quejarse de la imposición de una multa de diez denarios cuando un hombre os ha permitido ganar un millón!

Todo parecía muy lógico. Pero allí no intervenía la lógica, sino los sentimientos. Los sentimientos estaban excitados y las mentes flotaban a la deriva en un mar embravecido.

Consideré la posibilidad de retirarme de la estancia, pero hubiera sido una cobardía. Decidí quedarme y noté que me ardían las mejillas. Seguramente las tenía coloradas como un tomate. Sentí que Geminio me miraba como diciendo: «¿Qué tiene de especial? Yo la veo más bien vulgar.»

—Tengo entendido que Octavio está cobrando tributos —dijo Antonio, cambiando de tema—, y que se respira un gran malestar.

Geminio esbozó una leve sonrisa despectiva.

—Se respira algo más que malestar. Ha habido incendios, disturbios y asesinatos. Pero los soldados han acabado con todo.

O sea que Octavio controlaba por completo el ejército. Comprendí que, en los diez años transcurridos desde que los hombres de Octavio combatieran codo con codo con los de Antonio en Filipos, ambos ejércitos se habían ido distanciando. No quedaba en Italia ni un solo soldado en activo que hubiera servido bajo Antonio o César. Todos ellos se habían retirado hacía tiempo. Los nuevos soldados eran todos de Octavio y no repartían su lealtad.

—Quizá convendría que invadiéramos Italia ahora, aprovechando el descontento del pueblo con la actuación de Octavio y la debilidad de su posición —dijo Delio de repente—. Nuestro ejército está preparado, los barcos se hallan dispuestos para servirnos de convoy y estamos apenas en junio.

—Eso sólo sería posible si la Reina no nos acompañara —dijo Planco—. Cualquier intento de invasión en compañía de una extranjero levantaría inmediatamente a toda Italia contra nosotros.

—¡Pues entonces tendréis que prescindir también de mis barcos! —les amenacé yo.

¿Acaso habían olvidado quién pagaba y alimentaba a los hombres? ¡Qué ingratos!

—De todos modos, no sería nada fácil invadir Italia —dijo Enobarbo—. Sólo hay dos puertos en las costas este y sur, Brundisium y Tarento, y desembarcar en ellos es imposible si están armados contra ti. Preguntádnoslo a Antonio y a mí, que lo sabemos muy bien por la experiencia de nuestros anteriores intentos.

—¿O sea, que estás decidido a seguir adelante con la guerra? —preguntó Geminio—. Ahora veo que mi misión estaba condenada al fracaso antes de que emprendiera el viaje. ¡Ojalá me hubiera ahorrado esta pérdida de tiempo!

—No, no estamos decididos a empezar una guerra a toda costa —le aseguró Antonio—. ¿Cuántas veces Octavio y yo hemos estado a punto de enfrentarnos y nos hemos retirado en el último momento? Ocurrió hace cinco años en Tarento y ocho años antes en Brundisium. Nos peleamos muy a menudo, pero no nos golpeamos.

—¿Quieres decir que eso es una riña de enamorados? —preguntó uno de los senadores, provocando la nerviosa hilaridad de los presentes.

—Esos dos no se tienen demasiado amor que digamos —intervino Ticio.

En aquel momento, me excusé. No podía soportar permanecer allí sentada por más tiempo. Me dolía la cabeza y todo aquel cúmulo de acusaciones y justificaciones me estaba confundiendo la mente. Necesitaba abandonar aquella estancia.

Aire. Necesitaba aire. Salí lanzando un suspiro de alivio al patio rodeado por una columnata cubierta, me apoyé en una de las columnas y sentí que se me enfriaban las mejillas al contacto con la suave piedra.

El jardín estaba a oscuras; la luna, ya superada la fase del plenilunio, saldría más tarde aquella noche. Oía el rumor de una fuente en el centro del herboso patio; el viento agitaba los macizos de flores que me rodeaban y llevaba hasta mis oídos el murmullo de las salpicaduras del agua.

Respiré hondo; aquel frío y oscuro refugio era lo que yo necesitaba para recuperar el equilibrio. ¿Quién hubiera imaginado que el divorcio desataría tan ardientes emociones? Pero no tenía de qué extrañarme. Antonio siempre había tenido el potencial defecto de intentar montar dos caballos a la vez: ser un magistrado romano con los inevitables enfrentamientos con otros romanos y reclamar al mismo tiempo derechos y títulos orientales. La tensión provocada por ambos papeles era casi imposible de resistir, pues los caballos tiraban de él en direcciones contrarias. Los que habían apoyado al Antonio romano —es decir, los senadores y los partidarios que todavía le quedaban en Roma— se horrorizaban cuando contemplaban la otra faceta. Y puede que, al final, se negaran a marchar bajo su estandarte. Pero su exigencia de que abandonara la faceta oriental era imposible de cumplir, por lo menos en términos militares. Si abandonara sus intereses orientales, dejaría también el dinero que mantenía su maquinaria militar.

Traté de verme exclusivamente como un aliado militar indispensable. Con las riquezas de Egipto, aunque hubiera sido un hombre —un Herodes o un Arquelao como los que había mencionado Geminio—, mi colaboración habría sido esencial para alcanzar la victoria. Antonio no podía prescindir de mí, no podía prescindir de Egipto.

Mis ojos ya se habían acostumbrado un poco más a la oscuridad y ya distinguía las grises estatuas —meras copias, sin duda— que permanecían inmóviles como soldados en el jardín, rodeadas por los setos de boj que, con su típico aroma, competían abiertamente con el intenso perfume de una cercana rosaleda.

Había un banco de mármol discretamente adosado a un muro. Permanecería allí sentada, me prometí a mí misma, hasta que mis pensamientos dejaran de dar vueltas. No tenía prisa, no había ninguna necesidad de que me fuera.

Apoyé la cabeza en el muro y cerré los ojos. Podía oír con toda claridad el rumor de la fuente. Dejé que su sonido de plata me acariciara los oídos.

Me sentía atrapada en Atenas y notaba que me faltaba el aire. Desde el mismo momento en que habíamos desembarcado, los desagradables descubrimientos se habían ido sucediendo unos a otros. Ni siquiera Roma me había parecido tan hostil. Estaba harta de los senadores. Hubiera deseado que se fueran. No, no era cierto. Si se hubieran ido, la causa de Antonio hubiera sufrido un duro golpe. Echaba de menos a los niños. Había tenido que abandonar precipitadamente Alejandría seis meses atrás. Junio. Al día siguiente Cesarión cumplía quince años y yo no estaría a su lado.

«¿De veras las diecinueve legiones y los cuatrocientos senadores se habían reunido para defender los derechos de mi hijo de quince años? Oh, César, qué tarea dejaste en mis manos. Estoy cansada, muy cansada de intentar cumplirla. Puede que no sepa estar a la altura de las circunstancias. Me exiges más de lo que puede hacer un ser mortal, incluso un ser mortal que, además, es una diosa.»

Pero no hubo respuesta, claro. La fuente seguía salpicando y hasta oía —muy débilmente— el canto de un ruiseñor en algún recóndito lugar del oscuro jardín.

Debí de quedarme dormida, pues me desperté con un sobresalto al oír unas voces. Unos hombres se encontraban al otro lado del jardín y sus pisadas hacían crujir la grava de los caminos. Instintivamente procuré no hacer ruido y esperé. La reunión tal vez había terminado, o acaso aquellos hombres se habían retirado antes.

No se oyó ningún otro sonido, lo cual me indujo a pensar que se habían retirado juntos o que incluso vivían en algún lugar de aquella laberíntica mansión. Estaban pasando por delante de la fuente. Entonces los vi o más bien distinguí sus claras túnicas destacando en la oscuridad.

—... es imposible —dijo uno de ellos en voz baja.

—Ya lo has visto esta noche —contestó su acompañante con una voz que no me era del todo desconocida—. Tenemos que elegir.

—Estoy harto de elegir. Por una vez quisiera acertar en mi decisión.

—Bueno, pero cuando elegiste mal tuviste la oportunidad de rectificar.

—¿Yo? ¿Y tú qué?

—Yo tengo el arte de elegir siempre el bando perdedor, lo reconozco. Pero, por lo menos, no persisto en mi error.

—Bueno, ya basta de Sexto.

Se oyó una carcajada. Una carcajada que yo había oído otras veces.

—¿Cuántas veces has cambiado de bando hasta ahora? —El tono de voz estaba a medio camino entre la admiración y el desprecio—. Primero César, después Cicerón y luego Antonio. Primero los amas y después los abandonas. Así me gusta mi tío.

Una palmada en el hombro.

¡Planco y Ticio!

—Yo no abandoné a César —protestó Planco—. Él me abandonó a mí.

—¿Quieres decir cuando lo mataron? Qué desconsiderado por su parte.

Una carcajada.

—Aun así, tenemos que felicitarnos. Jamás hemos dejado de correr hacia el bando vencedor —añadió.

—Mejor tarde que nunca —convino Planco.

—¿O sea que tú piensas que va a perder?

Estaban pasando junto al seto que yo tenía al lado. Contuve la respiración y me alegré de que mi túnica fuera de color oscuro y apenas se distinguiera.

—No lo sé. Lo que me preocupa no es su amor por la Reina, sino lo mucho que depende de ella. No es libre de hacer los mejores planes posibles, pues siempre tiene que tomar en consideración Egipto y su posición. Los dioses saben que probablemente es el mejor táctico del mundo, pero tiene que supeditar su estrategia general a los intereses de Egipto. Y en la guerra, ¿tú sabes cómo llaman los generales a los que se avienen a compromisos?

—Vencidos —contestó Ticio.

Pasaron por mi lado riéndose y rodeándose mutuamente los hombros. Sus sandalias hacían rechinar la grava del suelo.

—Planco se ha ido —dijo Antonio con incredulidad mientras leía la nota que acababan de entregarle en nuestros aposentos.

Por lo menos, había tenido la delicadeza de escribir una nota, pensé. Su madre lo había sabido educar. «Cuando cambies de bando, hijo mío, no olvides nunca las buenas maneras. De lo contrario, los traidores te mirarán mal.»

—Y Ticio se habrá ido con él, sin duda —dije yo. Aún no había tenido ocasión de comentarle la conversación que había oído en el jardín y ahora me entristeció verla confirmada. Esperaba que sólo hubiera sido el fruto de un estado de ánimo momentáneo.

—¿Tú lo sabías? —Me miró asombrado—. ¿Cómo?

—Escuché una parte de su conversación, pero eran simples reflexiones en voz alta. Tú ya sabes que la gente ensaya muchas ideas, pero sólo lleva a la práctica unas pocas.

—¿Qué razón habrá tenido? —se preguntó Antonio, leyendo una y otra vez la nota—. Aquí no dice casi nada, sólo que, después de pensarlo mucho, ha decidido regresar a Roma.

—Lamento decirte que les oí comentar en broma su historial de cambio de bandos.

Antonio lanzó un profundo suspiro. Nadie lo había abandonado jamás y él, cuya principal cualidad era la fidelidad, atribuía una gran importancia a dicho rasgo.

—¿Y dices que Ticio también?

—Sí. ¿Vamos a hacerle una visita? ¡Apuesto a que no lo encontraremos en casa!

Ticio ocupaba una villa junto a la de su tío, soberbiamente emplazada en una ladera desde la cual se contemplaba una espléndida vista de la acrópolis. Un palacio particular del que cualquier rey se hubiera sentido orgulloso.

Bajamos de la litera y el sirviente aporreó la puerta. Al final, salió un criado. Cuando nos identificamos y preguntamos por el comandante Marco Ticio, el criado parpadeó sacudiendo la cabeza.

—El muy noble comandante no está —contestó.

—¿Y cuándo regresará el muy noble comandante? —pregunté con dulzura—. ¿Podemos esperarle?

El criado nos miró alarmado.

—Oh, no, Majestad, no sería apropiado. Aquí no tenemos nada digno de acoger...

Entré pasando alegremente por su lado.

—Yo no tengo remilgos —dije—. Es más, hace tiempo que deseaba visitar esta villa. Tengo entendido que hay unos mosaicos preciosos en el comedor. Me distraeré un rato.

—Majestad, debo decirte que...

—Y a mí me gustaría inspeccionar el cuarto de las armas del comandante. Hace tiempo me prometió mostrarme su colección de escudos, incluida una copia del de Ajax. ¡Lleva años presumiendo de ella! —dijo Antonio jovialmente.

Se alejó en dirección contraria para gran consternación del criado, pues el pobre no sabía a cuál de los dos seguir. Al final, optó por seguir a Antonio.

En cuanto ellos echaron a andar por un pasillo, di media vuelta y los seguí. Era evidente que la casa estaba vacía. En el atrio habían varios reveladores arcones y los restos que siempre quedan cuando se hace un equipaje: polvo, trozos de pergamino, alfileres y fragmentos de cuerda.

—¡Oh, Atenea! —exclamó la voz de Antonio en tono de burlona sorpresa—. ¡Todos los escudos han desaparecido! —Asomó la cabeza por la puerta y me llamó—. ¡Ven a ver! ¡Alguien ha robado la preciada colección de Ticio! Ya verás... —dijo volviéndose hacia el criado—. ¡Ay cuando regrese, te hará cortar la cabeza!

Entré en la desierta estancia, en la cual resonaban los ecos de las voces.

—¡Qué pena, pobre Ticio! —No me creía capaz de seguir el juego de Antonio, él que solía jugar cuando los demás lloraban, pero me vi atrapada en él. Las bromas hacían que la situación resultara menos dolorosa—. ¡Qué disgusto se va a llevar! ¿Acaso estabas dormido en lugar de vigilar?

Vi en la pared los ganchos de los cuales debían de estar colgados los escudos. Ticio siempre los llevaba consigo a todas partes, como si esperara que le dieran suerte.

—No... sí...

El criado no sabía qué decir.

—Bueno, muchacho, no hace falta que sigas fingiendo —le dijo Antonio en tono consolador—. No hace falta que lo protejas. Sabemos que se ha ido y sabemos adónde. Sólo queremos saber cuándo... y por qué.

—Se fue anoche. En cuanto al porqué, juro que no lo sé.

—¿No te dejó ninguna carta para que se la entregaras a alguien?

—No. En nombre de todos los dioses juro que te estoy diciendo la verdad.

«Es la nueva generación. No tiene educación.» Estuve casi a punto de echarme a reír al pensarlo.

—¿Se lo ha llevado todo? —pregunté.

—Todo lo que se podía embalar en arcones —contestó el criado.

Abandonamos la estancia y regresamos al atrio.

—Ya que estamos aquí —dije de repente—, quiero ver los famosos mosaicos. —Me dirigí al comedor. Por el camino, pasamos por delante de un busto de Octavio colocado en un pedestal—. ¡Mira! ¡Se ha dejado olvidado a su Octavio!

Experimenté un sobresalto al ver de nuevo el rostro y los rasgos de mi enemigo. A fin de cuentas, llevaba sin verlo desde que él tenía dieciocho años, antes de convertirse en un hombre y mucho antes de haber adquirido el derecho a tener un retrato oficial. Así era como él deseaba ahora ser visto. Me acerqué para estudiarlo con más detenimiento.

Había cambiado, por supuesto, pero todavía lo hubiese reconocido. Estaba más delgado y tenía el cuello más estilizado. Llevaba el cabello más largo y más desgreñado (¿por qué quería que lo representaran con un aspecto tan desaliñado?). Mantenía la cabeza ladeada en un gesto arrogante y el ceño ligeramente fruncido. Era la imagen crítica de un hombre ambicioso y del todo decidido a apoderarse de cualquier cosa capaz de despertar su codicia. No tuve más remedio que admirar su honradez y su valor al permitir que circulara una imagen tan fiel de su persona. Su energía parecía escapar de la piedra.

—¿Qué ocurrió? —le pregunté al muchacho—. ¿Acaso no se lo quiso llevar?

—Temió que el mármol se rompiera. Mira, hay una grieta debajo de la oreja —contestó el criado, señalándola.

Vi una finísima resquebrajadura en el lugar donde indicaba.

—¡Qué pena dejarlo aquí tan solo! Creo que deberíamos adoptarlo. —Me volví hacia Antonio—. ¿No crees que deberíamos tener un busto de Octavio? Vamos a llevárnoslo a casa. Nosotros no temeremos que pueda romperse. ¡Apolo lo protegerá y, si algún percance ocurriera, nosotros mismos lo volveríamos a pegar!

El hecho de quedarme con la estatua me hacía experimentar una mezquina sensación de triunfo sobre Ticio y Planco.

—Como tú quieras —accedió Antonio—. Pero tendremos que buscarle un lugar adecuado.

«En la sala de planificación de la guerra», pensé. Es mejor tener a tu adversario delante de los ojos.

Aquella noche, cuando cesaron los rumores de la casa y todos los criados —incluido Eros— terminaron sus tareas y se retiraron a descansar, comentamos muy en serio las deserciones. Antonio mostraba un semblante muy abatido y parecía haber envejecido de golpe. Estaba examinando los informes acerca de sus comandantes más jóvenes, tratando de encontrar entre ellos a los más idóneos para sustituir a los desertores. La lectura no era muy amena que digamos, pero se tenía que hacer.

—Aquí tenemos al joven Dentato —dijo—. Parece muy prometedor. También me han recomendado a Cayo Municio. —Lanzó un suspiro y dejó los pergaminos—. Echaremos de menos a Planco y a Ticio. Aunque, en realidad, ningún comandante es insustituible, excepto César.

—Creo que Octavio se sentiría perdido sin Agripa —dije—. No es un César, pero es lo que más se parece a su sucesor desde el punto de vista militar. Sin contarte a ti, naturalmente —me apresuré a añadir.

—No podemos soñar con eso. No es probable que Agripa se presente mañana en nuestro cuartel general.

No tuve más remedio que preguntarlo.

—Antonio, ¿por qué crees que han desertado? ¿Y qué repercusiones tendrá eso en nuestra causa?

Le miré y leí sus pensamientos. Su rostro reflejaba el esfuerzo que estaba haciendo para poder comprenderlo. Pero yo sabía que contestaría con toda sinceridad, tal como tenía por costumbre. Al igual que César, no se engañaba ni engañaba a los demás.

—Si algo se puede decir de Planco es que siempre se ha mostrado favorable a la paz y a los compromisos —contestó finalmente—. Sirvió lealmente a César en la Galia y también más tarde, aunque sin destacar demasiado. Más adelante votó en favor de la amnistía para los asesinos de César y trató de apoyar al Senado. Pero después perdió interés por la política de Cicerón y se unió a mí. Nunca ha sido un firme partidario de nada. No creo que consiguiera despertar el suficiente entusiasmo con vistas al inminente conflicto.

—¿Acaso cree que Octavio será menos exigente?

—A lo mejor cree que allí tendrá que asumir menos responsabilidades. Además, últimamente le había sorprendido en unos turbios manejos financieros. Resultó que era un poco ladronzuelo. Estaba a punto de retirarle el privilegio de usar mi sello y mis poderes. Él sabía lo que se le venía encima.

¡Acabáramos! Había sido una venganza. Pero ¿lo aceptaría Octavio? Era bien sabido que Octavio (para gran honra suya, lo reconozco) aprobaba la traición, pero despreciaba a los traidores. A veces incluso los mandaba ejecutar tras haber obtenido de ellos la información que necesitaba.

—¿Crees que el busto de Octavio significa que éste siempre lo favoreció?

—¿Quién sabe? A lo mejor era un busto que andaba perdido por ahí. Octavio ha inundado el mundo de estatuas suyas, dado que, según sus deseos, se tienen que colocar al lado de las de César en todos los templos dedicados a Roma, y hay muchísimos.

—¿Y Ticio?

—Ticio. —Antonio lanzó un suspiro—. Confieso que tenía talento. A pesar de que era un oportunista y un adulador...

Recordé su manera de besarme la mano y la tierna mirada de sus ojos. Y recordé también la ciudad cuyo nombre yo había cambiado en su honor: Ticiópolis. Había cumplido mi palabra. ¡Bueno, ahora le volvería a cambiar el nombre! Y Planco, bailando desnudo en el banquete con el cuerpo pintado de azul...

«Un adulador.»

—Antonio, ¿cuántos nos apoyan sólo por razones de interés y cuántos lo hacen por lealtad personal? Por lo visto, no podemos fiarnos de los que se han unido a nosotros por razones políticas. ¿Están con nosotros por convicción, o sólo porque están vagamente en contra de Octavio?

—Eso ya se encargan ellos de ocultárnoslo, amor mío —contestó—. Y es peligroso leer los pensamientos de los demás. Tendremos que fiarnos de ellos.

Sonrió y me atrajo hacia sí. Apoyé la barbilla sobre su cabeza.

—La desconfianza pudre el alma del hombre.

Tenía razón, pero eran unos pensamientos demasiado nobles para mí.


Casi dos meses después de que Octavia recibiera los documentos del divorcio y abandonara la casa de Antonio llorando, al menos según decían, Antilo, el hijo mayor de Antonio, se presentó en Atenas. A pesar de que Octavio siempre había instado a su hermana a considerarse divorciada y a abandonar el hogar de Antonio, subrayándole en todo momento el mal trato que estaba recibiendo de éste, cuando se produjo el divorcio, procuró sacarle al mayor provecho posible. Se aseguró de que su hermana abandonara la casa de Antonio en pleno día, acompañada de sus hijos. Era la mujer agraviada, la madre perfecta expulsada de su hogar. Octavia se instaló en casa de su hermano con Marcelo de diez años, las dos Marcelas —de ocho y dieciséis años—, Yulo, el hijo de Antonio, de diez años, y las dos Antonias, de siete y cuatro años. Sólo Antilo, el hijo mayor de Antonio a sus trece años de edad, decidió reunirse con su padre en lugar de quedarse en Roma. Intuyendo que el niño era demasiado mayor como para usarlo a su conveniencia, Octavio le dio permiso.

Yo estaba deseando conocer al hijo de Antonio, el heredero de sus propiedades romanas, pues Antonio me hablaba muy a menudo de él y yo sabía que lo llevaba en su corazón. Sin embargo, hacía casi nueve años que no lo veía y se quedó asombrado al ver lo mucho que había crecido. El muchacho se encontraba en aquella difícil edad en la que los desgarbados adolescentes sufren tantas angustias, pues ya han perdido el atractivo de la infancia. Su cuerpo no era compacto como el de Antonio sino larguirucho y delgado, con un rostro enjuto y unos dientes demasiado grandes para su boca. ¿Cómo era posible que Antonio y Fulvia hubieran engendrado una criatura tan frágil? Pese a todo, poseía un carácter muy dulce (heredado de Antonio, no de Fulvia) y todavía le faltaba mucho tiempo para alcanzar la madurez. Puede que más adelante adquiriera más vigor.

Al principio, el muchacho se mostraba muy tímido en presencia de su padre, pero Antonio no tardó en conseguir que se sintiera a sus anchas y sólo a su lado podía descansar de las inquietudes causadas por la inminencia de la guerra. Cuando estaba con Antilo, se olvidaba de todas sus preocupaciones. El hecho de verlos juntos me hacía echar de menos la presencia de Cesarión, de Alejandro y Selene y del pequeño Filadelfo. Es bueno tener a unos niños que nos lleven a otros mundos mientras nosotros intentamos prepararles el presente para que ellos lo hereden en el futuro.

Por extraño que pueda parecer, a través de Antilo nos enteramos de las andanzas de Planco y Ticio en Roma. El niño hizo el comentario con absoluta inocencia. Estaba formulando preguntas sobre Egipto y las pirámides cuando, de repente, preguntó:

—¿Tu tumba va a ser tan grande como la del faraón?

No supe a qué se refería.

—¿Mi tumba? —pregunté.

—Sí, tu tumba. En Roma se habla constantemente de ella. Está en boca de todo el mundo. ¿Qué tiene de especial?

Tuve que pensarlo.

—Pues nada, en realidad. Está al lado del templo de Isis, en el recinto de mi palacio. Es un mausoleo normal, pero... —tal vez se refería a eso— tiene unas puertas que no se podrán volver a abrir en cuanto se cierren. ¿Por qué?

—Bueno, todos dicen que debe de ser una tumba muy especial, pues, de lo contrario, mi padre no se empeñaría tanto en que lo enterraran allí en lugar de hacerlo en Roma. ¡Es la comidilla de Roma!

—¿Y cómo lo saben? —preguntó Antonio, apartando a un lado los informes que estaba leyendo.

—Dicen que figura en tu testamento.

Antonio y yo nos miramos. El testamento. Se encontraba bajo la custodia de las vírgenes vestales y nadie tenía acceso a él.

—¿Y cómo saben lo que dice mi testamento? —preguntó Antonio—. Eso tiene que guardarse en secreto hasta que yo muera.

—Bueno... —Antilo se encogió de hombros, prestando más atención a unos soldados de juguete que estaba colocando sobre una manta arrugada que le servía de montañoso campo de batalla—. Se lo robaron a las vírgenes vestales.

—¿Qué? —Antonio se arrodilló en el suelo y miró con expresión muy seria a su hijo—. Eso no es ninguna broma. Deja estos soldados. ¿De veras lo han robado?

Antilo dejó los soldados en el suelo.

—Sí, tío Octavio los obligó a hacerlo. Unos romanos que acababan de regresar a Roma se lo dijeron y él lo quiso ver.

—¡No es tu tío! —intervine yo en tono cortante.

—Él quería que lo llamara así —replicó Antilo—. Se enfadaba si no lo hacía.

—¡Bueno, ya basta! —dije—. ¡No os une ningún parentesco!

—Chsss. —Antonio me miró, frunciendo el ceño—. Eso ahora no tiene importancia. Lo que yo quiero saber es quién robó el testamento.

—Tío... quiero decir, Octavio. Él mismo se lo arrebató por la fuerza a las vírgenes vestales. Se produjo un gran revuelo. Todo el mundo comentaba que querías ser enterrado en Egipto. Y otra cosa... bueno, ahora no me acuerdo. De lo que más se hablaba era de la tumba.

Planco y Ticio. Habían sido testigos del testamento. Se lo habían dicho a Octavio y éste lo había utilizado echando mano de su infalible habilidad. Pero ¿cómo se había atrevido a profanar el santuario de las vestales? Adivinó que lo que había en el testamento merecería la pena. El muy malnacido. Y había ganado.

Aquella noche en nuestros aposentos, apoyé suavemente la cabeza en el hombro de Antonio.

—Tenemos que evaluar nuestra situación —le dije en un susurro—. El comportamiento de Planco y Ticio lo ha cambiado todo. ¿Qué está ocurriendo en Roma?

—Al parecer, han obtenido el perdón de Octavio a cambio de una información confidencial sobre mí: la que conocían como custodios de mi sello y testigos de mi testamento —contestó Antonio—. Tenían que ofrecerle algo que a él le interesara. Llevaban diez años conmigo y eso los hacía sospechosos a los ojos de Octavio.

—¿Hasta qué extremo es perjudicial la información?

—Jamás pensé que lo fuera —contestó—. No comprendo por qué tendría que serlo.

Los rumores de una noche estival penetraban a través de nuestras ventanas, canciones de los patios cercanos, risas y pisadas sobre los adoquines de abajo. En las calles de Atenas, la gente disfrutaba del buen tiempo y del claro cielo estrellado.

Apoyé la cabeza sobre su pecho y escuché los lentos y regulares latidos de su corazón. Con cuánta serenidad descansaba, qué tranquilo parecía. Lo rodeé con mis brazos y sentí bajo las palmas de mis manos sus fuertes y arqueadas costillas. Parecía tan sólido como un fuerte y vigoroso roble. El solo hecho de tocarlo bastaba para que se borraran todos mis temores y mis preocupaciones. Las deserciones de Ticio y Planco me habían trastornado profundamente, pero no tanto por la pérdida de sus personas cuanto por lo que ello simbolizaba. Puede que desmoralizara a los que todavía permanecían con nosotros. Las deserciones se podían contagiar como la peste.

Los informes que finalmente recibimos de Roma fueron sorprendentes. Antonio tenía razón; para recuperar el favor de Octavio, Planco y Ticio le habían revelado que el testamento contenía una valiosa información que le podría ser muy útil.

La aparición de Planco y Ticio había sido muy oportuna. Octavio, que acababa de regresar de Iliria, era ahora un simple ciudadano particular. El Triunvirato había expirado oficialmente y Octavio no ocupaba ningún cargo público. Además, no tenía ningún motivo constitucional para encabezar una campaña contra su ex compañero de Triunvirato y cuñado. Antonio no había cometido ningún acto agresivo o ilegal, y Octavio ya había declarado que las guerras civiles habían tocado a su fin. Antonio contaba todavía con un considerable número de seguidores en Roma, casi la mitad del Senado lo apoyaba y había mucha gente que se mantenía al margen de las actividades de ambos bandos. A no ser que encontrara alguna excusa para atacar a Antonio y conseguir que la opinón pública se pusiera de su parte, Octavio no podría hacer nada.

Después se había producido el divorcio. Aunque el hecho en sí no tenía nada de particular, constituía una prueba de que Antonio se estaba desvinculando de Roma para poder consolidar su unión con la Circe egipcia y alimentaba el fuego, avivado por Octavio, de la voluntad de Antonio de dejar de ser un ciudadano romano. El testamento, en el que Antonio manifestaba el deseo de ser enterrado a mi lado, «demostraba» que Antonio había repudiado Roma y planeaba trasladar la capital a Alejandría.

—Mientras Antonio descansa embalsamado como un faraón en aquella tierra extranjera, yo, dondequiera que caiga en combate, yo, imperator César, depositaré mis huesos en el sepulcro familiar que en estos momentos estoy construyendo junto al Tíber. ¡Ni siquiera mi polvo te dejará o abandonará, Madre Roma! —había exclamado Octavio al revelar el contenido del testamento.

La respuesta fue un estallido de cólera e indignación contra nosotros. Antonio fue insultado con toda suerte de epítetos. Planco se levantó en presencia de lo que quedaba del Senado y describió cómo Antonio me abanicaba servilmente; cómo había dejado a un senador con la palabra en la boca para seguir mi litera y mezclarse con mis eunucos; cómo solía interrumpir las reuniones del consejo para leer poemas de amor escritos por mí sobre unas tablillas con incrustaciones de piedras preciosas; e incluso cómo me frotaba los pies en público, ungiéndolos con aceite y besándolos apasionadamente.

Recordé la vez en Éfeso en que Ticio nos había sorprendido en la intimidad de nuestra casa mientras Antonio me frotaba los pies, estando yo indispuesta. Ahora

Planco había exagerado el episodio y lo había convertido en una calumnia.

Planco se pasó varios días describiendo en el Senado todas las locuras, las maldades y los errores de Antonio. La lista de los fallos de Antonio era tan alta como las pirámides.

Al final, un anciano senador se levantó.

—Hay que ver la cantidad de malas acciones que cometió Antonio antes de que tú te decidieras a abandonarlo —comentó en tono sarcástico.

Por mucho que el pueblo lo respaldara, Octavio necesitaba una excusa más poderosa para poder atacar. Puesto que los planes relativos a su enterramiento no constituían una deslealtad —un senador llegó a señalar incluso que no era justo castigar a un hombre vivo por lo que tuviera intención de hacer una vez muerto—, Octavio tendría que echar mano de una «sanción más alta» que estuviera por encima de la constitución. Se le ocurrió una idea: la de que los romanos prestaran juramento de lealtad a su persona, no a cualquier cargo que pudiera ocupar. De esta manera, él se convertiría en protector y todos los ciudadanos del país serían sus clientes.

Se redactó a toda prisa un juramento de lealtad y en otoño se empezó a convencer a la gente de que lo prestara.

Sosteniendo en mi mano una copia, se la leí en voz alta a Antonio, el cual no mostraba demasiado interés en escucharla.

—«Por el presente documento, me comprometo a tener los mismos amigos y enemigos que el imperator J. César, *Divi Filius*, a combatir en cuerpo y alma, por tierra y por mar, contra quienquiera que lo amenace, a informar de cualquier traición que haya visto u oído y a considerarme junto con mis hijos menos valioso que la seguridad del imperator César. Si rompiera mi juramento, que Júpiter nos castigue a mí y a mis hijos con el destierro, la proscripción y la ruina» —leí—. Muy completo, ¿no?

Antonio sacudió la cabeza.

—Bononia* se ha negado a prestarlo —dijo.

—Sí, esta ciudad te sigue siendo fiel.

Sin embargo, tanto el ejército, como las colonias de veteranos y casi todos los ciudadanos de relieve lo habían prestado. Entretanto, en Roma los ciudadanos que se mantenían al margen de toda la contienda habían sido empujados finalmente al bando de Octavio. Y todo por obra y gracia del testamento y del divorcio, dos hechos personales que pertenecían a la vida privada de Antonio. Qué ironía. De esta manera, Octavio podría afirmar que todos los leales ciudadanos, escandalizados y entristecidos por la ignominia de Antonio, se habían levantado espontáneamente para manifestar su fidelidad al *Divi Filius*: defensor de la fortaleza, la virtud y la tradición romanas. Para eso servirían los juramentos.

—Seguimos contando con más recursos que él —señaló Antonio—. Nuestro ejército es más grande y nuestro tesoro mayor. En caso de que se produzca un enfrentamiento, lo ganaremos. Yo soy mejor comandante que Agripa y Octavio juntos. ¿Recuerdas cuando hablamos del espíritu creador? El mío se manifiesta en la guerra y ahora no me fallará.

—En el testamento hay algo que preocupó a Octavio, pero no fue lo que él anunció a los cuatro vientos —dije—. Lo que más lo ha asustado se ha guardado de decirlo.

Antonio se frotó la frente como si quisiera borrar las arrugas que se habían instaurado en ella desde que llegara a Atenas.

—¿Qué es? —preguntó.

—En el testamento, tú manifiestas firmemente tu apoyo a la herencia de Cesarión. Con lo cual, le niegas a Octavio un lugar tanto en Occidente como en Oriente. No

---

* La actual Bolonia. *(N. de la T.)*

le dejamos ningún sitio adonde ir. Él lo sabe y no puede aceptar semejante proyecto.

—Sí, es cierto —reconoció Antonio—. Por eso tenemos que hacer la guerra para poder vivir en paz, tal como dijo Aristóteles.


Los dorados días estivales se prolongaron en Atenas hasta el mes de octubre, pero nosotros estábamos demasiado ocupados con nuestros preparativos militares como para contemplar los remolinos de las hojas o pasear entre las mariposas que trenzaban sus últimas danzas. Muy pronto los distintos contingentes emprenderían la marcha para ocupar sus posiciones de vigilancia en otros tantos lugares de Grecia.

Antonio y yo nos habíamos pasado muchas horas retocando los planes antes de exponerlos.

Casi por primera vez una importante campaña se basaría tanto en las fuerzas navales como en las de tierra. Puesto que ninguno de los bandos combatiría en su propio territorio y en Grecia escaseaban los víveres, éstos se tendrían que transportar por mar. Los suyos procederían de Italia y los nuestros de Egipto. Era evidente que quien consiguiera cortar las líneas del enemigo acabaría matando de hambre a su ejército. Por consiguiente, las flotas revestirían una importancia fundamental y nosotros estábamos orgullosos de la nuestra. No sólo contábamos con más de quinientos navíos de guerra de diversas características, sino que además disponíamos de unos expertos remeros egipcios y griegos. De poco servía tener buenos barcos si los remeros eran ineptos. Por si fuera poco, Sosio y Enobarbo eran unos veteranos y curtidos navegantes.

En cuanto al ejército de tierra, aún conservábamos el núcleo de los legionarios romanos, algunos de los cuales eran veteranos de la Partia e incluso de Filipos, y teníamos un considerable número de soldados recién reclutados. Los legionarios eran unos sesenta mil y la infantería ligera y los soldados de los reyes clientes sumaban otros veinte mil. El príncipe Amintas de Galacia, elevado por Antonio a dicha dignidad, había aportado dos mil soldados de la mejor caballería del mundo, los cuales se habían unido a los diez mil que nosotros ya teníamos. Los soldados de nuestras fuerzas de tierra eran por tanto casi cien mil. Antonio se pondría al frente de las tropas y a sus órdenes estarían Canidio y Delio, mientras que los reyes de Capadocia, Paflagonia, Tracia, Cilicia y Comagene estarían al mando de sus propias tropas.

Yo hubiera deseado ponerme al frente de mis navíos egipcios, pero Antonio no estaba muy convencido. No le gustaba la idea de que estuviéramos separados durante la batalla —uno en tierra y otro en el mar— y temía que Enobarbo se opusiera. Y la experiencia de Enobarbo nos era muy necesaria para luchar contra Agripa. Guardé silencio, pensando que la situación quizá cambiaría más adelante. De una cosa estaba segura: no me mantendría al margen, sino que pensaba luchar en algún lugar.

Me preguntaba también si convendría que Cesarión participara. Tenía edad suficiente para iniciar su adiestramiento como soldado. No obstante Antonio insistió en que Antilo se fuera a la seguridad de Alejandría y en que Cesarión se quedara donde estaba.

—Una guerra en toda regla no es el mejor lugar para que unos muchachos aprendan el oficio de soldado —objetó—. Sobre todo cuando el muchacho es el heredero. Las apuestas son muy altas y la posibilidad de un accidente es demasiado grande.

Se mostró tan inflexible que tuve que doblegarme a su voluntad.

—Eso significa que no deseas que te estorben.

—Exacto —asintió—. Bastantes preocupaciones tendré para que encima tenga que estar pendiente de ellos.

¡Qué rehenes tan extraordinarios serían para el enemigo!

No obstante, yo me seguía preguntando si más tarde los muchachos no se sentirían engañados. ¿Cómo podía un hijo de César permanecer sentado mientras se combatía una guerra en su nombre?

Al final, tras haber ultimado todos los detalles, celebramos un consejo en el gigantesco pórtico de Atalo, cerca del ágora. El espacio nos era necesario para acoger a nuestros hombres, extender los mapas y exponer nuestros planes. Sería la última vez que estaríamos todos juntos bajo un mismo techo.

Para subrayar su romanidad, Antonio se había vestido con su atuendo de general: la coraza de latón y plata con adornos en relieve, una hilera de condecoraciones militares sobre el pecho, la holgada capa púrpura y sandalias claveteadas.

Yo había procurado evitar los adornos y me había vestido con una sencilla túnica y una capa. Solamente me había puesto la antigua condecoración egipcia al valor, consistente en unas estilizadas moscas doradas, que me había ganado por mi actuación al frente de mi ejército en Ascalón contra mi usurpador hermano y por el hecho de haber ofrecido mi flota para que se utilizara contra los asesinos. Quería hacerles comprender que una parte de mi persona era guerrera.

Detrás de nosotros se había extendido un gigantesco mapa enmarcado. Antonio se encontraba de pie a su lado con una lanza en la mano. Teníamos delante los rostros de todos nuestros principales oficiales y de los diez Reyes. Más allá estaban los senadores. Los legados, los tribunos y los centuriones ocupaban el resto de la sala.

—Hemos celebrado festines y banquetes, amigos míos —empezó diciendo Antonio—. Ahora ha llegado el momento de entregarnos a la inminente prueba. Quieran los dioses mirarnos benignamente y otorgarnos la victoria. —Señalando el mapa, tocó con la lanza la península Itálica, situada a la izquierda—. Octavio tendrá que atravesar el mar para llegar hasta aquí. —Soltó una cautivadora carcajada—. Según la ruta que elija para el transporte de sus tropas, el viaje podrá ser corto o largo. Si zarpa desde aquí —señaló Brundisium— sólo tendrá que navegar setenta millas para llegar a Grecia. Si elige Tarento —otro golpecito con la lanza— y se dirige hacia el sur, serán casi doscientas millas. Tenemos que estar preparados para interceptarlo en cualquiera de los dos casos. Por consiguiente, propongo la creación de una cadena de nueve bases navales en islas situadas frente a la costa de Grecia desde Corcira, en el norte, hasta Creta, en el sur.

Se oyeron unos murmullos de aprobación de los hombres.

—Por encima de Corcira, el desembarco en la costa griega es difícil; por consiguiente, no debemos temer que Octavio lo intente por allí. Protegeremos Corcira y estableceremos una importante base naval al sur de ésta, en el golfo de Ambracia.* El golfo tiene diez millas de profundidad y permite que los navíos fondeen en él para protegerse de las tormentas. El grueso de la flota invernará allí. —Miró a su alrededor por su hubiera alguna pregunta. Al ver que no, añadió—: Frente al golfo de Ambracia se encuentra la isla de Leucas, en la que estableceremos una tercera base naval. Después, siguiendo hacia el sur, casi en el centro de la cadena, habrá otra en Patrás, en el golfo de Corinto, protegida por otras dos bases navales, una en Cefalonia y otra en Ítaca, patria de Odiseo. Un poco más al sur, en la isla de Zákynthos, Sosio estará al mando de su flota. Conoce muy bien el lugar, pues ya lleva siete años allí.

Sosio se levantó y asintió con un gesto.

—Una importante base bajo el mando de Bogud de

---

* La actual Arta. *(N. de la T.)*

Mauritania se establecerá en Metona, en el sur de Grecia. La última en suelo griego en el promontorio Ténaro\* servirá para proteger nuestras rutas de suministros de víveres de Egipto. Más abajo está Creta, donde se establecerá la novena base. Como veis, se trata de un escudo que se extiende por todo el lado occidental de Grecia.

—¿Y la Vía Egnatia al norte de Grecia? —preguntó Delio—. ¿Por qué la abandonamos? No me gusta.

—No nos hace falta —contestó Antonio—. No podemos recibir suministros por allí.

—Pero el enemigo sí puede —objetó Delio.

—No, al enemigo no le servirá de nada estando nosotros en el sur. La calzada se dirige hacia el este y no puede ayudarlos a transportar suministros a través de la montaña hacia los lugares donde nosotros nos encontramos. Es una calzada extraordinaria, pero no nos sirve para nada en esta contienda.

Antonio parecía completamente seguro.

—¿Por qué dejar el ejército cerca del golfo de Corinto? —preguntó Enobarbo—. Si el enemigo viene por mar desde el oeste, estaremos preparados y nos podremos desplegar fácilmente hacia la costa. Si, por el contrario, hiciera una larga marcha por tierra a través de Iliria y bajara desde el norte, lo podremos bloquear. Estaremos preparados cualquiera que sea la dirección que elija. Pero dudo mucho que haga una marcha por tierra —añadió—. Entre otras cosas, porque son casi mil millas.

—¡Mejor mil millas por tierra que setenta por mar! —gritó Canidio en tono burlón.

—¡Cállate, marinero de agua dulce! —le replicó Enobarbo.

—Tened en cuenta que se trata de una difícil empresa para Octavio —dijo Antonio—. El tiempo, el dinero y los suministros son factores que juegan de nuestra parte.

\* El actual cabo Matapán. *(N. de la T.)*

Lo único que tenemos que hacer es permanecer en Grecia y esperar. Él tiene que venir aquí, pagar a sus tropas y transportar todos los suministros. Nosotros, en cambio, ya hemos reunido sin prisas todo lo que necesitamos, lo cual constituye una gran ventaja.

—¿Y ella dónde estará? —preguntó repentinamente Enobarbo.

Me levanté. Podía hablar por mí misma.

—En mi calidad de comandante de los barcos egipcios, estaré con mi flota —contesté.

—Tú eres dueña de los barcos, ¿pero estarás al mando de la flota? —preguntó Enobarbo—. Tiene que haber un capitán general de la flota.

—Eso se resolverá más tarde —se apresuró a decir Antonio—. La Reina pasará el invierno conmigo en Patrás.

Comprendí que aquel asunto sería un motivo de disputa entre nosotros. En realidad. Antonio tenía razón: se tendría que resolver más tarde.

—Quizá fuera mejor que la Reina regresara a Egipto —deslizó Enobarbo.

¡Ya estábamos otra vez!

Antes de que yo pudiera contestar, Enobarbo expuso un argumento muy inteligente.

—Si ella permitiera que su hijo ocupara su lugar, puede que las tropas no estuvieran tan desconcertadas. A fin de cuentas, el chico es hijo de César y rey por derecho propio. Eso acabaría con los burdos chismorreos que Octavio ha hecho circular e infundiría más valor a los soldados.

Yo también había considerado aquella posibilidad y tenía que reconocer su mérito.

Antonio me miró enojado.

—Eso se resolverá más tarde —repitió—. Entretanto, tú estarás muy ocupado organizando las bases antes de que llegue el invierno. Tenemos que estar bien preparados cuando cambie el tiempo. Y no olvidéis que voy a ser cónsul el próximo año, junto con Octavio. Voy a esperar hasta enero, cuando asuma el cargo. No tengo la menor intención de renunciar a él de nuevo.

Pero la estrategia de Octavio nos superó. Aún se guardaba dos ases en la manga y en noviembre los sacó. Declaró nulo el consulado de Antonio y lo despojó de su *imperium*. Antonio no estaba en su sano juicio, dijo, y, por consiguiente, no era apto para ocupar ningún cargo público.

—O es un insensato o está loco, pues he oído decir, y yo lo creo firmemente, que ha sido embrujado por esa maldita mujer; se ha convertido en su esclavo, se lanza a los peligros de una guerra en su nombre contra nosotros y contra su patria. Por consiguiente, no lo tengamos por romano, sino por egipcio; no lo llamemos Antonio, sino Serapis. Que nadie crea que alguna vez fue cónsul o imperator, sino tan sólo un gimnasiarca. Pues él mismo por su libre voluntad ha elegido este último nombre en lugar de los primeros y, abandonando los augustos títulos de su patria, se ha convertido en un tocador de címbalos de Canopo. Es imposible que alguien que lleva una vida de regios placeres y que se mima a sí mismo como una mujer tenga un pensamiento viril o lleve a cabo una obra viril.

Sin embargo, ¿le declaró la guerra a Antonio? No, era demasiado listo como para eso. En Roma Antonio contaba todavía con suficientes partidarios como para que tal movimiento fuera arriesgado. En su lugar, se dirigió al templo de Belona en el Campo de Marte y protagonizó una antigua ceremonia.

Encabezando una solemne procesión hasta las puertas del santuario de la diosa de la guerra en calidad de sacerdote *fetialis\** y seguido por unos oficiales con sus capas militares, mojó la lanza en sangre fresca y la arrojó en dirección a Egipto.

—Declaramos solemnemente enemiga nuestra a esta reina extranjera que ha puesto los ojos en Roma y quiere gobernarnos administrando justicia desde la colina del Capitolio, tal como han revelado sus juramentos. ¡La reina egipcia Cleopatra, de la casa de los Lágidas, ha pisoteado a nuestro general y lo ha convertido en su esclavo. Esta egipcia que adora a los reptiles y a las bestias cual si fueran dioses y cuyo valor es tan débil tiene que ser derrotada! —gritó blandiendo la lanza antes de arrojarla—. Declaramos una guerra justa contra esta soberana extranjera que amenaza nuestro Estado. ¡No debemos permitir que una mujer se equipare a un hombre!

Todas estas palabras, escritas y firmadas por testigos, nos fueron entregadas en Patrás. Casi me pareció oír la chillona voz de Octavio pronunciándolas, gritándolas a la multitud y al cielo.

---

\* Miembro de un colegio de veinte sacerdotes encargados de la defensa del derecho internacional, entre cuyos cometidos figuraban la consagración de los tratados de paz, armisticios y alianzas, la exigencia de reparaciones por parte de los Estados que incumplían los pactos y la declaración de la guerra en caso de que se negaran a ofrecerlas. (*N. de la T.*)

# EL OCTAVO ROLLO

# 66

—Te deseo el más venturoso año nuevo. —Levanté mi copa y brindé por Antonio. Cenaban con nosotros nuestros más íntimos amigos, todos los cuales imitaron mi ejemplo—. Que Jano, el dios del doble rostro, nos abra este año y derrame sus bendiciones sobre nosotros.

Antonio aceptó los brindis y anunció que tenía pequeños obsequios para todos. Se distribuyeron unas cajas, cada una de las cuales contenía treinta monedas de oro, la espléndida emisión que había acuñado en honor de cada una de sus treinta legiones y también de su guardia pretoriana y de su cuerpo de reconocimiento. Cada moneda mostraba el águila y los estandartes en una cara, y un navío de guerra de nuestra flota en la otra. Nuestros amigos se habían quedado boquiabiertos de asombro, pues sabían que valían una fortuna. Al parecer, nadie conseguía acostumbrarse jamás a la generosidad de Antonio.

—¡Salve, cónsul! —dijo uno de ellos, pues nuestro Senado, el legal, había declarado nulo el nombramiento por parte de Octavio de Mesala Corvino en sustitución de Antonio.

Sin embargo, todo aquello no era más que un juego. Ahora la legalidad de nuestras acciones o de las de Octavio sólo se podría ratificar de una manera: mediante las armas.

Mientras esperábamos en Patrás, las tormentas invernales azotaron los mares. Pero nosotros estábamos a salvo en nuestro refugio del golfo de Corinto. Era una región muy interesante de Grecia, o lo sería cuando mejorara el clima. No lejos de allí se encontraba Olimpia, la ciudad de los Juegos, con su famosa estatua de Zeus. Pero no era el momento más adecuado para hacer visitas. En dirección contraria estaban las ruinas de la vieja Corinto y la nueva colonia fundada por César. Era una ciudad costera situada justo al otro lado de una fértil región de huertos y viñedos.

Antilo había sido enviado a Alejandría junto con sus hermanastros y su hermanastra. Yo esperaba que éstos lo acogieran con simpatía. No debía de haber sido fácil para él abandonar el único hogar que había conocido en su vida y trasladarse a otro donde no había ni un padre ni una madre que suavizara el golpe. Yo había escrito unas cartas, exhortando a los gemelos y a Cesarión a que se mostraran amables con él.

Antes de abandonar Atenas, todos los reyes clientes habían jurado lealtad a Antonio, en una pálida imitación de los juramentos que Octavio había conseguido arrancar en Italia. A su vez, Antonio les había jurado a ellos que lucharía sin descanso. Estando en Atenas, Herodes le había susurrado a Antonio al oído un consejo que debía de parecerle muy astuto: que me matara y se anexionara Egipto. Añadió que le parecía lo más lógico, pues con ello se resolvería el problema de las disputas en nuestro bando.

Bien. Herodes no sería autorizado a participar directamente en nuestra campaña, pero lo utilizaríamos. Yo lo mantuve ocupado en su propio país, combatiendo contra el rey Malco de Nabatea, quien se había retrasado en el pago a Egipto de los derechos de explotación del betún, por cuyo motivo Herodes se había ofrecido a cobrarlos para ahorrarme la «molestia». Muy bien, ahora yo me ahorraría la molestia de cobrar los tributos que tanto se habían retrasado.

Con nuestras cuantiosas reservas de dinero y nuestra capacidad para acuñar monedas —Antonio seguía poseyendo todavía una ceca en Italia— nos dedicábamos a repartir sobornos entre los personajes más influyentes de Roma para contrarrestar los efectos de los impuestos de Octavio, lo cual nos permitió disfrutar, por lo menos durante algún tiempo, de una gran popularidad.

Sí, todo nos era favorable. El primero de enero pareció que Jano contemplaba un interminable futuro para nosotros. Disponíamos de grandes sumas de dinero, una flota y un ejército enormes, ilimitados suministros de víveres desde Egipto y el mejor general del mundo.

¿Fue entonces cuando me sentí más dichosa? ¿Somos más felices cuando tenemos en nuestras manos todo aquello que más deseamos, o bien cuando alargamos los brazos en la esperanza de poder alcanzarlo? En mi caso creo que fue cuando estaba a punto de conseguirlo y la espera no era más que una deliciosa salsa que, derramada sobre los días, los empapaba con el dulce sabor de la anticipación.

Cuando pienso en aquel invierno, el color rojo parece impregnar tanto los días como las noches. Nuestro comedor y nuestro dormitorio estaban pintados de rojo intenso y el suelo de la cámara del consejo era de pórfido rojo morado; la fría lluvia y el viento nos obligaban a encender braseros y antorchas, y yo tenía varias túnicas de color escarlata y siempre me sentía más abrigada cuando me las ponía. Antonio también tenía túnicas del mismo color y unos gruesos mantos de un tono pardo rojizo más apagado. Hasta el sol —los días que asomaba— penetraba a través de las ventanas con unos rayos constelados de rubíes que se derramaban por el suelo. Habíamos descubierto un exquisito vino tinto tan oscuro que sólo en sus profundidades despedía destellos rojos, pero eran rojos sin la menor duda. Algunas noches lo bebíamos hasta que la cabeza nos empezaba a dar vueltas. Entonces depositabamos cuidadosamente las copas en la mesita y nos retirábamos a nuestro lecho para disfrutar de las intensas sensaciones que sólo una pequeña cantidad de vino puede provocar.

Cuánto me gustaba tocar y acariciar a Antonio en aquellas largas noches de Patrás. Desde lo de Pérgamo, mi general había abandonado sus descuidadas costumbres en el comer y el beber y ahora volvía a ser el Antonio de años atrás. El ejercicio había eliminado los excesos y ahora sus brazos y sus hombros eran duros, su vientre liso y sus muslos fuertes y sin el menor atisbo de grasa. Había vuelto el joven Antonio, el soldado que brillaba esplendorosamente en representación de César. El Antonio que yo había amado en Tarso había regresado a mí en toda su gloria.

Tendida en la cama, medio cubierta por las mantas, le preguntaba con voz adormilada por qué había acudido a mi puerta aquella noche ya lejana. Se había convertido en un ritual para nosotros, tal como suele convertirse para todos los enamorados: dónde, cuándo, por qué, recuerdas... Tengo entendido que hasta los viejos ensayan su religión privada de cómo amaron por vez primera, el más guardado de los secretos. Y él siempre me contestaba arrastrando las palabras: «Porque tenía que hacerlo.» La pregunta y la respuesta eran siempre las mismas. «¿Por qué? Porque tenía que hacerlo.»

Entonces yo me inclinaba para besarle los labios, sosteniendo su rostro entre mis manos, sintiendo sus pómulos bajo mis dedos, recorriendo el redondo borde de las cuencas de sus ojos, besándole los párpados cerrados. Él murmuraba y alargaba la mano lentamente para acariciarme el cabello y sostenerme después la cabeza con sus fuertes dedos. Su beso cambiaba y el sueño desaparecía, sustituido por la urgencia del deseo y la relajación de los límites provocada por la magia del vino. Muy pronto nos perdíamos en los bosques de la locura física, tratando de alcanzarnos el uno al otro de una manera distinta a las que jamás hubiéramos conocido. Nunca lo conseguíamos y era bueno que así fuera, pues en tal caso se hubiera convertido en el pasado y hubiera dejado de ser el futuro.

Jamás me cansaba de él, de su esencia física. Somos algo más que nuestros cuerpos, ciertamente, pero no podemos separarnos de ellos. Ellos nos representan de la única manera en que podemos vernos los unos a los otros. Tal vez los dioses están por encima de todo eso, pero en su clemencia nos han concedido el gobierno de nuestros cuerpos. De esta manera, no nos extraviamos demasiado. Y yo amaba a Antonio en su forma corporal... ¡por Isis que lo amaba!

Pasaban los días... días de espera en el lujo de la pausada respiración, del disfrute de la comida, de nuestros intereses largo tiempo olvidados y de nuestros cuerpos. En cierto modo, era como retroceder en el tiempo, a la época en que vivíamos una existencia más tranquila. Nuestros hijos no estaban allí, tampoco nos acompañaban nuestros ministros y oficiales, y nos encontrábamos lejos de nuestras respectivas patrias. Las obligatorias audiencias cotidianas habían desaparecido. En su lugar, podíamos leer, hacer ejercicio, escribir, soñar despiertos. Todo aquello era necesario para alimentar lo que éramos, para convertirnos realmente en Antonio y Cleopatra, las esencias que había más allá de nuestras personas públicas... las esencias que habían dado origen a las personas públicas.

—No sé qué hubiéramos hecho el uno sin el otro —le dije una medianoche en que ambos yacíamos abrazados.

Mi cabeza descansaba sobre su pecho y yo saboreaba su calor, serenada por los latidos apenas audibles que percibía bajo mi oído.

—Tú hubieras sido la gran reina viuda de Egipto y yo un socio de Octavio que cargaba sobre sus hombros lo que César había dejado. Quizá siempre hubiese echado de menos lo que se había perdido aun sabiendo que no se podía recuperar. Ningún hombre es igual a sí mismo, ningún hombre puede repetir lo que hubiera hecho. Hubiera sido, según los criterios del mundo, una vida de las que merecen la pena.

—Pero incompleta.

Me besó la coronilla.

—Eso sí. Muy incompleta. Es curioso que aquello que merece la pena pueda ser tan incompleto.

—Y ahora pretendemos forjar un nuevo mundo. ¿Crees que César lo aprobaría?

Hizo una larga pausa. Me pregunté si se habría quedado dormido.

—Hasta César estaba atado a su tiempo —me contestó al final—. Ahora el tiempo ha transcurrido y lo ha dejado atrás. —¡Cuánto me dolieron sus palabras! Pensar en César como un ser finito, terminado, pasado, prisionero del tiempo. Antonio añadió—: Nos diría: «Seguid adelante con vuestro sueño. Pero cuidad los detalles. Los sueños sin detalles no pueden hacerse realidad.» De la misma manera que yo no puedo hacerte el amor sin un cuerpo —me atrajo hacia sí—, los soldados no pueden hacer marchas sin botas. Recuerda las botas; recuerda los detalles.

—Sí. Las botas...

Pero su manera de apretarse contra mí me dijo que no estaba preparado para el sueño. Yo tampoco.

—Me siento culpable por lo mucho que estoy disfrutando de este tiempo —murmuré—. Tendría que estar angustiada y torturada por la espera y, sin embargo, todo eso es como un regalo. El regalo del tiempo, el regalo del pensamiento, el regalo del uno al otro.

Le pasé la mano por el cabello todavía tan fuerte, espeso y sano.

Me abrió la túnica y me besó muy despacio el hueco de la garganta, los hombros y el escote.

—Pues abre el regalo —me dijo— y guarda silencio.

Los dioses nos arrebataron aquella tregua, nuestra pequeña isla de tiempo. Pasó enero y llegamos a mediados de febrero. A pesar de los mares que nos separaban, seguíamos recibiendo informes de Roma. Las fuerzas de Octavio aún se estaban preparando y él daba los toques finales a la campaña que había emprendido para ganarse los corazones y las mentes de los romanos.

Tal como ya he dicho, aún teníamos muchos partidarios en Roma. La familia de Antonio, sus antiguos vínculos con la aristocracia, sus servicios a la patria no habían sido olvidados. Por otra parte, nuestros sobornos habían servido para recordar a la gente que había otros poderes aparte de Octavio y sus seguidores. Por consiguiente, antes de abandonar la capital, a Octavio aún le quedaba mucho trabajo por hacer.

Un desapacible día de febrero Aulo Coso llegó en un barco con varias copias de los discursos de Octavio. El protocolo exigía que lo recibiéramos amablemente, cosa que hicimos a pesar de que su llegada fue una desagradable sacudida y suponía un regreso al mundo exterior que nos esperaba.

Lo recibimos de una manera informal para que se sintiera más cómodo. Era un viejo amigo de la madre de Antonio y se había abstenido de tomar partido por uno u otro bando.

—Soy demasiado viejo y ya no le intereso a nadie —dijo—. Lo cual es una suerte. —Era tan delgado y reseco que no me extrañaba que nadie sintiera el menor interés por él—. Sigo echando de menos a tu madre —se limitó a decir.

—Yo también —dijo Antonio.

Había muerto mientras él estaba en la Partia. Por lo menos evitó enterarse de lo que allí sucedió, pues Antonio se hubiera visto obligado a contarle la verdad.

Ahora toda la familia de Antonio había muerto: su padre, sus dos hermanos y su madre. Al igual que la mía. Sólo nos teníamos el uno al otro.

—Debo decirte —dijo Coso— que los discursos y las acciones de Octavio han sido muy bien recibidos. Toma.

Le entregó a Antonio una copia del discurso que Octavio había pronunciado en las gradas del edificio del Senado.

Antonio lo leyó muy despacio. Su sonrisa se fue borrando a medida que lo leía. Después me lo pasó sin decir nada. Se levantó y rodeando con su brazo los hombros de Coso, lo acompañó a la columnata cubierta en la que solíamos mostrar las obras de arte a nuestros invitados.

Leí el discurso. Octavio había abierto todas las puertas y no había olvidado ninguna ofensa.

Tras pasar revista a sus poderosos recursos militares, empezaba a ensañarse conmigo.

Para nosotros, romanos y señores de la mayor y mejor parte del mundo, el hecho de ser pisoteados por una egipcia constituye un insulto a nuestros padres; y también a nosotros. ¿No nos comportaríamos de una forma deshonrosa si soportáramos humildemente las injurias de su gente, que, ¡oh, cielos!, son alejandrinos y egipcios (¿qué peor nombre o más auténtico se les podría aplicar?), son esclavos de una mujer y no de un hombre? ¿Quién no lamentaría ver a unos soldados romanos convertidos en guardias de esta Reina? ¿Quién no gemiría al ver a unos oficiales y senadores romanos adulándola como eunucos? ¿Quién no lloraría cuando viera y oyera a Antonio, el hombre que ha sido dos veces cónsul y a menudo imperator, abandonando todos los hábitos de vida de sus antepasados y adquiriendo unos hábitos forasteros y bárbaros, que no nos honran ni honran las leyes de los dioses de sus padres, para rendir homenaje a esa mujer como si fuera una Isis o una Selene... llamando a sus hijos Helio y Selene, asumiendo finalmente el título de Osiris o Dioniso, y no contento con eso regalando islas enteras y algunas partes de los continentes como si fuera amo y señor de toda la tierra y del mar?

Cerré los ojos un instante. Lo vi todo desde el punto de vista romano y comprendí que si Antonio pudiera regresar y mostrarse a la gente... Pero la hostilidad creada por Octavio lo impedía. ¡Qué preciso había sido en todos sus planes y en su perfidia!
Me obligué a seguir leyendo.
Tenía que saberlo todo.

Sin embargo, yo le tenía tanto aprecio que le cedí una parte de nuestro mando, lo casé con mi hermana y le otorgué legiones.

¡Como si todo hubiera sido un regalo de Octavio! «Le cedí, le otorgué...»

Más tarde, el aprecio que yo le profesaba era tan grande que no quise enfrentarme con él en una guerra por el simple hecho de que hubiera insultado a mi hermana o hubiera abandonado a los hijos que ella le había dado o hubiera preferido a la egipcia o hubiera legado a los hijos de esa mujer prácticamente todas vuestras posesiones o por cualquier otra causa. No me parecía correcto adoptar con Antonio la misma actitud que con Cleopatra, pues la consideraba, aunque sólo en razón de su origen extranjero, una enemiga a causa de su conducta, pero creía que a él, como ciudadano que era, quizá se le pudiera hacer entrar en razón.

Sentí que palidecía. ¿O sea que yo era juzgada sólo como extranjera mientras que Antonio, por ser romano, estaba libre de cualquier culpa?

Pero él ha contemplado mis esfuerzos con desdeñosa altivez, por lo que ni será perdonado por más que lo quisiéramos, ni será compadecido por más que lo intentemos. No le temamos por el hecho de que pueda inclinar la balanza de la guerra, pues no hizo nada de provecho en el pasado tal como bien sabéis vosotros los que lo derrotasteis en Mutina.

«¡No hizo nada de provecho en el pasado!» Las mentiras me estaban haciendo temblar. ¿Nadie en Roma recordaba la Galia, Farsalia y Filipos? ¡Oh, qué frágil es la memoria de los hombres, cómo se erosionan sus hazañas! En tal caso, era cierto que César había muerto sin remedio.

Y, aunque alguna vez hubiera dado muestras de valor en sus campañas con nosotros...

¿Sus campañas con Octavio? ¿Cuando éste se quedaba en su tienda, enfermo y muerto de miedo? ¡Oh, cuántas mentiras!

... pero tened por cierto que ahora lo ha estropeado todo con la vida que lleva. Es una ley inevitable que un hombre acabe asimilando las prácticas de su vida cotidiana. Prueba de ello es que en la única guerra en la que ha participado en su vida y en la única campaña que ha hecho, regresó totalmente humillado de Fraaspa y perdió un elevado número de hombres en su retirada. Por tanto, si alguno de nosotros ejecutara una ridícula danza o se entregara a una conducta lasciva, semejante hombre tendría que cederle los honores a él, pues éstas son las especialidades que ha practicado. Sin embargo, ahora que la ocasión exige recurrir a las armas y librar una batalla, ¿qué hay en él que nos pueda infundir temor? ¿Su condición física? Ya no está en la flor de la edad y se ha vuelto afeminado. ¿Su fortaleza de espíritu? Se comporta como una mujer y se ha entregado a placeres contra natura. ¿Sus partidarios? Mientras creyeron poder enriquecerse sin peligro, algunos se mostraron muy dispuestos a apoyarlo, pero ahora no querrán combatir contra nosotros, sus paisanos, en nombre de algo que no les pertenece en absoluto.

¡Era repugnante! Estaba tan furiosa que casi no podía seguir leyendo.

¿Por qué temerle, pues? ¿Por el número de personas que lo apoyan? Sin embargo, por muy numerosas que sean, no pueden conquistar la valentía. ¿Por su nacionalidad? Están más acostumbradas a acarrear fardos que a combatir. ¿Por su experiencia? Saben remar mejor que luchar en el mar. Por mi parte, me avergüenzo de tener que enfrentarme a semejantes criaturas cuya derrota no nos permitirá cubrirnos de la menor gloria mientras que, si fuéramos derrotados, nos hundiríamos en la ignominia. ¿Contra quién combatimos, en realidad? ¡Yo os lo voy a decir! ¿Quiénes son los generales de Antonio? ¡Mardo, el eunuco, Iras, la peluquera de Cleopatra, y Carmiana, la encargada de su guardarropa! Ésos son vuestros enemigos. ¡En estos abismos se ha hundido el noble Antonio de antaño!

«¡Como si Mardo no fuera mejor general que tú —pensé—. Tú, débil inválido que no paras de toser y te sentirías tan impotente como una tortuga boca arriba sin Agripa, ¿cómo te atreves a compararte con Mardo?»

Sin embargo, el público de Octavio no sabría la verdad. ¿Cuántos habían alcanzado la mayoría de edad después de Filipos? ¿Cuántos habían muerto después de que los Idus de marzo se llevaran a César? La verdad no podía existir por sí misma como una formación de granito; era infinitamente cambiante y sufría los efectos de cuanto la rodeaba. El discurso de Octavio pasaría a formar parte de los archivos públicos y el polvo del tiempo lo validaría. En caso de que sobreviviera. La supervivencia de la verdad estaba más sujeta al azar... un retazo por aquí, un fragmento por allá conservado por casualidad.

Antonio regresó sin Coso y tomó el discurso doblado.

—Y yo que creía que Cicerón era malo —dijo jovialmente.

—Cicerón echó los cimientos sobre los cuales Octavio ha levantado su edificio —contesté—. Hace tiempo te reprendió porque bebías y tenías malas compañías. Incluso te reprochó tu cobardía por no haber estado con César en Hispania. ¿Recuerdas su maldición: «Lo marcaré con las más auténticas señales de la infamia y lo arrojaré a la perdurable memoria del hombre»? Todo eso se ha cumplido. Tenemos que darle las gracias por haber sembrado en un campo cuya cosecha está recogiendo ahora Octavio.

—Cicerón —dijo Antonio con tristeza—. Me parece que Octavio conseguirá protegerse la espalda. Como siga pronunciando estos discursos, en Roma no nos va a quedar ni un solo partidario, o por lo menos ninguno que se atreva a reconocerlo. Siempre habrá algunos que se agacharán y esperarán el resultado antes de levantar la cabeza.

—¡Pues entonces tenemos que asegurarnos el resultado!

Aparte de los discursos, los agentes de Octavio empezaron a descubrir «presagios» que proclamaban a los cuatro vientos para uso de los crédulos. Se decía que en todo el Mediterráneo las estatuas de Antonio eran alcanzadas por los rayos o bien empezaban a sudar sangre. Cuando no eran las estatuas de Antonio, eran las de Hércules o Dioniso, sus dioses. También decían que los niños habían empezado a jugar espontáneamente a la guerra en Roma bajo los nombres de antonianos y octavianos y, ¡oh, prodigio!, siempre ganaban los octavianos. ¡Menudo signo!

Probablemente la mejor indicación de los verdaderos sentimientos que se respiraban en Roma era un informe, según el cual un hombre había enseñado a dos cuervos para que uno dijera «Salve, Octavio, victorioso imperator» y el otro «Salve, victorioso imperator Antonio». Seguramente lo que quería era asegurarse las ventas, cualquiera que fuera el resultado.

A pesar de todo ello, yo no tenía miedo. Pensaba que no podíamos perder a menos que cometiéramos un gravísimo error, extremo que se me antojaba imposible. ¿Acaso no habíamos previsto todas las eventualidades? Nos habíamos preparado para enfrentarnos con el enemigo en cualquier lugar de la costa de Grecia, por tierra y por mar. Nuestros navíos oscilaban entre los «tres» —los más rápidos— y los «diez», que eran unas fortalezas flotantes revestidas de hierro y armadas con torres de catapultas. Y en el ejército teníamos una mezcla de núcleos de legiones romanas con soldados de caballería y tropas auxiliares. Estaríamos en condiciones de enfrentarnos con cualquier cosa que preparara el enemigo. No nos podrían pillar desprevenidos.

Cierto que también teníamos algunas debilidades. La peor de todas ellas era el problema de cómo seguir preparando nuestras fuerzas durante el invierno. El ejército estaba estacionado en distintos puntos para que la carga de alimentarlo fuera un poco más liviana; como ocurre con la langosta, un ejército acaba devorando cuanto crece a su alrededor. Importábamos los víveres, pero la sola presencia de un ejército es como el peso de un elefante sobre el terreno que lo rodea. Casi todas las legiones se concentraban cerca de nosotros en Patrás y Antonio las visitaba muy a menudo para darles ánimos... y dárselo a sí mismo. Allí estaba la Tercera Legión —la Gala— creada por César, que había combatido con él en Munda y con Antonio en la Partia. Estaba también la Sexta, la Acorazada, que había combatido con César en la Galia, Farsalia, Alejandría y Munda y con Antonio en Filipos y en la Partia... qué historia tan gloriosa. Y también la famosa Quinta Legión, la de los *Alaudae*, las «Alondras Cornudas», integrada por galos que habían servido bajo el mando de César en sus territorios natales y también en Hispania, Farsalia, Tapso y Munda y a las órdenes de Antonio en la Partia. El solo hecho de pasear entre ellas le infundía seguridad.

Varias veces lo acompañé y me emocioné casi hasta las lágrimas al ver el profundo afecto mutuo que se profesaban. Había oído decir que César mantenía un vínculo casi amoroso con sus hombres, pero no había comprendido hasta entonces lo que eso significaba, pues no lo había visto con mis propios ojos. La manera en que Antonio y sus soldados se miraban, el tono que se ocultaba bajo el cordial timbre de sus voces, el afán de complacerse, el vínculo del sacrificio definitivo que tal vez se les exigiera, todo ello hacía que los hombres y su comandante formaran un solo ser. Es una magia que jamás se puede predecir, pues exige un cierto tipo de hombre por ambas partes.

A todos se les notaba la tensión de la espera, semejante a la de un caballo ansioso de lanzarse a la carrera. Hasta yo me daba cuenta.

—¿Cuándo, imperator? —le preguntaban, tirando de su capa.

—Cuando avistemos al enemigo —contestaba él—. Ya no puede tardar.

Para la flota era peor que para el ejército de tierra. Por regla general, hay que evitar permanecer en el puerto, pues esta situación pudre los barcos y la moral de los hombres. Cierto que Agripa había mantenido una base naval en invierno cuando adiestraba a sus tripulaciones, pero había sido durante un breve período y los hombres habían estado ocupados con los ejercicios. Los nuestros languidecían junto a los remos.

—Antonio, ¿será una batalla naval y terrestre?

Sólo pude hacerle la pregunta cuando estuvimos completamente a solas. No comprendía cómo hubiera podido ser ambas cosas y, sin embargo, teníamos preparadas las dos fuerzas.

—No lo sé —confesó, dejándome boquiabierta de asombro.

—¿Que no lo sabes? —pregunté—. ¿No eres tú quien tiene que decidirlo? ¿No vas a tomar la iniciativa?

—Todo dependerá del desarrollo de los acontecimientos. Lo mejor sería que pudiéramos derrotarlos en el mar e impedir su desembarco librando exclusivamente una batalla naval. Pero eso sería muy difícil. Los barcos no son tan manejables como las tropas. Ante todo porque el tiempo desempeña un papel demasiado importante. Además, la movilidad plantea un problema. Los barcos no se pueden mover más que mediante el viento y los remos, es muy distinto del avance de las tropas en tierra firme.

—Prefieres una batalla terrestre.

Había observado el cariño con el cual había dicho «el avance de las tropas en tierra firme».

—Confieso que sí. Tengo mucha más experiencia en tierra. Aunque he tenido cierto éxito en el mar, soy relativamente un recién llegado.

Se sostuvo la barbilla con las manos mientras contemplaba un pequeño mapa del golfo de Corinto.

—¡Ah! Vosotros los romanos no lleváis agua salada en las venas como los fenicios y los griegos —dije—. Y tú perteneces a una familia romana muy antigua. —Hice una pausa—. En cambio, Sexto y su padre se encontraban a sus anchas en el agua. Y Agripa parece que también.

—Otra razón por la cual prefiero los combates en tierra. Agripa es como una foca: lleno de gracia en el agua, pero torpe en tierra.

—En tal caso, quizá convendría que les permitiéramos desembarcar tranquilamente para poder combatir en tierra.

—¿Y no usar para nada la flota? No, por lo menos tendríamos que emplearla como barricada. Cuantos menos hombres consigan desembarcar, mejor. Y, si los pudiéramos atraer a Accio donde se encuentra el grueso de nuestra flota, nuestra superioridad numérica los aplastaría.

Otro punto débil era la extensión de nuestra línea de defensa, desde el norte de Grecia hasta África. Sin embargo, un axioma de la guerra es que la defensa tiene que ser amplia, mientras que el atacante es libre de elegir un punto y concentrar todas sus fuerzas contra él, cosa que resulta mucho más eficaz y económico.

Otra de nuestras desventajas era nuestra dependencia absoluta de los suministros por mar desde Egipto, a ochocientas millas de distancia.

Pero ¿de qué otra manera se hubiera podido hacer? Los escenarios bélicos cubrían vastas porciones de la geografía de la tierra. La autoridad de Antonio se extendía desde el Éufrates y Armenia hasta el mar Jónico y la Iliria y, a través de África, desde Cirene a Nubia. La de Octavio abarcaba desde Iliria hasta el océano occidental e incluía la Galia, Italia e Hispania hasta las Columnas de Hércules. Todo el mundo participaría en la guerra, aliado con un bando o con el otro. Las ganancias del vencedor serían impresionantes, casi inconcebibles. También lo serían las pérdidas del vencido.

¡Que empezara ya de una vez! No podía soportar la espera por más tiempo. Temía que perdiéramos el ímpetu en caso de que los enfrentamientos no se iniciaran cuanto antes. Pero tendría que ser Octavio quien marcara el ritmo. Así pues, conteníamos la respiración en Patrás, contemplando los grises y tormentosos mares, todavía atrapados en las garras del invierno.

## 67

Los mares se mantuvieron agitados durante todo el mes de marzo. El invierno no soltaba su presa, como si quisiera impedirnos la acción. En aquellos momentos me pareció una crueldad, pero ahora me pregunto si no fue un acto de compasión, como si los dioses de los vientos se hubieran apiadado de nosotros y hubieran dicho: «Vamos a protegerlos un poco más; dejémoslos vivir en la gloria de lo no probado, de lo que aún no ha ocurrido, ahorrémosles lo que ya está escrito.» ¿Quién sabe? O quizá fue un simple hecho sin ninguna relación con el destino humano, uno de esos hechos que nuestras imaginaciones envuelven en sentimientos y maquinaciones.

A mediados de marzo —sí, en los Idus de marzo, debo pronunciar las palabras, aquel día por siempre maldito que me estuvo persiguiendo a lo largo de los años— el destino se abatió sobre nosotros como si tuviera una cita conmigo justo en aquella fecha. La estación de la navegación aún no había empezado oficialmente, pero Agripa, a través de la peligrosa ruta sureña, llevó la mitad de su flota hacia nuestra base naval de Metona.

Tras efectuar un rápido desembarco, atacó a Bogud y éste resultó muerto en la acción. La base naval se perdió y con ella perdimos en un instante uno de los puestos clave que protegían nuestra ruta de aprovisionamiento.

Recibimos inmediatamente los informes, pues nos encontrábamos a menos de cien millas al norte. Unos asustados mensajeros, temerosos de que descargáramos sobre ellos nuestro sobresalto y nuestra ira, comparecieron temblorosos sosteniendo en la mano los informes.

Era una de aquellas grises y desapacibles jornadas que suelen provocar sueño. Nos costaba concentrarnos en cualquier tarea, por cuyo motivo nos limitábamos a trazar perezosos círculos con los dedos en los mapas extendidos sobre la mesa. Me lo sabía todo de memoria, lo había repasado cientos de veces. Esta cueva, esta montaña, aquella isla...

La aparición de los mensajeros nos despertó de nuestro letargo. Antonio se levantó de un salto y alargó la mano hacia los despachos con el rostro visiblemente alterado. Ambos comprendimos que algo malo había ocurrido, pero no podíamos adivinar su alcance.

—Comprendo —le dijo Antonio finalmente a uno de los mensajeros—. ¿Y venís de allí? ¿Cuánto tiempo habéis tardado?

—He cabalgado dos días y una noche —contestó el mensajero—. Cuando salimos, aún se estaban librando combates en el puerto, pero prácticamente todo había terminado. Bogud ha muerto, su nave capitana ha sido capturada e incendiada y la ciudad fortificada ha sido tomada.

No fue necesario que yo leyera el informe. Miré a Antonio y me pregunté qué íbamos a hacer.

—¿Ténaro y Zákynthos siguen en nuestro poder?

—Que yo sepa, sí —contestó el mensajero—. No creo que hubiera dos acciones navales al mismo tiempo. Todos los esfuerzos de Agripa estaban concentrados en Metona.

—¡Tan al sur! —se lamentó Antonio, dejándose caer en una silla.

Miró a su alrededor con expresión ensimismada y, por simple cortesía, les preguntó a los mensajeros si les apetecía un refrigerio.

—Necesitan una buena comida —dije yo, yendo directamente a lo práctico, tal como suelo hacer cuando se produce alguna crisis—. Llevan varios días sin comer. Nuestros sirvientes os atenderán —les dije. En cuanto se hubieron retirado, me volví hacia Antonio—. ¿Qué significa eso? ¿Cómo es posible que hayamos perdido nuestra fortaleza portuaria más segura e importante?

—Tan al sur —repetía una y otra vez Antonio—. ¿Quién hubiera imaginado que seguiría una larga ruta diagonal y nos atacaría por el flanco sur? Yo suponía que cruzarían por el norte donde la distancia es mucho más corta y nos sería más fácil interceptarlos. Ahora... ahora... ¿Es aquí dónde desembarcará el grueso del ejército? Menos mal que tenemos estacionado nuestro ejército en el centro para poder desplegarlo en cualquier dirección.

Sí, ésta había sido la finalidad. Pero tenía el inconveniente de que dondequiera que desembarcara el enemigo, lo más probable era que nosotros no estuviéramos allí. Eso era lo malo del establecimiento de una línea defensiva que permitiera anticipar los movimientos del enemigo.

—¿Qué significa eso? —dijo regresando a mi pregunta—. Es difícil calcular exactamente las consecuencias. Ahora nuestros barcos de víveres tendrán que navegar dando un mayor rodeo mar adentro, pero aún pueden pasar. Todavía no se ha avistado ningún ejército de Octavio. Aún tenemos que ver qué terreno elegirá.


Sin embargo, muy pronto comprendimos el significado. Agripa dejó en Metona una poderosa escuadra que inmediatamente empezó a hostigar las restantes bases navales, atrayendo a los barcos y a los hombres al combate para debilitar de este modo nuestras defensas. Con la otra mitad de la flota, navegó por la esperada ruta norteña y trató de apoderarse de nuestra base de Corcira. A lo mejor pretendía establecer en ella su base principal y atacar nuestra base principal de Accio. Pero una tormenta le impidió apoderarse de la isla.

Su héroe Agripa resolvió el problema con sus constantes ataques contra nuestras bases. Muy pronto los barcos de Corcira tuvieron que salir a proteger las demás bases. Al parecer, toda la acción se había concentrado en el sur, por cuyo motivo el norte estaba casi desprotegido. Aprovechando toda aquella actividad y sabiendo que todos los ojos estaban clavados en Ténaro, Zákynthos, Ítaca y Cefalonia, Octavio consiguió transportar su ejército a tierra y desembarcó en Panormo, cerca del lugar donde César había desembarcado cuando perseguía a Pompeyo. La localidad se encontraba a unas cien millas al norte de Accio y doscientas millas al norte de Patrás, donde nos hallábamos nosotros.

El ejército se desplazó rápidamente hacia el sur con la esperanza de caer sobre Accio y apoderarse de la base por sorpresa mientras la flota de Octavio atacaba la nuestra sin que el ejército sufriera el menor acoso enemigo. Su velocidad fue asombrosa: apenas cuatro días después del desembarco llegaron al puerto de Glycys Limen en la desembocadura del río Aqueronte, el último puerto antes de la entrada de Accio. Fue entonces cuando nos comunicaron por primera vez su llegada. Fue como si hubiera llovido del cielo.

Bueno, al final, había llegado el momento. Tras varios meses de espera, tendríamos que subir inmediatamente para salirle al encuentro. Octavio había tomado la iniciativa; ¿podríamos nosotros convertir nuestra posición defensiva en una posición ofensiva?

—No podrá tomar Accio —dijo Antonio, haciendo gala de una confianza que yo no consideraba justificada; al fin y al cabo, es fácil para un ejército apoderarse de una zona desprotegida—. La entrada del golfo sólo tiene media milla de anchura y los bajíos que hay junto a ella lo hacen todavía más estrecho. A ambos lados de la entrada hemos levantado unas torres de vigilancia que no permitirán el paso de ningún navío; las rocas de las catapultas y las bolas de fuego caerían sobre los hombres y los barcos por igual.

—¿Cuánto tardaremos en llegar allí con el ejército? —pregunté.

—Saldremos inmediatamente —contestó—. El grueso del ejército de Patrás estará preparado para marchar con nosotros. Creo que podremos llegar en dos o tres días. Tenemos que rescatar la flota; si no aseguramos los accesos a Accio por tierra, las fuerzas de Octavio ocuparán la playa e impedirán que los suministros de víveres lleguen a los barcos estacionados en el golfo.

—¿Y el resto del ejército?

—Nos seguirá lo antes posible. Aún no he recibido ningún informe sobre el tamaño del ejército que ha desembarcado.

—Podemos estar seguros de que será adecuado para la tarea —dije yo.

«Ya se habrá encargado Agripa de que así sea», pensé con tristeza.

El ataque de Octavio fue rechazado, tal como Antonio había predicho. Había intentado atraer a nuestros navíos a mar abierto, sospechando (acertadamente) que no teníamos soldados a bordo y que los barcos no tenían dotación suficiente para combatir. Pero nuestro comandante reaccionó con rapidez y colocó remeros y marineros en las cubiertas con armas fingidas. Los remos estaban colocados en posición de ataque y los barcos formaban una línea de batalla, dispuestos a enfrentarse con el enemigo. La estratagema engañó a Octavio. Éste se retiró y se llevó los barcos al único fondeadero disponible, el de la bahía de Gomaros, justo por encima de la entrada del golfo. Y allí lo encontramos cuando llegamos a Accio.

Habíamos cabalgado al galope para plantarnos cuanto antes en Accio, seguidos por el ejército, que avanzaba a marchas forzadas. El rocoso y estéril paisaje que atravesamos nos hizo comprender con toda claridad que no podríamos obtener víveres en caso de emergencia.

«¿Qué clase de emergencia? ¿La emergencia de quedar atrapados en Accio?» No tenía ni que pensarlo.

No creo que Antonio pensara que yo fuera capaz de seguir su vertiginoso ritmo. En cuanto se puso en marcha, se sintió dominado por una ardiente determinación y siguió adelante sin pensar en absoluto ni en sí mismo ni en su caballo ni en mí. Para cumplir su misión, cabalgó incansablemente hacia el norte sin apenas detenerse. Pero la emoción y la incertidumbre me dieron fuerzas y no me quedé rezagada.

Mientras cabalgábamos hacia la entrada del golfo no tardé en darme cuenta de las malas condiciones de aquellos parajes. El territorio que rodeaba la costa era bajo, pantanoso y carecía de árboles; no pudimos acercarnos mucho a la orilla porque el terreno era muy peligroso. Vi serpientes entre las altas hierbas y nubes de insectos que se elevaban de los pantanos a nuestro paso.

Unas columnas de humo se levantaban de lo que parecía ser un campamento en la península sur que guardaba la entrada del golfo. Era el promontorio de Accio, que daba nombre a toda la campaña. Cuando la gente dice «en Accio», se refiere a todo, a lo que ocurrió por tierra y por mar, pero, propiamente hablando, Accio era sólo aquel paraje.

Marco Gracio, el comandante de la guarnición, nos recibió en el cuartel general, donde desmontamos, rendidos de cansancio. Me temblaban las piernas y el suelo se me antojaba extraño bajo los pies.

La puerta se cerró a nuestra espalda. Antonio asió al comandante por los hombros.

—¿Es grave la situación? —le preguntó—. ¿Cuántos son?

—Es un gran ejército —contestó cautelosamente Gracio—. Pero, como comprenderás, ¡yo no he sido invitado a pasarle revista! —soltando una triste carcajada—. Sin embargo, por lo que he visto, calculo que deben de ser unos ochenta mil hombres. No puedo saber cuántas legiones hay ni cuáles son. Por supuesto, son todos romanos... no hay tropas extranjeras ni auxiliares. —Se volvió hacia el criado que acababa de entrar con aguamaniles de agua fresca y toallas para nosotros—. Ah, aquí está.

Antonio extendió las manos sobre la jofaina mientras el criado les echaba agua encima.

—¿Y dónde están —preguntó.

—Han establecido un campamento en el promontorio norteño sobre terreno más elevado.

Terreno más elevado. Eran listos.

—La situación es buena, pero carecen de suministro de agua. Para eso tienen que bajar al río Louros o a las fuentes de más abajo.

¡Un punto débil! Lancé un suspiro de alivio al oírlo.

—No es fácil rodearlo por el norte y sería muy difícil atacarlo por el sur, pues es cuesta arriba. Y el terreno llano de abajo puede servir como campo de batalla.

—O como campamento para nosotros —se apresuró a decir Antonio—. Tendríamos que establecernos aquí. De esta manera, dominaríamos los dos lados de la boca del golfo.

—Su posición tiene otro inconveniente —le dijo Gracio a Antonio—. La bahía donde Octavio tiene anclada la flota sólo es útil cuando hace buen tiempo, pues estando expuesta por tres lados, no ofrece protección contra las tormentas.

—O sea, que se verá obligado a buscar otra cosa —dije yo—. ¿Qué seguridad ofrece Leucas?

Leucas, una montañosa isla situada justo delante de Accio, estaba en poder de los nuestros y era una posición estratégica: mientras nuestros barcos pudieran desembarcar, seguiríamos recibiendo ininterrumpidamente suministros de víveres desde Egipto.

—La mayor seguridad —contestó Gracio.

Leucas era una isla sólo de nombre, pues el agua que la separaba de la tierra estaba tan llena de cañas y bancos de arena que ningún barco hubiera podido pasar por allí. Además, puesto que sus características eran las mismas que las de todo el territorio de Accio, nadie hubiera podido cruzarla. No admitía ni caballos ni barcos, tratándose de un punto intermedio entre la tierra y el mar.

—Me alegra saberlo —dijo Antonio.

Sus palabras hubieran podido convencer a cualquiera menos a mí. Yo sabía que visitaría inmediatamente la isla para asegurarse.

Ahora que las cosas se estaban convirtiendo en detalles concretos, parecía más tranquilo. Los detalles se podían estudiar, modificar y planear. Ya no habría más sorpresas, ahora que su mano gobernaba el timón. Es bueno que las cosas confusas empiecen a adquirir una forma conocida y se conviertan en algo manejable y de tamaño natural.

Me desperté antes del amanecer, temblando de frío. Una sola manta no era suficiente, a pesar de que yo me había envuelto en ella y llevaba... ¿llevaba todavía la ropa puesta? Me pasé las manos por los brazos y noté las mangas. Sí, estábamos tan trastornados y agotados que habíamos olvidado desnudarnos. Levanté la cabeza por encima de la manta y, bajo las sombras que preceden el amanecer, vi el hombro de Antonio todavía cubierto por la túnica parda.

Accio. Estábamos en Accio, acurrucados en una tienda. Era la mañana que tanto tiempo llevábamos esperando. Sin embargo, jamás la había imaginado de aquella manera.

La almohada estaba fría, pero hubiera tenido que dar gracias de tenerla. Hundí la cabeza en ella y esperé a que Antonio se despertara. Entretanto, recé una oración tras otra por nuestro ejército, para que tuviéramos suerte, por nuestros aliados y nuestros hijos que aguardaban allá en Alejandría. «Que os podamos dejar una herencia de gloria y no de ignominia.». Que no seamos motivo de tristeza para ellos. Que, en nuestro intento de asegurarles el futuro, no vayamos a perderlo.


Eros entró de puntillas en la tienda y despertó a Antonio. Al verlo, comprendí que Canidio había llegado con sus legiones en algún momento de la noche y que todo iba bien.

Antonio se incorporó y sacudió la cabeza.

—¡Antonio! —dijo Eros—. Ya han venido. Te están esperando.

El agua de lavarnos estaba tan fría que convirtió mi cara en una máscara. Cuando salimos de la tienda y echamos a andar por la sucia y dura calle, el cortante aire de la mañana no sirvió precisamente para calentármela. Gracio se unió a nosotros y abandonamos la zona fortificada para reunirnos con nuestras tropas. Éstas se extendían a nuestro alrededor, rodeando y abarcando todo el campamento. Once legiones —unos cuarenta mil hombres— eran un ejército muy numeroso. Pero ¿no había dicho Gracio que los soldados del otro lado del golfo eran el doble?

Aparte de los recién llegados, había setenta mil remeros que llevaban todo el invierno estacionados allí, más los soldados de la guarnición. ¿Cómo iban a permanecer todos juntos en aquel insalubre lugar? Sólo los desperdicios formarían una montaña. Pero de eso se encargarían los ingenieros militares y los zapadores; no todo era la gloria de la construcción de rampas y artefactos de asedio.

—¡Salve! —Canidio se acercó al trote, levantando la mano a modo de saludo—. Nos presentamos ante ti y estamos esperando para establecer el campamento donde tú digas.

Delante de nosotros había un espacio alrededor de la guarnición, muy separado de la orilla. Antonio lo rodeó a caballo y regresó asintiendo con la cabeza.

—Creo que, de momento, conviene que los mantengamos a todos unidos. Cuando lleguen las tropas, que faltan las podremos distribuir al otro lado del golfo. Pero, como es natural, la última palabra la tienen los ingenieros.

Según la costumbre romana, se pasaron todo el día supervisando y trazando las líneas del campamento y, al caer la noche, los hombres ya habían levantado nuestra tienda y la estructura de madera que se utilizaría como cuartel general. Mientras trabajaban, nosotros comentamos la situación con Canidio, Enobarbo y Delio. Por supuesto, yo estaba presente, pero no tardé mucho en darme cuenta de que mi presencia molestaba a los demás comandantes, sobre todo a Enobarbo.

Nos sentamos alrededor de una alargada mesa de tijera en el cuartel general de la guarnición, donde Gracio había desenrollado un gran pergamino con un detallado mapa de la zona. Gracio nos indicó sobre el mapa el lugar donde el enemigo había acampado y nos describió las características del paisaje: la localización de los pantanos y de los manantiales de agua potable y la elevación sobre la cual se había establecido el campamento.

Canidio lo estudió todo sin apenas pronunciar palabra.

Enobarbo hizo algunas preguntas acerca del estado de la flota.

—Hemos perdido bastantes remeros —contestó Gracio—. La enfermedad se ha cobrado su tributo.

¡Se habían perdido remeros! Yo había proporcionado remeros egipcios y griegos muy bien preparados. ¿Cómo los íbamos a sustituir?

—¿Cuántos? —pregunté.

Enobarbo me miró con rabia.

Pero bueno, ¿es que ni siquiera podía hacer una pregunta?

—Yo diría que ya han caído más de diez mil —contestó Gracio.

¡Diez mil! ¿Y qué había querido decir con el «ya»?

—En verano, cuando el calor crea enjambres de mosquitos, la enfermedad aumenta —explicó Gracio.

—Pero en verano ya no estaremos aquí, naturalmente —dijo Enobarbo.

—No, claro —convino Antonio—. En cuanto las demás legiones y las tropas de los reyes se reúnan con nosotros, presentaremos batalla.

—¿Una batalla en tierra? —preguntó ansiosamente Canidio.

—Depende del estado de la flota —contestó Enobarbo—. Ahora mismo sólo contamos con cinco escuadras, es decir trescientos barcos, dentro del puerto. Los demás están estacionados a lo largo de la costa.

—Perdimos varios en Metona —le recordé.

—Sí, es cierto, pero aún nos quedan siete escuadras. Cuando lleguen, podrán atacar la flota de Octavio desde el oeste y permitir que los que hay en el interior del golfo salgan y se incorporen al ataque.

—Octavio ha estado dando señales de que busca la batalla —le interrumpió Gracio—. Primero intentó atacar nuestra flota...

—Y lo engañamos con nuestra estratagema —le interrumpió orgullosamente Antonio.

Gracio asintió con la cabeza.

—Y ahora hemos visto a muchos hombres reunidos en las alturas. Ayer arrojaron bolas de fuego y piedras contra nuestro campamento. Quieren provocarnos para que entremos en combate.

—Porque nos doblan en número —dijo Canidio—. ¡No me extraña!

—Tenemos que darles largas hasta que dispongamos

de todas nuestras fuerzas —dijo Antonio—. ¡Y entonces...!

Se golpeó una mano con el puño de la otra.

—Ahora mismo la flota enemiga no tiene un puerto muy seguro y, por consiguiente, les conviene entrar en combate cuanto antes —dijo Gracio.

—Pero, por lo menos, pueden entrar y salir cuando quieran —dijo Enobarbo—. En cambio, nosotros estamos atrapados en el interior del golfo. No podemos ir a ningún sitio a menos que nos abramos paso luchando. No podemos elegir ningún otro terreno de combate; el enemigo nos ha acorralado aquí dentro —añadió en tono exasperado.

—Cuando nuestro ejército cuente con todas sus fuerzas —intervino Antonio—, los rechazaremos y los someteremos. Su flota tendrá que retirarse.

—Se me ocurre otra idea —dijo de repente Enobarbo—. ¿No se declaró una guerra contra Cleopatra? Pues entonces, ¿por qué no desenmascarar la falta de honradez de Octavio? Tú —me miró directamente a la cara sin utilizar ningún título de cortesía— deberías regresar inmediatamente a Egipto con tu flota. Eso obligará a Octavio a seguirte, ya que a fin de cuentas afirma que tú eres su enemiga, y permitirá que Antonio y yo zarpemos rumbo a Italia y la invadamos.

—Muy cierto. Si la Reina actuara como señuelo...

Antonio asintió con la cabeza y lo mismo hizo Canidio.

¡Pero qué ingenuos eran! Sin embargo, yo sabía que Enobarbo no era ingenuo; sólo quería que me fuera.

—Y, si no da resultado, habremos dividido nuestras fuerzas —repliqué—. ¿Acaso vosotros, sabios comandantes, no habéis oído nunca el viejo dicho «divide y vencerás»? No. Me parece una mala idea.

Miré directamente a Enobarbo y éste me devolvió una mirada asesina.

—Tendríamos que colocar espías en su campamento

—dijo Delio para cambiar de tema antes de que se encresparan los ánimos.

—Lo he intentado, pero no ha dado resultado —contestó Gracio—. Lo podemos volver a intentar.

Al final, llegaron todos: las restantes legiones y los ocho reyes que nos prestarían personalmente ayuda al mando de sus tropas y de las de los reyes que no podrían estar presentes, pero que habían aportado hombres y armas.

Habían llegado los trescientos senadores de Patrás y Atenas. Justo a tiempo, pues muy pronto nos enteramos de que Agripa había tomado Leucas por sorpresa.

Leucas. Nuestra isla guardiana donde desembarcaban nuestros navíos de suministros. Me sorprendió la rapidez de la acción y comprendí la realidad de nuestra precaria situación. Era de todo punto necesario que atacáramos de inmediato antes de que empezaran a producirse las inevitables carestías. Al principio, era Octavio el que buscaba una rápida confrontación mientras nosotros dábamos largas. Ahora habían cambiado las tornas.

La captura de Leucas resolvió los problemas que tenía Octavio para fondear su flota. Ahora disponía de un lugar resguardado para sus barcos durante todo el tiempo que quisiera y sin temor a las tormentas. Su flota estaba segura y su ejército le garantizaba el suministro de víveres.

En cambio nosotros estábamos bloqueados. Tanto nuestro ejército de tierra como la flota estaban atrapados en Accio. Con sorprendente rapidez habíamos perdido nuestra ventaja estratégica; el cabo salvavidas que nos unía a Egipto se había cortado. Tendríamos que salir de allí o perecer.

Sin embargo, no había ninguna manera de obligar a un ejército atrincherado a combatir. Estaban protegidos en el promontorio como una tortuga en su caparazón. Se habían construido unos muros de defensa que bajaban hasta el mar e impedían que nosotros nos acercáramos para invadirlos.

Antonio y un contingente de caballería rodearon el golfo y salieron por el este, donde se introdujeron subrepticiamente al otro lado de los muros y se apoderaron de los manantiales. Le acompañaban los príncipes orientales que le habían proporcionado la caballería: Amintas, Deyotaro, Roemetalces. Las legiones romanas al mando de Canidio estaban preparadas para lanzarse contra los muros en cuanto les diéramos la señal.

El ataque a sus valiosos manantiales los obligó a salir de inmediato. Los combates fueron encarnizados, pero, de pronto, se produjo un suceso inesperado: nuestro fiel Deyotaro de Paflagonia desertó de repente y se alió con el enemigo. Aun así, nuestras legiones hicieron bien su trabajo.

Los muros se derribaron y nuestro ejército acampó alrededor de los manantiales, manteniendo en su poder ambos lados de la entrada del golfo.

Ahora sólo quedaba aislarlos del río Louros situado algo más allá de su campamento. Era algo que, afortunadamente, estábamos en condiciones de hacer.

No obstante, nuestra situación no tardó en agravarse. Agripa prosiguió sus ataques contra nuestras bases navales; no tardaron en caer las de Patrás e Ítaca.

Habíamos perdido por entero el golfo de Corinto y también el último paso abierto que les quedaba a los barcos para entrar directamente en Accio.

Ahora todo se tendría que hacer por tierra, a través de estrechos caminos y escarpados desfiladeros desde muy al sur. Pronto se empezó a notar la escasez de víveres; no es necesario que transcurra mucho tiempo para que casi doscientos mil hombres agoten las reservas. Recordé haber oído decir que los hombres de César se habían encontrado en una situación parecida en Grecia poco antes de su batalla con Pompeyo y se habían visto obligados a comer hierba. Por desgracia, nosotros ni siquiera teníamos hierba a mano.

A mediados de junio yo estaba sentada bajo un toldo delante de nuestro cuartel general. Hacía un calor sofocante tanto dentro como fuera y sólo se encontraba un poco de alivio en aquel sombreado espacio.

El aire fresco que había soplado desde las montañas durante la noche ya había cesado.

Con la cabeza apoyada en el muro lateral del edificio, sentí que el sudor —a pesar de lo temprano de la hora— me empezaba a bajar poco a poco por el cuello y entre los pechos. Me daba aire con un pequeño abanico, pero sólo conseguía agitar la maloliente atmósfera delante de mi nariz. El hedor de los pantanos mezclado con la fetidez de los desperdicios de todo un ejército olía como un cadáver al tercer día.

Se había convocado una reunión, pero aún no se había presentado nadie. Muchos hombres estaban enfermos. La situación más grave se registraba entre los remeros, los cuales se contagiaban a un ritmo alarmante y ya se habían producido varias bajas entre ellos. Antonio había ido a inspeccionar personalmente los barcos con Enobarbo y Sosio, el cual había dejado el mando de Zákynthos a un comandante más joven. Tras haber perdido Patrás, Cefalonia y Leucas, Zákynthos ya no tenía demasiada importancia estratégica.

Me enjugué la frente con un perfumado pañuelo con el cual pretendía contrarrestar las miasmas del pantano que me rodeaban. Las flores eran para otro mundo, un mundo perdido.

A través de la bochornosa atmósfera vi acercarse, o más bien arrastrarse, a Delio y Canidio.

A causa del calor, habían prescindido de su uniforme, exceptuando la obligatoria túnica interior que estaba sucia y manchada de sudor. La de Canidio era de un desteñido color amarillo mientras que la de Delio había sido azul en otros tiempos.

—Mis mejores saludos en este hermoso día —dijo Delio cuya voz destilaba tanto sarcasmo como sudor chorreaba su frente.

—¿Dónde está nuestro imperator? —preguntó Canidio.

—Todavía con la flota —contesté—. Pero no tardará mucho en regresar.

—La flota se encuentra en muy mala situación —dijo Canidio—. Creo que la tendremos que abandonar.

—Eso lo decidirán ellos —contesté, utilizando un tono más cortante de lo que hubiera querido. El calor nos había despojado no sólo de la ropa exterior, sino también de la cortesía en el trato—. Tomad un poco de vino mientras esperáis —dije para cambiar de tema. Fuera había una mesita con una jarra y unas copas.

Delio se sirvió una copa, tomó un sorbo e hizo una mueca.

—Aquí lo que no falta es vinagre.

Las provisiones de vino aceptable hacía tiempo que se nos habían terminado y lo que ahora bebíamos era más medicinal que otra cosa. Pero por lo menos no nos hacía enfermar.

—Da gracias de que no tengamos que beber al agua de la zona —El carácter de Delio se había agriado tanto como el vino—. Ah, aquí vienen.

Lancé un suspiro de alivio al ver acercarse a Antonio y a otros dos.

—¡Salve! —Jamás dejaba de asombrarme que Antonio fuera capaz de conservar la dulzura de su carácter en las más adversas circunstancias. En aquellos momentos incluso sonreía—. ¡Ah, mis capitanes!

—Sírvete un poco de este brebaje —le dijo Delio, indicándole la jarra.

Antonio así lo hizo, ladeando la cabeza.

—Cosas peores he bebido. En nuestra retirada de Mutina tuvimos que beber... bueno, no importa. Recuerda tan sólo que los asnos están preparados para proporcionarnos lo que nos falte. —Rozó mi hombro—. ¿Qué tal lo resistes?

—Yo ya estoy acostumbrada al calor —contesté para hacerle un reproche a Delio—. En Egipto no es que haga frío precisamente.

—Muy cierto. Bueno pues, ¿empezamos?

Antonio se acercó una banqueta y lo mismo hicieron los demás. Así nos reunimos los seis comandantes supremos bajo un improvisado toldo y una sombra cada vez más menguada.

—¿Qué has descubierto? —le pregunté a Antonio.

Sacudió la cabeza.

—La situación es muy mala —reconoció.

—Mala y peor que mala —dijo Sosio—. Hombres y barcos han sido atacados. Los hombres por la enfermedad y los barcos por el gusano de la putrefacción de la madera.

Me hundí en el desánimo. La cálida temperatura del agua habría favorecido la aparición de los gusanos, el peor enemigo de un barco. No habíamos podido remolcar los barcos para calafatear las junturas de la madera durante el invierno, mientras que los de Agripa se habían pasado la temporada invernal en dique seco.

—Me temo que no habrá suficientes hombres para todos —dijo Enobarbo—. Un simple trirreme necesita ciento setenta remeros mientras que los navíos más grandes, bueno... —Empezó a toser y alargó la mano hacia una copa de vino, o más bien de sucedáneo de vino—. Perdón —dijo avergonzado por su ataque de tos.

—¿Qué vamos a hacer con los remeros? —pregunté.

—Ya hemos tomado medidas —contestó Antonio—. Tratándose de una situación de emergencia, hemos tenido que reclutar a gente de la zona.

—¿Qué quieres decir con eso de reclutar?

Se trataba de unos parajes despoblados y, de haber habido alguien, en modo alguno se hubiera ofrecido voluntariamente a prestar semejante servicio.

—Lo que quiere decir —intervino Enobarbo sin andarse con rodeos— es que estamos cogiendo hombres. Secuestrándolos, arrancando a los campesinos de sus campos, a los muleros de sus mulos y a los molineros de sus molinos.

¿A semejante extremo habíamos llegado? Me avergoncé.

—¡No!

—La guerra no es una tarea agradable —dijo Antonio. Ahora se revelaba el soldado tan duro como el granito que se ocultaba tras el político—. Pero no podemos perder de vista nuestro objetivo esencial: ganar. Todo lo demás pierde importancia.

Sí. Ganar. Algunos de nosotros lo comprendemos. En cuanto a los demás, pues que se vayan al infierno. No saben lo que es derramar sangre y sacrificarse.

—¿Saben remar? —me limité a preguntar.

—No —contestó rotundamente Enobarbo—. Bueno, pueden mover un barco. Para eso basta el poder de los músculos. Pero maniobrarlo y ejecutar tácticas navales, no, eso no está a su alcance.

—Pero es fundamental que, por lo menos, puedan moverlos —dijo Sosio—. De esta manera, podrán aprovechar cualquier oportunidad de fuga y alcanzar la seguridad.

—Conque es eso lo que estáis pensando —dije. Había comprendido su objetivo.

—Sí —dijo Antonio—. Ya lo hemos decidido. —Señaló con la cabeza a Sosio y Enobarbo—. Ellos efectuarán una rápida salida del golfo mientras nosotros... —señaló con la cabeza a Delio— actuamos de señuelo, cabalgando hacia el norte como si buscáramos la ayuda de Macedonia y de nuestro aliado el rey Dicomes. Eso llamará la atención de Octavio. Después, cuando los barcos se hayan escapado, nos reuniremos en el extremo más alejado de Grecia, lejos del alcance de Agripa.

Era un plan muy audaz que reflejaba el espíritu creador de Antonio en la batalla.

—¿Y el ejército? —preguntó Canidio.

—Llevaré seis o siete legiones a bordo de los barcos —contestó Antonio—. El resto se quedará aquí bajo tu mando.

Canidio no parecía muy convencido.

—¿Y yo qué voy a hacer? ¿Esperar a que me ataquen?

—No te atacarán —dijo confiadamente Antonio—. Octavio se desconcertará. Recuerda que sólo combate bajo el estandarte de Agripa y Agripa no estará allí.

—Sí, creo que todavía está ocupado en el golfo de Corinto —confirmó Sosio—. Ahora está atacando directamente Corinto y la base naval que está al mando de Quinto Nasidio.

—Muy bien pues —dijo Antonio—. Que se entretenga allí.

—¿Y yo? —pregunté—. ¿Dónde querrás que esté?

—A bordo de tu nave capitana —contestó Antonio—. Tienes que salir de aquí.

Enobarbo posó su copa y experimentó un fuerte acceso de tos. Volvió a disculparse, diciendo que no era nada.

El toldo empezó a agitarse con un leve movimiento.

Era casi mediodía y el ardiente sol caía a plomo. Antonio salió de debajo del toldo y, protegiéndose los ojos con las manos, miró hacia el horizonte.

—Ya empieza —dijo—. Muy pronto empezará a soplar la brisa de la costa y su frescor nos traerá un poco de alivio, amigos míos.

Delio soltó un resoplido como si fuera una agobiada bestia de carga.

—¿Alivio? ¿Y eso qué es?

—Cuando no sopla el menor viento, una levísima brisa es como el paraíso —le dije.

—Tenemos suerte de poder contar con el viento cada tarde —dijo Antonio—. Y cada noche. Sopla desde la montaña toda la noche y por la tarde invierte el curso, cruza el agua y nos viene a ver aquí. —Esbozó una sonrisa—. El dios de los vientos hace lo que puede para aliviar nuestra situación.

—Bah —dijo Enobarbo—, si se preocupara por nuestra situación soplaría con fuerza para que pudiéramos rodear más fácilmente la isla de Leucas. Pero la verdad es que tendremos que navegar hacia mar abierto para alejarnos de ella cuando intentemos la fuga.

Antonio le dio una palmada en la espalda.

—Bueno, un experto marino como tú no tendrá ninguna dificultad.

—Ya —dijo Enobarbo soltando un gruñido—, pero ¿alguien podrá seguirme?


Aquella noche, sola con Antonio —el viento de la montaña refrescaba nuestra tienda, pero también nos traía los olores del pantano—, le pregunté cuál era la verdadera situación. Las puertas estaban abiertas y las ventanas le pedían a la brisa del este que entrara a aliviarnos.

Me contó con expresión grave lo que había visto aquella mañana.

—La flota está gravemente dañada —dijo—. Tanto los hombres como los barcos se encuentran en muy malas condiciones. —Hizo una pausa para escanciarse un poco de aquel vino también tan dañado; no se guardaba vino bueno para su consumo particular sino que bebía lo mismo que sus hombres—. Me temo que ya no están en situación de participar en una batalla.

Ahogué un grito. ¡Todos mis espléndidos barcos! ¡Mis hombres!

Se acercó a mí y me tomó las manos.

—No desesperes —me dijo. Me levantó la mano derecha y, sosteniéndola en alto, la estudió. Estaba contemplando el anillo de sello que años atrás había unido nuestras suertes en Antioquía—. Mi amadísima esposa, cuando nos unimos el uno al otro... —Me soltó la mano—. Quizá no era eso lo que tú imaginabas.

—¿Qué quieres decir? —pregunté.

—Quiero decir que no prometiste soportar todo esto. —Hizo un gesto con la cabeza para señalar no sólo la estancia que ocupábamos, sino todo Accio—. Tú soñabas con unir dos imperios.

Sí, lo había pensado. Pero, con el paso del tiempo, me había ido sintiendo cada vez más unida a Antonio el hombre, no al triunviro.

—Nunca te abandonaré —le prometí—, y no deseo estar en ningún lugar más que a tu lado.

—Ya, pero el plan exige que nos separemos.

—Y que nos volvamos a reunir. ¿O no?

—Sí, pero primero...

Me soltó las manos y me expuso esquemáticamente el plan.

Sosio sacaría los navíos del golfo aprovechando que Agripa aún estaba ocupado en el sur. Se producirían algunos combates con la pequeña flota de bloqueo, pero Sosio conseguiría derrotar al enemigo sin ninguna dificultad. Yo seguiría a la primera escuadra de navíos romanos y más tarde rodearíamos el Peloponeso hasta llegar a un punto seguro de la costa oriental de Grecia.

—¿Y tú? —le pregunté.

—Distraeré su atención cabalgando hacia el norte con un gran contingente de una o dos legiones —contestó.

—No me gusta que nos separemos y que no podamos reunirnos —dije.

Tenía muchas dudas, pero no quería desanimarle.

—Es nuestra única posibilidad. —Su tono de voz revelaba la gravedad de la situación—. No tenemos más remedio que hacerlo.

Traté de sonreír.

—¿Por qué pues, cuando el destino no te ofrece ninguna alternativa, parece que disfrutas?

Me estrechó en sus brazos.

—Mi valiente capitana —dijo.

Se inclinó para besarme y yo se lo agradecí. Hacía tiempo que no nos abrazábamos y me sentía lejos de él. Alargué la mano y acaricié su cabello húmedo de sudor.

—Te seguiré y seguiré tu fortuna por toda la tierra —le aseguré.

Jamás se me había ocurrido decírselo a ninguna otra persona sin la menor reserva. Hasta con César había impuesto ciertas condiciones.

—Que ella cabalgue sobre una marea de victorias —deseó, rodeándome con sus brazos—. Me dolería pedirte que compartieras conmigo otras cosas.

—Eso significa que no te fías de mí. Si esperas que sólo comparta tus momentos felices, no soy una verdadera esposa, sino simplemente una aliada política.

—No, tú no eres eso —me aseguró.

Me besó para demostrarme que era mucho más. Lo estreché con fuerza, sintiendo su cuerpo contra el mío. Lo amaba en toda su plenitud, la sólida carne que se mantenía firmemente asentada en el suelo y la mente que forjaba planes para el lejano futuro.

Nos retiramos a nuestro lecho. Yo lo abracé, murmurándole que lo amaba. Y era verdad; en Accio había descubierto una nueva faceta de su persona. Cuánto más lo conocía, tanto más lo amaba. Era un hombre que no podía decepcionar ni revelar defectos ocultos; era todo lo que exteriormente parecía.

A través de la ventana abierta la brisa de la montaña se extendía por toda la estancia como si quisiera serenarnos. Yo acogí con agrado su frescor cual si se tratara de un espíritu benigno que permaneciera en suspenso sobre nuestros ardientes cuerpos.

—¿Te parece que éste es un lugar adecuado para hacer el amor? —me preguntó en un susurro.

En realidad, no lo era. Accio era enemigo de Eros, borraba el deseo y lo trastocaba de arriba abajo. Pero aquella noche nosotros conseguiríamos derrotarlo.

—El lugar adecuado para hacer el amor es aquel donde tú estás —le contesté. Y era cierto.

Lanzó un suspiro y yo comprendí que ya estaba harto de la larga continencia.

—Me entrego a tus manos —le dije, asiéndolo por los hombros para que se diera la vuelta. Permaneció tendido boca arriba en silencio para que yo hiciera con él lo que quisiera—. Oh, si un enemigo te encontrara así —murmuré.

—Jamás me encontrarán —dijo—. Sólo tú.


Zarpamos en las primeras horas de la mañana con seis legiones a bordo de nuestros navíos, armadas y preparadas para el combate, pero, tal como tantas veces había ocurrido en Accio, pareció que los dioses obraban en contra de nosotros. No soplaba el menor viento y no pudimos desplegar las velas. Después nos vimos rodeados por una espesa niebla que dificultó nuestros movimientos. Y, finalmente, ocurrió lo peor: a través de la bruma vimos una doble barrera de navíos enemigos, encabezados nada menos que por el implacable Agripa en persona. Varios de los barcos situados en primera línea se enzarzaron en violentos combates, pero, sin la ayuda del viento y sin posibilidad de escapar, Sosio ordenó el regreso. Nos habían vuelto a sorprender y a derrotar. Por muy doloroso que fuera, tuve que permanecer humildemente en silencio mientras dábamos media vuelta y nos reuníamos con los navíos que ni siquiera habían conseguido salir.

Antonio regresó al enterarse de nuestro desastre. No lo hizo sólo por mí, sino también porque no quería abandonar su flota y la mitad de su ejército. Ahora estábamos de nuevo como al principio, menos por los desventurados barcos perdidos en nuestro fallido intento de fuga.

—Mira que haber niebla tan tarde... —dijo sacudiendo la cabeza— y Agripa presentándose en el momento más oportuno, tal como tiene por costumbre. Parece increíble.

—No olvides que también nos falló el viento.

—Qué extraño. —Antonio permanecía sentado con los brazos apoyados sobre las rodillas y las manos colgando—. Yo diría... no, jamás.

Estaba pensando lo mismo que yo. Pero no teníamos que dejarnos arrastrar por el pesimismo. Los dioses se complacían en ponernos a prueba para ver de qué madera estábamos hechos, eso era todo. Aquello no era el final.

—Ya es hora de realizar otra incursión en el río Louros —dijo—. Creo que esta vez nuestro ataque será contundente.

El día se mantuvo sereno y el viento —ahora obediente e ideal para una fuga, como si quisiera burlarse de nosotros— empezó a soplar muy temprano. Antonio se pondría personalmente al mando del ataque y al frente de la caballería romana con el apoyo de Amintas y sus jinetes gálatas; Delio aportaría la fuerza de dos legiones. En caso de que consiguieran forzar una batalla más amplia, Canidio y otras dos legiones estarían preparados para subir por la cuesta de la colina en cuanto recibieran la señal.

Como la otra vez, rodearían el promontorio de aquel golfo de diez millas de perímetro y se acercarían al río por el este. Si lograran sorprenderlos o derrotarlos rápidamente, las fuerzas de Octavio se quedarían sin suministro de agua. ¡Que bebieran agua de mar y se volvieran locos!

Yo esperé con Canidio, montada en mi caballo y protegida con yelmo y escudo. No, no pensaba combatir. No estaba adiestrada en el manejo de la espada o la lanza. No obstante no podía soportar tener que permanecer esperando sin ver nada ni saber lo que había ocurrido hasta mucho después de que todo hubiera terminado.

Canidio se acercó a mí. Su caballo estaba mucho más flaco de lo que hubiera sido deseable, pero no era de extrañar.

—Salve —dijo, refrenando su montura. Su yelmo brillaba bajo el ardiente sol, creando una intensa mancha de luz cada vez que movía la cabeza. Señaló hacia el este, desplazando su caballo en aquella dirección—. Hoy, con la ayuda de los dioses, el curso de los acontecimientos nos será favorable.

Sí. Con la ayuda de los dioses. Hasta aquel momento, los dioses nos habían negado obstinadamente su favor. Pero ya sabíamos que su rasgo más destacado era el carácter caprichoso. Un empujón de Apolo y Patroclo tropieza, un susurro de Atenea y se evita un golpe mortal...¡Ojalá quisieran favorecernos aquel día! ¡Ojalá se pusieran de nuestra parte!

—Lo que tenga que ser, será. —Yo misma me extrañé de que tales palabras hubieran surgido de mis labios.

No era eso exactamente lo que quería decir—. Y ocurrirá lo que nosotros queramos —le aseguré a Canidio.

A mi espalda esperaban pacientemente las legiones, tal como les habían enseñado a hacer. Percibía el olor del cuero de sus pertrechos y oía los murmullos de sus voces.

—¿Cómo están los ánimos? —le pregunté a Canidio en un susurro.

—Si estuvieran un poco más altos me daría por satisfecho —contestó en tono malhumorado—. Las condiciones en que se encuentran los desmoralizan día tras día. Y, por si fuera poco, tienen que soportar las burlas del campamento enemigo, los mensajes que llevan las flechas y las piedras arrojadas directamente a nuestro campamento.

—¿Y qué dicen los mensajes?

Me entregó en silencio un trozo de pergamino que guardaba en el interior de su guante.

—Éste lo he recogido esta mañana.

Lo abrí.

Antonio ya no es el que era. Estáis siguiendo a un loco. No puede cuidar de vosotros.

—Son las mentiras de siempre —dije, tratando de quitarles importancia.

—Sin embargo, se están cobrando su tributo —señaló Canidio— y me cuesta contrarrestar su efecto. Las mentiras los corroen como gotas de ácido. Se preguntan en su fuero interno cómo podrá Antonio otorgarles su porción de tierra cuando todo termine. Ahora Antonio no tiene derechos en Italia. Y eso es lo único que ellos quieren en realidad.

—¡Pero el propósito de la guerra es ganar! De la misma manera que Octavio se apoderará de Egipto si gana (¡horrible pensamiento!, ¡insoportable resultado!), Antonio recuperará sus derechos en Italia.

Todo era muy sencillo.

—Se han vuelto pusilánimes —dijo Canidio sin andarse por las ramas—. Quizás ha habido demasiados años de guerras civiles y ya no creen en nada. Están cansados y quieren que todo termine.

—¡Pues tienen que luchar para que así sea!

Pero yo no me estaba dirigiendo a los hombres; mi exhortación sólo fue escuchada por Canidio. Sus palabras eran siniestras y estremecedoras. ¿Habría perdido Antonio la capacidad de animar y guiar a sus hombres? ¿Se habría hundido su suerte en el lodazal del temor de sus soldados? ¡Qué tremenda sería la caída, un acontecimiento inesperado provocaría el derrumbamiento de un imperio!

—Sí, lo sé —dijo Canidio.

Volvió bruscamente la cabeza hacia el este, clavando inmediatamente los ojos en aquella dirección.

Entonces vi que el sol arrancaba destellos de algo que se movía; al otro lado del golfo numerosos puntos luminosos danzaron mientras los jinetes bajaban a las marismas que protegían el acceso al valioso río.

—¡Ya está! —exclamé casi en un susurro.

Pero los ojos de Canidio estaban clavados en sus legiones; se había olvidado de mí y lo único que ahora le importaba era el combate que tendría lugar en el río y la manera en que nosotros podríamos ganarlo. Se alejó al trote para ocupar su puesto y yo me quedé allí, contemplando las minúsculas figuras del otro lado del golfo. No se oía el menor sonido a través del agua; sólo los gritos de las gaviotas que descendían en picado y se zambullían en el mar.

Sujeté con fuerza las riendas de mi montura y esperé. En caso de que se produjera una carga colina arriba, pensaba seguirla desde la retaguardia. Procuraría no preocupar a Antonio colocándome en situaciones peligrosas, pero tenía que estar allí y participar en nuestras batallas.

Estaba temblando y me extrañó, pues no creía encontrarme bajo los efectos de la angustia de la espera.

«¡Oh, Zeus! ¡Oh, Hércules! ¡No abandonéis hoy a vuestro hijo, dadle fuerza y gloria! —recé—. Que Antonio cabalgue resplandeciente y penetre en las líneas enemigas dispersándolas y sembrando entre ellas la confusión.»

Poco después oí unos entusiastas vítores y aclamaciones; algo de trascendental importancia acababa de ocurrir, pero yo todavía no sabía lo que era. Vi unos caballos galopando hacia el oeste, pero ¿a quién pertenecían? ¿Estaría Antonio al frente del ataque? Se desplazaban con gran rapidez.

Llegó hasta mis oídos el inequívoco fragor de la batalla. Era un estruendo inconfundible incluso para quien jamás lo hubiera oído anteriormente. Un estudioso que sólo se hubiera dedicado a leer a Platón lo hubiera identificado inmediatamente.

Nuestras filas estaban erizadas de espadas desenvainadas y de impacientes caballos a punto de lanzarse al ataque. De repente, las lejanas líneas de Antonio parecieron partirse por la mitad: las de un lado siguieron galopando hacia el oeste; las demás se juntaron y bajaron por la pendiente de la colina en dirección a nosotros.

—¡Canidio! —grité, buscándolo.

¿Qué había ocurrido? Necesitaba saberlo; me lo tenía que decir. Pero no lo encontré.

Los legionarios resistieron sin ceder terreno. Sonó un cuerno. ¡La retirada!

¿La retirada? ¿Por qué teníamos que retirarnos? A mi alrededor, las tropas empezaron a retroceder, pero yo me desplacé a un lado y les cedí el paso. Muy pronto apareció Canidio con las filas de vanguardia, pero yo seguí esperando.

Reconocí el caballo de guerra bayo de Antonio con sus relucientes jaeces bajando por la pendiente, seguido por las tropas montadas. No se alejaba corriendo, pero cabalgaba con rapidez. Le hice señas mientras se acercaba. Él me indicó que me reuniera con él y así lo hice. Mantenía los ojos fijos al frente y no se volvió a mirarme.

—Antonio, ¿qué ha ocurrido? —le pregunté a gritos, confiando en que me oyera y me contestara.

No respondió. Se limitó a inclinarse hacia delante y a espolear su caballo.

—¿Qué ha ocurrido? —volví a preguntar, inclinándome de lado hacia él.

—Amintas ha desertado y se ha llevado su caballería.

¡Amintas y los jinetes gálatas! ¡La columna vertebral de la caballería!

Experimenté un sobresalto tan grande que me olvidé de apretar las rodillas y poco faltó para que me cayera de mi montura. ¡Qué golpe tan duro!

—¡No ha habido ataque! —dijo Antonio—. Nos han traicionado nuestras propias fuerzas.

¡O sea que el río aún estaba a salvo! Octavio podría beber toda el agua que quisiera y con absoluta seguridad.

Regresamos al galope a nuestro campamento con la caballería romana que nos quedaba. Canidio y Delio se encargarían de recoger a las legiones que no habían participado en el combate y regresarían detrás de nosotros al campamento. Antonio se retiró al cuartel general de madera, rechazando todas las preguntas y las súplicas. Eros lo siguió y fue rechazado. El joven salió con semblante entristecido. Los soldados se congregaron alrededor del cuartel general; estaban perplejos y querían que su imperator les explicara qué había ocurrido. Ni siquiera pudo entrar Sosio, quien, visiblemente ofendido, permaneció de pie junto a la entrada.

Antonio tenía que salir a dar explicaciones, yo me encargaría de que lo hiciera. Con el yelmo bajo el brazo, me abrí paso entre los soldados, utilizando el escudo para apartarlos. Intenté abrir la puerta, pero estaba cerrada por dentro.

—¡Abre la puerta! —grité para que mi voz llegara a todas las estancias, dondequiera que él estuviera.

No hubo respuesta.

—¡Abre esta puerta en nombre de la Reina de Egipto! —ordené.

Silencio. Empecé a aporrear la puerta y, al final, oí un ruido procedente del interior.

—La Reina de Egipto pide entrar en este cuartel general —repetí.

—La petición de la Reina de Egipto tendrá que esperar de momento —contestó la distante y amortiguada voz de Antonio.

¿Cómo se atrevía a negarme la entrada delante de todos aquellos hombres? A lo mejor, las notas del enemigo tenían razón; ¡a lo mejor, era cierto que estaba perdiendo el juicio!

—¡La Reina entrará! —grité.

—¿Quién? —preguntó—. ¿Quién entrará?

—Tu esposa —contesté finalmente—. Tu esposa pide permiso para entrar.

Sólo entonces abrió la puerta y me franqueó el paso. Los soldados lanzaron vítores, pero yo estaba demasiado sorprendida como para enfadarme.

Una vez dentro, Antonio se sentó rígidamente y asió con fuerza los brazos de su asiento con la mirada perdida en la lejanía. Me situé delante de él y esperé a que levantara la cabeza y me mirara. Pero él la mantuvo obstinadamente al mismo nivel.

—¡Antonio! —dije—. No me parece correcto. No puedes esconderte aquí dentro.

Al final, habló.

—¿Es que no puedo disfrutar de un momento de intimidad? Necesito estar a solas un instante.

—Pero no en este momento —repliqué—. No inmediatamente después de...

—¿La batalla? ¿Qué batalla? La Batalla Que Nunca

Existió. ¡O puede que te refieras a la deserción! ¿Es eso lo que quieres decir?

—Sea lo que fuere, tienes que dirigirles unas palabras a tus hombres. Las necesitan. Confían en ti.

—¿Para qué, para que lo comprendan? ¿Quieres que les diga lo que eso significa? ¿Que los mejores caballos han ido a parar a manos de Octavio? Y que Amintas...¡Amintas, el príncipe que yo elegí y elevé a la dignidad que ahora ostenta y convertí en lo que ahora es! —Ahora empezó a emerger el dolor que se ocultaba detrás de la cólera—. A lo mejor, no sé elegir; a lo mejor, no tengo capacidad para discernir el carácter de un hombre. Confiaba en Artabaces y también confiaba en Amintas.

Levantó la barbilla y me miró, pero no me gustó la expresión de sus ojos.

—Dicen que fui un necio al confiar en ti —dijo—. Que lo único que siempre has querido es el poder que yo tengo para concederte territorios. —Soltó una carcajada, pero no fue de alegría—. Y eso es lo que he hecho en realidad. Las donaciones y hasta esta guerra...

Primero había tenido que humillarme en público y dirigirme a él en calidad de esposa delante de los soldados, y ahora eso. Procuré decirme que estaba trastornado por lo ocurrido y me dije que necesitaba desahogarse con lo primero que tuviera a mano. Pero me dolía que pudiera pensar semejante cosa aunque sólo fuera por un instante.

—Siento mucho que lo pienses —dije finalmente—. ¡Creo que he perdido más que tú en esta relación! —Tenía intención de contenerme, pero no pude evitar atacarlo—. ¡He gastado una fortuna y todo mi país corre peligro!

—¡Siempre tu país! ¿No sabes pensar en otra cosa?

Fuera se oían los murmullos de los soldados. No tendría más remedio que salir a dirigirles unas palabras.

—Soy una reina —contesté—. Y eso es lo que tienen que hacer las reinas.

Se levantó y me asió con fuerza los hombros.

—Y yo que pensaba que eras mi esposa y tenías esta vocación por la más alta de todas.

—¿Por eso le has abierto la puerta a la esposa y no a la Reina? ¿Por qué te empeñas en convertirlo en una contienda entre ambas? Son la misma persona. —Me estaba lastimando los hombros—. ¡Eres el imperator y tienes que regresar junto a tus hombres! Lo que tú y yo tengamos que decirnos como marido y mujer puede esperar.

—Claro —dijo sin dejar de apretarme los hombros—. Esta derrota es decisiva para las operaciones de tierra —dijo—. Yo no... yo no... —Parecía al borde de las lágrimas—. No sé cuál será el siguiente paso. No sé lo que va a ocurrir a partir de ahora.

—¡No es necesario que ellos sepan cuál va a ser el siguiente paso! —le dije—. Sólo necesitan saber que su comandante es el de siempre y que pueden seguir confiando en él. Antonio, si los hombres pierden la confianza en ti, la batalla está perdida de antemano.

—¿Qué batalla? ¿Qué batalla? —repetía una y otra vez—. Ya no puede haber ninguna batalla.

—Eso tú no lo sabes. Espera. Duerme. Piensa. Pero por el amor de Hércules, ¡sal y habla con ellos!

Apartó las manos de mis doloridos hombros.

—Sí. Lo haré.

Como si un espíritu hubiera penetrado repentinamente en él, salió y se dirigió a sus hombres. Oí su voz potente y segura, oí los vítores y las carcajadas. O sea, que los estaba convenciendo. Sentí que el alivio me inundaba como un refrescante río de montaña. Tal vez nos quedara aún alguna esperanza.


Aquella noche se hundió en la desolación. Les había pedido a Sosio y Enobarbo que se reunieran con nosotros después de cenar para calibrar la situación de la flota, ahora que las operaciones de tierra se habían suspendido. Habíamos perdido varios barcos en el fallido intento de fuga y nuestro aliado Tarcondimoto, soberano de la alta Cilicia, había muerto en combate.

—Mira —le dije—, no todos los reyes clientes son desleales. Él ha entregado su vida lejos de su patria.

Me pareció una pena que hubiera perdido la vida en el mar, él que pertenecía a un país sin costa.

Antonio sacudió la cabeza.

—Pobrecillo.

—Si ahora nos rendimos, todo habrá sido en vano.

Temía que Antonio se encontrara al borde de la desesperación.

—¿O sea que tendrá que haber más muertes para redimir la suya? —Miró a su alrededor—. ¿Dónde están? Ya es tarde y yo estoy... muy cansado.

Se escanció una buena copa de vino.

Esperamos en silencio y, al cabo de un rato que pareció una eternidad, cuando Antonio ya se había bebido una segunda copa de vino, apareció Sosio. Su rostro habitualmente sereno estaba contraído en una mueca.

—Bienvenido —le dijo Antonio—. Procuraré no entreteneros demasiado. En cuanto venga Enobarbo...

—No vendrá, Antonio —dijo Sosio con voz trémula—. Se ha ido.

—¿Con Octavio?

Antonio no parecía sorprendido, sino más bien resignado. Su actitud me alarmó mucho más que la partida de Enobarbo.

—¿Ha dejado alguna nota? —preguntó como si se tratara de la invitación a una cena.

—Sí, aquí está.

Sosio se la entregó con una mano ligeramente temblorosa.

—Mmmm. —Antonio rompió el sello y la leyó—. Como un buen marino, ha embarcado antes de que la marea baje por completo. —Arrojó la carta sobre la mesa y añadió—: Leedla.

Dejé que la leyera primero Sosio y después la tomé. Enobarbo se había hecho trasladar al otro bando en una embarcación nada más oscurecer. Pero la carta tenía un tono extraño; era algo más que una despedida política.

—¿Se le había agravado la tos? —pregunté.

Sosio tuvo que pensarlo.

—Pues sí. Anoche se acostó muy temprano y a la hora de cenar apenas comió a causa de la tos.

A lo mejor, se había retirado para ir a morir lejos de allí. A lo mejor, había pensado que Octavio sería más compasivo con sus herederos de Roma si él le pedía perdón. A lo mejor...

—¿Sus pertenencias están todavía en su cuarto? —preguntó repentinamente Antonio.

—Sí, todo está allí. Hasta su arcón preferido con refuerzos de latón.

Eso sólo lo hacía un moribundo.

—Se lo enviaré —decidió Antonio.

—¡Antonio! —exclamó Sosio en tono de protesta—. ¡Un hombre tiene que pagar el precio de su deserción!

Antonio se encogió de hombros.

—Pero no con su arcón con refuerzos de latón —dijo esbozando una leve sonrisa mientras se servía un poco más de vino—. Sosio, si tú quieres imitar su ejemplo... —asintió solemnemente con la cabeza— hazlo ahora.

—¡Antonio! —protestó Sosio en tono escandalizado.

—Lo digo porque, a partir de ahora, cualquier desertor que atrape será ejecutado para que sirva de escarmiento. Esto se está convirtiendo en una peligrosa hemorragia y tendré que adoptar medidas muy drásticas para restañar la herida. —Levantó la copa—. Pero a ti, amigo mío, te doy permiso si quieres.

—¡Antonio!

—Muy bien. Pero debes saber que es tu última oportunidad.

Antonio tomó un buen trago. El vino... ¡oh, dioses, que no tengamos otra escena como la de Pérgamo! Lo observé atentamente.

A pesar de todo parecía completamente sereno, como si el sobresalto de aquel día lo hubiera afectado hasta el extremo de que el vino ya no pudiera hacerle el menor efecto.

—Creo que tenemos que volver a centrarnos en los barcos —dijo—. Después del intento de fuga, ¿en qué estado se encuentran?

Sosio le facilitó un rápido informe: había más barcos que remeros capaces de impulsarlos y los restantes remeros se encontraban en muy malas condiciones tanto físicas como morales. Sus cuerpos sufrían a causa de la escasez de alimentos —nuestra única fuente de cereales eran las bolsas que transportaban los aldeanos griegos a través de las montañas— y su espíritu sufría a causa de la inactividad, la falta de experiencia, la enfermedad y el fallido intento de fuga.

—Una mala combinación, Antonio —concluyó Sosio.

—Por todos los dioses, hombre, pero ¿pueden permanecer sentados y remar?

—Sí —contestó Sosio.

—Pues entonces remarán —dijo Antonio en tono sombrío—. Y muy pronto.

Al final, pudimos retirarnos a descansar. Los fieles Eros y Carmiana nos prepararon en silencio. Cuando nos quedamos solos, no dijimos nada. Las palabras parecían vanas. Antonio se tendió de lado y de espaldas a mí.

En el preciso instante en que mi mente empezaba a librarse finalmente de los acontecimientos de la jornada y la luz de la linterna colgante empezaba a difuminarse, se recibió otro mensaje. Antonio se incorporó y lo leyó a la débil luz de la linterna. Roemetalces de Tracia y Marco Junio Silano, uno de nuestros comandantes, habían huido al amparo de la oscuridad para reunirse con Octavio.

«Tú sólo lo has visto ganar. Y no se conoce a un hombre hasta que se le ve perder.» Una vez Olimpo me había dicho estas palabras a propósito del triunfador de unas carreras de carros a quien yo había querido recompensar nombrándole supervisor de las caballerizas reales. Ahora las palabras me perseguían sin descanso.

«No se conoce a un hombre hasta que se le ve perder.»

La desesperación de Antonio, sus altibajos, su indecisión tras el fracaso de la segunda carga de caballería eran mucho peor que la derrota en sí. Contemplé con incredulidad cómo aquel hombre a quien yo creía conocer hasta lo más recóndito se quebraba como un barco atrapado en las rocas.

El príncipe Yamblico de Emesa y el senador Quinto Postumio intentaron escapar y fueron descubiertos y ejecutados por Antonio para que sirviera de escarmiento. De esta manera se puso término a las deserciones entre los de arriba, pero ¿cuánto tiempo tardarían los soldados en seguir el ejemplo de sus comandantes y empezar a desertar?

Achicharrarse: ahogarse de calor. Estar oprimido por el calor. Sudar profusamente. Eso es lo que hicimos nosotros en julio en Accio. Julio. El mes de Julio César. El día 12 de aquel mes, aniversario de César, celebramos una sofocante cena conmemorativa en cuyo transcurso los achicharrados invitados comieron unos platos muy sencillos servidos por unos achicharrados criados bajo una luna que parecía despedir calor.

La comida fue frugal: judías hervidas, espadañas tostadas (recordé los tallos de papiro tostados que se comían en Egipto y probé un sucedáneo), pan rancio y el omnipresente pescado. Y un vino tan agrio que daba ganas de vomitar.

Pensé en Mecenas y Horacio, que estarían paladeando el delicado y ambarino vino cécubo en algún lugar de Roma.

—Apuesto a que hasta los preciosos criaditos de Octavio estarán bebiendo falerno —protestó Delio, repitiendo como un eco mis pensamientos mientras contemplaba su copa con el ceño fruncido—. Siempre y cuando los haya traído consigo, claro.

—Probablemente nunca viaja sin ellos —dije yo.

Estaba claro que, como muchos romanos, tenía a su disposición para sus placeres a los llamados *deliciae*. ¡Y, aun así, se permitía el lujo de insultar a Mardo por ser eunuco!

No me encontraba bien y me sentía débil e insegura. Me decía que era por las míseras raciones de comida que teníamos asignadas. Rezaba para que no fuera otra cosa. Enobarbo murió efectivamente a los pocos días de su partida. Ni siquiera los comandantes eran inmunes a las enfermedades que tantos estragos estaban causando entre las tropas.

A nuestro alrededor estaban nuestros oficiales y unos veinte senadores, ninguno de los cuales ofrecía demasiado buen aspecto. De vez en cuando se oía alguna tos discretamente reprimida. En medio de las incomodidades del campamento, las togas habían sido dejadas de lado y tanto los senadores como los oficiales sólo llevaban túnicas. Sin sus característicos atuendos, no era fácil distinguirlos.

Piqué un poco de comida; a pesar de que estaba medio muerta de hambre, no tenía apetito. La luna parecía mirarme con malevolencia.

—Qué lástima lo de Marco Licinio Craso —se atrevió a comentar alguien.

Craso, comandante de nuestra guarnición de Creta y las cuatro legiones que protegían la Cirenaica se habían pasado a Octavio.

Antonio lo encajó muy bien.

—Craso cambió por razones políticas, pero sus tropas no lo siguieron, lo cual es un gran honor para nosotros. Sí, se negaron a ser traidores y de este modo la Cirenaica aún está a salvo. Para sustituirle allí he nombrado a Lucio Pinario Escarpo, un pariente del gran César. —Volvió a levantar la copa—. ¡César, sigues estando entre nosotros!

—¿Dónde estaba cuando lo de Corinto? —preguntó alguien.

Agripa había conseguido echar a Nasidio del mando de allí y ahora habíamos perdido todo el golfo de Corinto.

Pero Antonio se negó a responder a las provocaciones.

—Todo el mundo sabe que a César no se le daban bien los combates navales —dijo sonriendo.

—El general Atratino en Esparta también se ha ido —dijo otro— y me han dicho que Berytos* se ha sacudido el yugo Lágida —añadió, volviéndose a mirarme con expresión acusadora. Experimenté un arrebato de furia ante el sarcástico comentario, pero no lo dejé traslucir.

—Berytos siempre ha sido un lugar muy turbulento —dije al final—. Los lugares como éste siempre se aprovechan de las situaciones inestables. Pero es algo puramente temporal —añadí—. Quinto Didio en Siria, con sus tres legiones, sigue siendo nuestro leal gobernador y resolverá el conflicto.

Procurando sonreír mientras tomaba un sorbo de

---

\* La actual Beirut. (N. de la T.)

aquel maldito vino, pensé que la verdadera diferencia entre nuestro campamento y el de Octavio no estribaba en la calidad del vino, sino en las discusiones, las riñas y las rivalidades existentes entre nuestros comandantes. Nuestra falta de unanimidad era más que evidente, mientras que en el cuartel general de Octavio probablemente todos estaban de acuerdo, lo cual nos colocaba en una situación de grave desventaja. «Hay fuerza hasta en la unión de los hombres más débiles», había dicho Homero. Por la misma razón, las disputas eran la ruina hasta de los hombres más fuertes.

—¿Os habéis dado cuenta —preguntó alguien con sorna— de que nadie cruza las líneas para unirse a nosotros?

Un enjambre de insectos volaba por encima de nuestras cabezas, zumbando alrededor de las antorchas. Algunos se quemaban y emitían unos crujidos. Le hice señas a un criado de que los abanicara para alejarlos. Era aquella hora de la noche en que aún no había empezado a soplar la brisa que bajaba de la montaña.

Para mi alivio, la cena terminó temprano. En aquellas circunstancias cualquier reunión me resultaba molesta. Los invitados regresaron a sus tiendas, pues a nadie le apetecía permanecer mucho rato a la orilla del mar. Sin embargo, Antonio y yo nos quedamos a contemplar los navíos de nuestra flota que esperaban como animales encadenados a las aguas iluminadas por la luz de la luna. Permanecimos en silencio, de pie el uno al lado del otro en la orilla.

—Esta noche les has contestado muy bien —me atreví finalmente a decirle—. Lamento que tengamos que celebrar estas reuniones.

Lanzó un suspiro, quitándose la máscara de hombre jovial que acababa de interpretar.

—Si no lo hiciéramos, circularían rumores mucho peores. Dirían... ¡bueno, sólo los dioses saben lo que dirían! Tengo que dejarme ver habitualmente para calmarlos.

—Y para escucharlos.

—Sí, para escucharlos. Lo que dicen y lo que no dicen.

—Creo que esta noche ha sido más bien lo último.

—Sí, intuyo su estado de ánimo. Hay malestar general, temor, pánico... ¡todo eso no presagia nada bueno! —Soltó una breve carcajada y me rodeó el talle con su brazo—. Estás muy delgada. ¿Te encuentras bien?

—Sí —mentí. No quería aumentar sus preocupaciones—. Hacía tanto tiempo que no me rodeabas la cintura con tu brazo que casi pensé que te habías olvidado.

Se había mantenido apartado de mí, viviendo una continencia que hubiera escandalizado a Octavio. Pero cuando los espíritus están agobiados, huyen todos los apetitos.

—Jamás lo podría olvidar —murmuró—. No tomes mis ausencias por algo deliberado.

Apoyé la cabeza contra su brazo para demostrarle que mi comentario no tenía importancia.

—Lo sé —dije al final.

Hacia finales del mes de Sextilis, coincidiendo con el cambio del tiempo, algo pareció cambiar en Antonio. Se sacudió de encima los nubarrones que lo envolvían y volvió a ser el mismo de siempre, levantándose con la sola fuerza de su voluntad del lodazal de desaliento en el que había caído.

—Ha llegado el momento —me dijo una noche con grave semblante.

Todo lo demás estaba igual que siempre: la misma vacilante luz de la lámpara, los mismos doloridos y vacíos estómagos, las mismas líneas de defensa. ¿Por qué ahora?

—Convocaré un consejo. La situación no se puede prolongar.

¡Por fin! ¡Por fin! Se rompería el punto muerto. Antonio había decidido el camino que iba a seguir. ¡Quisieran los dioses que fuera el más acertado!

—Sí —dije en un susurro, levantándome para acercarme a él.

Cuando apoyé la mano en su hombro, dio casi un respingo. Últimamente apenas nos tocábamos. Al final, me tomó la mano; la suya me pareció desconocida, pero, aun así, se la estreché.

—Creo que tendrá que ser por mar —se limitó a decir—. Todas nuestras rutas terrestres son demasiado peligrosas.

—¿Por mar?

Durante mucho tiempo, ambas cosas habían tenido la misma importancia.

—Por mar podremos escapar —dijo—. Por tierra sería imposible.

—¿Escapar?

¿A tal extremo habíamos llegado? ¿Sólo estábamos pensando en escapar?

Mi voz traicionó mi decepción.

—Llámalo retirada si lo prefieres —me dijo en tono cortante.

—¡Haber reunido una flota y un ejército como éstos y no haberlos utilizado!

Lamentaba la pérdida. Me parecía un despilfarro.

—Ni el ejército ni la flota son lo que eran —me recordó—. Si hubiéramos podido usarlos al principio... —suspiró—. Ahora todo ha cambiado. El peor delito que puede cometer un comandante es combatir la batalla de hoy con las tropas de ayer.

—Claro.

Tenía que fiarme de su experiencia, no fuéramos a complicar un error con otro mayor.

—Si pudiéramos sacar buena parte de la flota, retirarnos a Egipto y reagruparnos allí... —dijo pensando en voz alta—. Los seguidores de Pompeyo lo hicieron varias veces.

Pero, al final, el ejército de Pompeyo había perdido.

En cuanto uno emprende la huida pierde la iniciativa y se convierte en perseguido, no en perseguidor. Sin embargo me abstuve de decirlo.

—O sea que Egipto será el teatro de las operaciones —dije con un hilillo de voz.

No me gustaba. ¿Y si Octavio nos persiguiera hasta nuestras orillas? No quería que hubiera combates allí. Por eso Potino había matado a Pompeyo, precisamente para evitarlo.

—No, no —me tranquilizó—. Allí simplemente nos recuperaremos y reuniremos nuestras fuerzas.

Había llegado el momento del consejo en el que nos veríamos por última vez antes de ocupar nuestros puestos. Todo el mundo tenía que saber exactamente cuál iba a ser su misión y nuestra estrategia suprema, lo cual no era tan fácil como parecía.

Los comandantes no estaban de acuerdo acerca de cuál sería la mejor estrategia. Sólo coincidían en que teníamos que hacer algo so pena de perecer en aquel desdichado lugar. Tanto el ejército como la flota se habían convertido en un estorbo demasiado grande como para abandonarlo y demasiado debilitado como para fiarnos de él. La única pregunta era, ¿cuál de ellos estaba en peores condiciones?

Sentados alrededor de la mesa de tijera estaban nuestros cuatro capitanes generales, los expertos Sosio y Publícula y los menos preparados Insteino y Octavio (nombre maldito en nuestro campamento), además de nuestro primer comandante Canidio y Delio.

Fue un espectáculo dolorosísimo. No obstante, hice el esfuerzo de permanecer en la orilla y ver cómo a los navíos destinados a ser destruidos se les prendía fuego con unas antorchas. Los barcos permanecían agrupados como unas personas que trataran de salvarse de una techumbre a punto de venirse abajo o de un terremoto, pero estaban condenados a no poder moverse, pues se hallaban firmemente sujetos por las anclas.

Como las personas atrapadas en un incendio, los había de todas clases: trirremes, quinquerremes e incluso «ochos» y «nueves». Los habían untado con pez y aceite para que ardieran mejor, como un sacrificio a nuestros errores. Desde la orilla los hombres arrojaron antorchas encendidas a las cubiertas y el fuego prendió enseguida.

—Oh, Antonio —dije, tomando su mano.

Me dolía verlo. Recordé mis orgullosos paseos por los astilleros cuando los estaban construyendo. ¡Mis hijos! Si la contemplación de la destrucción de aquellos barcos me causaba tanto dolor, ¿qué sería para una madre la pérdida de un hijo?

—Tiene que ser —me consoló él.

—Ellos pagan el precio de nuestros errores de cálculo. Por lo visto, hemos cometido un fallo tras otro.

—En todas las guerras se hacen cálculos —dijo—. Su simple construcción fue un cálculo. Por eso las guerras resultan tan caras, todas las conjeturas que tenemos que hacer cuestan grandes sumas.

—¡Pero ver arder el oro de esta manera!

—Piensa en todo el oro que descansa en el fondo del mar, perdido en los naufragios. Cuando huyamos de aquí, tendremos que rezar para que todo el tesoro que llevamos a bordo permanezca intacto. Pero tú estarás con él en la nave capitana, la más grande y la más fuerte.

Nunca me había gustado llevar tesoros a bordo de un barco. Pero ¿qué podíamos hacer? ¿Dejárselo a Octavio? ¡Mejor que fuera a parar al fondo del mar!

El fuego se apoderó de las naves, pasando de un barco a otro y formando un horrible collar de llamas. Las amarillas piras reflejadas en las tranquilas aguas parecían el doble de grandes. Llegaban hasta nosotros los olores de los distintos tipos de maderas quemadas —desde el acre olor del cedro seco al olor a seta de las viejas y húmedas cuadernas—, envolviéndonos en un manto de humo. Me escocían los ojos, pero no podía apartarme. Era un funeral al que yo tenía que asistir. Se lo debía a mis barcos.

Antonio me rodeó con su brazo.

—Vamos —me dijo—. No es necesario que nos torturemos.

«Equivocaciones... errores de cálculo... informaciones erróneas...» El solo recuerdo me escocía como el humo, su prueba tangible. ¡Oh, el tormento del remordimiento! ¿Hay algo más diabólico y descorazonador? Me hacía dudar de todos los planes que habíamos establecido.

El fuego tiene una voz, una voz muy parecida a la del remordimiento: poderosa, penetrante y evocadora. Surgía de los moribundos barcos y parecía casi un silbido. Otros se habían acercado para mirar y yo estaba segura de que Octavio, desde sus alturas, contemplaría las aguas teñidas de rojo y aspiraría el olor de las cenizas. La gente pasaba a nuestra espalda sin decirnos nada. Poco a poco, fui consciente de la presencia de alguien que, en lugar de observar los barcos, nos estaba mirando a nosotros. Era un encapuchado cuyas facciones no podía distinguir.

—Antonio —pregunté finalmente—, ¿quién es ése? Nos está mirando con mucho descaro. ¿Le conoces?

Antonio escrudiñó en medio de las sombras como si sus ojos pudieran traspasar en cierto modo la oscuridad.

—Su rostro me recuerda a alguien, pero no. —Levantó el brazo—. ¡Eh, tú! ¡Ven aquí!

El hombre permaneció un buen rato inmóvil y después se acercó a nosotros, como si fuera él quien nos hubiera llamado a nosotros y no al contrario.

Mientras se acercaba, se echó la capucha hacia atrás.

—Pero bueno, si es... —Antonio no recordaba el nombre.

—Hunefer —dijo el forastero—. Nos conocimos en Roma hace mucho tiempo, mi señor.

Ahora yo también lo había reconocido: el astrólogo egipcio que yo había enviado a Roma con Olimpo para que se introdujera en la casa de Antonio y espiara. ¡Más le valdría no traicionarme por mucho tiempo que hubiera transcurrido!

—Me alegro de conocerte —le dije con intención.

Hunefer asintió con un gesto.

—Y yo a ti. —Señaló los barcos—. Un día muy triste para nosotros.

—¿Qué estás haciendo aquí? —le preguntó Antonio.

—Llevo mucho tiempo siguiendo tu fortuna; he venido para compartirla.

—Bien, eso significa que debe de ser favorable, ¡de lo contrario no hubieras venido!

Antonio pareció alegrarse, como si la sola presencia de aquel hombre fuera un buen presagio.

—A lo mejor, lo hace por simple lealtad —me apresuré a decir.

No hubiese soportado que nadie nos dijera la buenaventura en aquel momento.

Aunque fuera de signo favorable. «Equivocaciones. Errores de cálculo. Informaciones erróneas.» Mala suerte. Desgracia.

—Ni siquiera los más leales servidores acuden corriendo a una casa en llamas —dijo Antonio—. O suben a bordo de un barco en llamas.

—A lo mejor se ha visto atrapado aquí como los demás —apunté.

—Mi señora —dijo Hunefer—, a veces el futuro se desenmascara como un invitado a una fiesta de disfraces. Entonces parece que tocamos el tiempo y no podemos apartar el rostro de lo que nos revela.

—Una vez me dijo que el espíritu de mi destino, mi *daimon*, quedaba oscurecido cuando Octavio se acercaba

—recordó Antonio. Como es natural, yo ya lo sabía, pues Olimpo me lo había contado—. Tenías razón, amigo mío. Desde que Octavio desembarcó en Grecia... —Su voz se perdió sin terminar la frase—. Pero a lo largo de estos seis años, todo ha ido bien. Por consiguiente, en cuanto salgamos de aquí...

Lo dijo en tono de pregunta.

Hunefer permaneció tanto rato en silencio que, al final, Antonio terminó la frase:

—Conseguiremos salir de aquí, ¿verdad?

¡Qué pena! Reducir su deseo de victoria a una simple huida.

—Una parte de ti, sí —contestó Hunefer muy despacio—. Otra parte de ti se quedará aquí.

—¿Una parte del ejército o una parte de la flota?

—Los astros sólo dicen «una parte de ti» —contestó Hunefer—. No está claro.

—¿Una parte de mí? —preguntó Antonio—. ¿Mi cuerpo? ¿Mis tropas? ¡Seguro que eso sí me lo puedes decir!

—Se refiere a los barcos —intervine rápidamente—. ¡A los barcos quemados! Es una parte muy considerable. También los remeros y soldados que han muerto... permanecerán aquí para siempre.

Miré enfurecida a Hunefer. ¡Viejo estúpido! Cualquier cosa que viera, mejor sería que se la callara. Ahora ya era demasiado tarde como para hacer algo que no supusiera un daño.

—No, mi señora —insistió el astrólogo—. Eso pertenece al pasado y ya está hecho. Lo de ahora...

De repente, comprendí de qué manera los dioses nos confunden con revelaciones parciales y veladas alusiones, sabiendo que las seguiremos hasta nuestra ruina. Y entonces, cuando nos ven sufrir, ellos se ríen. Así se divierten. Aunque fallemos al seguir nuestras propias ideas, tenemos motivos para enorgullecernos, pues significa que no somos unos juguetes de otros seres. Hasta las «equivocaciones, los errores de cáculo, las informaciones erróneas» poseen una innata valentía humana que no existe cuando nos limitamos a seguir las insinuaciones sobrenaturales. «¡Tanto si ganamos como si perdemos, que todo sea obra nuestra!», pensé. Me volví hacia el astrólogo.

—Ya basta. No te escucharemos.

Pero los golpes se sucedían sin interrrupción. A primera hora de la mañana Canidio se presentó en nuestra tienda y nos comunicó la noticia: Delio había desertado y se había unido a Octavio.

Todavía aturdido por el sueño, Antonio sacudió la cabeza. Tenía los ojos empañados.

—Al final se ha ido —dijo. Lanzó un suspiro como si acabaran de echarle sobre la espalda otro saco—. Y conoce todos nuestros planes.

Estaba tan furiosa que casi echaba chispas, como si me hubiera alcanzado un rayo. Ya había planeado irse, pero esperó a que se celebrara el consejo para poder comunicarle a Octavio una valiosa información. Lo sabía con tanta certeza como si él hubiera dejado una confesión escrita.

—¡El muy traidor! —grité.

—Ahora Octavio lo sabe todo —dijo Antonio—. Sabe todo lo que se ha discutido en mis consejos. —Hizo una pausa—. Delio, mi ayudante, mi compañero... —Se volvió a mirarme—. Si hasta te lo envié para que te llevara a mí, hace ya tanto tiempo.

Temí que se viniera abajo delante de Canidio.

—¡No lo recuerdes! ¡No lo recuerdes! —le dije—. Quítatelo de la cabeza, arráncalo de tu memoria, no pienses en él ni lo recuerdes. Tiene que dejar de existir. No, nunca ha existido.

—Cuando regresó y me contó lo que habías dicho, que no pensabas ir a Tarso, yo...

—¡Te he dicho que no pienses en él! —grité sin que me importara la presencia de Canidio—. ¡Y no ensucies los recuerdos que conservas de mí, asociándolos a él!

—Canidio —dijo Antonio sin la menor emoción en la voz—, puedes anunciar que sustituiré su mando por un tribuno. —Esbozó una trémula sonrisa—. No importa. No tiene importancia. Ahora podrá escribir una crónica de la guerra para su nuevo amo. Yo no quería ninguna crónica. No, nada de crónicas.

Rodeó el hombro de Canidio con un brazo mientras lo acompañaba a la puerta de la tienda.

La clara luz del día penetró en la tienda cuando levantaron el faldón. Vi el humo de los barcos muertos convertido en unas oscuras manchas en el brillante azul del cielo.

—Mi amigo —dijo Antonio, soltando el faldón y volviéndose a mirarme—. Mi amigo se ha ido. No creo que le envíe los arcones.

# 68

Los barcos que quedaban —unos doscientos treinta, incluidos sesenta que formaban parte del orgullo de Egipto— estaban recibiendo a bordo a nuestros legionarios armados y listos para el combate. Habíamos ordenado que se subieran las velas a bordo, lo cual había creado una gran confusión entre los hombres y los comandantes. En los combates nunca se utilizan las velas pues obstaculizan los movimientos y ocupan mucho sitio. Por consiguiente, a última hora de la víspera Antonio había reunido por última vez a unos cuantos oficiales y les había revelado nuestro plan. Ni siquiera Delio lo sabía; si hubiera sospechado que se celebrarían otras reuniones, hubiera demorado su partida.

El plan era el siguiente: queríamos escapar con la mayor cantidad de barcos posible y poner proa a Egipto aprovechando las brisas vespertinas que nos empujarían hacia el sur. Era sencillo pero no fácil: una combinación exasperante. Para rodear con seguridad la mole de Leucas, tendríamos que adentrarnos en alta mar antes de que el viento hinchara nuestras velas desde popa y nos guiara en nuestro camino. Pero, para poder llegar hasta allí, tendríamos que superar el bloqueo de Agripa por medio de combates navales.

Lo peor que podría ocurrir era que Agripa se empeñara en seguir combatiendo en alta mar, donde nos podría atacar antes de que nosotros consiguiéramos aprovechar las brisas; y la hipótesis más optimista era que nosotros le hiciéramos creer que nos estaba atrayendo a alta mar, lo cual nos permitía elegir el lugar de la batalla. Su superioridad numérica necesariamente lo obligaría a buscar el mayor espacio posible para poder maniobrar; en consecuencia tendría que salir a alta mar. Pero, en cuanto saliéramos, nosotros tendríamos la oportunidad de desplegar las velas y escapar. Sin velas, ellos jamás nos darían alcance. Los remeros por sí solos no nos podrían seguir mucho tiempo.

El plan parecía bueno y racional, la mejor manera de escapar de la prisión de Accio. No abrigábamos la esperanza de salvar todos los barcos, pero un buen puñado de ellos sería mejor que nada. Los barcos egipcios, junto con los navíos mercantes que quedaban, evitarían entrar en combate procurando mantenerse rezagados.

Al amanecer, unas largas filas de soldados pasaron por delante de nosotros para dirigirse a las planchas de los barcos. Se les veía satisfechos y animados. Algunos parecían más jóvenes y sanos que otros. Pensé que algunos enfermos habrían suplicado que les permitieran embarcar y los hombres más fuertes les habrían cedido su puesto.

Un veterano se detuvo en seco y se apartó de la fila.

—¡Vuelve aquí! —le gritó el oficial, pero él no hizo caso y se acercó a Antonio.

Llegó a él corriendo y lo asió por el brazo.

—¡Imperator —le dijo—, piénsalo bien! ¡No lo hagas!

Aunque Antonio estaba acostumbrado a la familiaridad con sus hombres, esta vez se molestó. No eran el momento ni el lugar más apropiados.

—Regresa a la fila, soldado —contestó, tratando de apartar los dedos del hombre.

—¿No me recuerdas, imperator? —le preguntó el soldado. Era tuerto.

Antonio lo estudió detenidamente.

—No —contestó con toda franqueza.

—Estuve contigo en la Partia. Me visitaste en el hospital de campaña con la Reina. ¿No te acuerdas?

Era uno de los cien a los que Antonio había visitado. ¿Cómo iba a acordarse? Sin embargo, el interés de Antonio en aquella ocasión había sido tan grande, que el pobre hombre creía haber llamado especialmente su atención.

—Te comenté que me quedaban diez años de servicio —el soldado estaba firmemente decidido a conseguir que Antonio recordara la breve conversación de antaño—, y que había servido dos años al mando de César. Soy de la Campania.

—Sí... una tierra de buenos soldados —convino Antonio, quien seguía intentando apartar la mano del soldado.

—Ahora sólo me quedan cinco años. Pero he visto muchas campañas y todas por tierra. ¡No lo hagas! ¡No combatas en el mar!

Al final, pareció que Antonio lo recordaba.

—Ah, sí, estabas con Galo. Durante la retirada, perdiste un ojo.

—¡Sí! ¡Sí! —El soldado se señaló el ojo—. ¡No desprecies mi herida! Me la hicieron combatiendo en tierra. ¡Y es en tierra donde hoy tendríamos que combatir! ¡Te lo ruego!

Antonio consiguió zafarse del veterano.

—Mi buen soldado, te agradezco tu preocupación —dijo finalmente—. Pero tienes que obedecer las órdenes. —Señaló la fila de soldados que estaban subiendo a bordo—. Regresa junto a tus compañeros.

Por un instante, pensé que el hombre acabaría arrojándose a los pies de Antonio y se negaría a moverse, pero se limitó a erguir los hombros, nos miró tristemente con el ojo sano y obedeció.

Por motivos de seguridad, los senadores subieron a bordo de los barcos egipcios que no participarían en los enfrentamientos. A bordo de una pequeña embarcación, Antonio se desplazó entre los navíos de la flota y se dirigió a sus hombres por última vez, exhortándolos a ser valientes y a cumplir el plan en la medida de sus posibilidades.

—Y vuestra mayor gloria —les dijo— será poder contar a vuestros hijos que estuvisteis con Antonio en Accio.

Mientras permanecía de pie en la pequeña embarcación con la cabeza descubierta, su hermosa voz pareció resonar sobre las aguas. El sol le iluminó el cabello y le confirió por un instante la apariencia de aquel joven Antonio que por primera vez había entrado a caballo en Alejandría.

Finalmente la embarcación lo acercó a la nave capitana, donde viajaba yo. Cuando subió a bordo, deseé con toda mi alma poder tener un momento para despedirme en privado de él. Por desgracia, ya no había tiempo para eso.

—Cuídate mucho hasta que nos reunamos en Ténaro. —Habíamos acordado que todos los barcos que escaparan se reunirían en la punta más meridional de Grecia—. Que todos los dioses te protejan.

—Y a ti también.

Era muy poco, pero ¿qué otra cosa hubiéramos podido decir? No nos tocamos, simplemente le cubrí las manos con las mías. No hubo abrazos ni besos, casi como si temiéramos abandonarnos a ellos. Y puede que efectivamente lo temiéramos, pues hubiera sido demasiado doloroso.

Después aparté las manos y nos separamos. Él subiría a bordo de su nave capitana en el ala derecha e inmediatamente nos pondríamos en marcha.

La batalla de Accio, la batalla por Accio, la batalla para escapar de Accio, se la llamara como se la llamara, tenía que empezar. Si el ala derecha recibía un castigo excesivo, era posible que se acabara hudiéndose sin que los que nos encontrábamos más retrasados pudiéramos hacer nada por impedirlo.

Resultó que los vientos tardaron mucho en llegar y los combates se iniciaron enseguida. Agripa, firmemente decidido a impedir que escapáramos, duplicó sus líneas y envió numerosas embarcaciones menores para hostigarnos y rodear los navíos de guerra de Antonio, cual si fueran castillos asediados. Los pequeños barcos de Agripa se lanzaban velozmente contra los grandes navíos, tratando de abrir un boquete en sus costados con los espolones, y luego se retiraban antes de que los sitiados pudieran arrojarles piedras o jabalinas. Atacaban las partes inferiores de los barcos, destrozando las palas de los remos y rompiendo los timones mientras los hombres intentaban abordar. Por nuestra parte, nosotros los rechazábamos con bicheros, les arrojábamos piedras y los aplastábamos con pesados proyectiles.

Los combates se hicieron confusos, barco contra barco y a veces dos o tres barcos de menor envergadura contra un navío mayor, como si fueran una jauría de perros que atacaran a un elefante. Se hundió el primer barco: uno de los nuestros de pequeño tamaño. Los gritos llegaron hasta mis oídos desde el otro lado del golfo cuando una embarcación de Octavio fue hundida por una certera piedra de catapulta. Después todos los choques y el griterío se convirtieron en un solo fragor y ya fueron indistinguibles. ¿Eran los suyos o los nuestros? En medio de las agonías de la muerte, todos tienen la misma voz.

Las líneas se habían disuelto en un confuso revoltijo. Ya no distinguía la nave insignia de Antonio, atrapada en medio de los violentos combates. El humo de los barcos incendiados se elevaba al cielo y ya estaban empezando a entrar en acción los arpeos y los puentes de abordaje mientras los soldados armados saltaban a las cubiertas de los navíos enemigos con las espadas desenvainadas. Algo más que el viento agitaba las aguas, azotadas por los trozos de madera y los hombres que caían; las saladas gotas que me mojaban el rostro estaban teñidas de sangre.

Los gemidos de los barcos que se desintegraban se confundían hasta tal punto con los gritos humanos que ambos sonidos se mezclaban en un prolongado aullido animal puntuado por los sordos rumores de los choques y de los espolones contra los costados de los barcos. Yo veía las diminutas figuras que se volvían, rodaban y caían de las cubiertas al agua, golpeando los remos y rompiéndolos con un chasquido seco.

El fuerte viento creaba sobre la superficie del agua unas cabrillas teñidas con el rojo de la sangre de los hombres y con los reflejos de las llamas que se elevaban desde las cubiertas de los barcos incendiados cual si fueran cortinas agitadas por la brisa. El aceite hirviente de los proyectiles de fuego se derramaba desde las cubiertas al agua, formando unas alfombras de llamas. Un humo negro y espeso se elevaba al cielo desde los puntos donde más encarnizados eran los combates, oscureciendo las siluetas de los barcos. De pronto, vi una brecha en el centro. Las alas derecha e izquierda habían conseguido abrirnos paso, siempre y cuando nos diéramos prisa. Estábamos lo suficientemente adelantados como para cumplir los planes y aprovechar la fuerza del viento.

—¡Las velas! ¡Izad las velas! —ordenó el capitán.

Los hombres desplegaron e izaron rápidamente las moradas velas de lino.

Como un puño que golpeara la palma de una mano, los vientos las azotaron y las tensaron.

Los restantes barcos de la escuadra, al ver las velas reales desplegadas, imitaron su ejemplo. Gracias a la fuerza del viento y al tesón de los remeros, conseguimos cruzar casi volando en medio del terrible espectáculo de centenares de hombres flotando sobre las aguas —los muertos balanceándose y los vivos gritando y haciendo señas— y salir a mar abierto. Los grandes mástiles de los barcos destruidos giraban y daban vueltas en el agua cual si fueran radios de ruedas.

Las velas crujieron empujadas por el viento y yo me sentí al borde de la asfixia cuando atravesamos unas densas nubes de humo acre que velaban todo el panorama. Ni siquiera distinguí el navío de Antonio. Por todas partes seguían cayendo mortíferos proyectiles tan brillantes como estrellas fugaces. Uno o dos aterrorizaron sobre nuestra cubierta, donde fueron rápidamente apagados mediante unos pellejos mojados.

Una vez en mar abierto, nuestro barco navegó velozmente rumbo al sur, con las montañas de Leucas a nuestra izquierda. Adiós a Accio... Volví la cabeza y contemplé el promontorio por última vez. Nos acompañaban otros barcos que habían obedecido la indicación de nuestras velas moradas. Ambos bandos seguían enzarzados en un violento combate. Recé para que no se volviera a cerrar la brecha antes de que nuestra última escuadra la cruzara. Las columnas de humo marcaban la línea del conflicto.

¡Ojalá el resto de nuestras fuerzas lograra retirarse y seguirnos!

Bajamos velozmente por la costa pasando por delante de Leucas, el canal abierto de Cefalonia (ahora controlado por las fuerzas de Agripa) y los emplazamientos que habíamos perdido, alegrándonos a pesar de todo de haber recuperado la libertad. Aumentó la fuerza del viento y vimos a popa un cielo tan negro como el humo; se acercaba una tormenta. Me agarré fuertemente a la barandilla, brincando cada vez que el barco penetraba en el seno de las olas. El viento agitaba mi capa, pero yo pensaba que, estando allí con la mirada clavada en la distancia, conseguiría que apareciera el barco de Antonio.

Al final, vi acercarse un quinquerreme cuya ligereza le permitió darnos rápidamente alcance. Ya casi lo teníamos encima, pero yo no lo reconocía. ¿Sería del enemigo? Se situó al costado y entonces vi a Antonio de pie en la cubierta, tiznado de humo y con los brazos ensangrentados. Nos estaba haciendo señas y no parecía haber sufrido ningún daño. Estaba a salvo. Estaba allí. Ordené a gritos que los hombres echaran una escala de cuerda y lo subieran a bordo. Las barandillas se llenaron de senadores y soldados que lanzaban vítores. Antonio subió con aspecto cansado y el rostro extrañamente inexpresivo. Contestó a los gritos de bienvenida de los hombres con un leve movimiento de la mano. Me abrí paso y lo abracé. Alargó un brazo y me estrechó. El otro brazo colgaba inerte junto al costado.

—Doy eternas gracias a todos los dioses —le susurré al oído—. Estamos a salvo.

No me contestó. Parecía aturdido.

—De ninguna manera —dijo al final—. De ninguna manera.

—¿Cuántos te han seguido? ¿Y... —de pronto, se me ocurrió una posibilidad— dónde está tu nave capitana?

—No logré salir con ella y tuve que abandonarla. El plan ha fracasado. Estábamos tan estrechamente rodeados y acosados por los arpeos que la mayoría de los barcos no nos ha podido seguir. Todo el centro y el ala izquierda estaban cerrados. Sólo han podido escapar algunos barcos del ala derecha, precisamente la que se enfrentaba con Agripa. Nos están siguiendo. No sé cuántos son.

Los soldados se apretujaban alrededor de nosotros a la espera de que les dijera algo.

—Tienes que hablarles, Antonio —lo apremié como la otra vez.

Pero no podía dominarse. Sacudió la cabeza y se quitó el yelmo, sosteniéndolo como si fuera un cubo vacío.

—No, no puedo —musitó.

Dio media vuelta y se dirigió a la proa del navío.

Presenté excusas en su nombre, pero comprendí que debía ser yo quien se dirigiera a los hombres.

Antonio, tan acostumbrado a actuar en público, optó por encerrarse en sí mismo y yo comprendí que no podía invadir su intimidad. Sin embargo, me acerqué discretamente a la proa del barco, donde él estaba sentado con las piernas cruzadas, las manos sobre las rodillas y la cabeza erguida, mirando al mar. En su soledad, parecía una desolada estatua. Sólo podía inclinarme y suplicarle que me permitiera consolarlo.

En palacio había una criada cuyo hijo fue devorado por los cocodrilos mientras se bañaba en el Nilo y, desde entonces, llevaba encima un manto de tristeza tan impenetrable y su rostro estaba cubierto de tanta desolación que, hasta cuando sonreía, su sonrisa no era tal. Ahora el rostro de Antonio mostraba aquella misma expresión.

¡Sin embargo, él ya sabía cuál era el resultado más probable antes de embarcar! Había hablado con gran serenidad, señalando que la situación era casi desesperada y nosotros intentaríamos salvar lo que pudiéramos. En realidad, Accio se había perdido cuatro meses atrás, cuando Agripa tomó Metona.

Todo aquello no tenía por qué repercutir negativamente en la imagen de Antonio o en la de su mando. ¿Cómo hubiera podido repercutir, si no se había combatido ninguna batalla en tierra? Antonio había sufrido derrotas y reveses en otras ocasiones. ¿Quién no los había sufrido, salvo Alejandro? Lo importante no era la derrota, sino lo que uno hiciera después.

«Tú sólo lo has visto ganar. No conoces a un hombre

hasta que lo ves perder.» No tenía que pensar que aquello era el final. Aún quedaba Canidio con su ejército, quedaba Egipto, quedaba...

Una ola le arrojó una fría rociada de agua salada a la cara y él permaneció sentado sin moverse, casi como si lo estuvieran azotando y recibiera los golpes de buen grado.

No pude contenerme y me acerqué a él.

—Antonio, Antonio —le llamé, secándole el frío rostro—. ¡Levántate y compórtate como un hombre!

Mis palabras sonaron más ásperas de lo que yo quería, pero era necesario que se levantara y reaccionara, de lo contrario, lo perdería todo, incluso a sí mismo. Sobre todo, a sí mismo.

—Ya no puedo ser llamado hombre —se lamentó—. He deshonrado el nombre.

—¿Pues qué eres, entonces? ¿Un muchacho? ¿Un eunuco? ¿Acaso sólo son hombres los generales? No, un hombre es aquel que acepta cualquier carga que le depare el destino y mantiene la cabeza bien alta.

—Eso no son más que palabras bonitas de quien jamás ha saboreado la derrota —dijo, negándose a levantarse.

—Me apartaron de mi trono, ¿no fue eso una derrota? —repliqué—. ¡Qué fácil es olvidar las tribulaciones de los demás! Siempre nos parece que somos los únicos. Cuando César fue asesinado y su hijo se quedó sin herencia y Octavio fue nombrado heredero, ¿no fue eso una derrota? Cuando te casaste con Octavia y calificaste a nuestros hijos de bastardos, ¿no fue eso una derrota? Todo el mundo se burló de mí.

—Tú nunca has perdido cientos, no, miles de hombres, muertos por nada; no, no por nada sino muertos porque confiaron en ti, te siguieron, lo pagaron muy caro y tú no pudiste hacer nada por impedirlo —gritó—. Muertos, muertos, todos muertos en el fondo del mar, pudriéndose en la Partia y....

—¿Ahora lo conviertes todo en una sola cosa? Lo de

la Partia ocurrió hace cinco años y fue una guerra distinta. En las guerras muere gente. ¡Si no querías asumir esta responsabilidad, no hubieras tenido que ser soldado! —le grité directamente al oído sobre el trasfondo del viento.

Mantenía el rostro obstinadamente apartado.

—¡Todos han muerto! —repitió—. Muertos, muertos, perdidos...

Se cubrió el rostro con las manos y rompió a llorar. ¿Y si alguien llegaba a verlo? ¡Qué vergüenza!

—¡Chisss, calla! —le dije, sacudiéndolo por los hombros para que reaccionara.

Hubiera tenido que esperar hasta que estuviera en su cuarto. En aquellos momentos los marineros de la cubierta lo hubieran podido ver.

Pero no supo dominarse. Permaneció sentado con los hombros encorvados, ¡llorando como un niño!

—Lo he perdido todo, he extraviado el camino —dijo entre sollozos.

—No has perdido nada que no puedas recuperar —le contesté resueltamente.

—Mi buen nombre, mi confianza: eso no lo puedo recuperar. Lo primero me lo tienen que dar los demás y lo segundo me lo tengo que ganar yo, pero... no puedo.

—Sí, podrás —le aseguré—. Con el tiempo...

—No, nunca. Todo se ha perdido para siempre. Perdido en el agua. Estoy desarmado, ya no soy un comandante ni un general, ni siquiera un soldado.

¿El optimista Antonio había perdido para siempre su alegría y su buen humor? ¿Por qué será que algunas cosas nos destruyen y otras no, por más que sean tan duras como las primeras? A lo mejor, es que sólo podemos encajar un determinado número de golpes, y la Partia ya había rebasado el límite. Quizás el sueño que yo había tenido de su muerte había sido cierto, pero de una manera distinta a la que yo imaginaba.

—No —dije, acunando su cabeza. Por primera vez, temía que estuviera diciendo la verdad—. No, tienes que seguir adelante. Tienes que resistirlo; eres lo bastante fuerte como para eso. ¡De lo contrario, significaría que Hércules no es tu antepasado!

Quería apelar a su antigua personalidad; siempre se había enorgullecido de ser descendiente de Hércules y ello le había servido para superar otros muchos momentos difíciles.

—Hércules me repudiará —sollozó—. Hércules se avergonzaría de mí.

El navío se balanceó y nos arrojó otro arco de agua de mar que empapó el cabello de Antonio, pero no sirvió para interrumpir su llanto.

—No se avergonzaría de ti por haber perdido en Accio, sino por lo que estás haciendo ahora.

Confiaba en que me comprendiera.

«No conoces a un hombre hasta que lo ves perder.»

—Hubiera tenido que morir. Me hubiera tenido que hundir con mi barco. Entonces por lo menos mis hombres no pensarían que su comandante los ha abandonado.

Apenas entendía sus palabras.

—No los has abandonado —rebatí—. ¿Acaso sobrevivir a una batalla es un abandono? Algunos salen vivos del campo de batalla y otros no. Eso no es un abandono, a menos que pienses que la obligación de todo el mundo es morir. Eso es lo que quisiera el enemigo.

Echó la cabeza hacia atrás y dijo en tono burlón:

—¡Vuestra mayor gloria será poder decirles a vuestros hijos que estuvisteis con Antonio en Accio! ¡Oh, qué vergüenza! ¡Qué gran vergüenza!

—Antonio...

Se estaba torturando con más crueldad de la que hubiera empleado cualquier flagelador.

—¡Vete! —dijo, empujándome con tal fuerza que me

hizo tropezar contra unos cabos enrollados en la cubierta—. ¡Déjame!

Lo hice aunque no sin antes encomendar a un soldado que lo vigilara sin que él se diera cuenta y le impidiera saltar por la borda o clavarse el puñal si caía presa de la desesperación.

Estaba trastornada. No podía creer que hubiera llegado a semejante extremo.

Tardamos tres días en rodear el Peloponeso y llegar al cabo Ténaro con su pequeño puerto y su rada. Antonio no se movió de sitio y se pasó el rato meditando, llorando, recordando a los hombres y los sueños que había perdido. Estaba destrozado como hombre y como general, abrumado por las pérdidas sufridas. Pero, cuando entramos en el puerto, se levantó, bajó y se aseó. El dolor inicial se había mitigado un poco y ahora había llegado el momento del funeral. Tenía que asistir a las exequias y comportarse con entereza.

Tras haber anclado, esperamos la llegada de los barcos que habían conseguido escapar y seguirnos y también la de los grandes barcos de carga y la de los navíos de los pocos puertos que todavía conservábamos en nuestro poder, contamos las embarcaciones que nos acompañaban y les proporcionamos los suministros necesarios para la larga travesía de regreso a Egipto. En total habían escapado unos cien barcos. Todos los senadores se habían salvado y ahora estaban bajando al muelle; unos seis mil quinientos legionarios habían sobrevivido y se encontraban con nosotros. Mitrídates de Comagene y Arquelao de Capadocia seguían siendo fieles a nuestro bando, lo mismo que el rey Polemón del Ponto. Antonio se esforzó en saludarlos cordialmente a todos y darles las gracias por su lealtad. Sólo yo adivinaba la desesperación que ocultaban sus buenos modales. Al parecer, la buena cortesía es lo último que nos abandona cuando todo lo demás desaparece, como si quisiera burlarse de nosotros con sus huecos sonidos.

Al llegar el sexto día, en un pabellón levantado a toda prisa en la playa, Antonio ofreció un banquete de despedida a sus amigos. Antes habíamos subido a la acrópolis para visitar el templo de Poseidón y darle las gracias por nuestra milagrosa salvación. (Por lo menos, eso era lo que decían las plegarias oficiales.) Mientras contemplaba el agua que se extendía a nuestros pies, experimenté el ardiente deseo de estar en las orillas que nos aguardaban en el lejano sur: Egipto.

Quería regresar a Egipto, dejar que Egipto me restableciera y que sus arenas me susurraran las soluciones a nuestro dilema. Egipto no me fallaría. Y yo no fallaría a mi tierra.

En aquella franja que se proyectaba como un dedo desde la montañosa columna vertebral de Grecia, sentía toda Europa a mi espalda.

Bajamos por la abrupta pendiente y entramos en la improvisada sala del banquete. Antonio se encargó de ofrecer un espléndido festín con la abundante pesca que Poseidón nos proporcionó y con carne de cabra montés de las cercanas montañas.

Antonio aún no me había dicho nada, de manera que yo era un invitado más. No tenía la menor idea de cuáles eran sus planes. Cuando todos terminaron de comer (observé que él apenas había probado bocado), Antonio se levantó para dirigirles la palabra. Tras darles las gracias por su lealtad, anunció su intención de liberarlos de sus compromisos.

—Hemos librado un buen combate, amigos míos —dijo, levantando su copa por ellos—. Pero a donde yo voy vosotros no podéis acompañarme.

¿Acaso...? ¡Oh, no! Pero era la costumbre romana. Los comandantes que se encontraban en su situación solían... y delante de la gente, además.

Otros debieron de pensar lo mismo que yo, pues se levantaron para protestar.

—¡No, buen imperator! —le gritaron.

Antonio se conmovió casi hasta las lágrimas al ver su horror ante la amenaza de perderlo.

—No, no, mis buenos amigos —los tranquilizó—. Me retiro a Egipto. Vosotros no podéis acompañarme. No tendría sentido. Os aconsejo que hagáis las paces con Octavio.

Nuevos gritos de protesta.

Antonio levantó las manos.

—Escuchadme: no es necesario que me sigáis. Sería perjudicial para vosotros. Debéis aceptar lo ocurrido y buscar vuestra propia seguridad. Yo os puedo ofrecer un salvoconducto hasta Corinto y un lugar donde esconderos con mi mayordomo Teófilo hasta que lleguéis a un acuerdo con Octavio.

Los murmullos del pabellón se hicieron más insistentes.

—No temáis. César puso de moda la clemencia —dijo con una cautivadora sonrisa en los labios—. Estoy seguro de que Octavio seguirá su ejemplo. —Miró a su alrededor—. Reservará su cólera para la Reina y para mí, no para los demás.

En el estado de ánimo en que se encontraba, lo más probable hubiera sido que aceptara de buen grado aquella cólera como una especie de justo castigo.

Algunos hombres lloraban. Antonio se emocionaría sin duda al ver que a los ojos de los demás seguía conservando el honor.

Aquella noche acudió finalmente a mi alcoba, nuestra alcoba. Había cumplido con su deber, se había despedido honrosamente y ahora tendría que despojarse de todo lo que le quedaba y prepararse para el largo viaje que le esperaba.

Cuando los invitados hubieron partido, él se había quitado la máscara ahora se mostraba muy serio y abatido.

—No tengo ningún lugar adonde ir, como no sea ocultarme en el país de mi esposa y pedirle refugio. —Se sentó en el borde de la cama y el mueble crujió bajo su peso—. Soy un romano expulsado de las playas romanas.

Ya estaba cansada de oírle repetir lo mismo y no me quedaban palabras para tratar de convencerlo de lo contrario.

—Ven a la cama —me limité a decirle.

—Ya no soy un comandante de romanos; ahora me he convertido de verdad en lo que ellos me llamaban: un oriental, un forastero. Roma me ha desterrado.

Mientras hablaba, se desató las sandalias y se inclinó tanto hacia el suelo que yo apenas le oía. Poco a poco se fue desnudando él solo; desde su derrota, no había permitido que Eros lo atendiera. Después se tendió en la cama y se quedó mirando al techo.

Piqué el anzuelo.

—¿Olvidas a Canidio y a sus cincuenta mil hombres? —Habíamos sido informados de que, según lo acordado, Canidio había iniciado la retirada del ejército para efectuar la marcha de regreso a Asia—. ¿Y las cinco legiones de la Cirenaica? ¿Y las tres de Siria? No eres precisamente un romano sin seguidores.

—Aaah —exclamó con un profundo suspiro.

Estaba agotado, y se quedó dormido de inmediato. Lancé un suspiro de alivio; era la primera vez que podía dejar de vigilarle. Aún temía que intentara seguir el ejemplo de Catón, Bruto o Casio. Su cortés actuación de aquella noche no me había engañado.

El descanso le hubiera permitido reparar su destrozado espíritu. Los dioses hubieran podido tener la amabilidad de concedérselo. Pero, en la hora más negra de la noche, un mensajero nos despertó para comunicarnos una noticia urgente: Canidio estaba allí.

—Que entre.

Me vestí con una túnica y ayudé a Antonio a ponerse un ropón. La noticia debía de ser terrible. Canidio hubiera tenido que estar con el ejército.

Bueno, pronto lo averiguaríamos. Que todos los golpes nos llovieran encima. Que todos los desastres se vaciaran sobre nuestras cabezas.

Antonio se levantó y se apoyó en una de las estacas de la tienda. Había sido arrancado tan bruscamente de las profundidades del sueño que seguía medio aturdido.

Entró Canidio sosteniendo una linterna en la mano. Llevaba el cabello enmarañado, el rostro sudado y sus prendas estaban manchadas.

—Perdóname, imperator —rogó, hincando la rodilla ante Antonio.

Antonio le tocó la cabeza.

—Te perdono cualquier cosa que sea. Ya no importa —respondió, y le tendió la mano para ayudarle a levantarse.

—El ejército se ha rendido a Octavio —dijo Canidio—. Y yo he tenido que huir.

—¿Muchas muertes? —preguntó Antonio como si deseara que las hubiera habido: más hombres para sumarlos a su montaña de remordimientos y fracasos.

Canidio sacudió la cabeza.

—Ninguna.

Antonio se sorprendió.

—¿Cómo?

—No ha habido muertes. No había combates. Habíamos iniciado nuestra marcha hacia Tracia cuando Octavio envió una columna para negociar la rendición. Los hombres —los centuriones— sabían que podían negociar unas buenas condiciones y que Octavio estaba deseando evitar los combates. Regatearon con una habilidad que hubiera enorgullecido a un mercader de alfombras. Al final, los centuriones le han arrancado a Octavio la promesa de que conservará las seis históricas legiones como la Quinta, las *Alaudae*, las Alondras, y la Sexta, la *Ferrata*, la Acorazada, y...

Al oír aquellos amados nombres, Antonio lanzó un grito agudo que sonó como el aullido de un animal.

—¡No! ¡No!

—Las demás serán absorbidas por otras legiones, según la costumbre —terminó Canidio—. Cobrarán lo que les corresponda y les ofrecerán tierras en Italia...

Antonio se volvió hacia mí sin prestar atención a Canidio.

—Sí, eso es lo que ellos quieren —dijo—. ¿Recuerdas a aquel veterano, el de la Partia, el que dijo cuando lo visitamos que quería su parcela de tierra en Italia y no en el extranjero? El viejo soldado... ¡oh, dioses!, ¿habrá muerto en Accio? ¡No hubiera tenido que permitir que subiera a bordo de aquel barco! ¡Si se hubiera quedado en tierra, ahora podría regresar a Italia!

Tras estas palabras, se arrojó sobre la cama y empezó a golpearse el pecho.

Canidio me miró con asombro.

—Lleva así desde la batalla —le expliqué—. No te alarmes.

Pero Canidio no pudo evitar alarmarse.

—Mi señora —murmuró—, éste es el espectáculo más triste que he visto en toda la guerra.

Al final, Antonio se incorporó y se enjugó las lágrimas de los ojos.

—Perdonadme —dijo—, pero el pobre viejo... —Sacudió la cabeza.

—He tenido que huir —prosiguió Canidio—. No podía abrigar la esperanza de que Octavio tuviera clemencia conmigo. —Hizo una pausa—. Pero tengo que decirte la verdad. Estuve con ellos hasta que terminaron las negociaciones. La versión de Octavio, que forma parte del acuerdo para halagar a las tropas, es que los hombres siguieron combatiendo valerosamente hasta que su cobarde comandante los abandonó.

No hubiera tenido que utilizar aquellas palabras, pero ¿qué sabía él?

Antonio lanzó un suspiro, sin pronunciar palabra.

—No hubo combates. Los hombres concertaron la paz sólo porque sabían que tú no podrías pagarles. No les quedaba más remedio.

—¿Porque yo los abandoné, quieres decir? —gritó Antonio.

—Yo no he dicho eso, pero es un hecho. Su oficial pagador se había ido y Octavio estaba cerca.

Ahora Antonio me miró enfurecido.

—¿Qué es lo que me dijiste sobre Canidio y sus tropas? Ahora tendrás que rectificar. —Se encogió de hombros—. Ya todo ha terminado. Todo ha terminado. Venid, mis últimos compañeros. Mañana tenemos que hacer un viaje por mar.

Cuando Canidio se retiró, Antonio se tendió boca abajo en la cama y allí se quedó, tan inmóvil como si estuviera muerto.

La travesía desde Ténaro a las playas del norte de África duró nueve días. Tuvimos que dar un largo rodeo alrededor de Creta, pues ahora la isla pertenecía a Octavio y no podíamos acercarnos.

Antonio había conseguido dominar sus arrebatos y había entrado en una fase todavía más inquietante: un estoico desinterés por cuanto le rodeaba. Se mostraba atento, amable y animado, pero todo lo hacía con un desapego estremecedor. A media travesía, pidió de repente que lo llevaran a Paretonio en el extremo occidental de Egipto, donde había un pequeño puesto fronterizo, señalando que quería «inspeccionarlo» Pero ¿qué quería inspeccionar? Aquello no era más que unos cuantos edificios de adobe, un pequeño embarcadero y mucha arena, calor y escorpiones. En la cercana Cirenaica aún teníamos cinco legiones. Yo sabía que Antonio deseaba ocultarse allí, lejos de los ojos de la humanidad para lamerse las heridas. O tal vez para infligirse la herida que acabara con todas las demás.

Pero ¿qué podía hacer yo? ¿Prohibírselo? ¿No era yo quien le había recordado que aún era el comadandante de unas legiones? Ahora decía que quería visitar un puesto militar. ¿Qué podía hacer? ¿Quedarme con él, vigilarlo? Era humillante para los dos y yo tenía que regresar a Alejandría antes de que se recibiera la terrible noticia de Accio. No me atrevía a retrasarme.

Desembarcamos muy cerca de Paretonio; la arena y las rocas de un blanco deslumbrante parecían irradiar calor. Asándose al sol estaban los achaparrados y pardos edificios con una o dos palmeras que no proporcionaban la menor sombra al mediodía. Varios camellos dormitaban tendidos alrededor de una especie de pozo.

Antonio recogió sus pertenencias y se puso el uniforme como si se estuviera preparando para asistir a una importante ceremonia. Con su atuendo militar, parecía el de antes, si no se le miraban los ojos. Pero la visera de su yelmo lo impedía.

Solos en el camarote, nos miramos el uno al otro.

—Antonio, inspecciona tu puesto y vuelve a bordo —le dije—. Te estaremos esperando.

No tardaría mucho en ver lo que había que ver.

—No —contestó—. Tengo que quedarme. Ya os seguiré. Te lo prometo.

—¿Cuándo?

—Eso no te lo puedo decir.

—Por favor, no tardes. Te necesitamos en Alejandría. Los niños...

—Dales esto. —Se quitó las condecoraciones militares de plata y las depositó en mi mano—. Explícales para lo que eran. —Hizo una pausa—. Ahora tengo que irme.

—¿Sin despedirte?

No podía creer que pudiéramos separarnos de aquella manera, como dos desconocidos.

—Será por muy poco tiempo —me dijo enigmáticamente.

Después se inclinó para darme un ceremonioso beso que acabó convirtiéndose en una verdadera muestra de amor.

Mientras él y sus dos amigos bajaban a la playa, vi que todavía llevaba la espada y el puñal. No me los había dado como recuerdo para los niños. Por lo visto, pensaba que todavía los necesitaría.

Nos encontrábamos a dos días de navegación de Alejandría y yo necesitaba aquel tiempo para pensar en lo que iba a hacer. Al no estar Antonio, me evitaba la angustiosa tarea de vigilarlo. Experimenté una inmensa y triste sensación de alivio cuando zarpamos de Paretonio. A pesar de que la cegadora luz del sol me hacía daño en los ojos, contemplé cómo se alejaba la costa hasta que finalmente acabó desapareciendo en medio de una especie de llamarada blanca. Sabía que Antonio lucharía con su propio destino en aquel solitario puesto fronterizo, pero tendría que hacerlo solo, tal como en último extremo lo tenemos que hacer todos. Los demás se convierten en unas molestias superfluas cuando llega la hora suprema de la decisión.

Desde muy joven, yo sabía que tenía cierto poder de predicción. A veces experimentaba la inquietante sensación de que ocurriría esto y no aquello y, cuando se producía lo que yo había intuido, me decía que los dioses me habían otorgado el don de la profecía. Pero ahora sabía que lo que en realidad poseía era una gran habilidad para sopesar los factores y establecer hipótesis correctas, lo cual tal vez sea una característica mucho más útil para un gobernante. En aquel momento, sin embargo, estaba desconcertada y no adivinaba adónde iría Antonio. Todos los factores parecían pesar por igual y tirar de él en dos direcciones contrarias. De una forma egoísta, deseaba que desechara la tentadora idea de la costumbre romana de la espada y decidiera vivir y ocupar su lugar a mi lado. Siempre y cuando esta decisión no lo destruyera totalmente como hombre.

Así pues, lo encomendé a los dioses y llevé luto por él en mi corazón como si ya hubiera elegido el camino romano. Para cumplir con mi deber, Antonio tenía que estar muerto para mí.

Sabía con toda certeza (no por el don de la profecía sino por mis sagaces dotes adivinatorias) que Octavio tenía simpatizantes incluso en Alejandría. Siempre hay gente que desea un cambio y no está satisfecha del rey. Una vez me dijeron una verdad muy dura: no hay nadie cuya muerte no sea un alivio para alguien. Ello es triplemente cierto en el caso de un monarca. Muy bien pues, tendría que golpear primero antes de que ellos me golpearan a mí, cosa que intentarían hacer en cuanto se enteraran de la noticia de Accio. Me quedaba todavía un poco de tiempo.

Tenía que llegar sola a Alejandría. Los demás barcos tendrían que esperar para que su aspecto no revelara la verdad. Entraría en el puerto con el barco adornado con guirnaldas como si hubiéramos alcanzado la victoria. ¡Sí! No revelaría ni siquiera con un parpadeo lo que realmente había ocurrido. Después correría a palacio y mandaría que mis enemigos —que sin duda habrían adquirido fuerza en mi ausencia— fueran detenidos y ejecutados.

Artabaces era nuestro enemigo. Antes de su captura, se había asociado con Octavio. Sin duda su amo lo volvería a sentar en el trono de Armenia y, de este modo nuestra clemencia al perdonarle la vida se revolvería contra nosotros.

Pues bien, yo lo impediría. No volvería a reírse cuando ascendiera de nuevo a su trono, tal como había sonreído al subir al lugar que nosotros ocupábamos en el Triunfo. Me alegraba de que Antonio no estuviera allí, así no tenía oportunidad de impedírmelo.

# EL NOVENO ROLLO

# 69

El *Antoníada*, con su resplandeciente y dorada popa, las velas moradas cuidadosamente cepilladas para eliminarles la sal y su proa adornada con guirnaldas, entró triunfalmente en el puerto de Alejandría. Había ordenado que mis criados permanecieran en la cubierta ataviados con llamativos uniformes y los había amenazado con severos castigos si no saludaban alegremente con la mano y entonaban gozosos cantos. Por mi parte, me puse mis vestiduras y mi tocado real y permanecí de pie bajo el mástil donde todo el mundo me viera.

Jamás pudo ser más hermosa para mí la contemplación del blanco y purísimo Faro dándome la bienvenida a casa después del que había sido un largo y peligroso viaje. Me dolían las extremidades de cansancio, pero tenía que mostrarme fuerte y vigorosa. La alta serenidad del Faro, inmóvil a pesar de las olas que azotaban su base, me infundió fuerza. Las playas estaban llenas de una enfervorizada multitud que lanzaba vítores y arrojaba flores, que flotaban en el agua como pequeños puntos rojos, amarillos, morados y azules. El palacio, sobre su herbosa península, me estaba llamando. Más allá de la orilla se levantaban los edificios cúbicos, tan blancos como la sal. Cerré los ojos y formulé un juramento.

Tenía que conservar Egipto; los Lágidas no debían pagar las consecuencias de los fracasos romanos en el campo de batalla. Tendría que hacer todo lo necesario para conservar el país para mis hijos: me humillaría ante Octavio, abdicaría en favor de mi hijo, concertaría alianzas capaces de impedir que Roma nos devorara, liquidaría a mis enemigos. En caso necesario, incluso me mataría. Cualquier cosa. Ningún precio me parecía demasiado alto. No podía permitir que yo fuera la última de nueve generaciones Lágidas, ni que los herederos de Alejandro fueran vencidos y desaparecieran de la historia viva. Cualquier cosa. No debería detenerme ante nada.

Amarramos en el embarcadero real; inmediatamente envié mensajeros para que repartieran por toda la ciudad las proclamas de la victoria, que yo misma había redactado a toda prisa en mi camarote. Tras saludar con la mano a la multitud, entramos en palacio y desaparecimos de la vista del público.

Ahora ya podía empezar la verdadera tarea.

Subí por la escalinata de acceso a la sala interior del palacio, donde Mardo, Olimpo y los niños me esperaban. Prescindí del protocolo de la misma manera que Antonio se había desprendido de sus medallas y les arrojé los brazos al cuello, rebosante de alegría por volver a verlos. Rodear a Mardo con mis brazos me estaba resultando cada día más difícil; en su emoción, Olimpo olvidó su habitual reserva e incluso me dio un beso. Alejandro por poco me tira al suelo con sus efusiones, el pequeño Filadelfo se agarró a mis piernas y Antilo me saludó con una ceremoniosa inclinación de la cabeza.

Selene, un poco más distante, me dedicó una tímida sonrisa. A su espalda... el corazón me dio un vuelco en el pecho cuando vi a Cesarión.

En mi ausencia, se había convertido en un hombre. Entre los catorce años y los más de dieciséis que ahora tenía, había pasado de la infancia a la edad adulta. Ahora, con unos movimientos que también habían cambiado, se acercó a mí y yo tuve que levantar los ojos para contemplarlo. Tomó mi mano en la suya, una mano muy grande que cubrió por completo la mía.

—Bienvenida a casa, madre —me dijo. Le había cambiado la voz.

Ahora me convencí más que nunca. Tenía que hacer todo lo necesario para preservar sus derechos y su trono. Haría todo lo que hiciera falta por mi hijo, el nuevo rey de Egipto.

—¡Cesarión! —exclamé. Estaba tan asombrada por el cambio que me faltaban las palabras—. Te... te he echado de menos —le dije finalmente. Jamás me rebajaría a decirle la consabida frase de «Cómo has crecido».

—Y yo a ti. Me alegro de que por fin todo haya terminado y estés de vuelta a casa. Cuéntanos qué ha ocurrido. ¿Ha sido muy grande la victoria? ¿Cuántos barcos habéis hundido? ¿Dónde está Octavio? ¿Ha muerto? ¡Espero que sí! —añadió con una sonrisa.

—No canses a tu madre con tantas preguntas —le amonestó severamente Olimpo.

Entonces comprendí que éste había adivinado la verdad. Bueno, muy pronto la averiguaría.

—Todo ha ido bien —le aseguré a Cesarión—. Vamos a retirarnos a nuestros aposentos privados y allí os lo contaré todo. Todo...

En nuestras estancias más privadas, con las puertas cerradas y sin la presencia de los criados, les revelé la terrible verdad. La acogieron en sereno silencio. Sólo Cesarión me miró consternado y me pidió con insistencia que hiciera diagramas para hacerse una idea más clara de lo que había ocurrido, dónde estaba cada escuadra y dónde se habían desplegado las legiones...

—¿Dónde está Antonio? —me preguntó Mardo finalmente.

Por su tono comprendí que estaba pensando que Antonio había muerto. Pero ¿cómo podía creerme capaz de mantener tanto rato en secreto un hecho semejante?

—Está... —¿cómo podía explicarlo sin aumentar su deshonra?— en Paretonio. Quiere inspeccionar las legiones del oeste en la Cirenaica.

—¡Oh, no! —dijo Mardo.

—¿Qué ha ocurrido?

—Las legiones se han pasado a Octavio. ¡Dejaron plantado a su comandante! El pobre Escarpo tuvo que irse y probablemente se ha refugiado en Paretonio. Nos hemos enterado de que Octavio ha nombrado comandante de las legiones a Cornelio Galo y sabemos que éste ya se encuentra en camino.

—¿El soldado escritor de poemas? —pregunté.

Ahora podría sentarse en la playa arenosa y componer poemas sobre su glorioso amo y la caída de Antonio.

—El mismo —asintió Mardo—. O sea, que Escarpo y Antonio deben de estar juntos.

Justo lo que Antonio necesitaba. Dos generales abandonados por los suyos, compartiendo vino y desgracias en una choza de adobe. Sentí que el miedo volvía a apoderarse de mí. Recordé al rey Juba y a Petreyo, que se habían suicidado juntos precisamente en aquel lugar.

—Enseguida regresará a Alejandría —dije con la mayor convicción que pude. No podía dejar traslucir la angustia que me agobiaba—. Pero antes de que se divulgue la noticia, debemos tomar ciertas medidas. ¿Las legiones estacionadas aquí siguen siendo leales?

—Sí —contestó Mardo.

—En tal caso...

Mis órdenes se cumplieron de inmediato. Los «octavios» no ocultaban sus elogios a Octavio y sus críticas contra nosotros; no fue difícil identificarlos y detenerlos. Descubrimos un arsenal de armas y gran cantidad de correspondencia comprometedora. Los cabecillas fueron ejecutados y sus propiedades confiscadas. El elevado número de «octavios» que había en mi ciudad me provocó una honda conmoción. Era consciente de que todo el mundo tiene enemigos, pero aún así... ¡los muy ingratos!

Ordené que se construyeran nuevos barcos para sustituir los que se habían perdido en Accio. Cuando llegara Octavio volveríamos a combatir y esta vez mi flota no quedaría atrapada en un agujero infernal.

Una cosa era pasarse todo el día ocupada con todas estas cuestiones de vital importancia y otra muy distinta permanecer sola por la noche en mi alcoba. Entonces la oscuridad se cerraba a mi alrededor como un puño, dejando fuera toda esperanza o consuelo. Los aposentos de Antonio seguían vacíos, esperando el regreso de un amo que tal vez jamás volvería. Qué abandonadas y qué despreciadas parecen las estancias desiertas. Estaba segura de que Antonio ya ni siquiera se acordaba de ellas en su exilio de Paretonio. ¿La existencia cotidiana sería para él un esfuerzo? ¿Cada vez que amanecía pensaría quizá que aquélla iba a ser su última jornada? ¿Y le debía de ocurrir lo mismo a cada puesta de sol? ¿Qué debe de tener de especial el día que parece susurrar persuasivamente a tu oído: «Éste es el día que tú esperas»? Cada mañana me despertaba temiendo que fuera la última para Antonio y que muy pronto llegara a Alejandría un barco de velamen negro con su triste carga.

¿Y entonces qué iba a hacer yo? Sería como el funeral de César, sólo que mucho peor, pues esta vez el orador no podría ser Antonio. Su voz ya habría enmudecido para siempre.

¿Y si enviara en su busca un barco con soldados? No. De entre todas las indignidades que había sufrido, ésta sería una de las peores: ser recogido y llevado a casa por una guardia armada para que ésta lo protegiera de sí mismo, como si fuera un lunático que pudiera hacerse daño sin querer. Significaría que yo no lo consideraba capaz de conocerse a sí mismo y decidir qué era lo mejor para él. ¿Cómo podía yo hacerle eso?

Tendría que mandar construir una segunda tumba al lado de la mía en el mausoleo. En aquellos momentos sólo había una. Era curioso que, siendo muy joven, cuando no parecía que tuviera necesidad de ella, se me hubiera ocurrido la idea de construirme un sepulcro. Entonces me había parecido casi un juego. Pero no volví a pensar en el asunto en cuanto tuve una familia: unos hijos y un esposo.

Al final, Antonio descansaría en Alejandría. El deseo que manifestaba en su testamento, lo que tanto revuelo había causado en Roma, se cumpliría precisamente por la indignación que había despertado. Bien pues, tendría que ser digna del sacrificio que él había hecho para alcanzarlo.

Todos aquellos horribles pensamientos me mantenían en vela noche tras noche. Durante el día, estaba tan agotada que la cabeza me daba vueltas y yo pensaba: «Esta noche dormiré como un tronco», pero no era así.

Los días pertenecían a mis deberes como reina y las noches a mis pérdidas como mujer. La verdad más dura para mí era el hecho de saber que ahora mi destino y el de Antonio se habían separado. Él había llegado al término del suyo mientras que yo aún tenía que recorrer el mío.

Antonio había sido llamado a una alta responsabilidad —la de convertirse en el sucesor de César y gobernar Roma—, había tratado de alcanzarla con todas sus fuerzas y había fracasado. Tenía razón. Todo había terminado. Por mi parte, yo había sido llamada a preservar y proteger Egipto y me había esforzado al máximo por cumplir mi misión. No era muy probable que lo consiguiera, pero todavía me quedaba alguna posibilidad. Y eso era lo único que yo pedía: una mínima posibilidad.

Ahora casi todo dependía de Octavio. ¿Qué haría? ¿Me perseguiría hasta las puertas de Egipto? ¿O daría media vuelta como un perro que se hubiera cansado de acosar una presa? Tenía muchos asuntos pendientes en Roma. ¿Qué haría con Egipto en caso de que se apoderara de él? Un sabio romano había comentado en una ocasión que Egipto sería «una pérdida si se destruyera, un problema si se tuviera que gobernar y un peligro si se anexionara». Tales consideraciones habían hecho dudar a Roma. Puede que ahora se repitiera la situación.

Si apareciera Octavio y Antonio hubiera muerto, ¿me obedecerían las legiones romanas estacionadas en mi territorio? ¿O se rendirían inmediatamente a Octavio? Yo podía contar con mi flota y con mis soldados egipcios, pero probablemente con nadie más. Una guarnición defendía el acceso oriental de Pelusio de la misma manera que Peretonio defendía el occidental. Sin embargo los enemigos aparecerían por tres lados, por el mar y por los dos accesos de tierra. Y todo convergería en mí en Alejandría. Tendría que enfrentarme sola con ellos. Ya no me acompañarían César ni Antonio. Mis protectores, antaño tan poderosos gracias a la fuerza de Roma, habían caído y me habían dejado en el campo de batalla casi tan sola como estaba al principio, veinte años atrás. Más tarde había tenido que enfrentarme con Potino y el Consejo de Regencia. Ahora tenía delante todo el ejército de Roma con sus... ¿cuántas legiones? Unas treinta y cinco aproximadamente, contando las de Antonio.

Estuve casi a punto de echarme a reír al imaginarme las treinta y cinco legiones, con sus ciento cincuenta mil hombres armados con espadas y jabalinas, en pie de guerra para enfrentarse a una mujer. Hubiera sido todo un cumplido. Confiaba en que no sufrieran una decepción cuando vieran personalmente a su presa. Aunque me pusiera de puntillas, yo no era muy alta.

¿Y entonces qué harían? ¿Llevarme a Roma para hacerme desfilar en el Triunfo de Octavio, tal como había hecho Arsinoe en el de César? ¿Caminar aherrojada con cadenas de plata detrás del carro del vencedor, recibir los escupitajos de la gente, ser conducida al sótano de una prisión, estrangulada y arrojada a una cloaca? No, jamás lo permitiría. Estaba en mi mano impedirlo. Y tenía que hacerlo no sólo por mi orgullo de reina, sino también por respeto a César. El amor que él había elegido y la madre de su hijo no podía correr semejante destino. No era un final apropiado para la esposa de un dios. Entre la muchedumbre habría muchos que me recordarían caminando a su lado y compartiendo su gloria.

«No, Roma, jamás te volveré a ver con estos ojos», me juré.

Transcurrieron varias semanas sin que se recibiera la menor noticia. Mardo me mantenía debidamente informada de todos los chismes que circulaban y de todos los murmullos que llevaba el viento. Me dolía la cabeza cuando me sentaba con él en mis aposentos junto a mi mesa de trabajo, estudiando informes sobre nuestras cosechas, el cobro de los tributos, el progreso en la construcción de los barcos... hasta que un día recibimos una noticia.

—Octavio se encuentra en Atenas —dijo Mardo, leyendo la carta—. Toda Grecia se ha rendido a sus pies menos Corinto —soltó una carcajada—. Lo han iniciado en los misterios de Eleusis.

Yo también me reí al pensarlo. No podía imaginarme a Octavio creyendo en semejantes cosas; eran cosas demasiado sobrenaturales o emocionales para las personas como él. Pero suponía que lo debía de haber hecho para parecer más griego.

—Ha licenciado a gran número de soldados y los ha enviado a Italia —siguió leyendo Mardo.

O sea, que ahora sólo debía de haber unos setenta y cinco mil para perseguirme. ¡Menudo consuelo!

—El problema es cómo piensa pagarles —dijo Mardo en tono meditabundo.

—Apoderándose de Egipto —respondí.

De repente comprendí que así sería. Si consiguiera adueñarse de mi tesoro, los problemas del gobierno y de la anexión de Egipto carecerían de importancia. Había financiado toda su carrera con promesas; ahora tendría que pagar. Y todo lo sacaría de mí.

¡Yo tendría que pagar mi propia derrota!

¡No, jamás lo permitiría! ¡Antes preferiría destruir mi tesoro!

Con cuánta rapidez se estaban resolviendo las cosas, pensé. Las alternativas eran cada vez más escasas.

Diez días más tarde Mardo me leyó otro despacho. Ahora Octavio se había trasladado a Samos, donde establecería sus cuarteles de invierno.

—Eso significa que piensa atacarnos en primavera —deduje—. A no ser que decida hacerlo antes.

¡Qué poco tiempo! ¡Qué poco tiempo nos quedaba!

—Mmm... —Mardo parecía afligido y no hacía más que juguetear con el broche de su capa—. Mmmm...

—¡Si te duele demasiado leerlo, dámelo! —le dije.

—Muy bien pues.

Me la entregó.

Octavio había estado recibiendo a los reyes clientes y reorganizando los nombramientos. Los que le habían convencido de la sinceridad de su cambio de bando habían sido ratificados en sus puestos. Amintas de Galacia había sido confirmado en su trono, al igual que Polemón del Ponto, Arquelao de Capadocia, Malco de Nabatea y Quinto Didio, el gobernador de Siria. No se lo reprochaba, Antonio había desaparecido. ¿Acaso tenían alternativa?

Lo decisivo no había sido la batalla naval de Accio, sino la rendición del ejército de tierra, pues con ello Antonio se había visto privado de su condición de cabeza de un bando romano.

Depués leí lo de Armenia. A pesar de que yo me había encargado de ejecutar a Artabaces, su hijo Artajes se había apoderado del trono inmediatamente después de Accio y había mandado ejecutar alegremente a todos los romanos de la zona. Armenia ya no era una provincia romana. El regalo que Antonio le había hecho a Roma, el trofeo de sus guerras, le había sido arrebatado.

—¿Es que no va a tener ningún monumento perdurable? —exclamé.

¿Sólo el monumento de mi mausoleo? ¿Para un hombre que había sido dueño de medio mundo, que había distribuido reinos y principados como un ama de casa distribuye los muebles de su hogar? ¿Nada de lo que él había creado perduraría? Me parecía el mayor de los castigos, pues rebasaría los límites de la vida.

—Es el destino de todos los vencidos —dijo lentamente Mardo—. Los vencedores se adueñan de todo lo que quieren y destruyen lo que rechazan. —Lanzó un suspiro—. Tú ya sabes que en nuestro país un faraón solía borrar el nombre de su antecesor. Algunos nombres han desaparecido por completo, hasta el extremo de que ni siquiera sabemos que existieron.

Muy cierto, ¡pero que eso nos tuviera que ocurrir a nosotros!


«Es el destino de los vencidos, los nombres se borran, nada existe, nada perdura.» Tenía que haber alguna manera de frustrar los planes de Octavio y de arrebatarle su victoria definitiva sobre nuestros recuerdos y nuestra existencia. Ya había visto de qué forma había creado su propia versión de los acontecimientos para glorificarse a sí mismo y ensuciar nuestra fama, señalando que los soldados habían seguido combatiendo con valentía hasta que Canidio los había abandonado. Y ahora estaba divulgando otra patraña: que yo había huido cobardemente de Accio y que, ciego de amor, Antonio me había seguido.

Cuando todo terminara, Octavio se inventaría su propia versión de la contienda y la nuestra caería en el olvido.

Fue entonces, en aquellos tristes días de finales de otoño, cuando la costa era azotada por los temporales y Alejandría se quedaba aislada, cuando empecé esta crónica de mí misma y de mis propósitos. Estaba firmemente decidida a escribirla para que quedara constancia de lo que efectivamente ocurrió y poder refutar las mentiras posteriores. ¡Pero no sería tan estúpida como para depositarla en un lugar público, tal como había hecho Antonio con su testamento! ¿Qué más fácil que apoderarse de unos archivos oficiales y registrarlos? No, esta crónica, esta declaración, esta confesión debía guardarse en un lugar muy seguro, donde Octavio no la encontrara. La enviaría a File para que se guardara en el santuario de Isis. Estaría fuera del alcance de Roma, a la espera del día en que hubiera oídos para escucharla y creer nuestra versión.

A su debido tiempo habría oídos que la escucharan. Isis sabría en qué momento revelarla.

Así pues, tomé a mi escriba de confianza y le referí la historia que habéis leído y que empieza con «A Isis, mi madre, mi refugio...» y llega finalmente hasta... aquí.

Descubrí que ocupaba mis días de una manera muy extraña, haciéndome revivir mi propio pasado mientras iba ensartando los acontecimientos como las cuentas de un collar, en la esperanza de que formaran un mosaico comprensible visto desde lejos. Puede que la lejanía sea el tiempo, lo cual significaría que a mí no me es posible comprender el significado de mi propia vida a medida que la voy viviendo. He intentado ser sincera y describir exactamente lo que ocurrió. A fin de cuentas, no serán mis contemporáneos quienes lean la crónica, sino otras personas que quizá no tengan conocimiento de los hechos que la rodearon y que, por consiguiente, la recibirán con una mentalidad abierta.

No obstante tenía otras cosas que atender; no sólo el pasado, sino también el futuro. Y el futuro estaba con Cesarión.

Disfrutaba de las horas que pasaba con él, pues éstas nunca son suficientes cuando una tiene que encargarse de altos asuntos de Estado. Demasiado a menudo me había separado de mi hijo.

Una tarde en que se había levantado un fuerte viento, la puerta que daba acceso a la terraza de la azotea se abrió de golpe. Cesarión se levantó para cerrarla y, mientras lo hacía, me vino inmediatamente a la mente la imagen de César haciendo exactamente lo mismo: el mismo gesto, la misma puerta, la misma inclinación del cuerpo. Fue el día en que hablamos por primera vez de nuestro hijo; ahora aquel hijo —ya un hombre— ocupaba el lugar de su padre. Cómo se funden los días cuando se ven a lo largo de los años; con cuánta rapidez surgimos y desaparecemos. Qué joven era yo entonces, no mucho mayor de lo que ahora era Cesarión. ¡Y en cambio qué adulta me sentía! Mi corazón lloraba por aquella ansiosa e ingenua muchacha que tan feliz era en su ignorancia. Sin embargo, aunque ahora tampoco era vieja, experimentaba la necesidad de hacer un resumen, adoptar disposiciones con respecto a mi muerte y a mi sucesor... y eso era algo que destruía la juventud, independientemente de los años que una tuviera.

—Qué tiempo tan desagradable —comentó Cesarión.

Para él, la puerta era sólo una puerta que se tenía que cerrar, no un símbolo.

—Así Octavio no podrá acercarse —dije. Había llegado la hora. Me levanté y me acerqué a él—. Debes saber que ha de llegar el momento en que venga. Y, cuando eso ocurra, tengo intención de cederle mi corona y mi cetro, tal como suelen hacer los Reyes clientes.

Me miró boquiabierto de asombro. Tiene que aprender a disimular mejor sus sentimientos pensó el juez que había en mí.

—¡No!

—Le pediré que te confirme a ti en mi lugar. Es una antigua costumbre y es probable que él la acepte. Lo conozco. Quiere que se le preste el debido respeto, pero cabe la posibilidad de que prefiera abandonar el camino más fácil y deje a un Lágida en el trono. —Le miré directamente a los ojos—. Ahora necesito que me digas con toda sinceridad: ¿te sientes preparado para asumir esta responsabilidad? Tendrás diecisiete años, sólo un año más joven de lo que era yo cuando me convertí en reina.

Me miró con cierta turbación, frunció el ceño y se mordió el labio. Otra costumbre que debería desterrar.

—Pero... ¿dónde estarás tú? —me preguntó finalmente.

Qué sagacidad la suya al hacer esta pregunta. Y yo tenía que responder.

—Me temo que, mientras yo viva, Octavio se mostrará... intransigente.

—¡No debes pensar tal cosa! ¡No, no lo permitiré!

Me miró horrorizado y entonces yo comprendí que mi muerte lo dejaría huérfano. Antonio tampoco estaría. Diecisiete años son muy pocos para estar solo, demasiado pocos para tener una familia propia que lo consolara.

—¡Por favor, no me pongas las cosas más difíciles! —le grité.

—Yo no quiero el trono si primero tienes que ir a humillarte ante Octavio y después te tienes que matar. ¿De qué crees que estoy hecho?

—Tanto si quieres como si no, tienes que aceptarlo. De lo contrario, Egipto se habrá perdido y el linaje de César morirá. ¿Por qué he vivido la vida que he vivido? Por Egipto, por ti y por tu herencia. ¡No conviertas ahora todo eso en un sacrificio inútil! —No había contado con la posibilidad de que el objeto de todos mis esfuerzos se mostrara recalcitrante, aunque hubiera tenido que hacerlo. Las personas son imprevisibles. ¡Qué ironía si ahora Cesarión no lo quisiera o se negara a aceptarlo!—. Creo que estás hecho de un material muy resistente —añadí al final—. Creo que eres el hijo de César y Cleopatra.

—¡Ojalá no lo fuera! —replicó—. ¡Me exige demasiado! Nunca estaré a la altura de tus ambiciones y tus sacrificios. En cuanto a mi padre, ¡preferiría ser el hijo de un hombre mortal! ¡Alguien capaz de cometer errores, perder una o dos batallas y usar una palabra inadecuada de vez en cuando!

—Alguien como Antonio —dije—. Pero tú lo has tenido por padre, el único padre que has conocido. Los dioses han sido benévolos.

—¡Y ahora él también se ha ido! ¿Por qué todo el mundo me abandona? —gritó, rompiendo en sollozos—. ¡No me dejes! —me suplicó, estrechándome con tal fuerza que casi me dejó sin aliento.

Puede que sus lágrimas fueran de niño, pero la fuerza de sus brazos era de hombre.

Aquello era horrible, mucho peor de lo que yo hubiera imaginado. No se lo hubiera tenido que decir en aquellos momentos. No existe ningún asunto de Estado que justifique la decisión de una madre de quitarse la vida, y mucho menos a los ojos de un hijo. Si los acontecimientos me obligaran, sería distinto...

—Muy bien —conseguí decir—, no cometeré ningún acto violento, pero exigiré que abandones Egipto cuando llegue el momento y busques la seguridad en otro lugar mientras yo me me enfrento a él. ¿Querrás hacerlo?

Finalmente, bajó los brazos y me soltó.

—¿Abandonar Egipto? —preguntó.

—No podemos permanecer los dos aquí —contesté—. Estoy segura de que lo comprendes. Yo me enfrentaré con él, pero sólo si tengo la certeza de que no podrá hacerte daño. Además, antes de tu partida, proclamaré que has alcanzado la mayoría de edad y que los egipcios ya tienen un hombre capaz de gobernarlos. De esta manera, será más fácil que Octavio te reconozca. ¿Estás de acuerdo con eso?

—A cambio de tu vida, sí.

Volvió a abrazarme, todavía temblando.

—No te vayas —me repetía—. No me dejes.

Al final se avino a soltarme. Cuando me aparté, comprendí que había llegado otro momento, a pesar de que yo no lo había planeado. Deposité en sus manos la caja donde guardaba las cartas que César me había dirigido. Nadie más que yo las había leído. Pero Cesarión las necesitaba.

—Éstas son las cartas que me escribió tu padre —le dije—. Ningún otro ojo las ha visto jamás, pero tú debes leerlas, pues te incumben directamente. Tal vez pienses que cometió algunos errores. Incluso hay algunas palabras tachadas. A veces, no las sabía elegir bien.

—Eso es porque escribía en griego —dijo Cesarión con una leve sonrisa en los labios.

Entregar las cartas era como abrir la puerta de mi alma. Pero él las necesitaba más que yo.

—Te quiero, madre —me dijo—. Perdona que prefiera tenerte a ti que tu trono.

Me esforcé por reírme y tomármelo a broma.

—Eso quiere decir que no eres un verdadero oriental, pues somos célebres por matar a nuestros padres para conseguir sus coronas. —Sin embargo, me alegraba de que mis hijos no siguieran la tradición de la dinastía en este sentido—. Debe de ser la influencia de tu sangre romana.

La siguiente fase de mi plan también fracasó. Quería que Olimpo me recomendara y proporcionara el mejor veneno para mí. Él también se horrorizó. Habíamos estado hablando de otros asuntos y él había insistido en que comiera pepinos, lechuga y melones para contrarrestar los efectos de las privaciones sufridas en Accio, donde no había podido tomar ningún alimento fresco.

—Se veía a simple vista que allí casi os moríais de hambre —me dijo, tendiéndose en uno de mis bancos con las manos cruzadas detrás de la nuca.

—¿Por qué, porque me podía poner unas túnicas que antes me estaban demasiado estrechas? —pregunté—. Pues a mí me encantaba.

—¡Qué presumidas son las mujeres! Por si te interesa saberlo, el hecho de morirse de hambre no mejora el aspecto de las personas aunque puedan ponerse túnicas más estrechas. Tu piel había perdido el color, el cabello estaba apagado y tenías muy mala cara.

—Bueno, ahora ya me encuentro mejor —sonreía—. Aquí hay comida en abundancia.

Toda la que había permanecido retenida en Egipto y que jamás habíamos recibido.

—Mejor, pero no bien del todo —dijo—. Tienes que recuperar tu forma guerrera para poder seducir a Octavio cuando llegue.

—Muy gracioso.

—Bueno, vale la pena intentarlo. A estas horas ya debe de estar cansado de Livia. Otro romano casado se acerca a tu órbita... —Puso los ojos en blanco—. Dicen que siente debilidad por la cerámica de Corinto. A lo mejor te podrías esconder en un jarrón y salir por sorpresa de su interior.

¿Qué hubiera hecho sin Olimpo?

—Ya sabes lo que dicen —contesté—. No repitas jamás el mismo truco. Eso se parece demasiado a lo de la alfombra. —Hice una pausa—. No, se me ocurre otra cosa mejor. Pero necesito tu ayuda. Quiero el mejor veneno que me puedas proporcionar.

La sonrisa desapareció de su rostro.

—¿Lo quieres envenenar?

—No. A él no.

Jamás había visto a Olimpo pillado por sorpresa y con todas las emociones a flor de piel, como lo vi en esa ocasión.

—¡No! —dijo—. No puedo creer que seas capaz de pedirme una cosa así.

Se puso en pie de un salto.

—Mi querido amigo... —dije, levantándome a mi vez.

—¡No! ¡He dicho que no! —El horror y la cólera luchaban en su interior—. ¡No puedo!

—Si tú no puedes, ¿quién podrá? —le pregunté—. Temo que llegue el momento en que sea necesario, en cuyo caso me vería obligada a tomar... medidas desagradables, a no ser que tú me ayudes.

—No puedo utilizar mis conocimientos de esta manera —protestó—. Y, aunque pudiera, jamás te ayudaría a... Eres mi amiga, mi compañera de toda la vida, más querida para mí que... que...

—¡Razón de más para que me ahorres sufrimientos! ¿O acaso quieres que me torturen? ¿Que me lleven a Roma y me maten allí? ¿O que me obliguen a usar cuchillos o espadas? ¡Vamos, compadécete de mi situación!

Ahora me sentía atrapada. Le había revelado mis intenciones sin haber obtenido ninguna ayuda.

—La Cleopatra que yo conozco no se escondería de sus enemigos sino que se enfrentaría con ellos.

—Pienso hacerlo —le aseguré, y era verdad—. Intentaré conseguir cuanto pueda por medio de la diplomacia, el encanto y el sacrificio. Pero si fracaso, tengo que saber que no podrán humillarme ni torturarme. Necesito saber que yo gobierno mi destino final.

—Eso es muy prematuro. Por ahora, todo está tranquilo. Esperemos a ver qué ocurre.

¿Cómo era posible que no lo comprendiera?

—Ya sabemos lo que va a ocurrir —dije—. Tenemos que preparamos.

Me dirigió una penetrante mirada.

—Has dicho la diplomacia, el encanto y el sacrificio. ¿Qué te propones hacer?

—Halagaré a Octavio, le ofreceré mi corona y me limitaré a pedirle que le otorgue el trono a mi hijo. Eso es la diplomacia. Esconderé mis tesoros y amenazaré con destruirlos si no accede a mi petición. Ya los estoy reuniendo en un lugar donde pueda prenderles fuego. Eso es el sacrificio. Y después, cuando finalmente me entreviste con él, le recordaré el amor y el respeto que César me profesaba. No se atreverá a insultar a la «esposa» de su «padre». Eso es el encanto.

Ése era el plan que pensaba llevar a la práctica. No quería morir, pero estaba dispuesta a hacerlo. Ahí estaba la diferencia.

—¿Y si, cuando te vea, reacciona ante tu encanto de otra manera y exige una demostración?

También lo había pensado. No era probable; los enemigos no suelen despertar el deseo. Sin embargo, los conquistadores tenían por costumbre apropiarse de las mujeres como parte de su victoria. Y el hecho de apoderarse de la mujer de Antonio podría ser el triunfo final sobre su enemigo, la mayor ofensa que le pudiera hacer.

La idea me parecía repugnante; no sabía si la podría resistir, ni siquiera por Egipto ni por Cesarión. El veneno sería mucho mejor. Pero eso quizá lo tuviera que dejar para después; en realidad, después me vería obligada a tomarlo.

—Primero me emborracharía —contesté—. Y creo que tú no tendrías ningún reparo en proporcionarme alguna sustancia que yo pudiera añadir al vino para ayudarme a borrar el recuerdo de lo ocurrido.

Supongo que ésa era la respuesta que él esperaba. Le demostraba que yo deseaba vivir. Que lo creyera... ¡y que me consiguiera el veneno!

—No te detienes ante nada —me dijo sin poder disimular su admiración.

—Estoy desesperada —le confié—. ¡No me falles!

—No te salvé cuando nacieron los gemelos para asesinarte diez años después. —Sacudió la cabeza—. No pienso proporcionarte un veneno.

—¡Pues entonces eres más cruel que Octavio! —Bueno, ya me las arreglaría sin él, ya se me ocurriría algún medio. No obstante, seguía necesitando de él otro tipo de garantía—. En tal caso, quiero que me prometas otra cosa.

—Primero tengo que saber de qué se trata.

Cruzó los brazos sobre el pecho.

—Quiero que saques de Alejandría una copia de la crónica de mi vida y que la pongas en la base de la gran estatua de Isis en su templo de File. ¿Me prometes hacerlo? Es lo único que te pido.

—¿Y tú? ¿Dónde estarás?

Aún no estaba convencido.

—Me habré ido a Roma porque tú me habrás obligado —contesté. Era inútil seguir discutiendo—. ¿Me prometes llevar los rollos allí?

Olimpo lanzó un suspiro.

—Sí. Qué remedio.

—No, me lo tienes que prometer. ¿Me das tu palabra?

—Sí.

—En tal caso, sé que me puedo fiar.


El año siguió implacablemente su curso y llegó a su estación más oscura. Sin embargo, fuera no estaba más oscuro que en el interior de mi mente, donde el odio, el temor y la inquietud agitaban mi corazón. Empecé a preparar en serio a Cesarión, mostrándole los archivos y los inventarios y procurando enseñarle el valioso arte de gobernar: cómo elegir a los administradores, cómo recompensar a los buenos servidores y descubrir a los que engañan. Me pasaba horas y horas con Alejandro y Selene, contándoles historias de Antonio para que no olvidaran a su padre. Les entregué las medallas y les conté en qué batallas se habían ganado. Incluía también a Antilo que era en cierto modo el más desvalido de todos ellos. Había llegado solo a Alejandría como un forastero para ocupar su lugar junto a unos hermanastros desconocidos. Era huérfano de madre y había sido arrancado de la casa de su madrastra. Me compadecía de él y mi dolor me hacía imaginarme a Cesarión en su misma situación. Sin padre, ni madre, ni padrastro... bueno, por lo menos Antilo conocía a Octavio, pensé. Lo más probable era que Octavio lo acogiera y lo tratara con benevolencia. Jugaba con mi hijo menor, que había cumplido cinco años, disfrutaba con su alegre risa, sus regordetas manos y su imposibilidad de hacerme preguntas cuya respuesta me hubiera resultado excesivamente dolorosa.

# 70

Sólo quedaba un lugar donde podía encontrar alivio. Sólo en el templo de Isis construido en la parte oriental del promontorio del palacio, donde el aliento del mar resuena en la sala como el rumor que se oye en el interior de un frágil caparazón de molusco aplicado al oído, encontraba un poco de paz. Desde el pórtico contemplaba las fulgurantes aguas de un azul profundo, en las que la blanca espuma que adornaba sus olas semejaba un ribete de encaje. El aullido del viento, repetido por las gaviotas, parecía llamarme. En el interior del templo, la estatua de Isis, tan blanca como el marfil recién tallado, me invitaba a acercarme a ella.

Allí, a los pies de la diosa, la única madre que jamás hubiera conocido, podía apoyar mi cabeza y apartar a un lado todos los fingimientos. Ella lo sabía y lo veía todo, y yo podía confiar en ella. Eran las cosas que ansiábamos encontrar en nuestros compañeros terrenales.

«¡Oh, Isis ¡Madre mía! Me siento una niña sola y perdida...»

Mucho tiempo atrás mi madre había desaparecido en las cautivadoras y engañosas aguas azules del puerto, encomendándome a la protección de Isis.

«¿Qué quieres que haga? —le pregunté—. Sólo tú me puedes guiar. ¿Resistiré? ¿Voy a morir muy pronto? ¿Qué será de mis hijos? ¿Adónde irán, qué harás con ellos?

»Oh, Isis, tú que controlas el destino, tú que abres y cierras las puertas de nuestro viaje, dime de dónde vengo, adónde voy y por qué. Dímelo. Estoy dispuesta a escucharte.»

Tan suave como el susurro del mar y el murmullo de las olas que besaban la base del templo, oí la voz del destino: «Aún te falta un poco más, te queda todavía un pequeño trecho que recorrer, sopórtalo con valentía y pronto podrás descansar a mi lado.»

A su lado. Mi mausoleo se alzaba junto al templo de Isis y estaba unido a él mediante un pasadizo. Bien.

«Mientras los hombres acudan a adorarme, mientras las mujeres vengan a rendirme homenaje, haciéndome ofrendas de flores y lavándose con el agua sagrada, mientras ellos sigan viniendo, tus restos terrenales también serán honrados. Tú, mi verdadera hija, formarás parte de mí y de aquellos que me aman hasta el estallido del fin del mundo... el fin de nuestro mundo.»

¿Entonces todo ha terminado? Aunque parezca imposible, sólo las estatuas perduran para siempre. Hasta Alejandro yace tan inmóvil como el polvo bajo su dosel, y eso que era más joven que yo.

¡Pero sólo seis años menos! ¡Yo tengo treinta y nueve! Demasiado joven. ¡Todo ha transcurrido con demasiada rapidez como para terminar!

Octavio... Octavio también tiene seis años menos que yo, exactamente la misma edad que Alejandro; no, no exactamente, en septiembre cumplirá la edad de Alejandro. Y entonces...

«¿Será entonces? —le pregunté a Isis—. ¿Será entonces pero no antes?»

Y ella me contestó: «Sí. Entonces.»


Sin embargo yo quería cambiar el destino y pensaba hacerlo. ¿Estaba realmente escrito o se podía anular? Si los dioses admiraban o aplaudían nuestros esfuerzos, ¿no tendrían el poder de cambiar lo que ya estaba escrito? Se habían compadecido de Psique y su denodado esfuerzo le había ganado un lugar en el monte Olimpo, y un sorbo de ambrosía había bastado para convertirla en un ser inmortal. Y Hércules... sus fatigas lo habían convertido finalmente en un dios.

Sólo los que luchan son dignos de una tregua. Por consiguiente, yo no había averiguado nada, excepto aquello que sólo mi propia determinación podría cambiar. ¡Qué fácil es someterse y qué grande la recompensa para los que resisten! De este modo, los dioses, con su arbitrariedad y sus premios a nuestra audacia, nos animan a rebelarnos.

—Me dijeron que te encontraría aquí.

Apenas oía la voz, pues era muy baja y procedía del pórtico. Me volví y vi la negra silueta de alguien que permanecía de pie con un brazo apoyado en la columna, una forma oscura sobre el blanco mármol.

—¿Quién viene a molestarme? —pregunté.

No quería que ningún ser humano hollara el sagrado recinto.

Apartó la mano de la columna y se acercó a mí, sólo una silueta que se movía deliberadamente despacio...

—¿No me reconoces? —preguntó la voz de Antonio, enmarcada por un halo de tristeza y decepción.

¡Estaba vivo! ¡Estaba allí, rechazando la muerte! Corrí a arrojarle los brazos al cuello, cosa que no esperaba volver a hacer nunca más.

El barco de las velas negras, el sarcófago, el funeral en el que nadie pronunciaría oraciones fúnebres... todas las angustiosas imágenes contra las cuales había luchado ya no existían y se habían esfumado como fantasmas de la imaginación. Su aliento era cálido, su carne sólida al tacto: aquello no era un fantasma.

—¡Gracias, gracias sean dadas a todos los dioses! —exclamé.

Él también había desafiado sus órdenes y ahora vivía y estaba allí. Había vuelto la espalda a la sentencia de Roma.

—Tenía que volver a verte —dijo—. No podía irme con la despedida que tuvimos.

Se inclinó para besarme y me estrechó con fuerza entre sus brazos. Mi alma cantó de emoción al percibir su contacto e intuir la recuperación de su espíritu.

—No puedo abrazarte con toda la fuerza que quisiera. —Por encima de nosotros, Isis nos miraba con rostro inexpresivo.

Regresaríamos a palacio y él vería a sus hijos. ¡Qué contentos estarían! No experimentarían la pérdida que yo sufrí aquel sofocante día en el puerto. Le hablaría de todos los preparativos, le contaría las noticias.

—Ahora ya puedo soportarlo —dijo, apartándose de mí—. Quería despedirme debidamente.

—No te entiendo.

No era posible que hubiera recorrido aquel largo camino sólo para... me volví a mirar a Isis. ¿Sería ésa su voluntad, una cruel burla?

—Viviré aquí, pero no contigo —me dijo—. No soy una buena compañía ni soy digno de vivir en palacio. Viviré solo en una casita del puerto, cuanto más sencilla, mejor, esperando la inevitable aparición del vencedor.

—Pero... —No me salían las palabras. Aquello no encajaba. No tenía sentido, no respondía a ninguna exigencia de honor—. ¡Seguramente te propones otra cosa! ¿Por qué has vuelto, pues?

—Ya te lo he dicho: para verte.

—Pero me harás sufrir mucho ¿Cómo voy a vivir sola en palacio, sabiendo que tú estás en la ciudad y te niegas a verme? ¿Y los niños? ¿Cómo les podrás explicar, cómo les podré explicar yo a Alejandro y Selene que su padre está aquí, pero no quiere verlos? ¡Tienen miedo y están trastornados! ¡Te necesitan!

¿Qué locura se había apoderado de él?

—Ya no soy Antonio —respondió—. Es mejor que no me vean. Que me recuerden tal como era. Que aprecien las medallas, los recuerdos de un gran soldado. Pero no a este hombre, no a este hombre.

Alargó los brazos y después los cruzó sobre el pecho resignado.

—¡Eres su padre! —le recriminé severamente—. A los niños las medallas y los honores les importan mucho menos de lo que tú te imaginas. Sólo buscan la vida y la presencia de sus padres. —Mi madre, hundiéndose bajo las olas, abandonándome... pero no lo había hecho a propósito—. ¡Eres cruel! —Al ver que no reccionaba, le grité—: ¡Los dioses te castigarán por tus actos! ¡La crueldad deliberada es imperdonable! ¡Lo de Accio no pudiste evitarlo, pero esto es obra tuya! ¡Y lo pagarás!

No quería regresar a palacio, quería volverle la espalda y volvérnosla a nosotros, dejando que sus aposentos permanecieran vacíos. No quería volver a comportarse jamás como padre y esposo.

—Antonio murió en Accio —dijo en un susurro.

—Entonces ¿a quién estoy viendo?

Me parecía muy real.

—Una sombra, una oscura aparición.

—Pues que venga a nosotros.

—No merece la pena.

—¡Si este hombre tan pusilánime es lo que queda de Antonio, has dicho la verdad! —me indigné—. ¡Éste no es Antonio, el hombre bueno y generoso por encima de todo! ¡Éste se parece más a Octavio! ¿Acaso se ha apoderado de ti y te ha convertido en una desalmada versión de sí mismo?

—Deja que me vaya en paz —me contestó—. Recuérdame tal como era.

—Imposible. Lo último que vemos de una persona es lo que conservamos. ¡Oh, Antonio! —Alargué los brazos hacia él—. Vuelve a mí. Reunámonos de nuevo, exprime un último placer y una última victoria de nuestros días...

Pero dio media vuelta y empezó a bajar las gradas del templo con la capa volando a su espalda.

Apoyé la cabeza en la base del templo de Isis y me puse a llorar. Antonio había interrumpido mi coloquio con la diosa y había regresado del lugar de los muertos sólo para volver a marcharse.

«¿Qué haré? ¿Qué haré?», le pregunté con voz suplicante.

«Deja que se vaya —me contestó—. Ahora sólo estás tú. Tú y yo. No me alejaré ni dejaré de sostenerte en la necesidad. Entrégate a mí. Ya no necesitas a los mortales.»

Anochecía cuando abandoné el templo. El rosado reflejo del rojizo resplandor del horizonte iluminaba las columnas y arrojaba oblicuos rayos sobre el suelo, bañando el rostro de Isis con tonalidades de ser viviente. La marea había bajado y ahora habían quedado al descubierto las negras rocas mordisqueadas por las olas.

Estaba tan agotada como si hubiera librado una encarnizada batalla.

Temía regresar a palacio y enfrentarme con las preguntas y las miradas, pero, a diferencia de Antonio, haría un esfuerzo y daría la cara.

Me dolían los brazos después de aquella breve efusión amorosa que había traído a mi memoria olvidados recuerdos. Tenía que volver a olvidar la sensación de sus labios sobre los míos, pero lo tendría que hacer con rabia y decepción. ¡Mejor mil veces la despedida de Paretonio! Lo odiaba por aquella sorpresa y aquellas emociones que había vuelto a despertar en mí y jamás le perdonaría el sufrimiento que causaría a sus hijos. ¡Hasta el estilo romano de quitarse la vida me hubiera inducido a sentir más respeto por él! En ese caso hubiera estado triste; tras sus actos, en cambio, estaba indignada y me sentía traicionada.

«¡Corazón mío, tenemos que olvidarle!», dije severamente mientras regresaba a palacio. ¿Cómo podría enfrentarme con Mardo y decirle...?



No hubiera tenido que preocuparme. Era Mardo quien había hablado con él y le había indicado dónde encontrarme. Me estaba esperando con ansia.

—¿Te ha...?

—¡Sí! —contesté mientras la rabia y la tristeza se debatían en mi interior como dos gladiadores.

—¿Y adónde...?

—Se ha ido... ¡no sé adónde! Dice que quiere vivir solo, que no quiere estar en palacio. ¡Oh, Mardo!

Su abrazo me proporcionó cierto consuelo. Mi querido Mardo, mi fiel y siempre constante amigo.

—Es un hombre roto —dijo—. No le juzgues con excesiva severidad.

—Pero ¿y los niños? ¿Cómo puede...?

—Le da vergüenza enfrentarse a ellos. —Mardo me acompañó a su más recóndito aposento—. Ha sufrido otro golpe.

—¿Cómo?

—¿No te lo ha contado?

—No. No ha dicho nada, sólo una breve despedida.

—Ya. —Mardo me indicó por señas que me sentara en uno de sus mullidos bancos.

Cuando me hundí entre los almohadones, experimenté una profunda sensación de alivio, pues llevaba varias horas de pie.

—¿Qué le ha ocurrido? —pregunté.

Me importaba saberlo. Quería protegerle contra cualquier otro golpe.

Mardo tomó una jarra de vino y, sin preguntarme

nada, escanció para los dos una dulce bebida de miel y zumo de uva recién exprimido. Me ofreció una copa que yo acepté gustosamente.

—Escarpo ha llegado hace unas horas —empezó—. Al parecer, Galo y sus hombres han llegado finalmente a la Cirenaica, donde los esperaban las antiguas legiones de Escarpo. Unieron sus fuerzas y Antonio decidió acudir al campamento y hacer un llamamiento personal a sus soldados. Permanecería delante de la puerta y les hablaría.

¡No! ¡Qué humillación tan grande! Sin embargo, el hecho de que hubiera decidido hacerlo significaba que no estaba totalmente vencido.

—Escarpo estaba con él y, a juzgar por lo que me ha dicho, fue algo terrible. Cada vez que Antonio levantaba la voz para hablar, y tú sabes que la tiene muy recia, Galo daba la orden de que sonaran las trompetas para acallarlo. La cosa duró varias horas. Al final, terminó el día y Antonio tuvo que retirarse sin haber conseguido que lo escucharan.

Una punzada de dolor me recorrió el cuerpo. «¡Ya basta, ya basta! —le supliqué a Isis—. ¡Que no le caigan más golpes encima!»

—Y entonces vino aquí —dije yo.

—Eso parece.

El último golpe lo debía de haber trastornado. Se había arrastrado avergonzado como un perro que busca un lugar tranquilo para tenderse a morir. ¡Oh, si lo hubiera sabido cuando estaba delante de mí!

—¿Y no te ha dicho nada? —preguntó Mardo.

—No. —Seguramente pensó que no había nada que contar. ¡Oh, Antonio!—. No, nada en absoluto.

—¿Pues qué hizo?

—Me miró, me besó y se despidió.

Me encogí de hombros.

—Musitó una sarta de tonterías sobre su deseo de vivir solo y esperar la llegada de Octavio.

Ahora yo también me sentía cansada y derrotada y buscaba un lugar tranquilo donde tenderme. No quería regresar a mis aposentos, donde entrarían los niños y donde estarían Iras y Carmiana. Comprendí, aunque sólo fugazmente, los sentimientos de Antonio.

—Mardo, ¿puedo ser tu huésped esta noche?

No tuve que explicarle el porqué.

—Me sentiría muy honrado —contestó—. Ya estaba preparado desde hace tiempo.

Mientras permanecía tendida en la cama con la cabeza hundida en las almohadas de plumas, sacrificio de unos jóvenes cisnes, mi contemplación de la estancia se tiñó con el tenue azul de los cortinajes de seda que rodeaban el lecho. Qué segura me sentía allí, qué protegida por las capas de lujo. Tal vez servían para eso, para proteger a Mardo del mundo exterior. A lo mejor, para eso sirve el dinero en último extremo: para protegernos contra el mundo y suavizar sus inclemencias.

Tener un amigo como Mardo en un momento como aquél era un bálsamo curativo. Yo, al igual que Antonio, necesitaba un refugio para recuperarme, pero no me quedaría mucho tiempo allí. Sólo aquella noche, sólo aquella noche... Mi querido Mardo. Nunca me fallaba.

Las sombras que arrojaban las lámparas de aceite suspendidas del techo creaban en las paredes unos dibujos en los que era fácil identificar personas, perfiles e historias. Las sombras, las sombras del Hades. ¿Estaban vivas? ¿Qué recordaban, qué sentían? Muy pronto lo sabría. Ser una sombra en la pared como las que estaba viendo en aquel momento era mejor que no ser nada. No quería apagarme, no quería morir. Pensarlo con tanto tiempo de adelanto agravaba la situación, pero ser abatido de golpe tampoco era bueno. Pensamos porque somos seres humanos y cubrimos nuestras muertes con pensamientos como las flores cubren una tumba. Ser privado de esta oportunidad es morir como una bestia. No obstante, las bestias no envenenan sus últimas horas con pensamientos morbosos, por consiguiente, ¿qué es preferible?

El sueño me estaba envolviendo. Sentía cómo se difuminaban mis pensamientos; aquel largo día estaba tocando a su fin. Antonio. Mis hijos. Quedaban todavía muchas cosas pendientes. Pero sería mañana. Mañana...

En plena noche se levantó un fuerte viento que penetró a través de las ventanas cerradas e incluso se filtró por las esquinas y el calor de la cama. Una tormenta invernal, una de las últimas, pues el invierno ya estaba tocando a su fin. Al oír el rumor de las agitadas olas del exterior, me sentí de nuevo en Accio, prisionera del agua. Me incorporé, descorrí las cortinas y dejé que el frío me acariciara la piel.

El agua. El agua. Aquel rumor, el mismo e inimitable chapoteo que me había rodeado en todos los momentos trascendentales de mi vida. El puerto de Alejandría, el paseo en barca rumbo al oeste para reunirme con César, las travesías a Tarso y Antioquía y finalmente Accio... todos los momentos decisivos habían estado relacionados en cierto modo con el agua y los barcos. ¿Cuántos barcos esperaban todavía para decidir mi futuro? Estaba el barco en el que planeaba enviar a Cesarión a la India, la última batalla contra Octavio en el puerto, la embarcación fluvial que transportaría mi crónica al sur hasta File y Meroe, y quizás un barco para huir con Antonio hacia la seguridad. Más barcos. Más agua. Pero había un barco al que yo jamás subiría: el barco que tuviera que llevarme prisionera a Roma. No, antes que abordar aquel barco, prefería subir a la barca de Caronte y cruzar el río Estigia. Mi destino era el agua. La muerte en el agua. Qué extraño que el destino de la reina de Egipto, un país desértico, se hubiera decidido una y otra vez en el agua.

Les dije a los niños que Antonio estaba en Alejandría, pero que no se encontraba bien, lo cual era cierto. Me habían dicho dónde estaba, en una casita del lado occidental del puerto, y yo sabía que desde sus ventanas veía las luces de palacio y el puerto real con las doradas embarcaciones ancladas. Al parecer, se pasaba el día yendo de un lado para otro sin hacer nada, apenas comía y permanecía largas horas asomado a la ventana, contemplando el mar, siempre con la espada a punto. Yo me despertaba cada día preguntándome si un criado de rostro afligido se presentaría en palacio, diciendo: «Traigo una mala noticia.»

Su sarcófago ya estaba preparado en el mausoleo; era de granito rosa de Asuán y hacía juego con el mío. El hecho de que estuviera allí no tenía nada de particular, pues el mío llevaba años esperando. Más llamativo que eso era el montón cada vez más alto de los tesoros almacenados en la cámara más grande del mausoleo de mármol y pórfido. Una parte muy considerable de la sala había sido cubierta de pez y alfombrada de yesca, y encima se elevaba una pirámide de canela, perlas, lapislázuli y esmeraldas sobre una base de colmillos de elefante, lingotes de oro y barras de madera de ébano. Yo lo había supervisado todo cuidadosamente y había dispuesto que los tesoros estuvieran apretujados en el menor espacio posible para que, una vez encendida la pez ardieran, estallaran y se fundieran. Así Octavio no podría apoderarse de una cantidad de dinero equivalente a toda la paga que les debía a sus soldados. Lo utilizaría para regatear y asegurarle el trono a Cesarión y, si eso no daba resultado, para darme el gusto de ver cómo las ávidas manos de Octavio se quedaban sin él. No era más que una parte de mi tesoro, pero suficiente para que Octavio lo tuviera en cuenta. Sólo un loco hubiera sido incapaz de impedir su destrucción. Y Octavio no estaba loco, sino que era un hábil negociante.

Para obtener concesiones hay que tener algo con qué negociar. Siempre me sorprendía de que muchas personas —por lo demás inteligentes— no comprendieran algo tan sencillo. Confiaban en los sentimientos, la compasión o la honradez cuando sólo el dinero o la fuerza tienen importancia. Bueno, la fuerza la habíamos perdido en Accio, pero seguíamos conservando el dinero.

—¡Estas perlas un poco más apretadas! —les ordené a los obreros que estaban introduciendo unas perlas en unos sacos con incrustaciones de piedras preciosas y amontonando los sacos en la pirámide, una pequeña reproducción de las que había en el desierto—. ¡Tiene que haber la mayor cantidad posible!

Eran casi todas mis existencias de perlas, las más valiosas del mar Rojo, las pequeñas de Britania, las gigantescas y extrañamente hinchadas de los mares de más allá de la India. Eran vulnerables al calor y estallarían durante un incendio, llenando la estancia de iridescentes fragmentos. En otra ocasión había utilizado mis perlas en una empresa desesperada en favor de Egipto —sonreí al recordar mi apuesta con Antonio— y ahora me volverían a ser útiles.

—¡Muy bien! —dije, frotándome las manos en gesto de aprobación. El previsto despilfarro encerraba cierta fascinación. Era algo sublime—. ¿Y las esmeraldas?

Me mostraron unos sacos colocados en la parte inferior.

—¡Necesitamos muchas más! —dije. ¿Eso era todo?—. Quizá tendréis que añadir algunas turquesas para ocupar todo el espacio.

Sí, ¿por qué no? Azul y verde juntos. ¿Estamos imitando a la naturaleza? Me reí y sentí que la cabeza me daba vueltas.

¿Era justo lo que estaba haciendo? ¿Estaba tan desquiciada como Antonio en medio de mi desgracia y de todas las cosas que estaban en juego? ¿Por qué me deleitaba tanto en aquella locura? Era algo más que un deseo de fastidiar a Octavio. Era el placer de la destrucción, el sacrificio, las extravagantes ofrendas a los dioses que nos habían condenado. Era una intoxicante y embriagadora mezcla.

—Sí, añadid unas turquesas —ordené—. Y, si eso no basta, poned también un poco de laspislázuli. —El lapislázuli, con sus preciosas y relucientes vetas doradas... ¡jamás adornaría la cabeza del Primer Ciudadano, el *Princeps* Octavio, incrustado en una corona republicana!—. ¡Echad un poco de lapislázuli! —repetí, soltando una carcajada destemplada.

Los hombres se inclinaron para dejar en el suelo las valiosas cargas que, formando una especie de solemne procesión de hormigas, iban sacando del palacio para preparar el gran nido del tesoro.

Octavio, que había sido llamado a Roma para resolver un conflicto, había regresado a Samos a la primera oportunidad. Mardo me entregó el despacho.

—No decepciona —dije.

Mardo asintió con la cabeza.

—Jamás.

—Me temo que a partir de este momento sus movimientos serán bastante previsibles. —Avanzaría muy despacio (*festina lente*, apresúrate lentamente) a través de Siria y Judea hasta llegar a las puertas orientales de Egipto—. Ahora somos nosotros los que tenemos que ser imprevisibles.

Que no sueñe con una fácil victoria o con que no haya sorpresas. Teníamos nuestra flota egipcia, las cuatro legiones romanas y el tesoro amontonado en el mausoleo. Y estaba Cesarión, casi un hombre adulto. De repente me di cuenta de que Cesarión tenía prácticamente la misma edad que Octavio la última vez que yo lo había visto. ¿Recordaría cómo era él a los diecisiete años? Octavio jamás se olvidaba de nada.

—Más reyes clientes se han reunido para besarle la mano —añadió Mardo.

—¡Pensaba que ya no quedaba ninguno! —dije, procurando reprimir la amargura de mi voz—. ¿Quién más puede haber?

—Sí, tienes razón, casi todos los reyes se han inclinado ante él. Ahora son sobre todo pequeños territorios o ciudades como Tarso...

¡Tarso no! El lugar donde yo me había presentado ante Antonio, donde por primera vez nos habíamos amado, pisoteado por el tacón de Octavio, mancillado. Me dolió tanto como si me hubieran asestado un puñetazo en el estómago.

—Supongo que Antioquía también.

Profanaría ambos lugares.

—Todavía no —contestó Mardo.

—Pues entonces todavía me queda algún tiempo para recordar cómo era —dije—. ¿No hay nadie que nos siga siendo leal? —pregunté sin poder evitar aquel grito de desesperación.

—Pues sí —contestó Mardo—, y de un lugar inesperado: una escuela de gladiadores de Cícico en Bitinia que Antonio había mandado adiestrar con vistas a los juegos en honor de su victoria. Han desafiado al gobernador de allí y se dirigen a Egipto para combatir con nosotros.

O sea que todavía quedaba alguien. Me sorprendía. Y también me reconfortaba.

A continuación, Octavio se fue a Rodas, donde Herodes se presentó ante él y le entregó sus símbolos reales. Herodes, que siempre había sabido hablar muy bien, dijo que se había mantenido fiel a Antonio y que, si Octavio aceptaba su juramento, le sería igualmente fiel a él. Octavio aceptó, probablemente porque no tenía a nadie más a quien colocar en su lugar, pues Herodes había tenido la precaución de ejecutar a su único y posible rival. Herodes iba acompañado de Alejas de Laodicea, quien se presentó meneando el rabo, ansioso de besar la mano de Octavio. Alejas, un antiguo amigo de Antonio, había sido enviado por éste a Herodes para pedirle que se mantuviera leal. En lugar de eso, ambos se habían pasado al bando de Octavio. Me alegré de saber que Octavio había ejecutado a Alejas en la creencia de que éste había instado a Antonio a divorciarse de Octavia, lo cual, a su juicio, era algo imperdonable.

Eso significaba —como si yo no lo supiera— que Octavio concentraría todo su ácido odio contra mí, pues, si el espectador Alejas había sido ejecutado por su intervención en el divorcio de Antonio, ¿qué sería de la mujer que lo había provocado?


—Ponedlos aquí —dije, señalando la caja de madera de sándalo cubierta con pan de oro y forrada con diez capas de finísima seda multicolor: un arco iris en una caja. La capa exterior era de color azul medianoche, la siguiente era morada y así sucesivamente en tonos cada vez más claros hasta llegar a la última capa de un reluciente color blanco. Un digno estuche para la diadema y el cetro de oro reales.

Carmiana e Iras, llevando cada una de ellas en sus delicadas manos uno de los dos objetos, los depositaron sobre la seda y los contemplaron con expresión apenada. Recordaban que yo los había llevado durante la ceremonia de las donaciones.

Tenía otros, naturalmente, pero aquéllos figuraban entre los más bellos. E irían a parar a las manos de Octavio.

¿Sentiría la tentación de probárselos? A última hora de la noche, ¿dejaría el estuche con indiferencia en su cámara y, cuando nadie lo mirara, sacaría la diadema y se la colocaría sobre la despejada frente? Al principio, notaría el oro muy frío, pero enseguida se sorprendería de la rapidez con la cual se calentaba en contacto directo con la piel. Uno se acostumbra fácilmente a estas cosas. Muy fácilmente, aunque sea un republicano convencido.

Qué ironía y qué broma de los dioses si al final Octavio acabara recorriendo el mismo camino que Antonio. La mejor manera de conquistar a un enemigo no consiste en aplastarlo, sino en corromperlo.

—Demasiado tarde para nosotros —dije acariciando la diadema.

Aunque Octavio se convirtiera en una copia de Antonio y comprendiera lo que había sucedido en Oriente y cómo había ocurrido, no nos serviría de nada.

—¿Mi señora? —dijo Carmiana.

—Nada. Me estaba despidiendo de ellos. —Volví a acariciar los objetos—. Trataba de imaginar lo que experimentaría una persona que recibiera semejante regalo. —Confiaba en que ejercieran en Octavio el esperado aunque improbable efecto. Su fulgor parecía un guiño de complicidad.

Cubrí a regañadientes su belleza con la seda. Bajé la tapa y cerré el estuche con la cerradura de oro y esmeraldas adornada con un nudo de Hércules realizado por mi orfebre.

—Un nudo que él tendrá que deshacer —comenté.

Pensé que su arrogancia lo induciría a compararlo con el nudo gordiano que Alejandro había cortado para apropiarse de sus reinos orientales.

Pero, a lo mejor, atribuía demasiada importancia a Octavio. La imaginación no era su principal rasgo.

El estuche iba acompañado de una carta oficial en la que yo depositaba el trono y sus símbolos en sus manos para que él tuviera a bien cedérselos a mi hijo como rey de Egipto, «un título que tú ya le has otorgado», le recordaba. Añadía que yo pertenecía a una larga y noble estirpe de reyes emparentados con el mismísimo Alejandro, que conocíamos Egipto y lo habíamos gobernado bien, y que él jamás podría encontrar a unos gobernantes más capacitados que nosotros para proseguir aquella labor. Empeñaba la lealtad de mi hijo y señalaba que él no había participado en los combates de Accio.

«Aunque me has declarado la guerra y me consideras tu enemiga, mi hijo se ha mantenido al margen de nuestras disputas y te servirá fielmente —le aseguraba—. Desde su más tierna infancia lo he estado preparando para las tareas de gobierno y no podrías encontrar a nadie mejor que él para ser —mi mano casi se rebelaba al escribirlo— el fiel servidor de tus deseos. —Tenía que ser. Tenía que decirlo—. Ten en cuenta su juventud y recuerda la tuya el día en que cayó César. De la misma manera que César supo ver en ti una promesa, estoy segura de que tú también la sabrás descubrir en este digno joven. No lo castigues por mis acciones, pues nada tiene que ver con ellas.»

Añadí otras consideraciones por el estilo sin disculparme en ningún momento, pero siempre subrayando que la responsable era sólo yo. Aborrecía a las personas que se negaban a asumir la responsabilidad de sus actos o alegaban haber sido obligadas a hacerlo. Sabía que Octavio también las aborrecía. Por eso no me disculpé. Me pareció que mi carta estaba situada en un punto intermedio entre el orgullo y la sumisión.

—Gracias, Carmiana e Iras —les dije—. Hacedme el favor de mandar llamar a Cesarión.

Quería que viera el tesoro y leyera la carta antes de enviarla. Tenía que saberlo todo.

No tuvo interés en abrir el estuche, pero leyó atentamente la carta. La volvió a enrollar y la guardó en su tubo de marfil.

—¿Estás segura de que quieres hacerlo? —me preguntó—. Es algo completamente... impropio de ti.

—¿Qué quieres decir?

—Eso de entregárselo todo con tanto afán de terminar de una vez.

—Es la única manera de evitar que todo termine de verdad —dije—. Si espero a que él me lo pida o si lo toma por su cuenta, jamás lo soltará.

Puso una cara muy seria y frunció el ceño, tal como tenía por costumbre.

—¿Crees de veras que sus manos me otorgarán todo eso?

—Es posible —contesté—. Depende de la manera en que consiga su objetivo de conquistar Egipto. ¡Si le cuesta mucho, es posible que se ponga de mal humor! —Me eché a reír—. También cabe la posibilidad de que lo piense dos veces y opte por la prudencia de mantener a una dinastía nativa en el trono. En este momento hay muchas incógnitas. Sólo sé con certeza una cosa: tienes que prepararte para abandonar Egipto. —Al ver que abría la boca para protestar, intervine—: ¡Me lo prometiste! A cambio de que yo no...

Tuve que recordarle severamente nuestro pacto.

—Sí, sí —accedió—. Pero más adelante. Todavía no...

Sacudí la cabeza.

—Tiene que ser muy pronto. Tendrás que viajar Nilo abajo hasta Coptos, una travesía de diez días. Después cruzarás el desierto hasta Berenice, en el mar Rojo...

—¿Cómo, en pleno verano? ¿Estás de broma?

—No, es necesario. Tienes que estar en Berenice a principios de julio para tomar un barco que te lleve a la India durante la estación de los monzones, el único período del año en que los barcos pueden navegar rumbo al este. Allí estarás a salvo y esperarás a que todo eso termine. Si Octavio te confirma en el trono, podrás regresar. Si no, tendré el consuelo de saber que has escapado de sus garras. Cualquier cosa que nos haga a los demás, ¡a ti no te afectará!

—¿Crees de veras que podría respirar tranquilo, sabiendo que toda mi familia ha muerto y yo sobrevivo en un miserable exilio? —preguntó, mirándome ofendido.

—No vivirás en un «miserable exilio», sino que serás el hijo del gran Julio César y de la reina Cleopatra de Egipto. Dondequiera que vayas serás honrado. En estos momentos estoy en negociaciones con el rey Bharukaccha de la India para que te reciba. No será una mala vida. Recuerda que Octavio tiene dieciséis años más que tú y su salud siempre ha sido muy delicada. Un trozo de hueso que se le quede atascado en la garganta, una pequeña tos que se instaure en sus pulmones, un pequeño accidente a caballo puede cambiar el curso de los acontecimientos en un abrir y cerrar de ojos. No tiene hijos ni es probable que los tenga: su matrimonio con Livia es tan estéril como una roca del Egeo. Vive y espera. —Le di una palmada en las mejillas—. Dicen que la India es una hermosa tierra llena de colores y perfumes. Yo siempre he querido conocerla.

Cruzó los brazos con expresión enfurruñada.

—No creo que preste demasiada atención a los colores y los perfumes —se obstinó.

—Dicen que son algo extraordinario. ¡Si un muchacho de diecisiete años no responde a las sensaciones, significa que es una criatura muy desdichada! Te diré lo que he aprendido: los jóvenes tienen que tomarse las penas a la ligera y en eso cuentan con la colaboración de todos sus sentidos. —Le cogí la mano—. No nos olvides jamás a mí, a Antonio, a Alejandro, a Selene y a Filadelfo, y piensa que, cuando cantes, saborees una comida deliciosa o sientas que tu corazón se conmueve ante una exquisita obra de arte, nosotros estaremos viviendo contigo. Eso es lo único que te pido.

—No lo comprendo.

—Ya lo comprenderás. —Le acaricié su hermoso cabello tan suave como la seda—. Eso te lo prometo.

Después me volví bruscamente, fingí estar muy ocupada y tomé la carta.

—¿Y bien? Tendrás que estar preparado. Será el mes que viene. —Ya estábamos en abril. No podía proseguir la conversación; Cesarión tenía que irse antes de que yo dejara traslucir hasa qué punto me costaba todo aquello—. Quizá convendría que tú mismo le escribieras una carta a Octavio. —Ahora deja que se vaya, me dije—. Puedes retirarte.

Se inclinó para darme un beso en la mejilla.

—Muy bien, madre.

Cuando oí que sus pisadas se perdían en la distancia, me incliné sobre el estuche y lloré; las lágrimas cayeron sobre los complicados adornos. Pero por suerte el oro era inmune a la sal y jamás se notaría.

El hecho de enviarle lejos de Egipto iba a ser lo más duro de todo, pues sabía que jamás volvería a verle y que yo incumpliría mi parte del pacto mientras que a él lo obligaría a cumplir su promesa. Pero era mi deber de reina y algún día él lo comprendería. En aquel momento, yo le había dicho la verdad.


El vasto puerto lucía sus colores más delicados: tenues azules, delicados verdes y una espuma tan blanca como la leche. No es de extrañar que pensemos que Venus nació de la espuma del mar, pues es tan etérea que parece increíble que podamos acercarnos y sumergir las manos en ella. Con los niños yo bajaba a menudo la gran escalinata de palacio que conducía al agua y los acompañaba a nuestro rincón especial, donde el agua era muy somera y ellos podían recoger anémonas y estrellas de mar.

Los delfines regresaban en primavera y se divertían saltando y mostrando sus lustrosos lomos.

En mi infancia solía pasarme largas horas allí, pero, como muchas otras cosas de aquella época —minúsculas pulseras de coral, historias ilustradas, cojines de juguete—, lo había arrinconado en mi mente y lo había olvidado. Sin embargo, como muchas de aquellas cosas, no merecía el olvido. Las horas que yo pasaba allí con mis hijos eran un alivio y un refugio, en el cual el tiempo permanecía en suspenso y sólo se medía por la altura del sol en el cielo. Llevábamos unos sombreros de ala ancha para protegernos del sol y construíamos fuertes en miniatura con arena y caparazones de moluscos. La creación más ambiciosa de mis hijos era una reproducción del Faro; Alejandro quería que fuera tan alto como el original, pero se desmoronaba cada vez que alcanzaba el nivel de sus hombros.

—La proporción de agua y arena tiene que ser perfecta —sugirió Cesarión, que a menudo bajaba a inspeccionar los progresos pero nunca participaba; se consideraba por encima de aquellas menudencias—. Si hay demasiada, la arena no puede soportar el peso. Y, si no es suficiente, el sol seca la parte de abajo antes de que se termine la de arriba y todo se viene abajo.

El impaciente Alejandro propinó un golpe a la construcción y la derribó al suelo, exasperado.

—Si tanto sabes, ¿por qué no haces uno tú? —le preguntó a su hermano.

—No quiere mancharse la preciosa túnica —dijo Selene—. Ya es muy mayor para jugar con la arena —Ladeó la cabeza y miró a Cesarión con los ojos entornados—. ¿Verdad?

Los gemelos tenían ahora casi diez años y estaban a punto de dejar la primera infancia. Puede que por eso disfrutaran tanto de ella.

—No tiene tiempo —lo defendí yo—. Tiene que aprender muchas cosas.

Mi corazón sufría por él. Aparte las habituales lecciones con su preceptor Rodón, estaba aprendiendo todas las cosas que yo quería que se llevara grabadas en la mente y que, en circunstancias normales, hubiera aprendido a lo largo de varios años.

—Sí, es verdad —convino Cesarión—. Ahora mismo me espera Rodón. Me ha permitido salir a dar un paseo en pleno relato de las hazañas de Jerjes.

Dio media vuelta y volvió a subir la escalinata de palacio. Pobre niño. Pobre hombre.

Filadelfo estaba jugando con un trirreme varado, en cuya cubierta había colocado varios cangrejos. Seguía empeñado en que Alejandro y Selene subieran a bordo; a veces, éstos le seguían la corriente y se sentaban en el banco de los remeros tratando de bogar al unísono; por regla general, el barco se hundía a causa de la mala distribución del peso.

Yo me aferraba a aquellas valiosas horas de intimidad, sabiendo que estaban contadas.

Algunas mañanas bajaba a aquel lugar mucho antes del amanecer. Ahora tenía el sueño muy alterado y raras veces dormía toda la noche sin interrupción. El hecho de permanecer sentada en silencio en la escalinata, contemplando cómo la luz se iba extendiendo por el cielo y convertía las oscuridad del puerto en un suave resplandor nacarado era un bálsamo para mi alma. A veces evocaba los episodios de mi vida que deseaba incluir en mi crónica de aquel día.

Las gradas de mármol, resbaladizas a causa de la bruma matutina, se iban calentando bajo mi cuerpo mientras amanecía. Con los ojos clavados en el rojizo brillo de la cúspide del Faro y en el desierto y lejano horizonte, tenía que hacer un esfuerzo para pensar que estábamos amenazados. Todo estaba en calma y en orden, todo funcionaba con tanta suavidad como siempre y así seguiría... o eso me parecía a mí, por lo menos. Pero se tenían que hacer los preparativos pensando en que las cosas tal y como hasta entonces las habíamos conocido llegaban a su fin. En cuanto los primeros rayos del sol atravesaran la suave manta de nubes del este, me iría al templo de Isis y cumpliría el antiguo ritual del agua sagrada con el que iniciaba mi jornada. Después permanecería allí con ella hasta que comprendiera que ya era hora de tomar toda la serie de decisiones y a cumplir todos los deberes que me mantendrían ocupada a lo largo de la jornada hasta que Iras corriera las cortinas de mi lecho por la noche para que pudiera descansar.

Estaba saboreando aquella hora privada cuando, de repente, vi una figura paseando por la arena en medio de la oscuriad. Puesto que el puerto oriental forma un amplio arco que se extiende desde el Faro hasta la punta más alejada del promontorio real, en la bajamar se puede recorrer toda la línea costera desde un extremo a otro. Pero, curiosamente, pocas personas lo hacían.

Miré con más detenimiento y me levanté, presa de un gran sobresalto. Era Antonio. ¡Vivo y lejos de su refugio! Llevaba mucho tiempo haciendo acopio de valor para recibir a un mensajero al medio día, cuando el sol caía sin piedad sobre nosotros, o al anochecer, cuando las cosas llegan a su término natural. Incluso había ensayado lo que iba a decir. Y el sepulcro ya estaba preparado.

Pero no esperaba aquella situación ni la había ensayado.

—Antonio.

Subió corriendo los peldaños y me estrechó con fuerza entre sus brazos.

—Mi queridísima esposa...

Pronunció atropelladamente las palabras junto a mi oído y me besó el rostro y el cuello como si no se atreviera a besarme los labios.

Estaba allí, vivo, entero y cálido. Pero experimenté una terrible sensación: en mi afán de ser fuerte, ya lo había enterrado y llorado en vida. Sus caricias no me parecían naturales y, sin embargo, sólo había dejado de existir en mi imaginación.

—¡Antonio! —exclamé, apartándome de su abrazo—, estás... —Me rocé la parte del rostro donde su beso se había demorado sobre mi piel—. Estás... creía que...

Apartó los brazos y retrocedió...

—Claro. Perdóname. Pero no pensaba encontrarte aquí sentada como si me estuvieras esperando. Me he armado de valor. Quería escribirte y enviarte un mensajero, pero...

—Así está mejor —le interrumpí—. Me alegro de que nos hayamos encontrado de esta manera. —La cabeza me daba vueltas—. Tienes que darme tiempo, explicarme... dijiste que jamás regresarías. Y yo temía...

—Sí, lo sé. Lo comprendo.

Se sentó en los peldaños, dejando los brazos colgando sobre las rodillas en aquella postura que yo conocía tan bien. Me senté cuidadosamente a su lado.

El corazón me martilleaba en el pecho. Me alegraba inmensamente de que siguiera con vida y estuviera sentado a mi lado, pero ahora todo me parecía confuso. Dondequiera que estuviera Antonio reinaba la confusión, sobre todo en mi corazón. Alargué trémulamente la mano y tomé la suya.

—¿Te has recuperado? —le pregunté en voz baja.

—Sí. Necesitaba tiempo. Tiempo, silencio y soledad.

Comprendía lo que quería decir. Pero él no solía ser muy amigo del silencio y la soledad. Sin duda Accio le había cambiado mucho.

—Gracias sean dadas a los dioses. —Me incliné y le di un beso en la mejilla con cierta vacilación. Comprendí que él se había dado cuenta, pero no podía librarme de la cautela.

Apretó mi mano en la suya.

—¿Puedo volver?

—Tus aposentos te están esperando. —No me pareció oportuno decirle que el sarcófago también lo esperaba—. Los niños te recibirán con inmensa alegría.

—¿Y tú? ¿Tú me recibes?

—Qué extraña elección de palabras. Son demasiado suaves. Me he sentido desolada sin ti. —Una pausa—. Echaba de menos el espíritu de mi vida —dije al final.

Era algo que no se podía describir con palabras. Sin él, me faltaba la vitalidad.

Me incliné para darle un beso y me abandoné a la sensación.

—No tiene sentido morir antes de que a uno le llegue la hora —dijo—. Y eso es lo que yo he hecho. ¡Ahora lamento los meses perdidos!

—No podías evitarlo.

Cuando nos derriban, no tenemos más remedio que caer, pero si nos levantamos al cabo de un rato, podemos considerarnos afortunados.

—¿Puedo entrar? —me preguntó humildemente—. Quisiera regresar antes de que empiece el ajetreo de palacio.

Me levanté y lo atraje hacia mí.

—Pues claro.

Juntos subimos la escalinata del palacio todavía dormido. Los pasillos estaban desiertos, las antorchas de las paredes chisporroteaban y las puertas permanecían cerradas. Antonio entró en sus aposentos y los contempló con cierto asombro.

—Me parecen tan distintos como un viejo amigo al que llevara tiempo sin ver —dijo. No había vuelto allí desde la derrota de Accio.

Descorrí las cortinas de la sala interior, dejando al descubierto los bancos, la mesa, el lecho donde me había pasado largas horas pensando en él... unas horas de las cuales jamás le hablaría.

—Creo que lo encontrarás todo en orden —le dije resueltamente, como si yo también llevara mucho tiempo sin ver aquellas estancias.

Paseó con asombro, tocando las distintas superficies. Al final, se volvió con los brazos extendidos.

—¡Corazón mío!—me dijo.

Me arrojé en sus brazos y pensé que todos mis sufrimientos y mi resignación tendrían que desaparecer, pues ya no los necesitaba. Antonio había regresado y era el mismo de siempre.

—Mi amigo perdido —murmuré.

—¿Por qué «amigo»? ¿Acaso no somos marido y mujer? —Sacudió la cabeza—. ¿O te has divorciado de mí?

Por el tono quejumbroso de su voz, comprendí que lo temía. Me dio un apasionado beso, como si quisiera convencerme de que me quedara con él.

Procuré tranquilizarlo.

—Yo no soy romana —le dije—. Yo no me divorcio por capricho o por un revés de la fortuna. Lo que ocurre es que temía ser una viuda, y no una esposa.

Lanzó un trémulo suspiro de alivio.

—Sigues siendo... seguimos siendo...

—Pero tienes que darme tiempo.

Mis palabras se ahogaron en una arremetida de apasionados besos. Era tal su vehemencia que yo apenas podía resistirla. Estaba claro que la apartada vida que había llevado en su refugio era contraria a su naturaleza.

—¡Deténte, Antonio, te lo ruego!

Pero lo que en realidad quería decirle y no podía era que temía que me tocara y que yo me abriera de nuevo a aquellos sentimientos. Había conseguido dominarlos y, si tenía que volver a reprimirlos, no lo resistiría.

Me soltó.

—Perdóname —dijo—. Me he olvidado de los buenos modales; el hecho de vivir solo conlleva estos defectos.

Hablaba en tono burlón, pero yo sabía que estaba dolido.

Antonio no podía esperar que yo me adaptara de inmediato a todos los cambios de su comportamiento: primero la retirada, después los dos regresos no anunciados, a continuación... ¿otra desaparición? Era demasiado doloroso.

Tenía que protegerme de alguna manera, por lo menos en aquel momento.

—No es cuestión de perdonarte —le dije al final. Tenía que elegir cuidadosamente las palabras para que no las malinterpretara—. No hay nada que perdonar. Sufrí mucho cuando te fuiste y temí que jamás regresaras. Sólo rezaba para que algún día volvieras a tus aposentos y te reunieras conmigo. Pero no sé por qué ahora me pareces más desconocido que en Tarso. Lo que hemos sufrido los dos en estos últimos meses nos separa. Tendremos que contarnos nuestras respectivas historias y averiguar lo que nos ha ocurrido.

—¿No te alegras de que haya vuelto? —me preguntó, levantando la voz.

¿Pensaba volver a escaparse? ¡No lo permitiera Zeus!

—¡Pues claro que sí! —le aseguré.

Comprendí que no sabía muy bien qué lugar le correspondía en el mundo. Pero no era posible que quisiera regresar sin más al mundo del que había huido. Era un mundo que había cambiado enormemente durante aquellos meses. Mientras él meditaba, Egipto y yo habíamos estado ocupados manteniendo tratos con Octavio y enfrentándonos a las consecuencias de Accio.

Sin embargo, ahora era un buen momento, un momento tranquilo para su regreso y para nuestro reencuentro.

—Claro que sí —repetí—. Deseo tu regreso más que nada en este mundo.

Y era cierto.

Mi madre me había sido arrebatada y jamás había vuelto. César también. Los muertos no suelen regresar a nosotros y, por consiguiente, me alegraba del regreso de Antonio. Pero él jamás debía enterarse de que yo lo había contado entre los perdidos sin remedio.

# 71

El mar estaba en calma, con aquel verdeazulado especial tan típico de Alejandría y tan imposible de encontrar en las piedras preciosas; el turquesa era demasiado opaco, el aguamarina, demasiado pálido, el lapislázuli, demasiado espeso y obstinadamente oscuro. Pero la respuesta no vino del mar. Tal como correspondía al mensaje, la carta de Octavio llegó sigilosamente por tierra. La recibí a través de un mensajero normal: un grave insulto.

A la reina Cleopatra, intransigente enemiga de Roma:
Salve. He recibido tus muestras de sumisión y las agradezco. En cuanto a tus peticiones, no puedo contestar de momento. Son demasiados los obstáculos que se interponen entre nosotros. ¿Cómo puedo tomar en consideración la entrega de la corona siendo así que jamás has dado la menor muestra de buena voluntad? Tengo que asegurarme de que eres un ser pensante —extremo que siempre demostraste antes de tu alianza con el desventurado Marco Antonio— y eres fiel y digna de confianza. Por consiguiente, exijo una prueba razonable. ¿Qué podría ser? La cabeza del susodicho Antonio o su expulsión de tus dominios para entregarlo a nuestras manos. Es una fuerza agotada y un impedimento entre jefes de estado como nosotros.
Si lo haces, descubrirás que somos extremada-

mente razonables. Pero, primero, hazlo. De lo contrario, llegaremos a la conclusión de que no eres digna de confianza.

Imperator C. César

Leí una y otra vez la carta. Su audacia era estremecedora. O sea que tenía que sacrificar a Antonio... ¿y para qué? No lo especificaba. «Descubrirás que somos extremadamente razonables.» Eso no significaba nada. Octavio era lo bastante astuto como para no poner jamás por escrito nada que más adelante pudiera comprometerlo o acosarlo.

Observé que no me había devuelto el cetro y la corona. ¡Seguramente se pasaba el rato acariciándolos y arrullándolos! ¡Y aquel plural! Ya empezaba a comportarse como un rey.

La cabeza de Antonio. ¿Pensaba que colocaría a un criado detrás de los cortinajes listo para descargar el golpe en cuanto hubiéramos terminado de hacer el amor, acabando de este modo con la vida de Antonio cuando éste estuviera medio dormido? ¿Me creía capaz de darle un beso, acariciar su cabello, recibirle con gozo y planear su asesinato inmediatamente después?

«Oh, Octavio —pensé—, ¡te has creído todas las maldades que tú mismo te has inventado acerca de mí!» «La perversa Reina, esclava de su ambición. ¡Cleopatra! ¡Cleopatra la malvada!»

Cuando Antonio acudió a mis aposentos aquella noche, no pude evitar pensar: la cabeza. Cercenar aquella cabeza. ¡Qué propuesta tan terrible me había hecho Octavio, tratando aquella noble cabeza como si fuera un trozo de carne en un tenderete del mercado! ¿Toda la gloria se había reducido a semejante vulgaridad?

El final estaba a la vuelta de la esquina y lo único que

podíamos hacer era recibirlo con honor. ¿Cómo se pueden abrir las puertas al enemigo con honor? No lo sabía. No se había escrito nada al respecto. Tendría que descubrirlo por mí misma.

Aquella amada cabeza más valiosa que todos los reinos; aquella cabeza que me había otorgado libertad y felicidad. Pensaba luchar hasta mi último aliento para conservarla. Octavio se equivocaba por completo en su suposición. Puede que también se equivocara en otras.

Rezaría para que así fuera.


Los días iban transcurriendo plácidamente y sin sobresaltos. Ya no podía aplazarlo por más tiempo. Estábamos a finales de marzo. Cesarión tendría que irse. Nos habíamos enterado de que Octavio había trasladado sus legiones desde Asia a Siria. Había visitado Antioquía y había ocupado nuestro palacio, aquella reliquia azotada por las corrientes de aire donde habíamos disfrutado de tantas horas de gozo. Después se había desplazado al sur. Se encontraba a menos de quinientas millas de nuestra fortaleza de la frontera oriental mientras que Galo se hallaba a menos de doscientas millas de nuestra frontera occidental y ya se había apoderado de nuestra plaza fuerte de allí. No tardarían en rodearnos; aunque el desierto del sur permanecería abierto, Cesarión tenía que alcanzar Coptos a mediados de junio. Tenía que irse.

Pero ¡qué universo de dolor encerraban aquellas tres palabras! Tendría que dejarlo a merced del destino durante el resto de su vida. Sabía que, cuando zarpara, jamás lo volvería a ver. Lo acompañaría hasta el principal canal del Nilo y allí daría media vuelta para regresar. Zarpamos en una pequeña embarcación desde las gradas del puerto del lago y yo repetí el viaje que hiciera años atrás con Mardo, Olimpo y Nebamun, la vez que nos escapamos del palacio. Ahora mi hijo también huía.

Las cañas eran más altas que nunca y los barqueros tuvieron que hacer un gran esfuerzo para apartarlas. Las cañas agitadas nos inundaron de polen y obligaron a unas mariposas blancas a volar en círculo alrededor de nuestras cabezas. Inmediatamente nos adentramos en el canal que nos conduciría al Brazo Canópico del Nilo y, desde allí, al Nilo propiamente dicho. Casi aborrecí la suavidad de nuestra navegación. Me había encargado de que drenaran el canal y cortaran las malas hierbas y, por consiguiente, ahora la navegación era más rápida.

Al llegar al Brazo Canópico, izamos la vela para que recibiera el impulso de la brisa del norte y navegamos entre un paisaje de verdes campos, altas palmeras y mulos en sus norias.

—El Nilo empezará a crecer cerca de la primera catarata —le dije a Cesarión—. Pero tú tienes que llegar a Coptos antes de que se produzca la crecida propiamente dicha.

—Lo sé. —Ambos estábamos apoyados en la barandilla, contemplando el paisaje. En determinado momento, me cubrió la mano con la suya y me miró con una cautivadora sonrisa en los labios—. Lo he estudiado todo muy bien.

Otro viaje Nilo arriba con César, cuando aquel muchacho estaba todavía en mis entrañas. Sí, Cesarión estaba repitiendo un viaje que no recordaba.

—Pero tú sólo has hecho el viaje una o dos veces —le dije. Recordé la excursión que hicimos a Tentyra para mostrarle su retrato como faraón en los muros del templo—. Siempre es distinto cuando se vive un suceso después de haberlo estudiado en los libros.

Contemplé su firme y suave mandíbula y su cabeza ladeada en un ademán de confianza. Llevaba el colgante de la madre de César alrededor del cuello, el colgante que César me había dado cuando...

Tal vez lo peor del final de las cosas es el afán de recordar y volver a contar todo lo que ha ocurrido antes. Los recuerdos me estrangulaban tanto como la maraña de nenúfares que impedían el movimiento de los remos de las embarcaciones.

«Déjame estar aquí en esta cubierta con mi hijo, estar sólo aquí sólo con él y sólo ahora», recé.

Y me fue concedido de tal forma que todo lo demás desapareció como una envoltura hecha jirones, y aquellos días fueron sólo nuestros.

Cuando llegamos al Nilo propiamente dicho, una sólida barcaza nos esperaba en el embarcadero de Menfis. No estaba identificada como barcaza real, pues yo no quería que Cesarión fuera blanco de la atención de la gente. Pertenecía a un mercader de cereales de absoluta confianza. A bordo se encontraban los soldados y los guías que debían acompañarlo a través de la calzada del desierto hasta llegar a Berenice y que formarían su guardia personal hasta que llegara a la India. Su preceptor Rodón lo acompañaría en el viaje con dos arcones llenos de libros.

Ya no podíamos aplazarlo por más tiempo. Teníamos que despedirnos.

—¿No puedes acompañarnos hasta las pirámides? —me preguntó Cesarion, mirándome con expresión inquisitiva—. Podríamos hacer una excursión...

Y no veríamos nada, pensé, pues nuestros ojos estarían demasiado llenos de lágrimas.

—No, es mejor así. Volveremos juntos en días más felices —contesté, contemplando su rostro como si aquella última vez me pudiera ofrecer algo distinto.

Se inclinó para besarme.

—Oh, madre —me dijo al oído.

—Que todos los dioses te acompañen —le susurré—. Y que tu padre te proteja.

¡Sí, que el dios proteja a su hijo! Lo estreché en mis brazos con toda la fuerza y durante todo el tiempo que pude. Después me vi obligada a soltarlo, a apartar los brazos y a retirarme.

El pequeño espacio de apenas dos palmos que nos separaba tendría que agrandarse hasta casi alcanzar la anchura del mundo. Era demasiado como para comprenderlo del todo.

—Adiós, hijo mío.

Dejé que fuera él quien se volviera y subiera por la plancha de la barcaza. Envié una plegaria tras otra a su espalda, suplicando a César que acudiera en ayuda de su único hijo y heredero en la tierra.

«¡No nos falles! —le grité desde lo más hondo de mi alma—. ¡No nos falles ahora!»

El triste viaje de regreso lo hicimos sin velas, dejándonos llevar río abajo por la corriente. La barcaza de Cesarión fue menguando hasta que desapareció. Poco antes de entrar en el Brazo Canópico, penetramos en un canal secundario y nos detuvimos en el embarcadero de Heliópolis, la antigua Ciudad del Sol situada cerca del lugar en el que todos los brazos del Nilo se juntan para crear el largo tronco que llega hasta Nubia. Era un lugar sagrado desde antes de la construcción de las pirámides y nadie conocía realmente su antigüedad. No quería bajar a tierra, sino tan sólo saludar al sumo sacerdote Nakht que vivía en el templo del Sol, hogar de las cobras sagradas, encarnación del ardiente ojo de Atón —el Sol como elemento destructor— y de la diosa Wadjyt, protectora de Egipto. Allí, en el baluarte de Ra, Nakht era soberano absoluto y defendía aquel lugar tal como yo defendía el vasto Egipto.

—Te saludamos y te damos la bienvenida, reina Cleopatra, Netjeret-Merityes, Diosa Amada de Su Padre.

Se inclinó en profunda reverencia en el embarcadero, acompañado por dos sacerdotes vestidos de blanco y, con mi permiso, subió a bordo.

—Divinísima Majestad —dijo—, te agradezco tu presencia aquí. Eres una respuesta a mis devotas plegarias, pues tengo una importante noticia que no podía confiar a un mensajero. —Me indicó los otros dos sacerdotes—. Estos hermanos míos en el servicio a los dioses proceden de los templos de File y Abydos.

Experimenté un sobresalto; ni siquiera lo había pedido en mis oraciones y, sin embargo, allí estaban las respuestas.

—Mi corazón se alegra de veros —contesté. Los dos máximos templos de peregrinación de Isis y Osiris habían acudido a mí en las personas de aquellos sacerdotes.

—Somos portadores de una importante noticia —dijo el más alto, el sacerdote de File—. El pueblo del Alto Egipto está preparado para levantarse y luchar por ti.

Me conmoví profundamente. Aquello significaba que me consideraban una auténtica egipcia a pesar de mi condición de Lágida. El ofrecimiento de luchar era la máxima prueba y el supremo sacrificio que se podía hacer. Pero no tuve siquiera que pensarlo.

—Dile al pueblo que acepto su lealtad y su compromiso y que me conmueve hasta lo más hondo de mi corazón que me amen como reina y como una de los suyos. Pero no quiero causar inútiles sufrimientos a mi pueblo.

Hubiera sido inútil que se levantaran contra veinte o más legiones romanas. Si ni siquiera Antonio había conseguido reunir tropas para la batalla en defensa de la línea del Nilo, ¿por qué iban a hacerlo ellos?

—Pero... —objetó el sacerdote de Abydos, mirándome consternado.

Levanté las manos.

—No creáis que menosprecio el ofrecimiento. Sin embargo, todo sería en vano y yo deseo evitarles unos esfuerzos desesperados que sólo darían lugar a duros castigos.

No tuvieron más remedio que aceptarlo.

—Muy bien.

—Con todo hay dos grandes servicios que sólo vosotros me podéis prestar.

Los hice pasar a mis aposentos privados y allí concerté con ellos los acuerdos necesarios: con el sacerdote de File acerca del testamento que le iba a enviar por medio de Olimpo y con Nakht de Heliópolis acerca de las instrucciones que debería seguir cuando llegara el momento. De esta manera me aseguraba la continuidad de mi vida y su final gracias a la misericordia de Isis.

Desde que partiera Cesarión, estaba un poco más tranquila. Había completado casi todas las restantes tareas. La pirámide del tesoro estaba preparada para ser incendiada en el mausoleo, los sarcófagos estaban colocados el uno al lado del otro y se habían enviado unas cartas a la Media, donde se encontraba la prometida de Alejandro, suplicando que éste fuera acogido allí junto con su hermana Selene. Sin embargo no se había recibido ninguna respuesta, por lo que ambos hermanos deberían permanecer conmigo en Alejandría. Eran tan jóvenes y encantadores que ellos solos se defenderían, al igual que Filadelfo, mi pequeño Puerco Espín. Cuando Octavio los viera, se emocionaría.

Alejandro era un niño fuerte y expansivo, mientras que Selene se mostraba más reposada y más comedida en el hablar. Ambos poseían una belleza capaz de ablandar los corazones de los enemigos.

Pediría el trono para ellos y, puesto que estarían allí, sería más fácil otorgarles la corona a ellos que a Cesarión, que estaba tan lejos. Ambos serían para Octavio unos títeres inofensivos. ¡Cuánto me dolía tener que utilizar aquella palabra! Octavio no se mostraría contrario a elevar al trono a unos niños indefensos, pensé yo, por más que fueran hijos de Antonio, pues ellos también formaban parte de la *gens* Julia. Dado que Octavio la consideraba sagrada e inherentemente mejor que cualquier otra, cabía la posibilidad de que quisiera conservarla.

La redacción de la crónica de mi vida me absorbió y me alivió durante los claros y soleados días de nuestra espera. Ya casi estaba a punto de llegar al presente y tenía el firme propósito de describirlo todo hasta el postrer momento. Entonces encomendaría a Olimpo la tarea de escribir el último capítulo. Lo podría hacer tomándose todo el tiempo que quisiera y desde la perspectiva que prefiriera. No habría la menor prisa. No esperaba que Isis revelara la crónica a los ojos de nadie hasta pasado mucho tiempo; es más, cuanto más se alejara de nuestra era, tantas más probabilidades tendría de que me escucharan con imparcialidad. Pero, como es natural, la decisión le correspondía a Isis. Mi tarea sólo consistía en escribirla.

Carmiana, Iras y Mardo se habían mostrado muy tristes y extremadamente solícitos conmigo y yo lamentaba que estuvieran tan vinculados a mi persona. No tenían la posibilidad de marcharse como Olimpo. A Olimpo lo dejarían tranquilo. Podría ir y venir a su antojo y cumplir la misión que yo le había encomendado. Aún teníamos cuatro legiones en Egipto, más las tropas egipcias y mi Guardia Macedonia. La guarnición de la fortaleza de Pelusio estaba integrada por egipcios dispuestos a cerrar el paso a Octavio. Contábamos también con una flota de unos cien barcos, en parte supervivientes de Accio y en parte de nueva construcción. Las legiones romanas contaban, además, con unas fuerzas de caballería muy bien preparadas. Nos habían comunicado que los gladiadores de Cicico proseguían su marcha para reunirse con nosotros tras haberse enfrentado en combate con Amintas y con los cilicios. Ciertamente, las fuerzas de que disponíamos nos hubieran permitido organizar una sólida defensa. Pero

Antonio se negó a desplegar las legiones y a preparar una estrategia. Al parecer, consideraba que cualquier resistencia hubiera sido inútil.

—Su número es muy superior al nuestro —dijo—. ¿Por qué enviar a los hombres a morir innecesariamente?

El hecho de reconocerlo me había causado un profundo dolor, pero el precio que había pagado por tenerle a mi lado había sido el de verle abandonar el poder y apartarse del mando que durante tanto tiempo había ostentado.

Ahora la ciudad ya sabía lo que había ocurrido en Accio y contenía la respiración a la espera de los sucesos que se avecinaban. Alejandría sólo había doblado la rodilla ante César en una contienda provocada por los propios alejandrinos. Lo de ahora en cambio...

¿Habría un asedio? ¿Se librarían combates por las calles? Si la gente intentaba huir, ¿adónde iría? Los habitantes de la ciudad se estaban preparando como buenos comerciantes y personas sofisticadas que eran: hacían inventarios, compraban y vendían e intentaban buscar medios para escapar, sobornar o regatear. Los conocía muy bien y sabía lo que se proponían. Ellos no estaban dispuestos a protagonizar actos heroicos como los de la ciudad de Xanthi, que había sido arrasada por las llamas para no rendirse, y tampoco estaban dispuestos a llorar y gemir como los troyanos. Seguían organizando sus elegantes banquetes y comentando las teorías de las distintas escuelas filosóficas acerca del sufrimiento. Bebían ríos de vino del más caro, se perfumaban y se cubrían de joyas como si quisieran aprovecharlo todo antes de morir. Expirarían envueltos en todas las cosas buenas de la vida.

Al anochecer, empecé a prepararme para el banquete de Antonio. ¿Acaso no era yo la más alejandrina de los alejandrinos? ¿No tenía derecho a disfrutar de mi propia versión del ritual que se celebraba en todas las mansiones de la ciudad? Sí, permitidme que me vista con mis mejores galas. Que Carmiana saque la túnica roja griega con ribete de perlas y orla dorada, y que me sujete los pliegues del hombro con el broche de piedras preciosas del Ponto Euxino que me regaló el rey del Ponto. Y alrededor del cuello quiero llevar el refulgente collar de mi boda.

La sala estaba llena de gente. ¿De dónde la habría sacado Antonio? Todos los invitados parecían muy contentos y lucían prendas de vistosos colores y fulgurantes joyas. Casi todos eran romanos, sin duda pertenecientes a las legiones, pero había también alejandrinos del Gymnasion, la Biblioteca, el Museion y sólo Zeus sabía de qué otros lugares. Mostraban el opulento y refinado aspecto propio de los aristócratas, exceptuando el simbólico grupito de filósofos, si bien hasta ellos ofrecían una próspera apariencia, pues casi todos pertenecían a la escuela de Epicuro.

En el aire se aspiraba el delicado perfume de los pétalos de rosa pisoteados. Respiré hondo, tratando de imaginar por un instante que estaba en un jardín y no allí, aunque me lo impedía el murmullo de las voces, el calor de los cuerpos y el tintineo de la música de los arpistas.

—Una corona, benignísima Reina —me dijo uno de los criados, acercándose a mí con una complicada diadema de hojas de sauce, bayas de beleño y amapolas. Dejé que me coronaran a pesar de que aquellas plantas estaban tradicionalmente asociadas a la vida de ultratumba.

Antonio me vio y se acercó inmediatamente a mí.

—Bienvenida, corazón mío —me saludó, ofreciéndome una copa rebosante de un vino aromatizado con perfume de rosas—. ¡Bebe, bebe agua del Lete y no recuerdes nada!

—¡Ojalá fuera posible!

Pero el vino no podía hacerme aquel efecto.

—¿Quién hubiera imaginado que fueran tantos? —dijo Antonio, mirando a su alrededor.

La sala estaba llena de gente que formaba vistosos remolinos alrededor de los distintos personajes.

—¿Tantos qué? —pregunté—. ¿Tantos alegres alejandrinos?

—Ya verás —dijo.

Vi unos trípodes que sostenían unos cuencos llenos de monedas de oro, en los cuales la gente introducía las manos al pasar y tomaba las que quería. Vi también algunos objetos conocidos: máscaras de actores, el busto de Octavio y unas vasijas de oro y plata expuestas en una mesa.

No veía triclinios ni mesas en ninguna parte.

—¿Cuándo cenaremos? —pregunté.

Se encogió de hombros.

—Cuando nos parezca. No puedo predecirlo.

—Pero la comida...

—Por eso no te preocupes —me dijo alegremente—. La comida siempre estará en su punto. En la cocina están preparando una docena de bueyes en distintas fases de cocción para que siempre haya comida lista cuando decidamos comer.

Lo miré boquiabierta de asombro. ¡Qué despilfarro! ¿Acaso se había vuelto loco?

—¿Para qué vamos a guardarla? —dijo, contestando a mis pensamientos—. Desnudemos los pastos y vaciemos las cocinas para saludar a Octavio. —Bebió un poco más del Lete, el agua del río del olvido—. Desnudémonos todos antes de que llegue la muerte.

Antonio siempre había sido muy aficionado al teatro. ¿Sería otra representación? ¿O acaso fingía ofrecer una representación para ocultar sus verdaderas intenciones?

—Ah, aquí está nuestro auténtico anfitrión —dijo, saludando a alguien disfrazado de Hades, señor de ultratumba.

Su negra capa se arrastraba por el suelo y llevaba alrededor de la cabeza una diadema de vacilantes llamas.

Se inclinó en silencio y yo vi a través de su antifaz unos iris oscuros.

—¿Estás preparado para recibir a este numeroso grupo de invitados? —le preguntó Antonio—. Han venido para ser iniciados.

Hades volvió lentamente la cabeza.

—Puede que el grupo no sea tan numeroso como tú crees —dijo con una voz que parecía surgir de cuevas, pozos y cavernas con sus correspondientes escarceos, goteos y ecos—. No sufras una decepción si no todos ellos desean apoyar los pies en el borde de la noche. —Soltó una suave risita infinitamente desagradable—. Al fin y al cabo, aquí estamos todavía en plena canícula. Sin embargo, estoy seguro de que muchos harán que mi viaje haya merecido la pena.

Hizo una ágil reverencia y se perdió entre los invitados.

—¿Qué es eso? —pregunté.

—¿No te parece maravilloso? —dijo Antonio—. Es un conocido actor de las comedias griegas de aquí.

—¿Comedias? Creo que se ha equivocado de oficio.

Antonio me acompañó pasando junto a un grupo de hombres y mujeres reunidos en torno a alguien que estaba disertando acerca del sentido de la vida.

—Es muy joven —comentó Antonio—. A todos los jóvenes filósofos les encanta hablar de este tema.

A mi espalda oí la monótona voz del joven.

—Tanto si uno existe como si no existe, tanto si uno y los demás existen en relación con ellos mismos y entre sí, todos ellos existen y no existen, parecen existir y parecen no existir —decía.

—Platón —me dije a mí misma más que a Antonio.

Arqueó las cejas con expresión asombrada.

—Mi pequeña alejandrina —me dijo cariñosamente—. ¿Te gustaría tal vez disertar?

—No —contesté—. Lo que yo he aprendido en la vida no sería de gran utilidad para los demás.

De mí no se podían extraer demasiadas normas generales.

Nos pasamos un rato saludando a los invitados y escuchando sus conversaciones. Curiosamente, nadie hablaba de Octavio ni de la situación política. Se hablaba sobre todo de modas, comida, diversiones y excursiones.

Al final, Antonio se dirigió a la parte anterior de la sala y dio unas palmadas.

—¡Mis buenos amigos, cuya relación conmigo se remonta al primer invierno que estuve en Alejandría, sed todos bienvenidos! ¡Ah, qué tiempos aquéllos! ¿Recordáis nuestras visitas a Canopo? ¿Recordáis los banquetes y las carreras? Han transcurrido diez años; ¿cómo es posible? Ahora es el momento de embarcarnos todos juntos en una nueva aventura. Primero subastaré algunos objetos de aquellos tiempos. Podéis tomar el oro que os he dejado en los cuencos para pujar con él por los objetos, si así lo deseáis.

Señaló con la mano los objetos que yo había visto antes y un criado tomó el primero y lo mostró.

—¿Qué voy a pedir por esta preciosa máscara de comedia con su compañera la tragedia? Puede que os hagan falta en los próximos días cuando interpretéis un papel.

»¿Qué voy a pedir por este busto de Cayo Octavio? Últimamente adornaba la sala de Marco Ticio. Eso os ayudará a identificarlo.

»¿Y eso? ¡Un soberbio modelo de orinal de oro macizo! Su fama ha llegado hasta Roma. Se puede usar para otras cosas, si uno quiere. ¿Para poner flores quizá?

En mi vida había visto una cosa igual. ¡Lo debía de haber encargado especialmente para la subasta!

Siguió haciendo rápidamente la subasta y, al final, terminó diciendo:

—Así me despido de mi antigua vida. Amigos —añadió—, hace tiempo fundamos una hermandad o sociedad que llamamos de los *Amimetobioi*, los Vivientes Incomparables. Ahora os propongo la creación de otra sociedad más acorde con los tiempos presentes y que la llamemos *Synapothanoumeoi*, la de Los Que Moriremos Juntos. Sí. Con los que quieran unirse a nosotros sellaremos el pacto danzando por la sala al son del arpa. Una danza de la muerte. Hades nos guiará.

El actor se situó al lado de Antonio y alargó en silencio una mano enguantada.

Los sorprendidos invitados se lo quedaron mirando y entonces, para mi asombro, un hombre se adelantó y tomó mi mano. Otro siguió su ejemplo hasta que, al final, todo el mundo juntó las manos y formó una cadena alrededor de las paredes de la sala.

—¡Ahora! —indicó Antonio, haciendo una seña a los arpistas, quienes empezaron a tocar una suave melodía mientras los danzantes se movían muy despacio por la sala, cruzando sus pasos e inclinando la cabeza. Las flores que adornaban sus cabezas se estremecían a cada movimiento. La solemnidad de la danza hizo que ésta se convirtiera en una procesión fúnebre.

De pronto, una mujer se quitó las pulseras y las sostuvo en alto, haciéndolas tintinear como si fueran una matraca para animar el desfile; otras convirtieron sus joyas en címbalos, carracas y campanillas. El ritmo se aceleró hasta que todos nos pusimos a correr, golpeando ruidosamente el suelo de mármol con los pies. El cortejo se estaba volviendo cada vez más animado y la vida estallaba desafiante a través del duelo.

—¡Vino! ¡Vino! —gritó un hombre, alargando la mano para que un criado se apresurara a depositar en ella una copa.

—¡Aquí también! —gritó otro hasta que, al final, la fila se quebró y la gente empezó a tomar ansiosamente las copas de vino que le ofrecían.

—¡Y ahora empecemos el banquete! —anunció Antonio.

A una indicación suya, un ejército de criados entró a través de todas las puertas de la sala y empezó a colocar mesas y triclinios. Lo habían ensayado todo a la perfección y en un instante consiguieron preparar un comedor para más de cien personas.

Los invitados se dejaron caer en los triclinios entre exclamaciones de placer. Antes de que sirvieran los platos, Antonio les volvió a dirigir la palabra.

—¡Disfrutad del festín! Lo mejor de Alejandría está aquí para vuestro deleite. ¡Comed, bebed, jugad! Mientras tengamos provisiones, lo seguiremos haciendo. No nos aflijamos por el porvenir, recordad más bien el epitafio de un epicúreo: «No era, fui, no soy, me da igual.» Así se resumen todos los estados por los que pasa un alma en su camino hacia la eternidad.

Estaba claro que el juego le gustaba. ¿Quién era yo para estropeárselo? Mejor aquello que su solitario refugio. Sin embargo, yo estaba segura de que todo era un juego; no revelaba su auténtico estado de ánimo. Antonio era un comediante hasta la médula y siempre se refugiaba en los disfraces. Aunque aquella noche hubiera subastado las máscaras de la tragedia y de la comedia, tenía más en reserva.

En los triclinios la gente citaba a sus filósofos para ver quién aportaba más citas. Los comentarios eran muy ingeniosos, como todo lo alejandrino.

Yo tomaba sorbos de vino de mi copa de ágata sin apenas decir nada. Las exquisiteces de la huerta, el mar y el campo pasaban por mi paladar sin que yo me diera cuenta.

Hades comió con mucho apetito; para ser una sombra, estaba muy rollizo.

Aquella noche, mientras me preparaba para acostarme, amontoné mis joyas junto a mi bosque de frascos de perfume. Iras ya las guardaría por la mañana. Me quité la marchita corona de flores y la dejé al lado de las joyas.

—Te has superado —le dije finalmente a Antonio—. Nunca hubiera imaginado nada de todo esto.

Por su extravagancia, añadí para mis adentros. Confiaba en que la gente no pensara que estaba loco, aunque, en realidad, todo el mundo había participado con entusiasmo. A lo mejor estaban todos locos. Decían que en sus últimos días las personas que formaban parte de un grupo podían comportarse de una manera muy extraña.

Sin embargo, yo no me sentía partícipe de aquella confusión y desesperación. Aceptaba la posibilidad de que mi vida terminara y de que yo misma pudiera acabar con ella, pero se trataba de una circunstancia política, no filosófica.

Yo jamás glorificaría una necesidad política, envolviéndola con todas aquellas sandeces.

No experimentaba el menor deseo de morir, no ansiaba la muerte. Hubiera preferido mil veces seguir viviendo a no ser que ello fuera incompatible con el honor, el mío o el de mi país. La muerte, como la vida, debía tener una finalidad.

—¿En qué estás pensando? —me preguntó Antonio en voz baja. Ya se había acostado y mantenía los brazos cruzados detrás de la nuca—. Me gustaría conocer tus pensamientos.

«Estaba pensando que no estoy tan enamorada de la muerte como tú.»

De pie delante de nosotros, Antilo parecía más alto desde que alcanzara la edad de vestir la *toga virilis*. La llevaba puesta en aquellos momentos y su blancura natural era tan pura como el mármol del Faro.

—Saludarás respetuosamente a tu primo —le indicó Antonio, dándole instrucciones—. Al fin y al cabo, te has criado en la casa de su hermana y le conoces de toda la vida. Llegaste a estar comprometido en matrimonio con su hija.

—Pero no lo conocía muy bien —protestó el muchacho.

—Nadie conoce bien a Octavio —dijo Antonio—, probablemente ni siquiera su hija. Pero eso no importa. Te envío como emisario mío para que lo saludes y le entregues estos presentes de oro. Entrégale también la carta, en la cual le recuerdo nuestros años de amistad, de gobierno conjunto y de vínculos de parentesco. Le pido que me conceda retirarme a la vida privada y vivir en Atenas. Así lo hizo Lépido. Si se niega, entrégale esta carta personal.

—¿Te parece prudente enviarlo hasta Tolemaida Ace*? —le pregunté. No me gustaba la idea de enviar directamente a Antilo al campamento enemigo. ¿No había considerado Antonio la posibilidad de que Octavio lo tomara como rehén? Me parecía una temeridad.

—Todo irá bien —contestó Antonio—. Está sólo a trescientas millas por mar.

—¡No me recuerdes lo cerca que está Octavio! —Por suerte, nuestro enemigo tendría que marchar por tierra desde mucho más lejos y a través del Sinaí—. Yo no me refería a eso. Quiero decir, ¿por qué vas a depositar a tu hijo en sus manos?

—Tengo que enviarle el emisario de mayor rango que pueda y ése es mi hijo mayor y heredero de mis bienes. Octavio no aceptaría a nadie de inferior categoría.

—Puede que responda de una manera que a ti no te guste —advertí—. Creo que es un grave riesgo.

\* La actual Akka en Israel y la antigua San Juan de Acre de la época de las cruzadas. *(N. de la T.)*

Antonio lanzó un suspiro.

—Esperemos lo mejor. Recuerda, Antilo, que nadie tiene que conocer el contenido de la segunda carta más que Octavio en privado. Cuida de que así sea.

—¿Qué le dices en ella? —pregunté con repentino recelo.

—He dicho nadie más que Octavio —contestó Antonio con firmeza—. Ni siquiera tú. —Apoyó las manos en los hombros de su hijo—. Confío mucho en ti. Esperaré la respuesta que tú me traigas.

El niño, ahora ya un muchacho, irguió los hombros, orgulloso de la misión que le había sido encomendada.

—Sí, padre. Me sentiré muy honrado de hacerlo.


Mientras esperábamos, Antonio y sus *Synapothanoumenoi* celebraron muchos banquetes por rotación en distintas mansiones de la ciudad. Cada uno de ellos intentaba superar en derroche al anterior, como si los participantes quisieran gastarse todas sus posesiones terrenales en un estallido de gloria semejante a una pira funeraria. Pero a mí aquellos banquetes me parecían aburridos y no me distraían. ¿Por qué nadie ha escrito jamás que las orgías y los despilfarros impersonales dejan tanto espacio para la melancolía como el aislamiento absoluto? En ambos casos uno se siente igualmente solo.


Mardo llevó ante nuestra presencia a dos musculosos hombres vestidos de andrajos.

—Aquí están aquellos a quienes buscáis —les dijo. Dirigiéndose a nosotros, añadió—: Aquí tenéis a vuestros defensores.

Me eran absolutamente desconocidos.

—¿Quiénes sois, mis buenos amigos? —les tuve que preguntar.

—Somos gladiadores de la escuela de Cicico, adiestrados para luchar en los juegos de vuestras victorias. ¡Que tal vez algún día volverán a celebrarse, si los dioses quieren!

El que hablaba era muy corpulento y llevaba la cabeza completamente rapada. Me pregunté qué armas debía de utilizar. ¿Las tracias?, ¿las samnitas? La red no se le debía de dar muy bien, pues tenía los brazos excesivamente cortos.

—Pero nos detuvo el rey Herodes cuando llegamos a Judea. El resto de nuestro grupo se ha quedado allí; nosotros hemos escapado para venir a ti.

Su compañero tenía las piernas largas y la piel morena, rasgos típicos de un nubio. Los buenos gladiadores procedían de todas las partes del mundo.

—¿Y vosotros sois los únicos que habéis podido escapar? —preguntó Antonio.

—Lamentablemente sí, mi señor.

—Tú y tus compañeros habéis demostrado ser más leales que todos los reyes clientes con sus efusivos juramentos de lealtad —dijo Antonio. ¿Le tembló un poco la voz?—. Os lo agradezco profundamente. Sois unos héroes excelsos. —Se volvió hacia Mardo—. Dales el oro que merecen y dispón que se alojen en palacio.

—Os tendréis que volver a entrenar —les dije—. Aquí los juegos que solemos celebrar son griegos y no se mata a nadie. Pero no dudo que conseguiréis adaptaros.

Ambos inclinaron profesionalmente la cabeza.


Poco después regresó Antilo. Lancé un profundo suspiro de alivio al ver que Octavio no lo había retenido, tal como había hecho Herodes con los gladiadores, pero Antonio sufrió una decepción con la respuesta.

A solas con nosotros después de la cena de bienvenida, Antilo nos describió su experiencia.

—Me trató con mucha cortesía —dijo— pero como si yo fuera un desconocido. No tuvo conmigo la menor familiaridad y mucho menos cordialidad.

—¿Habló contigo en privado? —preguntó Antonio.

—Sí, en el viejo palacio fenicio que utiliza como cuartel general —contestó Antilo—. Mira al mar y está tan cerca de la orilla que la rociada de las olas llega hasta las ventanas. Eso dificultaba un poco la conversación. Pero estuve a solas con él, exceptuando a los guardias, claro. Estaba sentado sin ninguna ceremonia e incluso cruzó las piernas. Me dijo que me acercara una silla y nos pasamos un buen rato charlando.

—Pero, bueno, ¿qué es lo que te dijo? —lo apremió Antonio.

—Cosas sin importancia. Ni siquiera me acuerdo. Se pasó el rato mirándome con disimulo.

—Sí, es lo que suele hacer siempre —dije yo, recordándolo.

—Estudió cuidadosamente los regalos y pasó las manos por el borde de la bandeja de oro. Dijo que no podía permitir que te retiraras a la vida privada en Atenas porque ahora la ciudad le era demasiado fiel como para que tú pudieras estar seguro allí.

Antonio no paraba de mover las manos, un gesto insólito en él.

—¿Le entregaste la segunda carta? —preguntó al final sin poder contenerse por más tiempo.

—Sí. —El muchacho rebuscó en un estuche que llevaba y le devolvió la carta a su padre. Habían roto el sello original, pero le habían aplicado otro—. Me dijo que la leyeras en privado. Escribió en ella una respuesta muy breve. Un par de palabras.

—Bueno, pero ¿qué era? —preguntó Antonio, tomando la carta.

—No lo sé. De veras que no. No me lo dijo.

—Vaya. —Antonio manoseó la carta. Los demás lo estudiamos atentamente. Rompió el sello muy despacio y desenrolló la carta. Sus ojos se desplazaron al final. Una expresión de consternación se dibujó en su rostro—. Vaya —repitió, enrollando de nuevo la carta y guardándosela en el cinto—. Bueno, quizá tendremos un poco más de suerte en el futuro —dijo con una sonrisa muy poco convincente en los labios—. Estoy muy orgulloso de ti, hijo mío. Has llevado a cabo una difícil misión y lo has hecho muy bien.

Levantó su copa y nos pidió a todos que brindáramos a la salud de Antilo. La velada transcurrió entre charlas intrascendentes y sorbos de exquisito vino de Falerno. Yo insté a Antonio a que se volviera a llenar la copa repetidamente. Quería que se aturdiera un poco para que más tarde se quitara la ropa de cualquier manera. Pero para mi gran decepción, aquella noche se mostró insólitamente moderado en el consumo de vino. Al término de la velada se retiró a sus aposentos, anunciando su intención de dormir allí.

—Me duele la cabeza y prefirero estar solo —dijo—. Allí se oyen menos los ruidos de palacio.

Y se alejó, llamando a Eros.

Esperé hasta que me pareció que había transcurrido el tiempo suficiente y me dirigí sigilosamente a sus aposentos. El sorprendido Eros me abrió la puerta y yo me encaminé a la alcoba. Con un poco de suerte, Antonio estaría dormido. ¡Pero no! Tenía las lámparas encendidas y estaba leyendo. Se asombró al verme.

—No quería estar sola esta noche —le dije en tono de disculpa—. Pero me quedaré en este banco y no te molestaré si tanto te duele la cabeza.

—Bueno —me contestó con su sempiterna sonrisa en los labios—, tan mal no estoy. Por nada del mundo te desterraría a un banco.

Después nos intercambiamos varias frases, dándonos mutuamente seguridades. Al final, nos retiramos a la cama. (Yo hubiera preferido quedarme en el banco para poder levantarme sin que él se diera cuenta.) Antonio apagó todas las lámparas, pero tuve suerte de que brillara una luna casi llena, la cual arrojó a medianoche un claro haz luminoso sobre el suelo de la estancia. A aquella hora, la regularidad de su respiración me hizo comprender que estaba dormido.

Me levanté de la cama con todo el cuidado que pude y crucé la alcoba hasta el lugar donde Antonio había dejado la ropa al desnudarse. La carta estaba todavía en el cinto. La había tapado con la túnica. Deslicé la mano y enseguida encontré el estuche de cuero. Crucé sigilosamente la estancia y desenrollé la carta con el mayor cuidado que pude, justo al lado del rectángulo de luz de la luna.

Antonio se dio repentinamente la vuelta y yo me quedé petrificada. ¿Y si se despertaba y se daba cuenta de que yo no estaba a su lado en la cama? Me pareció que se había despertado y no me atreví a moverme. Pero después un adormilado acceso de tos me hizo comprender que no había recuperado la conciencia y se acababa de sumir de nuevo en el sueño. Esperé unos minutos más y alargué la carta hacia el haz luminoso para leerla.

Mi querido hermano, ahora me dirijo a ti como tal. Entre hermanos, declaro por la presente estar dispuesto a hacer cualquier cosa que el honor me permita. La muerte será mi amiga y nuestro vínculo, si con ella puedo garantizar la vida de la Reina. Gustosamente ofrezco mi vida a cambio de la suya y confío en que cumplas tu palabra una vez la hayas empeñado. Te pido que la dejes vivir, mejor dicho, te lo ruego. Cuando me des tu palabra, yo cumpliré inmediatamente mi promesa. Te saludo en la muerte, una muerte que gustosamente te ofrezco.

Marco Antonio, Imperator

Inmediatamente debajo de la firma y el sello de Antonio, unas escuetas palabras: «Haz lo que quieras. Nada podrá salvarla. Imperator C. César, *Divi Filius*.»

Sentí que un frío estremecimiento me recorría el cuerpo de arriba abajo. ¿Antonio había hecho aquel ofrecimiento sin decirme nada? Ahora Octavio rechazaba lo que él mismo había pedido y el propio Antonio le ofrecía. Se me ocurrió que en realidad no quería cortarle la cabeza a Antonio, sino tan sólo demostrar su capacidad de conseguir que yo lo traicionara. Era un auténtico demonio. Temblando, enrollé de nuevo la carta, la dejé en su sitio y volví a la cama al lado de Antonio, reprimiendo el deseo de despertarlo y abrazarlo con más fuerza de lo que jamás hubiera hecho. Pero mejor dejarlo dormir.

# 72

El verano seguía su curso.

Recibimos informes sobre la partida de Octavio de Tolemaida y su avance hacia el sur. Se esperaba su llegada a Joppa de un momento a otro. Herodes le dispensaría un recibimiento de héroe y le ofrecería tropas, suministros y guías. Le seguían todas sus legiones. Octavio tendría finalmente la ocasión de marchar al frente de un poderoso ejército como un auténtico general y no uno de mentirijillas como el que había sido hasta entonces.

Aún disponíamos de tiempo para enviarle otro emisario. Tal vez todavía fuera posible sobornarlo. Tenía que enterarse de mi intención de incendiar el tesoro.

Teníamos que exagerar el tamaño y el poderío de las fuerzas que se enfrentarían a él y le opondrían resistencia; a lo mejor, optaría por seguir el camino más fácil de la negociación. A lo más que podíamos aspirar era al destierro y la abdicación para mí y el destierro de Antonio, a cambio de que Cesarión —o tal vez Alejandro y Selene— fueran nombrados gobernantes del país. En compensación, Octavio podría quedarse con el tesoro para pagar a sus soldados. De esta manera, ambos alcanzaríamos nuestros objetivos sin derramamiento de sangre: él, el tesoro; yo, la preservación de la independencia de Egipto —nominal, por supuesto— bajo los Lágidas. Egipto perdería su fuerza, pero al menos seguiría existiendo. No era totalmente imposible que yo pudiera conseguirlo.

Ésa sería mi propuesta, para lo cual pensaba enviar a Eufronio, el preceptor de mis hijos, como embajador.

—¿Enviar a un maestro? —preguntó Antonio con incredulidad.

—Sí, ¿por qué no?

—¿No te parece que Mardo o incluso Epafrodito serían una muestra de más respeto?

—No quiero ofrecerle ninguna muestra de respeto. El hecho de enviarle a Antilo no sirvió de mucho. Quizá convenga hacer justo lo contrario y enviarle a un criado. Eso le llamará la atención.

Había decidido que aquél sería el último llamamiento que le hiciera. Cuando estuviera más cerca, no tendríamos más remedio que recibirle en silencio.

La carta en la que reiteraba mi petición de que mi heredero fuera colocado en el trono en mi lugar iba acompañada de una buena suma de oro. En ella le decía que pondría el trono en sus manos a cambio de dicha garantía. Decía también que una considerable parte del tesoro de los Lágidas estaba depositada en un lugar donde podría ser fácilmente destruida en un abrir y cerrar de ojos. Su negativa a acceder a mis peticiones le costaría literalmente una fortuna.

Pero él no deseaba tal cosa, ¿verdad? Le instaba a ser razonable y llegar a un acuerdo conmigo.

Sellé la carta, satisfecha de su contenido, pero sobre todo satisfecha de mi previsión al haber sabido conservar algo que poder ofrecerle. Tal como ya he dicho anteriormente, para negociar hay que tener algo que ofrecer, algo que la otra persona desee con toda su alma. La vida de Antonio no entraba en esta categoría y, por consiguiente, Octavio no había mostrado ningún interés en tomar en consideración su desesperada petición.

En esta miserable vida, lo que mueve al oyente no es la desesperación del suplicante, sino sus egoístas deseos. Si necesita un escabel y le sirve un espinazo doblado, perfecto; de lo contrario, lo aleja de un puntapié.

Justo en el momento en que Eufronio estaba a punto de partir, a Antonio se le ocurrió la idea de enviar una carta por su cuenta. Esta vez insistí en leerla, pues no deseaba que se repitiera el error de la anterior. ¿Y si, por simple capricho, Octavio aceptaba? Era lo bastante cruel como para hacerlo.

—¿Un combate singular? —No era lo que yo esperaba que contuviera la carta—. ¿Qué quieres decir?

—Simplemente que, si él accediera a reunirse conmigo de hombre a hombre y ambos pudiéramos combatir y decidir con ello el resultado, se ahorrarían muchas vidas.

¿Acaso estaba loco? ¿Jamás recuperaría el sentido común que tenía antes de Accio y se pasaría toda la vida reincidiendo en los pensamientos y los comportamientos extravagantes?

—Sabes perfectamente que Octavio jamás aceptaría semejante propuesta —le dije muy despacio—. Lo tiene todo que ganar y nada que perder. Este hombre cuenta con veinte legiones y no sabe luchar. ¿Por qué iba a aceptar un combate personal con un enemigo que es un buen luchador y se ha quedado sin ejército? Se burlará de ti. ¡No le envíes esta carta!

—¿Qué otra cosa puedo hacer? —se lamentó Antonio—. ¡Algo tengo que proponerle!

—Es absurdo hacer propuestas que te consta que no serán aceptadas. No somos unos griegos de la época de los héroes; las cuestiones ya no se dirimen por medio de combates personales. No puedes interpretar el papel de Héctor. Sé que este papel te iría muy bien, pero no puede ser.

—De todos modos tengo que enviar la carta —dijo—. Tengo que hacer el gesto.

Epafrodito me mantenía informada acerca de los cambios de humor que se registraban en la ciudad. Ahora me visitaba muy a menudo para exponerme la situación económica y comentarme la crecida del Nilo que aquel año prometía una abundante cosecha. También me manifestaba sus temores de que los judíos de Alejandría acogieran con agrado a Octavio por el hecho de presentarse en compañía de Herodes.

—No es que Octavio sea nuestro amigo, como sucedía con César —dijo—. Pero Herodes es su héroe y consideran que Judea es su patria.

Miré a mi ministro que, a pesar de los años transcurridos, seguía siendo tan apuesto como la vez que yo lo convencí de que colaborara conmigo.

—¿Por qué primero dices «nuestro amigo» y después cambias y dices «su patria»?

Se rascó la frente.

—Me debato entre la simple observación de lo que hace mi pueblo y la posibilidad de unirme a él. Yo no comparto su pensamiento, no creo que Judea sea mi patria y considero una insensatez que unas personas que llevan muchas generaciones viviendo lejos de un determinado lugar lo sigan llamando su patria. Es una corrupción sentimental de su manera de pensar y eso puede ser muy peligroso. —Soltó una carcajada—. Ni siquiera podíamos leer nuestras sagradas escrituras en lengua judía y nos las tuvieron que traducir al griego, ¡y eso fue hace doscientos años! Llevamos mucho tiempo lejos de aquellas tierras.

Era tan vehemente en sus reproches que no pude por menos que sonreír.

—Bueno, los Lágidas llevan el mismo tiempo ausentes de Macedonia, pero seguimos llamando a la guardia de palacio la Guardia Macedonia —observé.

Soltó un resoplido como queriendo decir: «En tal caso, también sois unos insensatos.»

—Es difícil desprenderse de una identidad apreciada —comenté. Por eso le había dolido tanto a Antonio que lo declaran no romano. Pues si no era romano, ¿qué era?—. Sentiría mucho que los judíos, que constituyen dos quintas partes de la ciudad, se apartaran de mí para unirse a Octavio. —Una cosa era que desertaran los Reyes clientes, cuya lealtad era reciente, y otra muy distinta que lo hicieran tus propios ciudadanos—. ¿Hay algo más doloroso que la deserción? —pregunté.

—Probablemente, no —contestó Epafrodito—. Nos priva incluso de nuestros recuerdos, pues éstos siempre se tienen que ver a través de la mancha de la traición.

—Bueno, dejémoslo. —Me sentía profundamente abatida—. Vamos a estudiar este asunto de los impuestos sobre la importación —dije, echando los hombros hacia atrás—. Los barcos siguen viniendo. No sufrimos ningún bloqueo naval...

Era un día como todos los demás, tan claro y suave como los perfiles de un jarrón griego decorado, cuando llegó el mensajero. Mardo lo anunció soltando un resoplido.

—Un sujeto que se llama Tirso viene de parte de Octavio. —Ladeó la cabeza con expresión despectiva—. Supongo que querrás recibirlo, ¿verdad?

Me senté en mi trono mientras él esperaba en una estancia contigua. El aire, perfumado con las flores de los jardines que rodeaban el palacio, penetraba voluptuosamente a través de los ventanales abiertos, envolviéndome con su suave fragancia.

Ahora mientras lo escribo, comprendo que aquélla fue mi última audiencia oficial. La primera la había celebrado en aquella sala al lado de mi padre cuando éste empezó a enseñarme para que fuera su heredera. Me parecía ayer, como suele decirse. Siempre sabemos cuándo hicimos algo por primera vez, pero casi nunca somos conscientes —gracias a la misericordia de los dioses— de cuándo lo hacemos por última vez. Si lo hubiera sabido... Pero ¿había algo que yo hubiera hecho de una manera distinta? Nada. Nada, como no fuera prestar más atención a todos los detalles para recordarlos mejor.

—Tirso, enviado del campamento de Octavio César —anunció mi sirviente.

De esta manera, se satisfacía a ambas partes: el «Octavio» para mí y el «César» para él.

Entró un joven de elevada estatura y porte tan orgulloso como el de un águila. Permanecí sentada con la mayor majestuosidad que pude para que ningún elemento humano menoscabara el efecto del esplendor que me rodeaba. Me miró fijamente con la misma expresión que los viajeros que contemplan por vez primera la maravilla de las pirámides o el gran templo de Artemisa.

Cayó de rodillas a escasa distancia de mí.

—Oh, mi señora —exclamó, cubriéndose los ojos con una mano como si el espectáculo fuera excesivo para un simple mortal.

Sin embargo, el gesto había sido demasiado impecable, lo cual significaba que lo había ensayado.

—Levántate —le dije, extendiendo el cetro para indicar mi voluntad.

—Mis rodillas no me obedecen —contestó—. Tu magnificencia las ha debilitado.

—Ordénales que lo hagan —le insistí, pensando que los halagos eran excesivos.

Al final, se levantó sin apartar los ojos de los míos.

—Intentaré obedecer cualquier orden que tú me des.

—¿Eres el ayudante de Octavio? ¿Cuál es tu nombre completo, Tirso?

—Julio César Tirso —contestó con orgullo.

—¿Eres un liberto?

Me parecía increíble. ¿Octavio había enviado a un liberto para dirigirse a mí? ¡Era su respuesta al envío por mi parte de un preceptor! Había buscado a alguien situado todavía más bajo en la escala social. En la siguiente ocasión me enviaría a un esclavo.

—Sí, mi señora. Fui liberado por la generosidad de mi

antiguo amo y ahora mi protector, el imperator César, *Divi Filius*.

—Te refieres a Octavio.

Que empezara de una vez la contienda.

—Como tú quieras, mi señora. —El joven esbozó una vacilante y cautivadora sonrisa. Tenía unos ojos intensamente azules.

—Tu amo no estaría muy contento si viera con qué facilidad le quitas los títulos —señalé.

Otra sonrisa.

—Mi amo no está aquí, mi señora, y tú sí. Deseo complacerte y no decir nada que pueda ofender tus oídos. Si «Octavio» suena dulce a tus oídos, que así sea.

Qué complaciente. Me pregunté qué instrucciones le habrían dado. ¿Estaría pronunciando aquellas palabras siguiendo las indicaciones de Octavio? Lo que más dulce hubiera sonado a mis oídos hubiera sido oírle decir que Octavio había regresado a Roma para que mi reino y yo pudiéramos seguir viviendo en paz. Pero jamás podría oír tales palabras.

—¿Dónde está ahora?

—En Ascalón.

¡Ascalón! Mi ciudad, la que tan importante había sido para mí en momentos trascendentales de mi vida. Ahora Octavio estaba allí. La idea me resultaba muy dolorosa.

—Está haciendo los preparativos finales para bajar por la calzada del desierto a través del Sinaí.

Hablaba en tono amable, no altivo.

—Y para atacar posteriormente Pelusio —deduje.

Pelusio era la clave de Egipto, su puerta oriental. Si cayera, el camino a Alejandría estaría expedito.

—Éste es el plan, mi señora. No te estoy diciendo nada que tú no sepas.

—En esta época del año, en los caminos del desierto hace un calor insoportable y hay que marchar durante dos días sin agua —le advertí—. Entre Rinocolura* y Pelusio no hay ningún pozo.

—Tenemos camellos.

—No podéis beber de sus gibas.

—Pero pueden transportar muchas botas de agua.

—No las suficientes para veinte legiones.

—Cada soldado también lleva agua.

—Ya basta de discusiones —resolví—. Te digo que será difícil y tú dices que ya lo sabes. Dejémoslo. Todas las batallas tienen sus desafíos. Por eso sería mejor que se pudieran evitar las batallas tal como Antonio y yo hemos propuesto. Espero la respuesta de Octavio a nuestros ofrecimientos y supongo que la traes tú.

Sus modales me resultaban tan placenteros que no podía ofenderme con su burlón afán de discutir.

—En efecto —asintió, soltando una breve y cantarina carcajada—. Pero no está escrita. Te la tengo que comunicar de palabra.

—¿Y bien?

—La petición de Antonio... debía de ser una broma, ¿verdad? —preguntó, mirándome sinceramente desconcertado—. Mi comandante la ha rechazado diciendo que, si Antonio quiere morir, hay muchos métodos entre los que puede elegir.

En mi fuero interno me sobresalté. ¿Qué otra respuesta hubiera podido dar Octavio? Con ella avergonzaba e insultaba a Antonio por su insensato ofrecimiento.

—Comprendo —dije. Cuanto menos hablara, mejor.

»¿Y la mía?

—Ah, la tuya. Que le cederás Egipto sin resistencia si te promete sentar a tus hijos en el trono como sucesores tuyos y no convierte Egipto en una provincia romana. Eso... se presta a muchas consideraciones.

—Le hubiera tenido que recordar que Roma se apo-

---

* Emporio del comercio egipcio. La actual El-Arish. *(N. de la T.)*

deró de Egipto cuando su... padre adoptivo César participó en la Guerra Alejandrina, pero, haciendo gala de prudencia, no anexionó Egipto a Roma. César consideró conveniente dejar Egipto tal como estaba. ¿Sería su heredero político menos prudente que César el dios?

Estaba deseando conocer las verdaderas intenciones de Octavio; ¿por qué no hablaba claro aquel joven?

—César no se apoderó de Egipto porque él estaba cautivo... cautivo de tus encantos. No lo hizo por deferencia a ti. —El joven hizo una pausa como si dudara en añadir algo más—. Y su glorioso sucesor el joven general Octavio no es tan insensible a ellos como parece.

No lo esperaba. Qué trampa tan inteligente. Sin embargo tiempo atrás Antonio me había dicho en un susurro: «Sé que le gustas.»

—¿De veras? —pregunté cautelosamente.

—Sí, aunque no sé si manifestártelo. —Parecía sincero—. Desea tener la oportunidad de demostrarte su amistad.

Me entraron ganas de reír. ¡Mi amigo!

—¿Por eso me ha declarado la guerra y me ha llamado ramera?

—A veces, cuanto más poderosos son los sentimientos, tanto más crueles son las palabras que usamos para disimularlos —me contestó galantemente.

—Estoy segura de que sus sentimientos con respecto a mí son muy poderosos, pero a causa del odio, no de la amistad.

—Te equivocas. Dale la oportunidad de demostrarte sus buenas intenciones. Recíbelo en Egipto tal como recibiste a César. Entonces te demostrará su benevolencia para contigo y con tus hijos.

—¿Eso será antes o después de que yo le entregue a Antonio?

—Olvídate de Antonio —me contestó—. Carece de importancia entre grandes gobernantes de tu categoría.

—Comprendo —asentí. Y lo comprendía de verdad. Pero el deseo de Octavio de inducirme a ser sumisa podía revolverse contra él en caso de que yo consiguiera entrevistarme con él cuando mi tesoro estuviera todavía a salvo—. Voy a recapitular mi situación. Sé que Octavio no desea mi persona, sino mi tesoro. Lo necesita para pagar a sus soldados que llevan años viviendo de promesas. Pero jamás lo conseguirá si no acepta mis condiciones. De lo contrario, lo destruiré. Te demostraré cómo. —Me levanté del trono y bajé para acercarme a él—. Acompáñame.

—Si lo recibieras tal como recibiste a César, comprobarías su benevolencia.

¿Por qué repetía constantemente aquella frase? ¿Insinuaba que lo recibiera en mi lecho?

—Si él fuera sincero en sus tratos tal como lo era César, podríamos llegar a un entendimiento —contesté.

—Eres joven —dijo Tirso, lanzando un suspiro—. ¿No crees que ya sería hora de que dejaras a los viejos? La juventud posee un encanto que la vejez no conoce.

—En tal caso, Octavio no me consideraría encantadora, pues soy mayor que el.

Me miró con fingido asombro.

—¿De veras? Pareces muy joven.

—Será que me conservan las artes mágicas que Octavio asegura que practico —repliqué—. Él a mí me parece un niño.

—Oh, no, mi señora, tiene treinta y dos años. La misma edad que tenía Alejandro cuando murió. ¿Acaso era un niño Alejandro?

—Un glorioso y eterno niño-dios —contesté—. Ven.

Lo llevaría al mausoleo y le mostraría mi rescate.

Cruzamos varias salas del palacio. Al salir, la clara luz del sol me deslumbró. El sol estival, magnificado por el mármol blanco de la ciudad y el plano espejo del mar, era tan intenso que borraba los colores de cualquier cosa que iluminara.

—¿Adónde vamos? —me preguntó, protegiéndose los ojos con la mano.

—A un lugar donde nunca penetra el sol —contesté, señalándole el recinto del mausoleo al lado del templo abierto de Isis—. A mi sepulcro.

—¿O sea que, a pesar de que eres griega, has sucumbido a la fascinación egipcia por la muerte? —me preguntó con curiosidad—. Hasta en esta luminosa ciudad la sombra de la tumba se cruza en nuestro camino.

Nos estábamos acercando al edificio cuyas puertas parecían llamarnos.

—Crecer en Egipto es vivir en contacto con los muertos. Es algo inevitable. Los monumentos forman parte del paisaje. Nosotros no creemos que un cuerpo tenga que arder como una vela y ser guardado después en una urna. —Hice una pausa—. Pero para eso faltan todavía muchos años —le aseguré—, si Octavio se aviene a razones. ¿Por qué tendríamos que morir prematuramente ninguno de nosotros?

«Vamos a vivir —pensé con vehemencia—. Vivamos bajo el sol todos los años que la vida natural nos permita. Tal vez fuera posible. Si...»

Subí las gradas que rodeaban el mausoleo y entré. A mi lado, las sandalias claveteadas de Tirso rascaron el suelo de piedra.

Dentro las sombras nos envolvieron. Nuestros ojos tardaron un poco en adaptarse a la oscuridad.

—¿Todo eso es para ti? ¿Y para Antonio? —preguntó Tirso en voz baja.

—Sí. Descansaremos en un lugar separado de los restantes Lágidas.

Estaba esperando que la oscuridad se disipara para poder mostrarle mi creación: mi tesororehén. Allí dentro se estaba fresco, tan fresco como en un ambiente en suspenso y sin estaciones.

—¿Por qué me has traído aquí? A mí no me gustan las tumbas.

—Pero es que ésta es una tumba muy especial. En primer lugar, por estas puertas. —Alargué el brazo y las señalé.

—¿Qué tienen de particular?

—Ahora permanecen abiertas, pero están construidas de tal manera que sólo se pueden cerrar una vez. Cuando se deslicen por las guías de sus jambas, se cerrarán para siempre. Después del último entierro —el mío o el de Antonio—, cuando se retiren los deudos, las puertas nos sellarán en la soledad por toda la eternidad. Es una antigua idea egipcia aplicada a un templo de estilo griego. No nos molestarán los ladrones de tumbas porque no se enterrará junto con nosotros ningún objeto de valor.

Más que ver, presentí su estremecimiento.

—Vámonos.

No le hice caso.

—Los objetos de valor que te voy a mostrar se habrán entregado a Octavio y en el mausoleo no habrá ningún tesoro. Eso siempre y cuando Octavio acceda a mi petición.

Ahora ya nos habíamos acostumbrado a la oscuridad y veíamos cuanto nos rodeaba. Pasamos por delante de los dos sarcófagos y rodeamos las relucientes columnas negras para acercarnos a la montaña del tesoro.

Tirso se la quedó mirando con asombro. No lo esperaba.

Rodeé la pirámide del tesoro.

—Aquí hay oro, plata, perlas, lapislázuli, esmeraldas, todo en cantidad suficiente para pagar todas las deudas que tenga Octavio, por elevadas que sean.

Alargó la mano y tocó un lingote de oro.

—Ni siquiera está frío —se sorprendió.

—Es cierto —convine—. Quien diga que el oro es frío y duro jamás ha tenido el privilegio de tocar grandes piezas de oro puro. Es un metal muy suave y siempre deseoso de adaptarse a ti; y nunca se nota frío como el hierro. El oro es una sustancia muy misteriosa —dije, acariciándolo con cariño—. Tráeme la respuesta de tu amo cuanto antes, pues ya ves que tengo la posibilidad de destruirlo todo si su respuesta no me complace.

Le mostré la leña y la pez que había al pie del montículo.

—Él desea complacerte. —Tirso tomó mi mano y la besó—. Es su mayor deseo. —Se acercó un poco más sin soltarme la mano—. Confía en él y confía en el poder que ya ejerces sobre sus... sentimientos.

Volvió a besarme la mano sin soltármela.

—Pues entonces que deje de disfrazarlos y permita que afloren a la superficie —repliqué—. No se puede dar una respuesta a las intenciones ocultas.

Me siguió besando la mano mientras un mechón de su abundante cabello le caía hacia delante y me rozaba la muñeca

—¡Vaya! —dijo una áspera voz desde la puerta: la de Antonio.

Tirso se apartó avergonzado.

Antonio se acercó casi de un salto y agarró a Tirso.

—¡Vaya! ¡Conque es eso lo que envía Octavio! ¡Un estúpido y servil muchacho! ¡Y tú! —añadió, acercándose a mí—. ¿Cómo permites que te babee la mano y lo animas a que lo siga haciendo? —Estuvo a punto de levantar a Tirso del suelo, agarrándolo por un hombro—. ¡Traicionándome a mí!

—No —contesté. No lo había interpretado bien y había estropeado mi cuidadoso plan—. Ya basta. ¡Suéltalo!

—¡No lo defiendas! ¿Cómo se atreve a tomarse estas libertades? —Acercó el rostro al de Tirso—. ¿Quién eres?

—Tirso, el amigo y liberto de Octavio —graznó el muchacho.

—¡Un liberto! ¿Nos envía a un liberto como mensajero? ¿Y un liberto se acerca a la Reina de Egipto como un confidente? ¡Oh, qué insolencia!

—Mi señor —dijo Tirso—, no he hecho nada malo

ni he cometido ninguna falta de respeto. La Reina me ha conducido aquí por motivos personales.

—¿De veras? —dijo Antonio—. Y supongo que te ha invitado a que le tomes la mano, ¿verdad? ¡Tienes que aprender educación! ¡Guardias!

Los dos soldados que montaban guardia a la entrada del mausoleo respondieron a su llamada.

—¿Mi señor?

—¡Azotad a este hombre! —les ordenó—. ¡Llevadlo fuera y azotadlo!

—¡Soy el enviado oficial de Octavio! —protestó el joven—. No te atreverás a...

No hubiera tenido que utilizar aquellas palabras. Intenté calmar a Antonio.

—¡Por favor! —le rogué—. Es contrario al protocolo. Es indigno de ti.

—¿Ahora lo defiendes? ¡Hubiera tenido que comprenderlo!

—Sólo intento impedir que lleves a cabo una acción precipitada que pueda dañar tu reputación.

—Dile a tu amo Octavio que, si quiere compensarlo, azote a Hiparco, mi antiguo liberto que desertó para unirse a él —le gritó a Tirso—. De esta manera, yo estaré doblemente satisfecho.

Soltó una áspera carcajada mientras los soldados se llevaban a rastras a Tirso.

—¡Necio! —le grité—. ¡Lo has estropeado todo!

—¿Qué es lo que he estropeado? ¿Tu doblez con Octavio? —replicó en tono despectivo.

—¡Estoy tratando de salvar Egipto para mis hijos! ¡Es lo único que podemos esperar!

—¿Y por eso atiendes y sonríes a cualquiera que te envíe Octavio? —gritó—. Me decepcionas.

—Estoy haciendo un trato, el trato más desesperado de mi vida. Este tesoro a cambio de la libertad de Egipto.

—Observo que no hablas para nada de «nuestra» libertad.

—Me temo que ésta no es probable que nos la concedan —dije—. Tengo unas esperanzas limitadas, no unas esperanzas imposibles.

—¿Qué te ha dicho?

—No ha contestado todavía a mi ofrecimiento. Por eso le estaba mostrando a Tirso el tesoro, para que comprendiera el verdadero alcance de lo que ofrezco. En cuanto al tuyo, Octavio lo ha rechazado, tal como yo sabía que haría.

—¿Qué ha dicho exactamente?

—Que podrías encontrar otros medios para quitarte la vida.

—¡Entonces puede que lo haga!

—Lo haremos los dos cuando llegue el momento. Ahora tranquilízate —dije, intentando calmarlo.

Pero mi espíritu estaba trastornado. Octavio no perdonaría el insulto de haber azotado a su enviado y endurecería su corazón contra mi oferta. Ahora ya ni siquiera la tomaría en consideración.

Oh, ¿por qué habría aparecido Antonio en aquel momento?


Regresé a toda prisa a mis aposentos alegando una reunión con Mardo, pero en realidad lo hice para pensar. A lo mejor tenía la oportunidad de arreglarlo. Pero Antonio no debería enterarse. Tenía que ver a Tirso antes de que regresara al campamento de Octavio. Tenía que decirle algo. Pero ¿qué? ¿Qué?

Ordené a uno de mis guardias que fuera inmediatamente al recinto de los castigos y ordenara el cese de la flagelación en caso de que ésta aún no hubiera terminado y que retuviera al hombre y después le dijera que me esperara. En cuanto el guardia se fue con la espada golpeando contra su costado, mandé llamar a Olimpo, quien no se alegró de que lo obligaran a interrumpir su cena.

—¡Prepárame el mejor ungüento que conozcas para sanar las heridas! —le pedí.

Me miró con aire de superioridad.

—¿Qué clase de herida? —me preguntó—. No todas son iguales. ¿Una herida por punción? ¿Una mordedura de perro? ¿Una herida de espada?

—Las magulladuras de una flagelación —contesté.

Me miró sorprendido.

—¿A quién han azotado?

—¡A la persona menos indicada! —contesté—. ¡Antonio ha despreciado todas las reglas del protocolo y ha mandado azotar al enviado de Octavio!

Hasta Olimpo se escandalizó.

—¡No! —Después preguntó—: ¿Qué ha hecho para merecerlo?

—Nada —contesté—. Nada sino ser joven, pertenecer al bando más fuerte y comportarse como tal.

Era la verdad.

—Ah. —Olimpo sacudió la cabeza—. No es propio de Antonio. Está pasando por unos tiempos muy oscuros. Lo preparo ahora mismo. Creo que para la piel en carne viva lo mejor será una mezcla de barrilla tostada, vinagre, miel y hiel...

En su ausencia, redacté una estúpida nota para que Tirso se la llevara a Octavio, algo que yo pudiera firmar con el sello real. No importaba lo que dijera con tal de que no prometiera nada, pero le diera algo que pudiera abrir.

«Nobilísimo Oct...» No, aquel nombre no... «Joven César, ansío depositar todo mi tesoro a tus pies a cambio de tu solemne promesa de confirmar a mi hijo en el trono de Egipto...» Nada nuevo, pero al menos eran unas palabras.

Sosteniendo en mis manos la valiosa jarra de ungüento y envuelta en un holgado manto con capucha, bajé sigilosamente a los cuartos militares contiguos al palacio, donde Tirso estaba detenido.

Estaba sentado en un banco con el cabello pegajoso a causa del sudor y la cabeza inclinada entre las rodillas. Bajo la luz de las antorchas vi los verdugones de su espalda, unos pequeños surcos enrojecidos semejante a las minúsculas rodadas de una rueda. En algunos puntos la piel estaba desgarrada y colgaba a ambos lados. El joven gemía y se estremecía... ya no era el orgulloso enviado. Me acerqué a él y me eché la capucha hacia atrás. Sus ojos habían subido desde unas sandalias que no eran de soldado hasta llegar a mi rostro. Su sobresalto al reconocerme fue más que evidente. Pero no se levantó; tal vez pensó que todas las normas habían quedado anuladas.

—No puedo borrarte las heridas de la espalda —le dije—, por más que lo quisiera. Pero puedo ofrecerte esto, que favorecerá su curación.

Ojalá tuviera el poder de hacerlas desaparecer para que Octavio no las viera. Pero eso no estaba al alcance de Olimpo.

Antes de que pudiera contestar, me situé a su espalda y extendí el ungüento sobre sus heridas, rozándolas con la mayor suavidad que pude. Aun así, el joven hizo una mueca, pues eran profundas y estaban en carne viva. ¿Cuántas había? Conté unas ocho. ¿Cuántas hubiera habido si yo no hubiera interrumpido el castigo?

—Tenemos que pedirte perdón —le dije en un susurro.
Al final, decidió hablar.
—¿Una reina le pide perdón a un liberto?
Ardía de furia.
—Cuando el liberto ha sido agraviado, sí —contesté—. Eso no hubiera tenido que ocurrir. Si puedes hacerlo, te ruego que lo borres de tu memoria. Sin embargo, no todo el mundo tiene la grandeza de espíritu necesaria y yo no

me atrevo a abrigar esta esperanza. —Seguí aplicándole el ungüento en la espalda. Había sido tratado con gran crueldad—. No nos lo merecemos.

Estas últimas palabras parecieron ablandarlo. Volvió la cabeza y me dijo:

—Él no te perdona, pero yo te lo perdonaría todo. —Soltó una breve risita—. Me dijeron que era peligroso conocerte, pero que valía la pena correr el riesgo a pesar de todo. —Hizo una mueca cuando yo le rocé un verdugón más profundo—. Ahora comprendo lo que eso significa.

—¿Quién lo dice? —pregunté. Tenía que saberlo.

—Casi todo el mundo en mi campamento. Incluso el propio Octavio.

—Pues dile que te he enseñado la verdad de la primera parte de la afirmación y que me gustaría hacer lo mismo con la segunda. Si... bueno, que lea esta nota que traigo para él.

¡Oh, Isis!, ¿qué estaba haciendo? ¿Aplicando un bálsamo a las heridas de un liberto y dirigiéndole veladas insinuaciones a mi mayor enemigo? Pero había prometido hacer cualquier cosa por Egipto.

—¿Qué dice la nota? —preguntó Tirso.

—Bueno, eso sólo lo puede leer Octav... el imperator. —Hice una pausa—. Te traigo una capa para sustituir la que te han arrancado de la espalda. Tómala y, cuando la contemples, intenta recordar no las acciones de los soldados, sino lo que he hecho yo. —La saqué de una bolsa y se la eché sobre los hombros.

Era de la más fina y suave lana de Mileto. La ensangrentada espalda de Tirso la mancharía, pero necesitaba cubrirse para hacer el viaje y protegerse del polvo de la calzada. Confiaba también en que le sirviera de recordatorio visible de la visita secreta que yo le había hecho. Me abstuve de regalarle joyas porque no quería que se me vieran demasiado las intenciones.

Poco después, a primera hora de la mañana, Carmiana anunció a Epafrodito, quien entró a toda prisa con una bolsa bajo cada brazo.

—Majestad —dijo, haciendo una rápida reverencia—, tengo aquí los inventarios que me pediste, junto con las cifras del tesoro.

Sostuvo en alto una bolsa.

Necesitaba saber qué le entregaríamos a Octavio... y lo que intentaríamos salvar.

—Gracias —dije. Alargué la mano hacia los pergaminos y me parecieron muchos—. Resúmelos —le pedí, bajando las piernas al suelo desde el banco donde estaba recostada e indicándole unos asientos junto a la mesa de trabajo. Deposité la bolsa allí y la vacié.

Desenrolló un pergamino.

—Aquí tienes los apuntes finales. —Señaló con un dedo una columna de cifras—. Lamento decirte que la economía de Egipto está muy sana. Hemos tenido la mejor cosecha en muchos años y la crecida del Nilo de este año promete repetir la hazaña. Las pérdidas de Accio se han recuperado y hasta se ha cubierto la destrucción de la flota que se dirigía al mar Rojo.

—Yo también lo lamento. Ojalá Octavio encontrara los graneros vacíos y un tesoro menguado. Lo has hecho todo muy bien, amigo mío. Me has servido fielmente a lo largo de todos estos años en contra de tus inclinaciones. A partir de hoy, deberás dimitir de tu cargo y regresar junto a los tuyos. Cuando llegue el momento, no te acerques a palacio. Deja los informes aquí y acepta mi agradecimiento como si fuera una despedida.

Me miró profundamente apenado.

—Parece una ingratitud.

—No, si yo lo ordeno —le dije—. Quiero que perezca el menor número de personas posible. De esta manera, triunfaremos sobre los romanos. Queda todavía una cosa: necesito un informe falso para entregárselo a Octavio en el que se excluya cierta parte de nuestra riqueza. Ocultaré algunas cosas que más adelante les puedan ser útiles a mis hijos. —Eché un vistazo a las cifras—. Creo que quedará suficiente para complacer a Octavio. No sospechará que faltan algunas cosas.

Epafrodito se inclinó y me cubrió las manos con la suya.

—No soporto oírte hablar así. Tan resignada a lo peor y a aceptar que todo ha terminado.

—Tenemos que esperar lo mejor mientras nos preparamos para lo peor. Nunca olvido, ni siquiera por un instante, que si Octavio muriera en la batalla, y no tiene por qué ser una gran batalla, pues las flechas vuelan igual de rápido en una pequeña escaramuza, todo cambiaría en un instante. Roma se quedaría sin gobernante y Antonio se convertiría de repente en el hombre decisivo y todos aquellos preparativos serían una broma. Pero...

Sabía que podía ocurrir, pero no podía contar con ello. Me levanté y tomé sus manos entre las mías. Me pregunté si alguna vez volvería a verle. Aquella prolongada y lenta bajada de la marea era muy dolorosa. La orilla quedaba cada vez más lejos y la teníamos que abandonar a la fuerza.

Dos semanas después:

—Un mensajero de Octavio, mi señora —anunció Mardo, asomando la cabeza por la mampara de marfil de mi estancia de trabajo.

Me lo dijo con tanta indiferencia que nadie hubiera imaginado el ansia con la cual estábamos esperando cualquier noticia acerca de su paradero.

Me levanté.

—¿Acaba de llegar?

—Todavía lleva el polvo del camino en la capa —contestó Mardo.

El joven soldado iba efectivamente sucio a causa del viaje, pero yo observé que era un tribuno militar, no un soldado de infantería corriente. Estaba claro que Octavio había decidido enviar a alguien de más categoría que el anterior emisario.

—Te damos la bienvenida —saludé—. ¿Qué tiene que decirnos Octavio?

Permaneció de pie con los hombros erguidos, procurando disimular que lo estaba observando todo para presentar luego un informe.

—Mi señora, el imperator César desea comunicarte que se está acercando a la frontera de Egipto. En estos momentos descansa en Rafia.

—Ah, sí, Rafia. Un hito muy importante. Hace mucho tiempo, en la batalla de Rafia, Tolomeo IV utilizó por primera vez soldados egipcios para derrotar a su enemigo de Siria. Un momento decisivo. —Miré al joven—. Y supongo que Octavio espera que la hazaña se repita.

—Sería una suerte para todos nosotros si se repitiera —contestó el enviado—. Mi comandante te pide que le envíes la declaración de rendición a Pelusio.

—¿Y por qué supone que se la voy a enviar?

—Porque dice que tú le has hecho un ofrecimiento basado en la premisa de que no haya derramamientos de sangre.

—Pero es que él no ha contestado a mi ofrecimiento y por eso yo he pensado que no quería aceptarlo.

Cuando él no contestaba, significaba que no había acuerdo. Por otra parte, después del trato que habíamos dispensado a Tirso, ¿qué otra cosa hubiera podido hacer?

—Muy al contrario. Pero la única manera de demostrarle tu buena fe es permitirnos pasar sin ningún impedimento a través de Pelusio.

Me eché a reír.

—Su descortesía al no contestar lo hace imposible.

Ha despertado en mí ciertos recelos acerca de sus intenciones. Ahora no puedo confiar en él.

¡Como si alguna vez hubiera confiado!

—Es justo lo contrario. Tienes que demostrarle que hiciste tu ofrecimiento de buena fe y que estás empeñada en evitar cualquier derramamiento de sangre aun a costa de algún sacrificio.

—Muchacho, ¿tú sabes qué ofrecimiento le hice?

—No, él no se lo ha revelado a nadie.

—Lo suponía.

Decidí no contárselo. O sea que se trataba de un asunto entre nosotros dos.

—¿No ha enviado instrucciones al respecto ni ningún mensaje para mí?

—Te envía esto —contestó el joven, y abrió una bolsa de cuero de la que sacó una cajita.

La abrí y dentro encontré dos cosas: una moneda con una sibila y una esfinge, y un sello de jaspe con una esfinge.

—Si pretende desconcertarme, lo ha conseguido —dije al final.

Tomé el sello y lo examiné cuidadosamente.

—Me pidió que te explicara que la moneda data de la época de César mientras que el sello es suyo. Te plantea un acertijo para que lo resuelvas de la misma manera que la esfinge, que es vuestra en Egipto y también suya, pues se trata de su sello personal, planteaba acertijos. Dice: «Hay espacio para dos en el misterio.»

No acertaba a imaginar qué podía significar. ¿Que ambos podíamos compartir el legado de César? ¿Que había habido profecías acerca de nosotros en los libros sibilinos? ¿Que pensaba entrar en Egipto para apoderarse de la esfinge egipcia, que él consideraba su símbolo? ¿Que sólo dos de los tres que éramos —él, Antonio y yo— sobreviviríamos? ¿Que había espacio en el mausoleo —el misterio de la muerte— para dos de nosotros? ¿O que dos podríamos compartir el tesoro amontonado en su interior?

—¿Y qué voy a hacer yo con eso? —pregunté, extendiendo la mano en la que sostenía la moneda y el sello.

—Si en algún momento tienes algún mensaje para él, ponle el sello de la esfinge y él obrará inmediatamente en consecuencia.

Comprendí que el soldado no sabía nada más.

—Bueno, de momento no tengo más mensaje para él que el que tú le puedes comunicar de palabra: no puedo hacer ninguna concesión sin una petición formal y un acuerdo entre nosotros. Dile también que sigo empeñada en destruir el tesoro. Eso es todo.

—¿Qué tesoro?

O sea que Octavio ni siquiera se lo había comentado.

—Él ya sabe a qué me refiero. —Esbocé una sonrisa—. Dile que aplaudo su oscuridad y que trataré de resolver con calma el acertijo.

—¿O sea que tenemos que avanzar hacia Pelusio?

Parecía decepcionado. Estaba claro que esperaban una capitulación.

—En la medida de vuestras posibilidades —contesté—. Y nosotros la defenderemos en la medida de las nuestras.


Celebramos una reunión familiar en el comedor de los aposentos de Antonio. Tenían que participar todos los niños, incluso los más pequeños. Todo seguía tranquilo y aterradoramente normal. No se había producido ningún éxodo en la ciudad, pues, ¿adónde hubiera podido ir la gente? Los alejandrinos siempre habían estado separados de Egipto y no era probable que se encontraran a gusto en los llanos campos de labranza del Delta o en unas tiendas del desierto. Si se alejaran por mar, no hubieran encontrado ningún destino que los acogiera. Por eso las cosas seguían igual que siempre.

El joven Antilo había pedido un plato romano que

echaba de menos: jibias rellenas y bulbos de gladiolo asados. Se disculpó señalando que ya sabía que era un plato muy local. Le dije que buscaríamos los bulbos de gladiolo en los almacenes del muelle y que, si no los hubiera, los sustituiríamos por cebollas. Pero conseguí encontrar unos cuantos. En Alejandría se encuentra de todo.

Alejandro y Selene tenían unos gustos más refinados, lo cual no era de extrañar, habiéndose criado en la corte más sofisticada del mundo. Pidieron camarones dorados y empanadas de cebollas albarranas, especificando que no querían aceite de oliva de segunda prensa.

—Qué remilgados son —comentó Antonio—. Pensar que mis hijos son tan remilgados.

—Yo no lo soy —intervino Antilo.

—Lo sé —dijo su padre—. Pero eso es porque viniste aquí cuando ya tenías los gustos formados.

—Tú también —le recordé yo—. Y en cambio enseguida te acostumbraste.

—No, simplemente amplié mis gustos. Me siguen gustando los platos sencillos. —Se recostó en el triclinio y se apoyó en un codo—. Me complace teneros a todos reunidos a mi alrededor —añadió—. ¿Qué más podría desear un hombre? Tres hijos excelentes, una hija preciosa y una esposa extraordinaria. —Levantó la copa y brindó solemnemente por todos nosotros—. Estoy satisfecho de mi epitafio.

—¡No hablemos de epitafios! —me apresuré a decirle—. Nunca podemos estar seguros de lo que se escribirá después acerca de nosotros.

—Pese a ello, no lo he hecho del todo mal —insistió Antonio.

—¿Dónde está el pato? —preguntó Filadelfo, el pequeño Puerco Espín. Desde que lo llevaran a cazar a las marismas, decía que el pato era su comida preferida, aunque, en realidad, lo que le gustaba era el recuerdo de las embarcaciones, el agua y el susurro de las cañas. Yo había observado que siempre se lo dejaba casi todo en el plato. A sus cinco años, el pato era demasiado graso como para que pudiera digerirlo fácilmente.

—Enseguida lo traen —le aseguré.

Contemplé a mis hijos y eché profundamente de menos a Cesarión. Rezaba a todos los dioses, pidiendo que lo protegieran. Qué distintos eran mis cuatro hijos de mí y de mis hermanos. Mis hijos se querían y no había entre ellos ningún monstruo. Los Lágidas solían producir demonios en cada camada, pero yo me había librado de aquel destino. Allí no había Arsinoes ni Berenices. A lo mejor, la introducción de sangre romana había evitado los malos resultados de muchas generaciones de endogamia.

—Si por casualidad vierais a Octavio a solas —les dije a mis hijos—, tratadlo con toda cortesía. No olvidéis llamarlo en todo momento imperator César. —Fue lo único que pude hacer para que no se me quebrara la voz—. No le gusta que lo llamen Octavio.

—¿Por qué? —le preguntó Alejandro—. ¿No es su nombre?

—Bueno, es uno de sus nombres. Es el nombre que tenía a tu edad. Cuando creció, adquirió otros que le gustaban más. De la misma manera que tú eres «Alejandro» y «Helios». Puede que algún día tú prefieras llamarte Helios. Entonces lo comprenderás.

—¡No creo! —replicó—. Parecería demasiado presuntuoso.

—A algunas personas no les importa parecer presuntuosas.

—Me gusta que mis hijos no sean así —dijo Antonio.

—¿No somos primos de Octavio? —preguntó Selene.

—Lejanos —contestó Antonio—. Él es sobrino nieto de César y yo soy primo de César en tercer grado. Ya podéis calcular el parentesco.

—Mmm. —Alejandro frunció el ceño y yo comprendí que lo estaba calculando mentalmente. Se le daban muy bien las matemáticas—. Necesitaría ponerlo por escrito —confesó.

—Me gustaría que accedierais a un capricho mío —les dije, sosteniendo en mi mano derecha la copa de ágata—. Ésta era la copa de mi padre. Recuerdo que una vez la llenó y se la acercó a los labios. Bebed de ella conmigo. —Hice una seña y un criado llenó la copa—. Me parece recordar que una vez me dijo que procedía de Macedonia, pero no estoy muy segura. En cualquier caso, yo siempre la asocio con él y ahora me gustaría verla en vuestras manos.

Tomé un sorbo y le pasé la copa a Alejandro.

Éste ladeó la cabeza, bebió y le pasó la copa a Selene. La niña cerró los ojos y levantó cuidadosamente la copa.

—¿Filadelfo también? —preguntó.

—Todos —contesté yo.

Mi hijo menor tomó un buen sorbo y le pasó la copa a Antilo.

¿Qué sería de Antilo?, me pregunté. Antonio no había tomado nunguna disposición con respecto a él, como si no soportara la idea de hacerlo. Seguramente confiaba en que Octavio lo llevara de nuevo a Roma y cuidara de él. No había ningún lugar adonde enviarlo, ningún refugio; Egipto y la India no formaban parte de su herencia. Pobre Antonio, el romano exiliado. Mi corazón sufría por él.

—Hijos míos, puede que dentro de unos días Alejandría sea atacada —les dije—. Deberéis seguir las instrucciones que os dé el capitán de mi guardia por vuestra seguridad. Os hemos preparado unos escondrijos en unas galerías subterráneas de palacio. Allí hay comida, lámparas y agua. Cuando os den la señal, deberéis refugiaros. No podemos saber qué ocurrirá después. Cualquier cosa que hagáis o sintáis, no olvidéis vuestra sangre. Es muy valiosa y será honrada incluso por el enemigo. No tengáis miedo.

—¿No vamos a luchar? —preguntó Alejandro.

—¡Por supuesto que sí! —contestó Antonio con su sonora voz de siempre—. Tenemos cuatro legiones a nuestro servicio, aparte la formidable Guardia Macedonia y los soldados egipcios. Y nuestra caballería está muy bien preparada. Yo mismo me pondré al frente de ella.

—Por no hablar de nuestra flota —le recordé yo—. Aún nos quedan unos cuantos barcos supervivientes de Accio y tenemos a punto los barcos de nueva construcción.

—Desplegaremos las líneas de batalla alrededor de la ciudad —dijo Antonio.

Era como si, sabiendo que todos los esfuerzos estaban condenados al fracaso, estuviera dispuesto a dar el todo por el todo. Pero antes hubiera tenido que reunir sus dispersas legiones, fortificar el Nilo y reforzar la guarnición de Pelusio con soldados egipcios. Demasiado tarde. La llama de la resistencia ardía en Antonio, pero su heroísmo brillaba más bien como una pira funeraria.

—Octavio ya ha iniciado la marcha sobre Pelusio —les expliqué a los niños—. Para ello, tiene que atravesar la calzada del desierto, un serpeante camino sin agua en estos sofocantes días de la canícula.

—Pelusio —suspiró Antonio—. Yo tomé Pelusio hace años.

—Sí, lo conoces muy bien —le dije.

—Cuando era un joven oficial de caballería y Gabinio decidió colocar de nuevo en el trono a vuestro abuelo Auletes... —se inclinó hacia Alejandro y Selene— por diez mil talentos; me envió a mí por delante para que tomara la fortaleza mientras él esperaba cómodamente en Judea. La tomé por asalto...

Había retrocedido en el tiempo como si los años se hubieran esfumado.

Incluso le había cambiado la voz.

—Es un lugar muy difícil de asaltar, pero yo encabecé un ataque impresionante y la fortaleza cayó. Querían matar a los prisioneros de guerra egipcios, pero yo me negué a hacerlo porque habían luchado con valentía y merecían que se les perdonara la vida. ¡Cómo se enfadaron conmigo! —añadió, tomando un buen sorbo de vino.

—Gracias a ello, te ganaste la simpatía de los egipcios —dije yo—. Tu clemencia los emocionó a todos.

—Sí, fue el principio de mi relación amorosa con Egipto —recordó Antonio—. A partir de aquel momento, nos convertimos en una sola cosa. —Hizo una pausa teatral—. Fue entonces cuando conocí a vuestra madre —les dijo a los niños, inclinándose hacia ellos en gesto de complicidad—. Cuando ella sólo era un poco mayor que tú —añadió, acariciando la barbilla de Selene.

—No me la puedo imaginar a esta edad —señaló la niña con la feroz ignorancia propia de los muy jóvenes.

—Pues la tenía —sonrió Antonio—. Era tan joven como Perséfone antes de que Plutón se la llevara. Tan joven como las flores que arrancaba. Y la amé desde el primer instante en que la vi.

—Está exagerando —les dije a los niños—. Su memoria embellece el pasado.

—¡No, es verdad! —insistió Antonio.

—Siempre tan galante —dije yo.

A lo mejor me avergonzaba de no haberle querido entonces y de no haber pensado que volvería a verle. Me parecía una ceguera por mi parte. ¿Cómo era posible que no me hubiera dado cuenta? El único recuerdo nítido que conservaba de él en aquella época era el de los festejos de Dioniso. Había hablado de vinos como un entendido y se había mostrado indulgente con la conducta de mi padre. Y yo se lo había agradecido.

—Puede que Pelusio resista —dijo Antonio—. A lo mejor, Octavio no logrará quebrar su defensa. Pero, cualquier cosa que ocurra, recordad que vosotros estaréis a salvo —les dijo a los niños—. Hay unas normas en la guerra, por las cuales los hijos de los personajes encumbrados siempre son tratados con cortesía. La costumbre la inició Alejandro con la mujer y los hijos de Darío. Pensaban que los ejecutaría o los vendería como esclavos, pero los trató con respeto. Incluso llegó a casarse con la hija de Darío.

—¡Bueno pues, yo nunca me casaré con Octavio! —dijo Selene, echando la cabeza hacia atrás.

—Ya te he dicho que son unos presuntuosos —me dijo Antonio entre risas—. Escuchadme bien, hijos míos —añadió, mirándolos—. Tenéis que hacer cualquier cosa que sea necesaria.

Recordé de repente un verso de Epafrodito. «Sí, pues un perro vivo es mejor que un león muerto.»

Mientras hay vida, la rueda de la fortuna puede seguir girando y levantarte del polvo.

La dulzura de los higos y los dátiles con natillas de miel con que rematamos la comida no sirvió para elevar nuestro ánimo. Contemplé a mis hijos mientras comían y pensé que eran encantadores; sólo un monstruo les hubiera podido causar daño. Las crías de todas las especies nos atraen, incluso las de los cocodrilos y las cobras. Sólo los cazadores de corazón endurecido las matan sin pensar, condenándolas no por lo que son sino por aquello en lo que pueden convertirse. Me dolía el corazón por ellos. Rezaba para que la combinación de dudas políticas, pragmatismo y sentimientos familiares detuviera la mano de Octavio, quien no albergaba pensamientos tan nobles como Alejandro. Sin embargo, se sabía que siempre se mostraba considerado con sus parientes. La familia romana era su único y verdadero dios, a pesar de los muchos santuarios que había mandado erigir en honor de Apolo.

Le pedí a Isis que Octavio decidiera preservar la vida de aquellos niños.

Cuando los criados hubieron quitado la mesa, me levanté y extendí los brazos.

—Venid todos aquí. —Quería abrazarlos a todos y que todos nos abrazáramos los unos a los otros. Los cuatro me obedecieron y, además, Alejandro y Selene me abrazaron los costados, hundiendo las cabezas bajo mis hombros; Filadelfo me rodeó las rodillas y Antilo y Antonio formaron una protectora muralla a nuestro alrededor. De una forma inesperada, cruzó por mi mente un pensamiento: «¡No me dejéis nunca!» Sin embargo, sólo atiné a decir—: Que todos nos recordemos siempre los unos a los otros y recordemos este momento.

# EL DÉCIMO ROLLO

# 73

El mar estaba en calma. Todo el mundo contenía la respiración. Al mediodía no soplaba el menor viento en las calles desiertas y los muros de los edificios irradiaban una luz cegadora y un intenso calor. Desde mi privilegiada posición en lo alto de las murallas del palacio, no veía el menor movimiento en toda la ciudad.

Me asomé al muro de la torre por el lado que miraba al puerto; abajo estaban las gradas de mármol blanco que bajaban al agua, visibles como unas líneas quebradas bajo la superficie. Era el lugar donde solían reunirse los criados, donde los niños chapoteaban y jugaban y donde estaba amarrado el pequeño trirreme. Pero aquel día sólo había soldados repartidos por todo el recinto: mi Guardia Macedonia, el último baluarte que un invasor tendría que vencer antes de entrar en el palacio.

Pelusio había caído apenas siete días después de que se recibiera la noticia de que Octavio se dirigía a Rafia. Seleuco, el comandante de la guarnición, había llegado a un acuerdo con el enemigo en lugar de luchar. ¿Quién se lo hubiera reprochado, con la clase de mensaje que Antonio había transmitido, creando una asociación de personas dispuestas a morir juntas? Sin embargo, la mala noticia iba acompañada de otra buena: nuestras fuerzas no eran tan inferiores en número a las del enemigo como nosotros pensábamos. Todas las tropas estaban concentradas en Alejandría, donde podríamos hacernos fuertes y combatir con la ventaja de defender nuestro propio territorio. Pero lo mejor de todo era que Antonio había despertado finalmente de su letargo y se pondría al frente de sus hombres como sólo él podía hacerlo. Los soldados lo seguirían, pues poseía una capacidad innata para inspirarles entusiasmo y sin duda llorarían de alivio y gratitud al ver que su comandante volvía a ser el mismo de siempre. Cuando apareciera Octavio, se llevaría una desagradable sorpresa.

Me aparté de la muralla, cuya luz cegadora me hería en los ojos. Destacando contra la blancura del mármol, el azul del mar era tan puro como el alma de un niño no nacido. Más allá del Faro y del rompeolas, el azul se extendía sin interrupción. No se vislumbraba ningún barco en el horizonte... todavía.

Mi flota esperaba en el puerto. Como en Accio. Había unos cien navíos de guerra tanto egipcios como romanos.

Los mensajes de Octavio habían cesado. Yo no había utilizado el sello de la esfinge, pues no tenía nada que comunicarle aparte lo que ya le había dicho. Por lo visto, estaba dispuesto a desafiar mi bravata —en caso de que la considerara en estos términos—, marchar sobre Alejandría y tratar de apoderarse del tesoro antes de que yo lo destruyera.

La intensidad de la luz y la radiación del calor me aturdía, pero hice un esfuerzo y me quedé donde estaba.

«Todo estará oscuro y tranquilo en el mausoleo —pensé—. Aprovecha el sol todo lo que puedas.»

Habíamos recibido informes sobre el avance de Octavio, naturalmente. Nuestros hombres habían regresado al galope para informarnos: «Ahora está en Dafne... ahora está cruzando el canal de Necao desde el Nilo de los Lagos Amargos. Ahora está en Pitón. Ahora en Heliópolis...»

Heliópolis. Cuando Octavio la dejara atrás y cruzara el Nilo propiamente dicho, ya le quedaría muy poco.

Llevaba siete legiones y Agripa no estaba con él. Avanzaba sin su brazo derecho, confiando en su suerte. En una horrible inversión de la situación: marchaba por el mismo camino que había recorrido César para defenderme y salvar Alejandría. César había avanzado con mucho cuidado y había sorprendido al enemigo; en cambio, nosotros sabíamos muy bien dónde estaba Octavio.

Cuatro días antes había sido visto en Terenutis, en el Brazo Canópico del Nilo, y la víspera ya estaba en Canopo, a quince millas de Alejandría.

Había sido una marcha muy rápida. ¿Concedería un descanso a sus tropas antes de la arremetida final? Los hombres estarían agotados después del esfuerzo ininterrumpido que habían realizado desde Rafia. Y él sabía sin duda que los combates por Alejandría serían muy encarnizados.

Nosotros teníamos cuatro legiones romanas y suficientes soldados egipcios como para formar una quinta, más un considerable ejército de caballería. Antonio había estacionado a los egipcios en lugares estratégicos de la ciudad y había reunido a los romanos justo delante de la Puerta del Sol en el este, listos para enfrentarse con Octavio.

Ahora que ya era tan tarde Antonio había recuperado su espíritu de lucha, como si Marte hubiese estado durmiendo y se hubiera despertado de golpe para ungirlo con la sangre de la batalla. Desde la toma de Pelusio por parte de Octavio, había estado preparando y adiestrando a las tropas.

Algo en el horizonte... ¿unos barcos? Me protegí los ojos con la manos y agucé la vista, pero la sombra se desvaneció. A lo mejor había sido sólo una gaviota, vista por el rabillo del ojo. En la otra dirección, por el este, no podía ver nada desde el lugar donde me encontraba, pues me lo impedían las murallas de la ciudad.

Todo estaba a punto. Los niños ya sabían lo que tenían que hacer, sus refugios los esperaban en las entrañas del palacio. Mardo, Olimpo, Carmiana e Iras habían recibido las últimas instrucciones. Con mi habitual afán de perfección, había tratado de organizarlo todo hasta el último detalle. Sobre todo el último detalle.

No obstante seguía creyendo que aún nos quedaba alguna posibilidad no sólo de supervivencia sino incluso de victoria. Octavio lucharía con grandes desventajas: con unos soldados cansados que no cobraban la paga, se encontraban en un territorio desconocido y lo tenían a él por comandante. Octavio no podía competir con un Antonio pletórico de fuerza ni con unas tropas descansadas que combatirían en la defensa de su propia ciudad.

Yo sostenía en la mano un ramillete de flores que ya se habían marchitado a causa del calor. Arranqué las flores una a una y las arrojé al agua de abajo, contemplando cómo volaban por el aire y caían al mar. Unas manchitas de color flotaron valerosamente, creando una especie de mosaico. Unas pisadas muy fuertes. Antonio apareció doblando la esquina, tras haber subido los peldaños de dos en dos a pesar de la pesada armadura y la espada que llevaba.

—¡Ya está aquí! —anunció—. Lo acaban de ver en el Camino de Canopo. Los hombres avanzan a marchas forzadas. Debe de querer llegar aquí y establecer el campamento antes de la puesta del sol.

El penacho de su yelmo se agitaba y la visera me impedía verle los ojos, pero su voz sonaba joven y animosa.

—Yo no veo nada —dije.

—Muy pronto se tendrá que distinguir la polvareda. Piensa armar un buen alboroto. La caballería lleva una milla de adelanto y él la utiliza para reconocer el terreno. Los atacaremos antes de que encuentren un lugar donde descansar.

—¿Cómo, ahora?

No era posible, ya era la tarde y... yo estaba convencida de que el enfrentamiento tendría que ser por medio de una gran batalla.

—Lo pillaremos por sorpresa —contestó Antonio—. Destruiremos su avanzadilla. —Dio una palmada a su espada—. ¡Ah, cuánto me alegro de poder comportarme una vez más como un hombre!

Acarició la espada como si fuera un olvidado animal doméstico.

—¿Y qué haremos nosotros aquí? —pregunté.

Tendría que preparar el mausoleo, reunir a los niños... ¡Oh, dioses! ¿Lo tendríamos que poner todo en marcha en aquel sereno y despejado día? ¿Poner en marcha unos acontecimientos para que se deslizaran inexorablemente por su cuenta, como las puertas del mausoleo se deslizaban por sus guías?

—Reza a todos los dioses por nuestro éxito —me dijo, tomando mis manos entre las suyas—. Ellos te escucharán.

Contemplé su rostro bronceado por el sol y sus ojos todavía invisibles bajo la visera del yelmo.

—Bésame —le pedí de repente. Me pareció que, si no me besaba, no tendría suerte en la batalla.

Se inclinó rápidamente para darme un beso, pero su mente ya estaba lejos.

—Adiós pues —se despidió.

¿Eso era todo? Sabía que era todo lo que podía ser, pero me pareció una actitud muy fría.

—Adiós —repetí, contemplando cómo daba media vuelta y bajaba los peldaños en medio del revuelo de su capa. Me agarré al cortante borde de la muralla, incapaz de moverme, de apartarme de allí y de empezar a poner en marcha las cosas.

Ahora me pareció ver una tiznadura en el horizonte. Se acercaban los barcos. La flota de Octavio navegaba impulsada por los remos, no por las velas.

Por consiguiente, este décimo rollo tendrá que ser el último. Acabo de empezarlo. Y es bueno que así sea. El número diez tiene su mística; puede que no sea mágico como el siete, el tres o el doce, pero bastará para contener toda mi vida. Tenemos diez dedos, la formación de un niño dura diez meses lunares y la semana egipcia tiene diez días. Isis desde File visita a Osiris en su isla cada diez días. Y todos los hombres veneran el número cien, que es diez dieces.

Junto con todas las demás cosas, también he adoptado disposiciones para ti, rollo mío, en compañía de todos tus hermanos. Te seguiré escribiendo hasta que mi mano pueda. Y, si por casualidad, todo eso fuera estúpido y prematuro, puede que algún día haya veinte rollos, siempre y cuando mi vida siga adelante y no se detenga en un sofocante y sereno día.


La puesta de sol era de un intenso color morado, tan intenso como el mediodía al que había sucedido. El delicado violeta parecía surgir del mar y extenderse por toda la ciudad. Era una noche que a los alejandrinos les hubiera encantado para celebrar cenas, conferencias y discusiones, todas ellas amenizadas con dulces vinos de importación y toda suerte de exquisiteces. Pero en aquel lento ocaso no se observaba el menor movimiento en las calles.

Entraron los criados para encender las lámparas, los pocos criados que nos quedaban. Había despedido a los libertos y los había enviado a sus casas. Ahora sólo teníamos a los esclavos y a los servidores más fieles. Los ejércitos de criados que convertían el palacio en un lugar tan ruidoso y lleno de colorido ya no estaban. El resplandor de las lámparas de aceite creaba unos círculos amarillentos en la sala.

De pronto oímos un estrépito junto a las puertas. Mardo y yo permanecimos de pie, cogidos de la mano. Cualquier cosa que fuera, había llegado el momento. Cerré los ojos y respiré hondo varias veces.

Más ruidos, el rumor de los cascos de unos caballos y de unos hombres armados. Corrí a la ventana y miré. Los jinetes llevaban unas antorchas encendidas cuyo resplandor me permitió ver que eran romanos. Pero ¿qué romanos? Parecían muy contentos, se reían y daban enérgicos brincos.

De pronto vi a Eros con la cabeza descubierta. Estaba haciendo girar en círculo a su caballo y trazando arcos con su antorcha.

—¡Eros! —grité y entonces vi a Antonio a su espalda.

Antonio levantó la vista y me miró con expresión exultante. Sin pérdida de tiempo, tomé la mano de Mardo y juntos bajamos a toda prisa los peldaños y salimos al patio donde se habían reunido los jinetes.

—¡Mi Reina! —exclamó Antonio cuando nos acercamos a él. Se inclinó y me levantó del suelo hasta la altura de su silla sin dejar de besarme. Me quedé en suspenso en el aire mientras sus labios cubrían los míos sin apenas dejarme respirar—. ¡Lo hemos conseguido! —gritó mientras me ayudaba a sentarme en la silla delante de él—. Nos hemos abatido sobre ellos con tal rapidez que apenas han tenido tiempo de montar en sus monturas. Los hemos derrotado, hemos matado a unos cien y el resto ha regresado corriendo junto a Octavio. —Se rió y volvió a besarme—. ¡Hubieras tenido que oír sus gritos! ¡Parecían gatos escaldados!

Canidio había ayudado a Mardo a montar en su caballo y ahora ambos nos miramos sonriendo mientras una sensación de alivio nos inundaba y nos dejaba exhaustos después de la tensión.

Las instrucciones de muerte desaparecieron y nos parecieron una pesadilla obscena.

—¡Vamos a celebrar un festín! —les dijo Antonio a sus hombres—. ¿Lo podemos organizar, amor mío?

—Las cocinas están preparadas —le aseguré. Nos las arreglaríamos.

—Y vino también, en cantidad suficiente para alegrarnos sin que mermen nuestras facultades para mañana —precisó—. Y música...

—Sí —dije yo—. Esta noche, lo que sea.

Los detalles los averigüé después. Cómo cruzaron la puerta de la ciudad, galoparon camino abajo unas cinco millas, pasaron por delante de la arboleda de Némesis donde se levantaba un monumento conmemorativo en honor de Pompeyo y descubrieron los preparativos de un campamento. Los soldados habían empezado a cavar trincheras y a trazar calles, pero nada más. Estaban descansando con sus caballos y apenas tuvieron tiempo de montar cuando vieron que las fuerzas de Antonio se les echaban encima. Estaban agotados y no les quedaban ánimos para contraatacar. Muchos murieron inmediatamente y los demás se dispersaron y desaparecieron en todas direcciones.

—¡Algunos de ellos hasta se adentraron en el mar con sus caballos! —exclamó Antonio—. ¡Como si esperaran que Poseidón acudiera en su ayuda! —Sus grandes manos rodeaban una gran copa de oro de cuyo vino tomó un buen sorbo—. Y aquí te presento al soldado más valiente de todos, mi lugarteniente Aulo Celso. Cabalgó directamente hacia ellos causando estragos a diestro y siniestro con grave riesgo de su vida.

Vi a un corpulento joven todavía vestido con su armadura, una manchada coraza de cuero y un maltrecho yelmo bajo el brazo.

Antonio había arrastrado a sus hombres a la fiesta vestidos tal como estaban.

Celso inclinó la cabeza.

—He cumplido con mi deber y ha sido un placer.

—Es demasiado modesto —dijo Antonio—. La verdad es que ha sido la mano de Marte. Estaría contento, mejor dicho, orgulloso, si alguno de mis hijos fuera tan buen soldado como él.

—Estoy viendo que necesitas un uniforme un poco mejor —le comenté al soldado—. Procuraremos que tu recompensa sea no sólo útil, sino también provechosa.

El bullicio en la sala aumentaba por momentos gracias al vino y a la sensación de alivio que todos experimentábamos. Fue casi como en los viejos tiempos, a pesar de que la tensión aún no se había disipado. Los hombres comieron y bebieron, pero no hasta el extremo de perder la cabeza. Al final, Antonio se levantó de su triclinio y extendió las manos para pedir silencio. Lo obtuvo muy pronto... demasiado pronto, lo cual significaba que el silencio había estado al acecho todo el rato.

—Amigos míos —se dirigió a ellos—, os alabo por vuestra valentía de hoy. ¡Pero por nuestros combates de mañana os exhorto a no flaquear! Pues mañana nos enfrentaremos con todas nuestras fuerzas al enemigo y él se enfrentará a nosotros con todas las suyas. No con una simple avanzadilla, sino con todo el ejército. Toda nuestra fortuna dependerá de esta batalla.

Los hombres lo escucharon atentamente, pero con rostros inexpresivos. No pude adivinar sus sentimientos.

—Desafié a Octavio a combate singular —dijo de repente—. Sí, lo invité a enfrentarse conmigo de hombre a hombre con la espada en la mano.

No creía posible que los hombres pudieran quedarse más inmóviles e inexpresivos de lo que ya estaban, pero así fue. Los soldados que llenaban la sala le miraron fijamente y sin parpadear.

—Y él se negó. Pero, más que negarse de plano, contestó con impertinencia, «Si desea morir, hay muchos otros medios entre los que elegir». Qué listo. Qué mordaz. Pero, mirad, tuvo razón. Lo he estado pensando mucho. —Alargó la copa para que se la volvieran a llenar. Un criado se acercó y él esperó a que terminara de escanciar el vino antes de reanudar sus palabras—. Y he llegado a la conclusión de que mañana buscaré vivir o morir con honor. Derrotar al enemigo sería un honor y morir en el campo de batalla también lo sería. En cualquiera de los dos casos, triunfaré. —Tomó un buen trago de vino—. Por consiguiente, bebed conmigo y escanciad libremente el vino, pues mañana será un día decisivo.

Ahora los más fieles seguidores de Antonio se congregaron a su alrededor para reiterarle su lealtad. Los músicos volvieron a tocar. El vino corrió en abundancia. Fuera, las calles seguían desiertas.

Espero en la alcoba. Todo está a oscuras a excepción de una lámpara. Carmiana me ha quitado la túnica y la ha doblado y guardado tal como ha hecho cientos —miles— de veces. Me pasa la camisa de dormir por la cabeza como si yo tuviera previsto de veras dormir. Me sostengo el espejo de metal delante del rostro y, bajo la luz de la lámpara, veo sólo unos grandes ojos, libres ahora del kool que los perfilaba y con polvo de malaquita en los párpados. Unos ojos corrientes, ni siquiera cansados o rodeados de arrugas. No revelan nada, ni alegría ni temor. Sólo una leve curiosidad.

Sí, siento curiosidad. Todo se reduce a eso ahora. Las preguntas sin respuesta tendrán su respuesta mañana.

Ya está aquí Antonio... debo detenerme.

Entró en la alcoba con una lámpara.
—¿Cómo? ¿Por qué tan oscuro? —preguntó, tomando su lámpara para encender todas las demás, incluso la almenara que había en un rincón. Mientras lo hacía, yo me aparté del escritorio, me dirigí a la cama y me acosté.

Le observé mientras se movía por la estancia. Aún no estaba doblegado por el cansancio y rebosaba fuerza.

—Bueno, ya es hora de descansar. —Se volvió para quitarse la armadura y la túnica. Lo hizo solo, sin molestar a Eros—. Dentro de unas horas os volveré a poner —les dijo a las prendas, dejando la espada y el puñal sobre el montón.

—Deja estas cosas —le pedí, extendiendo los brazos hacia él.

Se acercó tal como había hecho también cientos, miles, de veces y me abrazó. Todo lo que estábamos haciendo era una repetición de mil acciones anteriores: desnudarnos, abrazarnos, acostarnos. No había nada fuera de lo corriente, la cotidianidad de los hechos resultaba adormecedora.

—¿Has hablado con los niños?

Sólo con eso traicioné la diferencia entre aquella noche y cualquier otra noche.

—Sí. Ahora mismo. Ha sido muy duro.

Al día siguiente abandonarían sus aposentos y bajarían a las salas especiales que les habían preparado.

—También lo habrá sido para ellos.

—Creo que para ellos es algo así como un juego —dijo—. A los niños les encantan los pasadizos secretos, las cerraduras y los escondrijos.

Lo estreché en mis brazos.

—¿Por qué has encendido todas estas luces si lo que queremos es dormir? —le pregunté. No me apetecía tener que levantarme para apagarlas.

Se echó un poco hacia atrás.

—Porque quería mirarte —contestó.

No dijo: «Por última vez.»

Me emocioné.

—Pues mírame —susurré.

Estudió mi rostro con tanta atención como si estuviera examinando un texto.

—Durante años ha llenado mi visión —dijo—. Ha sido lo único que veía.

No pude reprimir una sonrisa.

—Entonces son ciertos todos los desvaríos de Octavio —me burlé—. El triunviro no tiene ojos más que para la Reina, su mundo se ha reducido a su alcoba...

—No, eso es una tergiversación. Sólo quería decir que has llenado mi mundo, no que lo hayas oscurecido. Si acaso lo has embellecido y me has aclarado la visión.

No hizo falta que dijera todas las cosas que había hecho por mí y en mi nombre. Había llegado el momento decisivo. Dejó de mirarme, cerró los ojos, se inclinó hacia delante y me besó.

Nos estrechamos largo rato en un prolongado abrazo más allá de la pasión. Al final, mientras permanecíamos tendidos el uno junto al otro, tuve que decirlo.

—Mañana, cuando te vayas, me prepararé para ir al mausoleo. Carmiana, Iras y Mardo me acompañarán. Pero esperaremos a encerrarnos dentro hasta que sepamos con certeza lo que ha ocurrido. Si nos dicen que es Octavio el que cabalga hacia el palacio, jamás nos encontrará vivos. Y tampoco pondrá las manos en el tesoro. Pero no puede producirse ningún error. Tú y yo tendremos que ponernos claramente de acuerdo acerca de la señal. Si no oigo dos sonidos muy claros de trompeta y tu voz gritando «¡Anubis!», correré al monumento y haré todo lo que ya sabes.

—¿Por qué Anubis?

—Porque cualquier otra cosa, mi nombre, el tuyo, Isis o Victoria, la podría gritar cualquiera. En cambio, a nadie se le ocurrirá gritar «Anubis». De esta manera, no podrá haber ninguna confusión.

—Entonces, ¿estamos de acuerdo en que si no derrotamos a Octavio, vamos a morir?

Aborrecía la palabra «muerte».

—Si no lo derrotamos, moriremos de todos modos, sólo que el lugar y el momento los elegirá él.

—Sí —convino Antonio, inclinando la cabeza.

—No hablemos más de eso —rogué.

—Es curioso la de veces que he adoptado disposiciones definitivas —dijo él—. En la Partia, en Paretonio... Entonces mis amigos no querían permitírmelo; en cambio, ahora tú, mi esposa, me instas a que lo haga.

Me llamó la atención que inmediatamente me hubiera visto como la enviada de la muerte, más insensible que Eros o Lucilio.

—Entonces no era el momento —fue lo único que pude decirle—. Hacer las cosas prematuramente enoja a los dioses, pero demorar el momento apropiado obstaculiza los designios que ellos tienen para nosotros. —Le besé las mejillas y el nacimiento del cabello, allí donde los bucles se ensortijaban sobre su frente y sus oídos—. Quisiera conservarte para siempre —susurré—. Y lo haré, pero no aquí. Tendremos que seguir viviendo en los Campos Elíseos.

¿Creía de veras en su existencia? ¿Existían los Campos Elíseos, unos prados con mariposas y flores silvestres? Quería creerlo. Lo quiero creer ahora. Ahora...

—¿No podríamos morir juntos? —me preguntó en tono quejumbroso—. Morir separados es un golpe muy duro.

—No es posible —contesté con firmeza—. Yo intentaría impedírtelo y tú intentarías impedírmelo a mí. Ninguno de los dos querría que el otro muriera primero y, mientras discutiéramos, Octavio se nos echaría encima. No, ésta es la única manera.

Pero lo abracé con fuerza, como si con eso pudiera evitarlo.

No podría acompañarle en la batalla; tendría que permanecer hasta el final en mi ciudad y él no podría eludir la tarea de ponerse al frente de su ejército. Al amanecer nos separaríamos y cada uno iría al encuentro de la muerte que le correspondiera. Sería absurdo que a mí me mataran montada a caballo y muy triste que él se escondiera en el mausoleo y eligiera mi modalidad de muerte, pues era la propia de los reyes y los faraones. Él tendría que morir como romano y yo como egipcia.

—Si quieres conservarme a tu lado —le dije—, combate mañana como jamás en tu vida hayas combatido. ¿Crees acaso que en este preciso instante Octavio no está adoptando disposiciones con respecto a su propia muerte? Puede que mañana sea él quien caiga, sin haber alcanzado siquiera la edad de Alejandro. ¡Está en tus manos!

—Puedes tener por cierto que haré todo lo que mi capacidad física me permita —me aseguró—. Pero los dioses...

«¡Malditos fueran los dioses! —se me ocurrió pensar impíamente—. ¡Nosotros los desafiaremos!»

Antonio cerró los ojos y permaneció tendido a mi lado, con un brazo alrededor de mis hombros y la mano colgando. En penumbra vi sus dedos doblados tal como suelen estar en momentos de descanso, formando un suave semicírculo. Su respiración no era tan profunda como durante el sueño profundo, pero se había quedado adormilado.

De repente, oí unos lejanos compases musicales. ¿Alguien en la silenciosa ciudad estaba despierto y celebraba una fiesta? Aquel silencio tan impropio de Alejandría había persistido hasta entonces.

Presté atención y volví a oír la música, ahora con más claridad. Eran flautas y panderos. Parecía una procesión lejana. Pero ¿quién podía desfilar por las calles aquella noche?

Me zafé del abrazo de Antonio y crucé el frío suelo de mármol para acercarme a la ventana. La suave luz de la lámpara de la alcoba enmascaraba la profunda noche del exterior. No veía nada. En todas direcciones la ciudad permanecía en silenciosa espera; en algunos lugares ardían antorchas, pero sólo la blancura de la piedra servía para iluminar el conjunto.

El mar reflejaba el estrellado y desierto cielo y la flota de Octavio permanecía anclada más allá del rompeolas. ¿Estaba el cielo ligeramente enrojecido hacia el este por las hogueras del campamento enemigo, o eran simples figuraciones mías?

Otra vez la música. Más fuerte y definida, procedente del otro lado de los muros de palacio, hacia el Camino Canópico. Un grupo de personas que cantaban, gritaban, tocaban la flauta y los címbalos. De un momento a otro aparecerían por el otro lado para dirigirse hacia el este y entonces quedarían a la vista.

El sonido parecía brotar directamente del suelo y estaba pasando justo bajo las murallas del palacio. Debían de ser muchos y ahora ya se encontraban al otro lado del Camino Canópico, pero yo seguía sin ver nada. Abrí la puerta de la terraza, salí, miré a la ancha calle de mármol de abajo y vi que estaba desierta, pero llena de un sonido que, de repente, me resultó fatalmente familiar. Lo había oído antes, la noche en que murió mi padre.

Era Dioniso, acompañado por su grupo de bacantes y adoradores. ¡Nos abandonaba! ¡Abandonaba a Antonio!

Ahora el ruido sonaba más lejano y estaba cruzando la Puerta de Canopo hacia el este.

El dios de Antonio lo había abandonado, tal como había abandonado a mi padre.

Era una despedida inequívoca y mortal.

Me agarré con fuerza a la barandilla mientras el corazón me martilleaba en el pecho. Sin su dios, sin Dioniso, Antonio estaba perdido.

¡Qué cobarde era el dios! Lo odiaba con toda mi alma ¿De qué sirve un dios que te abandona en la hora definitiva? No merece ser un dios, ¡es peor que Planco, peor que Ticio y que Delio!

¡Ojalá la casa de los Lágidas jamás hubiera mantenido tratos con Dioniso!

¿Lo habría oído Antonio? Regresé corriendo a la cama y me volví a acostar. Antonio parecía profundamente dormido. Mejor. Me tendí a su lado y observé cómo la estancia se iba aclarando poco a poco.


Pero tú, oh, Isis, jamás abandonarás a tu hija. Tú eres la diosa suprema, capaz de salvar. Tengo que confiar en ti. Incluso ahora. Sobre todo, ahora.

# 74

Se despertó con toda tranquilidad, si es que efectivamente había dormido. La estancia aún estaba casi a oscuras, pero aquel día —aquel día que se prolongaría eternamente y terminaría eternamente— tenía que empezar antes del alba.

Sacó los pies de la cama y sacudió la cabeza.

—He tenido unos sueños muy raros, unos sueños tan raros que mejor hubiera sido permanecer despierto. He soñado una extraña música.

Volvió a sacudir la cabeza como si quisiera despejarse.

—No pienses más en eso —me apresuré a decirle.

Echó un vistazo a la ropa y dio unas palmadas para llamar a Eros, que se presentó de inmediato. Debía de haber dormido al otro lado de la puerta, o más bien habría permanecido en vela, pues no era probable que ninguno de nosotros hubiera conciliado el sueño.

¿Habría Eros oído también la despedida? No se lo podía preguntar, pero, a juzgar por su pálido y ojeroso rostro, deduje que sí.

Sosteniendo en sus manos el cuenco de agua caliente, Eros dejó que Antonio se arrojara agua a la cara y el cuello y después, con mucho cuidado, secó el rostro de su amo.

Antonio se volvió a poner la ropa; la túnica interior de lana roja, la pesada coraza, el pañuelo para protegerse el cuello de las quemaduras del sol y las sandalias de correas anudadas alrededor de las piernas. A continuación, Eros le ajustó la espada a la derecha y el puñal a la izquierda. El pesado yelmo no se lo pondría hasta el mismo momento de salir.

Poco a poco la luz había ido penetrando en la estancia y ahora yo descorrí las cortinas para que entrara el día. Fuera el mar resplandecía y las dos flotas permanecían ancladas frente a frente.

Antonio y yo nos miramos desde extremos opuestos de la estancia mientras Eros se retiraba a una sala contigua.

Inmóvil en su armadura, Antonio parecía una estatua de Marte. La orgullosa cabeza del hombre que me había llevado consigo a lo largo de tantos esfuerzos y peligros me miró con infinita tristeza. No pude soportar la mirada de sus ojos, una mirada que decía: «Adiós, ahora tenemos que separarnos aunque no queramos.»

Me arrojé en sus brazos y lo estreché con fuerza, apoyando el rostro en el duro metal de la armadura. Ya estaba ensimismado, lejos de mí.

De pronto, sentí que me tiraba del pelo y me echaba la cabeza hacia atrás para besarme. Levanté el rostro para acercarlo al suyo y recibir el beso.

—Adiós, amor mío —fue lo único que le pude decir.

Comprendí que jamás volvería a verlo.

Dio media vuelta y abandonó la estancia sujetando el yelmo sin mirar hacia atrás.

Y así terminó. Ha terminado. Ahora espero a media mañana la noticia que no deseo recibir. Cuando él se fue, me vestí, llamé a los niños, los abracé y jugué un rato con ellos. Mardo está aquí, junto con los demás. Vino Olimpo. Le mostré los rollos y el lugar donde los había guardado. Me reiteró la promesa. Después me dio un beso en la mejilla y se retiró para esconderse en su casa hasta que pase el peligro. Le dije que sólo tendría que añadir este rollo a los demás. Lo llevaría conmigo dondequiera que estuviera. Pareció aceptarlo; por lo menos, no hizo preguntas.

Uno a uno todos se van. Me he quedado desnuda como un atleta antes de una prueba.

Mardo me roza el hombro.
—¿Qué plan de batalla tienen? —me pregunta.
—Publícula estará al mando de la flota —contesto—. Antonio se pondrá al frente de la caballería y Canidio mandará la infantería. Esta vez no habrá posibilidad de que el enemigo se niegue a entrar en combate. Sólo llevan unas horas acampados y no han tenido tiempo de cavar suficientes trincheras como para resistir un ataque.
No habrá un segundo Accio.
Sacude la cabeza.
—¿Y cómo lo sabremos?
—Por las voces de los soldados que vuelvan. Si hemos ganado, el grito será ¡«Anubis»!
—Muy apropiado —dice.

Mediodía, pero no tan caluroso como la víspera. La ligera brisa nos refresca. Subo nuevamente a las murallas y veo las flotas inmóviles, todavía ordenadas en líneas de batalla. ¿Por qué no se mueve nadie? ¿A qué esperan?

Asiendo con fuerza el borde de mármol, veo que, al final, los remos se mueven: los veo hundirse en el agua, levantarse e impulsar los navíos. Nuestra flota está abandonando el puerto para enfrentarse a la de Octavio.

Ahora los barcos del enemigo se mueven un poco y se retiran. Permanecerán al acecho como una pantera y dejarán que nos acerquemos a ellos. Por fin nos acercamos lo suficiente como para empezar a dispararles piedras y bolas de fuego. ¿Por qué no lo hacemos? ¡Disparad! ¡Soltadles una descarga!

Pero ellos siguen avanzando inofensivamente. Y en su lugar... no puedo creer lo que están viendo mis ojos... ¡se sitúan de costado y saludan a los barcos de Octavio! Levantan los remos en un gesto de no agresión. Y enseguida... ¡lanzan unos gritos de compañerismo!

Unos gorros vuelan por el aire: júbilo, reunión. Las dos flotas se juntan fraternalmente. Nuestra flota, los navíos supervivientes de Accio y los barcos recién construidos, se han pasado al enemigo.

Eso sucedió hace varias horas. En aquel momento comprendí que la batalla estaba perdida. Dioniso nos había abandonado. Con mucha calma (¿por qué apresurarse?, todo había terminado), ordené que los niños se fueran a su escondrijo, tomé mi manto y este rollo, y me dirigí lentamente al mausoleo. Sus grandes puertas abiertas me dieron la bienvenida.

Nos seguían dos esclavos con un arcón que contenía mis vestiduras reales, la corona y el cetro. Era una corona más bonita que la que le había enviado a Octavio, tal como mi enemigo tendría ocasión de comprobar cuando la viera. Los seguía otro esclavo llevando un cesto de gran tamaño cerrado con una tapa. Los esclavos habían depositado ambos objetos en el suelo del monumento y se habían retirado.

Aquí no hay más luz natural que la que penetra desde el piso de arriba. Pero yo vacilaba sin querer seguir adelante con el plan por si oyera la milagrosa palabra *Anubis*.

Aún no sabíamos cómo le había ido al ejército al margen de lo que hubiera ocurrido en el mar.

En medio del tranquilo calor del mediodía me dirigí al contiguo templo de Isis para ofrecer mis últimas plegarias. Era una simple formalidad, pues ya no me quedaban palabras. Permanecí de pie delante de la estatua de la diosa tan blanca como la leche y le supliqué en silencio que ablandara el corazón de Octavio y salvara a mis hijos y a Egipto. «Míralos con misericordia —le rogué—. Que tu misericordia llegue también hasta Octavio.»

Fuera, el mar besaba la base del templo y el puerto se estaba llenando de barcos que regresaban.

No quedaba mucho tiempo.

Bajé de la alta plataforma del templo y regresé al mausoleo. Ahora se oían unos gritos, un fragor de jinetes. Algo había ocurrido al otro lado de las murallas de la ciudad. Algo decisivo.

Le pedí a un criado que pasaba que corriera al Camino Canópico y me dijera qué ocurría. El criado me obedeció y se alejó corriendo.

Se oía ruido, mucho ruido, pero ningún sonido de trompeta que anunciara la victoria. Gritos y más gritos, rumor de cascos de caballos y pisadas.

Permanecí de pie en la entrada del mausoleo. No pensaba moverme de allí hasta que lo supiera; ahora ya no podía tardar mucho...

El muchacho regresó corriendo con la larga túnica volando a su espalda. Jadeando, se detuvo en seco delante de mí.

—Es... —casi no podía respirar—. Las legiones han sido derrotadas y la caballería se ha pasado a Octavio. —Dobló el tronco a causa de un doloroso calambre en el costado.

—¿Las legiones han combatido y han sido derrotadas?

El chico asintió con la cabeza, con la cintura todavía doblada.

—¿Y Antonio estaba al mando? ¿Se ha... está...?

—No lo sé. No creo. Parece que entre los hombres que regresaban no había oficiales, sólo soldados de a pie —contestó el muchacho.

O sea que Antonio había perecido en el campo de batalla. Era lo que él quería.

—Gracias —le dije al criado.

Quería ofrecerle una recompensa, pero sólo llevaba encima mis joyas. Me saqué los pendientes de perlas y los deposité en su mano.

Antes de moverme, cerré los ojos para que la tierra no

diera vueltas a mi alrededor. O sea que eso es lo que se siente, así es cómo te lo comunican. Ni siquiera unas solemnes palabras finales revestidas de cierta dignidad. Sólo una conjetura, una deducción, una confusión.

«¿Se ha... está? No lo sé. No creo.»

Oh, Antonio, te mereces un anuncio mejor que éste y yo merezco saberlo con toda certeza. De otro modo, ¿cómo tendré el valor que necesito en esta hora? ¿Muerto en un campo? ¿Sería reconocible? Sí, claro, a través de los distintivos de su rango. Pero el enemigo se ocuparía de él. Oh, era demasiado doloroso como para soportarlo.

Y ahora yacía lejos de mí. Estaba anonadada, tan anonadada como si no lo hubiéramos preparado y nos cogiera por sorpresa. La crueldad de aquella situación me dejó sin habla, helada. Permanecí inmóvil, clavada en el suelo, mientras la gente corría a mi alrededor presa del pánico.

El mausoleo. Tenía que entrar. Tenía que regresar a su seguridad. Junto con Mardo, Iras y Carmiana. Hice un esfuerzo por dar media vuelta, abandonar el soleado exterior y volver a entrar en el mausoleo.

Ordené que se cerraran las puertas interiores. No las permanentes, pues ésas sólo se pueden cerrar una vez y primero teníamos que celebrar unos funerales. Pero eran unas puertas de roble muy sólidas, provistas de resistentes cerrojos y herrajes. Un enemigo hubiera necesitado un ariete para derribarlas.

Llevamos varias horas acurrucados aquí, a la espera de saber con absoluta certeza lo que ha ocurrido. Mi derecho a saber tiene que ser satisfecho, me digo; es sólo por eso y no por cobardía o arrepentimiento, por lo que no me atrevo a levantar la tapa del cesto...

¿Cuánto tiempo pueden vivir en este cesto? Muchos días, me han dicho. Las silenciosas criaturas permanecen inmóviles sin apenas respirar. Nakht había cumplido muy bien mi encargo. Me dijo que eran muy valiosas. Pero ¿cuánto vivían aquellas criaturas? ¡Hay tantas cosas que quisiera saber, tantas cosas que quisiera aprender!, piensa la parte sana de mi mente. Soy joven y no quiero morir esta tarde. Esta tarde no.... tal vez mañana por la tarde o por la noche, pero, ¡no esta tarde, dulce Isis!

Sin embargo, no fue más que una momentánea rebelión de mi deseo contra la firmeza de mi voluntad. No tiene que repetirse. Me incliné para ver si se oía algún sonido desde el interior del cesto para asegurarme de que la liberación estaba al alcance de la mano. Lo único que tenía que hacer era levantar una ligera tapa de mimbre.


A través de los barrotes de la puerta veía y oía que la ciudad era un hervidero de tropas. ¿Habría llegado Octavio? ¿Eran suyos los soldados? Subimos al piso de arriba que tenía una especie de balcón interior y unas ventanas que daban al recinto del palacio. Era la parte del edificio que no se había completado y dos de las ventanas carecían de barrotes.

Con tristeza contemplé el tumulto de mi amada ciudad, impotente y a la merced de un invasor, con las puertas de las murallas abiertas y los ciudadanos corriendo aterrorizados de un lado para otro. Y yo no podía evitarlo. Había dedicado toda mi vida a defenderla, pero mis esfuerzos habían sido vanos, pues no había podido impedir la llegada de aquella triste hora. Mis alianzas, mis planes, mis estratagemas y mis sacrificios sólo habían servido para aplazarla, pero no para impedirla.

¿Por qué demorarlo por más tiempo? ¿Por qué seguir contemplando el terrible espectáculo del fracaso?; de repente, la muerte me parecía deseable. Di media vuelta para apartarme de la ventana y le hice señas a Carmiana y a Iras de que me acompañaran. Pero Carmiana, con el rostro muy rígido, me estaba indicando algo del exterior.

—Sí, es muy doloroso —le dije—. Pero no te tortures más contemplándolo.

Tomé su mano.

—Mi señora, es que... mira adónde lo llevan —me dijo en un susurro, señalando con la mano un extraño y pequeño cortejo.

Hacia la derecha, por el camino del palacio, unos hombres transportaban en unas parihuelas un cuerpo rodeado por un grupo de criados.

A pesar de la distancia, vi que el hombre —pues era un hombre— estaba ensangrentado, pero seguía con vida. No mostraba la flaccidez propia de la muerte.

—Oh, amiga mía, es... es Antonio —dijo Mardo con un nudo en la garganta.

Sí, era él. ¿Había resultado herido en el campo de batalla y lo traían a palacio? ¿Había querido que lo llevaran junto a mí? Experimenté una oleada de alivio y le di gracias a Isis por estar todavía viva. Lo hubiera echado de menos si me hubiera armado de valor unos minutos antes.

Estaba tratando de incorporarse, pero le faltaban las fuerzas. Toda la parte delantera de su túnica estaba ensangrentada y la sangre chorreaba al suelo desde las parihuelas. Le habían quitado la armadura.

Uno de los criados aporreó la puerta, pero yo le dije a gritos desde la ventana:

—No podemos abrir ahora, de lo contrario Octavio entraría y se apoderaría del tesoro. Pero ¿no podríamos usar la ventana?

Había unas cuerdas procedentes de las inconclusas obras de albañilería del piso de arriba. Las arrojamos para que ataran las parihuelas. La altura era considerable y yo me pregunté si tendríamos fuerza para izar las parihuelas. Antonio era un hombre muy fornido y ahora era casi un peso muerto, pues no podía ayudarnos en nuestro esfuerzo.

Se le veía tan débil, tendido allí con la sangre escapándose a borbotones de la herida y el rostro intensamente pálido y sin apenas poder hablar.

—¡Valor! ¡Valor! —le grité para darle ánimos mientras los cuatro tirábamos de las cuerdas hacia arriba para izar las parihuelas. No teníamos fuerzas suficientes y, cada vez que las parihuelas golpeaban contra la piedra de la pared, Antonio hacía una mueca de dolor.

—Date prisa —me dijo en un susurro que casi no pude oír.

Haciendo un supremo esfuerzo, los cuatro conseguimos izar las parihuelas hasta el alféizar de la ventana, desde donde las levantamos y las colocamos en el suelo.

—¡Oh, amor mío, no te mueras sin mí! —oí que decía mi voz mientras me arrojaba sobre su pecho pegajoso de sangre. Ahora yo también estaba ensangrentada, pero era lo que quería. Me mojé las palmas de las manos con su sangre y me las pasé por la cara y el cuello. Después, sin darme cuenta, me rasgué la parte superior de la túnica, me la quité y le cubrí el pecho con ella. La sangre la empapó de inmediato.

—Mi señor, mi esposo, mi emperador —le susurré al oído—. ¡Espérame!

Sabía que nada lo hubiera podido salvar; la herida era mortal. Apenas podía hablar.

—¿Cómo te la han hecho? —le pregunté, apoyando mi mano sobre la herida—. ¿Cómo han podido traspasar la armadura?

—Me la he hecho... yo mismo —contestó—. Ningún enemigo sino sólo Antonio. Sólo Antonio conquista a Antonio.

—Mi valiente *imperator* —susurré. Me incliné para besarlo. Sus labios ya estaban fríos.

—Eros —murmuró—. Eros...

—¿Qué le ocurre a Eros?

Sólo entonces reparé en su ausencia.

—Me ha fallado —dijo Antonio, tratando de reírse, pero no pudo, pues le dolía demasiado—. Ha desobedecido mis órdenes. Cuando hubiera tenido que matarme y yo me había dado la vuelta, se mató él.

—Oh, amor mío...

Acuné su cabeza en mis brazos. No había sido el noble final que habíamos planeado, sino un final chapucero, doloroso y poco elegante.

—Un poco de vino —pidió con un hilillo de voz.

Le ofrecieron una copa y, con nuestra ayuda, consiguió incorporarse un poco y beber.

—Viene Octavio —dijo.

Tomó mi mano en la suya. Con la otra mano yo empecé a golpearme el pecho. Él trató de impedírmelo, pero no tuvo fuerzas.

—Por favor —musitó—, no me compadezcas por esta última jugada del destino. Recuerda toda la suerte que he tenido durante muchos años y piensa que he sido el hombre más ilustre y poderoso del mundo. Incluso ahora no he caído con ignominia.

—Sí —convine. Las lágrimas me impedían ver su rostro, ahora que aún estaba vivo y movía los labios—. No, se te ha concedido una muerte honrosa. Los dioses te han otorgado un último regalo.

Sentí que la presión de su mano se aflojaba y me soltaba la mía a regañadientes. Cerró los ojos y pareció concentrar todas sus fuerzas en una serie de actos respiratorios entrecortados, cada uno de los cuales hacía que brotara más sangre de la herida del pecho. Experimentó un último estremecimiento y dejó de respirar.

—¡No! ¡No! —grité, como si quisiera obligar al pecho a seguir moviéndose. Pero no se movió y la mano resbaló y quedó interte a su lado con la palma hacia arriba.

Los párpados estaban cerrados y las largas pestañas se

habían juntado; ahora aquellas espesas y largas pestañas sobre las cuales yo solía gastarle bromas mantenían los párpados cerrados para disimular la dureza de la muerte y borrar su indecencia.

Antonio había muerto. Todo el mundo se estaba alejando.

—Señora. Señora.

Alguien estaba tirando de mí en un intento de separarnos. Mi cuerpo estaba casi pegado al suyo debido a la sangre. Lo abracé con todas mis fuerzas. No quería irme, no quería que me apartaran.

—Querida amiga —dijo Mardo—. Tienes que hacerlo. Él ya se ha ido.

No quería soltarlo, pero me arrancaron de su lado y Mardo me tomó en sus brazos y bajó conmigo al piso de abajo, dejando a Antonio solo en sus parihuelas.

—No... —dije mirando hacia atrás.

—Tendrá un entierro como es debido —dijo Mardo—. Pero eso puede esperar. ¿Has olvidado a Octavio? ¡Ya debe de estar a punto de llegar!

Octavio. ¿Qué me importaba a mí Octavio? Nada me importaba en aquellos momentos, sólo permanecer en los protectores brazos de Mardo, mi más antiguo y verdadero amigo, y dejar de pensar. El mundo se había convertido en un reseco cascarón y Antonio yacía muerto allí arriba.

Apreté su brazo en silencio. ¿O acaso le dije algo? No lo sé. Sólo sé que, en medio del remolino de sensaciones en el que sentí que mi espíritu abandonaba mi cuerpo y regresaba flotando al piso de arriba para unirme con Antonio y huir de toda la sangre y la vileza de aquella hora, advertí que me depositaban en el suelo. Mardo me había dejado delante de las grandes puertas.

Me empujó hacia ellas apoyando las manos en mis hombros.

—¡Mira allí! —me urgió.

No. No puedo mirar nada en tan inmediata sucesión. Pero él me empuja implacablemente hacia los barrotes.

Enjambres de personas. ¿Qué personas? ¿Y qué más da? Me siento muy débil, me agarro a los barrotes para sostenerme en pie. Hay sombras en la hierba. Han transcurrido varias horas desde que Antonio se despidió lenta y dolorosamente de este mundo. Es un tiempo más allá del tiempo. Me parece extraño que el tiempo verdadero haya transcurrido en el exterior. No deseo volver a entrar en él. Quiero permanecer en este lugar inmutable de piedra y puertas cerradas sin tiempo y sin estaciones.

—Señora —dice Carmiana a mi lado, secándome el rostro manchado de sangre con un pañuelo—. ¡Valor!

Ahora el tiempo vuelve a ocupar su espacio, como si fuera la cuerda de una polea que lo une todo. Veo la gente del exterior. Son soldados romanos. No los nuestros, si no otros: de Octavio.

Son hordas enteras, pisotean la hierba de los jardines de mi palacio, se sientan en las gradas del templo de Isis. Beben agua de sus botas, mondan fruta, se ríen. Para ellos es una fiesta: la obscena fiesta de la victoria, contemplada ahora por los vencidos. ¿Habrá en el mundo un sabor más amargo que éste?

—Mira de dónde vienen —musitó Mardo.

Vi a un grupo de oficiales que avanzaban resueltamente hacia nosotros. ¿Se encontraría Octavio entre ellos?

Y después... y ahora... No puedo reconstruir cómo ocurrió y cómo pudo suceder tan rápido.

Un estrépito desde arriba, desde el lugar donde está Antonio. Loca de emoción, vuelvo la cabeza gritando: «¡Sabía que volverías!»

¿De veras lo sabía? ¿Esperaba que se incorporara y regresara a la vida y me buscara gracias a la fuerza de una voluntad y un deseo más poderosos que la muerte? ¿O era simplemente la locura que se apodera de nosotros como consecuencia del carácter absoluto y definitivo de la muerte?

Alguien baja ruidosamente los peldaños del piso de arriba, su rostro y su figura permanecen envueltos en las sombras y, mientras yo me vuelvo a mirarle, me agarra por un brazo.

No es la mano de Antonio. Por consiguiente, tengo que acabar con todo aquello. Saco el puñal que guardo en el cinto y es curioso el pensamiento que flota en mi mente: «Lástima que no puedan ser las serpientes, ya no hay tiempo para las serpientes, sólo para el cuchillo. —Me entristezco—. En eso también he fallado.»

Una fuerte mano me lo arrebata y me retuerce dolorosamente la muñeca. Oigo el chasquido metálico del puñal en el suelo y una afanosa respiración.

—¿Qué más hay aquí? —oigo que pregunta una voz. Me sacuden con tal fuerza que me crujen los dientes y me arrugan lo que queda de la túnica—. Entonces no hay veneno.

Nadie me había puesto jamás las manos encima de aquella manera ni me había tratado con semejante brusquedad.

—¡Ya la tengo! —grita la voz—. ¡Ahora todo está seguro!

Dos hombres bajan del piso de arriba, se precipitan hacia la puerta y descorren los pestillos. Abren la puerta y aparece Galo con una sonrisa en los labios.

—Tú y tus servidores tenéis que acompañarnos —dice—. Es hora de descansar.

Se nos llevaron a punta de espada entre los soldados que bebían, sentados sobre la hierba. Al verme pasar desnuda y ensangrentada, todos me miraron en silencio.

Una prisionera en mi propio palacio. Me obligan a cruzar los majestuosos pórticos, las salas de mármol, los relucientes pasillos. Mis propios aposentos me están vedados. Mardo también ha sido privado de los suyos.

—¡Por aquí no! —me advierten, cuando vuelvo la cabeza hacia el pasillo que conduce a mis aposentos.

Como si aquellos forasteros conocieran mejor mi casa que yo.

Nos conducen por un pasadizo abovedado hacia los aposentos de los huéspedes de menor rango, pero no sin que antes pasen por nuestro lado unas parihuelas que transportan un cuerpo inmóvil con el rostro discretamente cubierto y unos rígidos pies calzados con unas sandalias asomando por debajo del lienzo.

Las parihuelas procedían de los aposentos de Antonio.

—¿Ahora ya no hay nada más? —pregunta uno de mis guardias.

—No. Ahora todo está limpio —le contestan.

Y se alejan a toda prisa.

—¿Eros? —pregunto.

Ya conozco la respuesta. Lo han sacado del lugar donde cayó en la estancia de Antonio.

—Sí —contesta secamente mi guardia.

Pobre Eros. Si hubiera sido capaz de sentir algo, mi corazón se hubiera compadecido de él. Pero después de tantos horrores, uno más ya no aumenta la intensidad del dolor.

Utilizarían los aposentos de Antonio para alojar a sus enemigos. ¿Y los míos? ¿A quién estarían reservados los míos?

—¿Quién tiene el honor de ocupar los aposentos de la Reina? —pregunto.

—Ya está allí. El imperator César.

O sea que Octavio ya ha entrado en Alejandría y ha tomado posesión de todo.

—¿Cuándo llegó?

No paro de hacer preguntas mientras nos empujan hacia delante.

—Entró en la ciudad a última hora de esta tarde —contesta el soldado—. Lo hizo en un carro en compañía del filósofo Areyo. Convocó a todos sus oficiales en el Gymnasion y allí les aseguró que preservaría la ciudad por respeto a Alejandro, su fundador, y también por las múltiples bellezas que encierra y, finalmente, para complacer a su amigo Areyo.

—Muy noble —comento. Ahora se las daba de rey-filósofo—. Qué alejandrino.

—Se dirigió a los reunidos en griego —añade el hombre.

—Habrá sido una hazaña —digo en tono despectivo.

Todo el mundo sabía que sus conocimientos de griego eran muy escasos. Otro espectáculo del rey de las mascaradas.

—Aquí. —Se detienen bruscamente y me señalan una puerta.

La estancia del interior me espera. Es un lugar muy sencillo, algo que yo sólo asignaría al secretario de un emisario. Pero Octavio debe de necesitar todo el espacio de mis aposentos.

—Adentro.

Carmiana, Iras, Mardo y yo entramos.

—Os enviarán comida y ropa —dicen.

Se cierra la puerta.

En la estancia había cuatro camas —aunque en realidad eran más bien unos catres—, una jofaina, una lámpara y una ventana a la que se acababan de colocar unos barrotes, pues todavía perduraba el olor de la piedra picada y del metal caliente. A través de ella podía ver el ala del palacio que aquella mañana —¡aquella misma mañana!— todavía me pertenecía.

Carmiana había recogido el material de escritura, pero, al preguntarle yo dónde estaba el fatídico cesto, sacudió la cabeza.

—Lo he dejado olvidado, señora, te pido perdón. El cesto y el arcón se han quedado allí.

¡Otro golpe! Hasta eso me arrebataban.

A los pocos minutos nos entregaron una caja con ropa y mantas, pan y fruta. En mi obstinación, hubiera deseado rechazar ambas cosas, pero me tenía que quitar lo que quedaba de la ensangrentada túnica. Dejé que Iras y Carmiana me limpiaran la sangre con un lienzo húmedo. El agua del cuenco adquirió un tono rosado cono si la sangre de Antonio la hubiera teñido. Cuando la arrojó por la ventana, me dolió que lo hiciera.

—Bueno... —dijo Carmiana, envolviéndome en una áspera túnica—. Ahora descansa.

Me tendí, pero sabía que no podría dormir. Fuera oía las voces de los soldados divirtiéndose en los jardines de palacio. La algarabía duró toda la noche.


A primera hora de la mañana entró un soldado sin llamar ni pedir permiso.

Me incorporé de golpe. Ya era hora de terminar con toda aquella situación.

—Exijo ver al imperator —ordené—. Inmediatamente.

Me miró, perplejo.

—El imperator tiene el día muy ocupado —me contestó—. Quiere visitar la tumba de Alejandro y después se tiene que reunir con los funcionarios del Tesoro.

¿O sea que no pensaba prestarme la menor atención? ¿Hasta qué punto pretendía humillarme?

—Dile que aplace la visita a Alejandro: no escapará de su tumba —dije—. Como todo el mundo, esperará al imperator. Tengo que hablar con él acerca del entierro de Antonio. ¡Por favor!

Mardo y las mujeres me estaban escuchando atentamente.

—Lo están asediando con toda suerte de peticiones para enterrar a Antonio —dijo el soldado—. Algunos reyes orientales y sus parientes romanos... todos compiten por este honor.

¡Ojalá hubieran competido por el honor de servirle cuando él los necesitaba!

—Tengo que ser yo y sólo yo quien lo entierre con mis propias manos —insistí—. ¿Acaso no soy su esposa y una reina?

—Le transmitiré tu petición al imperator —aseguró el hombre como si se tratara de un asunto sin importancia.

—¡Y mis hijos! ¿Dónde están mis hijos?

—Bajo la vigilancia de una guardia de confianza.

—¿Viven? ¿Nadie les ha hecho daño?

—No —contestó.

—¿Lo juras?

—Por el honor del imperator —asintió—. No se les ha tocado ni un solo cabello de la cabeza.

—¿Puedo verlos?

—Tendré que preguntarlo.

Me habían dejado reducida a una simple madre que deseaba ver a sus hijos, a una esposa que quería enterrar a su marido y a la que se negaba incluso la posibilidad de pedirlo como no fuera a través de un mensajero.

—¿Qué está haciendo el imperator para no poder recibirme en cuestión de una hora?

—Está examinando el tesoro que acaban de sacar del mausoleo. Hay que hacer un inventario.

—Claro. —No habría manera de arrancar a Octavio de su preciado botín—. Pero allí hay algo mucho más valioso... el cuerpo de mi marido.

—Será retirado y tratado con honor —dijo el soldado—. Te lo puedo asegurar.

Mi primer día de cautiverio transcurrió muy despacio. A su manera, fue una suerte que me tuvieran encerrada en aquel confinamiento tan estrecho, pues me sentía tan débil y aturdida que lo único que podía hacer era permanecer tendida en la cama o bien mirar a través de la ventana. Con mis tres fieles amigos podía desahogarme, llorar y dormir según me apeteciera.

No recibí respuesta de Octavio, sólo una bandeja con la cena en cuanto se hizo de noche.

Mis guardianes se complacían en entrar en la estancia sin avisar y a las horas más intempestivas. Antes de que amaneciera, el mismo oficial entró, abriendo ruidosamente la puerta.

—¡Señora! —dijo, inclinándose sobre mi lecho.

—No hace falta que grites tanto. Estoy completamente despierta. Pero enciéndeme la lámpara, por favor.

Llevaba una antorcha.

—Ahora mismo.

Se volvió para hacerlo. No era antipático aquel ruidoso soldado.

—¿Cómo te llamas? —le pregunté.

—Cornelio Dolabela —contestó—. Conozco al imperator desde hace años y estoy a su servicio desde la última campaña. —Colocó la lámpara en su soporte—. Me complace anunciarte que mi comandante ha accedido amablemente a tu petición. Puedes tomar las disposiciones que desees sobre el funeral de Antonio y organizarlo como tú quieras. Serás trasladada a unos aposentos más cómodos y se te asignará uno de los más fieles y apreciados libertos del imperator.

—Doy gracias al imperator.

—Dice que no repares en gastos —añadió Dolabela.

—El imperator es muy generoso.

Bien se podía permitir aquel lujo, ahora que se había adueñado de mi tesoro.

El entierro de Antonio... ¿cómo lo puedo describir? ¿Diciendo que fue espléndido y digno de un rey? No se escatimó ningún honor terreno y estuvo rodeado de todas las deslumbrantes manifestaciones de majestad que tanto habían ofendido a Roma cuando se supo el contenido de su testamento. Fue colocado en un ataúd dorado sobre un pesado carro dorado, detrás del cual caminaban los deudos entre solemnes cantos fúnebres, como si se tratara de una lenta y prolongada representación del cortejo dionisíaco que había abandonado la ciudad tres noches atrás. El cortejo salió de palacio y recorrió la ciudad, pasando por delante de los lugares donde tan feliz había sido Antonio y donde ambos habíamos vivido nuestros mayores momentos de gloria. El Museion, el Gymnasion, el templo de Serapis, el ancho Camino Canópico, la Tumba de Alejandro, hasta regresar de nuevo al recinto de palacio, antiguo escenario de nuestros deleites.

Después entró en el mausoleo, donde esperaba el sarcófago de granito con la tapa levantada. El gran ataúd fue colocado en su interior y se cubrió con la tapa. El triste y melancólico rumor de las dos piezas al juntarse lo selló para siempre en su interior. Me arrodillé y deposité sobre la tapa un collar de flores como los que se colocaban los faraones, me incliné sobre la fría piedra y murmuré:

—Anubis. Finalmente Anubis, amor mío.

Fue mi despedida.

Eso fue lo que vio el pueblo.

Pero yo... yo vi otras cosas. Antes de que se cerrara el ataúd, había subido a la cámara donde éste descansaba sobre un catafalco. Los mejores especialistas del mundo se encargaron de mi amadísimo Antonio y lo prepararon lo mejor posible para el viaje. Cuatro grandes antorchas en trípodes de hierro ardían en cada esquina del catafalco. Me acerqué al ataúd y me incliné hacia él, temiendo lo que iba a ver.

Antonio parecía distinto, más encogido, como si toda

su saludable corpulencia hubiera volado junto con su espíritu. No es propio de la naturaleza de la carne permanecer tan absolutamente inmóvil como él estaba en aquel momento.

Pude soportarlo porque no era él. Aquél no tendría por qué ser el último recuerdo que yo conservara de él, la imagen que yo llevara conmigo. Me incliné para darle un beso de despedida y entonces lo vi.

Sus manos eran las mismas de siempre y parecían vivas. La cicatriz de su mano derecha, la que Olimpo había curado y yo conocía tan bien: era Antonio. Todo él parecía concentrado en sus manos serenamente entrelazadas. Sus manos fueron mi perdición.

Apenas recuerdo nada de lo que ocurrió después, exceptuando algunos retazos de escenas que, curiosamente, conservo en mi memoria con tanta claridad como un cuadro y que son los que me han permitido contar los detalles arriba apuntados, pero se apoderó de mí una pena tan grande que lo único que pude hacer fue caminar casi a trompicones detrás del carruaje fúnebre mientras hacíamos el recorrido a través de la ciudad. Había mucha gente mirando, pero yo no la vi, sólo veía el lento y chirriante carruaje fúnebre y sólo sentía el dolor de la pérdida. Ahora sabía lo que había perdido, Antonio ya no estaba, Egipto había sido conquistado y sólo quedaban las heces de la derrota. Las oleadas de calor que surgían de las blancas calles y los blancos edificios de mármol me deslumbraban y me agobiaban. Me rasgué las vestiduras como cualquier viuda de aldea que sabe que su vida está destrozada, me golpeé sin darme cuenta, me arranqué el cabello, dicen incluso que aullé como una mujer del pueblo y que les grité mi dolor a los dioses. Pero lo único que yo recuerdo es el dolor que borraba todo lo demás, no lo que hice o dije. Había dejado de existir, hundida bajo una montaña de angustia.

Al regresar, me derrumbé en mi lecho. Había otra cosa, algo en lo que no había pensado de momento, pero que ahora me inquietaba y no me dejaba vivir. Dolabela se encontraba de servicio. Le vi de pie en la puerta, a una discreta distancia. Pero yo lo llamé, sabiendo que me lo diría.

—¿Señora? —dijo, inclinándose sobre el lecho en el que yo me estremecía de frío a pesar del sofocante calor de aquel día.

—Antilo, el hijo de Antonio. ¿Dónde está? ¿No hubiera tenido que estar entre los deudos?

Su rostro se ensombreció.

—El joven Marco Antonio ha muerto —respondió finalmente—. Lo mataron los soldados cuando se refugió en el santuario del divinizado César.

—¡No es posible que lo hayan hecho! ¿Cómo se puede haber cometido un error semejante?

Aunque, en medio de la confusión de un ejército invasor, cualquier cosa era posible. ¡Antilo!

—No no fue un error, mi señora —contestó el honrado Dolabela—. El imperator lo ordenó.

—¡Oh, dulce Isis! —exclamé en voz baja.

Entonces era posible que se atreviera a asesinar también a mis hijos. Nosotros los Lágidas estamos condenados. Si no había tenido compasión de Antilo, que no suponía ninguna amenaza para él, que no reclamaba nada de lo que Octavio quisiera para sí mismo y cuyo único delito era el hecho de ser hijo de Antonio, ¿cómo iban a escapar los míos, doblemente condenados por ser también hijos de Cleopatra?

Fue entonces cuando la fiebre se apoderó de mí y entré en el delirio.

Todo había terminado y yo estaba dispuesta a morir. Las serpientes sagradas, las armas de mi liberación y el sello de mi filiación de Ra, ya no estaban en mis manos, pero me quedaba todavía un camino abierto: me negaría a comer, me dejaría arrastrar por la fiebre y me consumiría. Cuando queremos morir, nuestros cuerpos nos ayudan. No pueden mantener cautivo nuestro espíritu mucho tiempo. Nuestras voluntades son más fuertes que la carne y pueden conseguir que ésta se encoja y deje de vivir. Ni comida ni agua, no tomaría nada, me agitaría en la cama bañada en sudor y torturada por unos sueños tan espantosos que la negrura de la muerte sería para mí una dulce amiga.

Olimpo se sentó a mi lado en la cama, me apartó suavemente un mechón de cabello de la oreja y me dijo en un susurro:

—Tanto si quieres oírme como si no, escúchame.

No di la menor muestra de haberle oído.

—Octavio ha enviado un mensaje. —Oí el crujido del pergamino, pero no me moví—. Mardo te lo va a leer.

El chirrido de la cama me hizo comprender que se había levantado.

—Señora —dijo Mardo con su habitual dulzura—, es necesario que prestes atención. —Al ver que yo no contestaba, se inclinó un poco más hacia mí—. Octavio dice que, si no dejas de causarte daño, ejecutará a tus hijos. Sabe que estás intentando matarte y lo quiere impedir. Si tú mueres, tus hijos también morirán.

O sea que seguían vivos. Había respetado su vida... de momento. ¿Por qué? ¿Qué se proponía?

—¿Me oyes? —preguntó Mardo en tono apremiante.

Asentí lentamente con la cabeza.

—Te oigo —contesté.


No me cabía la menor duda de que Octavio cumpliría su amenaza. Pero ¿por qué quería que yo viviera? Su tan cacareada «clemencia» no sufriría menoscabo por el hecho de que una obstinada mujer se dejara morir de inanición. No me engañaba pensando que Octavio deseaba mantenerme en el trono. Sólo había un lugar en el que era de todo punto necesario que yo me presentara viva: su Triunfo. Me quería exhibir. Y no quería verse privado de su trofeo.

Sin embargo, si él quería algo, aunque se tratara de algo tan humillante y repulsivo como eso, yo aún estaba en condiciones de negociar. Había perdido el tesoro, pero conservaba mi persona. Merecía la pena correr el riesgo para asegurar las vidas de mis hijos, ya que no su trono.

Me sometí a los cuidados. Permití que Olimpo me diera cucharadas de sopa y dejé que me aplicara una refrescante loción por todo el cuerpo para bajarme la fiebre. Dejé de protestar, pero seguía sin responder a las atenciones que me prodigaban.

Yo quería asegurar la supervivencia de mis hijos, morir y ser enterrada al lado de Antonio. ¿Cómo conseguirlo? Mis pensamientos daban vertiginosas vueltas tratando desesperadamente de elaborar un plan. Pero me sentía muy cansada, vacía y confusa. Había probado tantos planes, había hecho tantas apuestas por esto y por aquello, que no sabía si sería capaz de hacerlo por última vez.

«Tienes que hacerlo. De lo contrario, todo lo demás no habrá servido de nada.»

Pero ¿qué camino seguir? ¡Ojalá conociera mejor a Octavio! No puedo adivinar sus pensamientos, pero tengo que hacerlo. Es la única oportunidad que me queda.

Tengo que recuperarme para enfrentarme a él de igual a igual. Que piense que las circunstancias no me han hundido y que sigo siendo una estadista con quien él tendrá que negociar... o a la que, por lo menos, tendrá que respetar.

Necesito unos cuantos días para recuperar las fuerzas.

—¿Cuánto tiempo llevo enferma? —le pregunté a Olimpo.

Mi voz estaba mucho más débil de lo que yo pensaba. Era un simple susurro.

Corrió inmediatamente a mi lado.

—Han pasado cinco días desde el funeral —me contestó.

Cinco días. Me había pasado cinco días soñando. Eso significaba que Octavio llevaba ocho días en Alejandría y Antonio llevaba ocho muerto. Me estremecí y Olimpo se apresuró a cubrirme los hombros.

—Ve a ver a Octavio —le dije—. O pídele a Dolabela que vaya él. Comunícale que me estoy recuperando, pero que necesito una caja que dejé en mis aposentos y cuyo contenido le permitiré inspeccionar. Y mis pergaminos, los que dejé en mi cuarto de trabajo. Los necesito. Que él los vea para que sepa que no es una estratagema. La caja de marfil con cerradura —precisé—. Y los pergaminos de la caja de madera que hay al lado de la banqueta.

—Primero, más sopa —dijo Olimpo con firmeza—. Una deliciosa sopa de leche de cabra y cebada...

Temblaba y estaba muy débil, tal como descubrí cuando traté de incorporarme. Mis huesos parecían de gelatina. Tardaría tantos días en recuperarme como los que llevaba enferma.

Mardo trajo ceremoniosamente la caja y la depositó sobre la mesa.

—No ha puesto ningún reparo —dijo.

—Corred las cortinas. Apagad la luz. Tengo que dormir.

Tuve un sueño muy dulce en el que surcaba los senos de las olas en una embarcación con las velas hinchadas por el viento de poniente. Sabía, tal como se sabe en los sueños, que era un viento de poniente y que me llevaba a casa de vuelta a Egipto, dejando Roma a mi espalda. Me acompañaba Cesarión, todavía muy pequeño, y yo sostenía su mano en la mía. Me notaba en la boca el salado sabor de la rociada marina, experimentaba las sacudidas del barco al cortar velozmente las olas...

—¡Señora! —Una apremiante voz me llenó el oído y una mano me sacudió el hombro—. ¡Señora! ¡Es Octavio!

Las palabras se mezclaron con mi sueño y fue como si los cabos del barco cantaran: «¡Octavio! ¡Octavio!»

Pero me seguían sacudiendo y las palabras eran cada vez más fuertes.

—El gloriosísimo imperator César —gritó la voz de un desconocido.

Abrí los ojos y le vi mirándome fijamente desde la puerta de la estancia. Era Octavio.

A pesar de que una fría sensación de reconocimiento me recorría el cuerpo de arriba abajo, me seguía pareciendo un sueño. Era él en carne y hueso, tal como se le representaba en los cientos de estatuas, monedas y efigies.

Se había abatido inesperadamente sobre mí y había ganado la partida; no me había dado tiempo para elaborar un plan acerca de la mejor manera de dirigirme a él, no había podido echar un vistazo a los pergaminos y ni siquiera me había levantado y vestido.

Yacía en mi lecho de enferma, sucia, desnuda, sudorosa y débil. Él tenía todas las ventajas y yo no podía enfrentarme a él de aquella manera.

Me estaba mirando con visible desagrado y recelo. Echando mano de toda la reserva de fuerzas que me quedaba en las piernas, me levanté de la cama y me acerqué a él. La debilidad me obligó a caer de rodillas delante de él y a abrazarle los pies. Me estremecí al tocarlos; todo aquello me parecía una parte de mi sueño febril. Era plenamente consciente de que sólo llevaba una fina camisa de dormir y de que mi cabello estaba desgreñado y enmarañado.

—Levántate, levántate —me dijo con aquella voz que yo hubiera reconocido en cualquier lugar. Baja, apagada y mortalmente monótona.

En realidad, no tenía fuerzas para levantarme, por lo que permanecí acurrucada en el suelo, temblando.

—He dicho que te levantes.

Finalmente, una muestra de emoción: un atisbo de impaciencia y hastío. Se inclinó, me rozó el hombro y me ofreció la mano. Estaba tan seca como la piel de un lagarto. Me ayudó a levantarme.

—Imperator —dije con una vocecita tan débil que parecía casi un susurro—, tú ganas. Salve, amo y señor, pues los cielos te han otorgado el dominio y a mí me lo han arrebatado.

Octavio le hizo señas a un corpulento guardia para que me ayudara a regresar a la cama. No opuse resistencia; no sabía qué hacer. Después, para mi horror, se sentó a mi lado en la cama.

Nos miramos el uno al otro. Traté de concentrarme en lo que yo veía y en no pensar en lo que él debía de estar viendo. Era curioso lo poco que había cambiado. Sin embargo, la edad infunde un nuevo carácter a las facciones. El rostro triangular, los ojos separados, las orejas pequeñas, la desdeñosa boca eran los mismos, pero la expresión de los ojos y la severa mueca de la boca habían desterrado la antigua suavidad y ésta había sido sustituida por una implacable cautela. «El muchacho romano», lo llamaba Antonio, pero no tenía nada de muchacho y no le quedaba ni un retazo de juventud.

Sus ojos de un gris azulado, rodeados por un borde más oscuro, me miraban directamente sin el menor recato. Aquel hombre no tenía miedo de mirar mientras que el muchacho solía disimular sus miradas.

«Qué duro te has vuelto», hubiera querido murmurarle. «Y tú qué vieja te has hecho», me hubiera contestado él.

—Espero que la Reina ya se esté recuperando —me dijo cortésmente.

—Poco a poco me voy restableciendo —contesté, haciendo un esfuerzo.

—Debes cuidarte —añadió—. Tu salud es importante para nosotros.

Tenía que pensar. Aquélla era mi entrevista con Octavio, tanto si quería como si no. Tenía que sacarle el mayor provecho posible.

—Te agradezco tu interés.

Seguía mirándome fijamente.

—Durante muchos años, tú has llenado mi visión —dijo al final—. Dondequiera que mirara, tú me bloqueabas el camino.

Cambió ligeramente de posición en la cama donde estaba sentado. ¡Estaba a punto de marcharse!

—Mi señor, ¿podemos hablar en privado? —le rogué—. ¿Puedo despedir a estos servidores?

Me miró con asombro.

—Los guardias... —objetó.

—Los guardias de la puerta no, naturalmente. Pero ¿y los demás?

Asintió levemente con la cabeza. Bastó aquel ligerísimo movimiento para que el amo del mundo despidiera a todos los que lo rodeaban.

Octavio y yo nos miramos el uno al otro a menos de tres palmos de distancia.

Traté de sonreír. Sabía que mi sonrisa hablaba en mi favor. Levanté la barbilla como si me encontrara mejor de lo que realmente estaba. Tendría que olvidar la sucia y transparente camisa que llevaba y el cabello despeinado.

Y tendría que procurar que él también lo olvidara.

—Mi señor —le dije—, ¿qué puedo hacer sino pedirte que recuerdes aquella noche de hace tanto tiempo, cuando nos vimos por vez primera en casa de César? Ambos le éramos muy queridos y sin duda él lamentaría que nos siguiéramos odiando el uno al otro. Bajo su sombra tenemos que reconciliarnos.

—Yo no te odio —dijo y yo percibí en su fría voz algo mucho peor que el odio.

—Tienes motivos sobrados para odiarme y, si no lo hicieras, serías tan divino como el mismísimo César. —Soltó una especie de gruñido y cruzó los brazos como si quisiera protegerse—. Pero te pido que consideres y respetes la confianza que me tenía el hombre a quien tú amas y reverencias más que a ningún otro que jamás haya vivido en este mundo —proseguí—. Deseo que leas estas cartas, las cartas que él me escribió de su puño y letra, para que averigües algo de mí a través de él y me puedas ver con sus ojos.

Me levanté, tomé la caja que había encima de la mesa y se la entregué.

Me alegré enormemente de haber conservado algunas cartas. ¡Que ellas hablaran ahora en mi defensa!

Octavio abrió la caja y sacó una carta. La leyó en silencio. Muy rápido... demasiado.

—¿De qué me sirven ahora a mí estas cartas? —murmuré como si me dirigiera a César, encarnado en las cartas—. Ojalá hubiera muerto antes que tú. Pero puede que en este joven tú sigas viviendo en cierto modo para mí.

Octavio soltó otro gruñido y tomó otra carta. La leyó rápidamemte y la dobló.

¡Esperaba que las leyera todas en otro momento y de una forma más exhaustiva!

—Muy interesante —se limitó a comentar.

Cerró la caja y volvió a moverse como si estuviera a punto de levantarse.

Tenía que pensar algo para entretenerlo y hacerle cambiar de parecer.

—Lamento que algunas de mis acciones le hayan causado a Roma tanta aflicción —dije finalmente—. No siempre somos libres de elegir el curso de nuestros actos.

—Al contrario —replicó—, siempre somos responsables de lo que hacemos y de lo que les obligamos a hacer a los demás, induciéndolos al error y a la traición.

Se refería a Antonio. Quería decir que yo lo había llevado por el mal camino.

—Mi señor Antonio y yo no siempre estábamos de acuerdo en todo —dije. Y era cierto—. A veces él emprendía acciones y yo recibía el castigo. Soy consciente de que Roma me declaró enemiga a mí y no a Antonio. Sin embargo, no olvides que fue César quien me sentó en el trono y quien me declaró aliada del pueblo romano. —Hice una pausa. ¿Me estaba escuchando?—. Perseguí como tú a los asesinos de César y no descansé hasta que recibieron su castigo.

—Sí, ahora todos han muerto —dijo con satisfacción—. Han pagado el precio.

—No estamos muy lejos tú y yo en lo que queremos.

—¿Y qué es lo que tú quieres? —me preguntó sin rodeos.

—Que la estirpe de los Lágidas conserve el trono. Ser aliada de Roma. Y vivir una existencia tranquila y apacible, incluso en el exilio en caso necesario.

Tardó un poco en responder y se pasó un buen rato reflexionando.

—Eso lo tiene que decidir el Senado —contestó al final—. Ahora que se va a restaurar la República... pero ten por seguro que yo defenderé todos tus intereses.

—Soy enteramente tuya, imperator —le dije—. Me encomiendo a tu clemencia. ¡Pero dame ciertas seguridades de que mis hijos ceñirán la corona!

Lanzó un suspiro como si el tema le resultara molesto.

—Haré todo lo que pueda —dijo—. Ciertamente, un linaje que lleva trescientos años gobernando...

Dejó la frase tentadoramente en el aire.

—Cuando te envié mis mensajes, te prometí mi tesoro a cambio de todo eso —añadí—. Ahora te cedo todo el tesoro, más de lo que había en el mausoleo. Aquí tienes una relación exhaustiva. —Me levanté y deposité la gran caja de madera en sus manos—. La mandé preparar para ti mucho antes de tu llegada. Repara en la fecha y el sello.

Se mostró inmediatamente interesado. La lista de las propiedades lo entusiasmó mucho más que las cartas de César. Era un hombre del presente y los sentimientos le importaban muy poco.

—Mmm. —Desenrolló uno de los pergaminos y lo sostuvo ante sus ojos. Tenía unos brazos sorprendentemente musculosos. A lo mejor, las campañas lo habían fortalecido. Ya no tosía como antes.

»¿Y eso es todo, dices?

—Sí, todo lo que poseo. A cambio de las vidas de mis hijos y su derecho a ceñir la corona de Egipto.

—Mmmm. —Estudió cuidadosamente el pergamino y, de repente, rugió—: ¡Tú! ¡Mardo!

¿Pero qué hacía?

Mardo se presentó, desconcertado y a la defensiva.

—¿Sí, imperator?

—Esta lista —dijo Octavio—. ¡Échale un vistazo! ¿Es una lista completa?

Mardo me miró pidiéndome instrucciones, pero Octavio estaba estudiando mi rostro para cerciorarse de que no le hiciera ninguna indicación. Me limité a sonreír.

—Yo... —Mardo estaba sudando. Vi en su frente unas gotas de sudor como perlas—. No, nobilísimo imperator, creo que hay algunas omisiones.

Me miró con una expresión de angustia infinita. En la duda, había optado por decir la verdad.

—¡Ya! —dijo Octavio con una perversa sonrisa en los labios—. ¿Qué clase de omisiones?

—Creo que faltan algunas propiedades.

—¿Qué clase de propiedades?

En un instante, Isis me concedió el poder que necesitaba y leí directamente los pensamientos de Octavio con tanta facilidad como él había leído el rollo.

«Quiere llevarte a Roma para su Triunfo, burlarse de ti y después matarte. No tendrá la menor compasión. Tu única esperanza de ganarle en ingenio y escapar es convencerle de que estás deseando vivir y todavía estás tramando intrigas terrenales. Intentará contrarrestarlas y, mientras él permanezca en guardia por un lado, tú podrás ir por el otro.

»Utiliza la falsa contabilidad para demostrárselo.»

—¡Cállate, Mardo! —grité, abalanzándome sobre él. Los dioses que me habían otorgado la perspicacia me dieron también la fuerza para cruzar de un salto la estancia. Empecé a golpear con los puños los hombros y los brazos de Mardo y traté de abofetearle el rostro—. ¡Miserable traidor! ¿Cómo te atreves a traicionarme? —Me volví hacia Octavio y rompí a llorar—. ¡Oh, no lo puedo soportar! ¡Haberte tenido que recibir de esta manera cuando tú me habías honrado con tu visita y ser insultada después por mi propio criado! —Bajé los ojos—. Sí, es cierto. Había guardado algunas joyas y algunas obras de arte, pero sólo porque necesitaba algo para aplacar a tu esposa y a tu hermana en Roma. Sí, esperaba comprar la clemencia de las mujeres de tu familia, suplicándoles que tuvieran compasión de mí, de mujer a mujer. No sabía qué otra cosa hubiera podido hacer.

Se rió en tono condescendiente.

—Puedes quedarte con tus chucherías, naturalmente. No te preocupes por eso. Quédate todo lo que quieras.

—Pero si es que no son para mí, son para Livia y Octavia.

Me miró sonriendo.

—Sí, claro.

Volví a leer sus pensamientos. Creía que yo deseaba vivir y que utilizaba estratagemas para mejorar mi suerte. Había ganado.

—Ten por cierto, benignísima Reina, que recibirás un trato muy superior al que imaginas —me dijo en un suave susurro—. Confía en mí. —Esbozó la primera sonrisa sincera de toda nuestra entrevista. Incluso vi algo más en sus ojos: la lascivia de la que Tirso me había hablado—. Y ahora tengo que irme. No quiero cansarte.

Inclinó la cabeza y me besó la mano. El cabello le cayó hacia delante y, cuando enderezó la espalda, se lo alisó hacia atrás como si quisiera agradarme.

Me levanté para acompañarlo a la puerta.

—Eres muy amable, imperator —le dije.

Cuando el rumor de sus pisadas se alejó, me arrojé en brazos de Mardo.

—¿Estás loca? —me preguntó éste—. ¿Qué es eso? ¿Qué has hecho? ¿Y por qué me has pegado? —añadió en tono quejumbroso.

—Rápido, antes de que regrese Olimpo. Tengo que decirte lo que he visto a través de Octavio. Sé lo que se propone hacer. Aún podremos cumplir nuestro plan inicial siempre y cuando consigamos hacerle creer que ya nos lo hemos quitado de la cabeza. He tenido que simular que tú habías dejado al descubierto mis manejos. ¡Tienes que estar preparado! ¡Ahora encontraremos el medio!

Experimenté en mi interior una sensación muy cercana a la felicidad. No supe lo que era entonces, pero ahora sí lo sé. Era la culminación, el triunfo, la dicha de sostener en mis manos la corona olímpica y colocármela en la cabeza.

# 75

Octavio se excedió en sus atenciones. Al cabo de una hora, recibí unas bandejas llenas a rebosar de melones, granadas, dátiles e higos verdes, acompañadas por un ánfora de vino de Laodicea (Antonio no había conseguido acabar con todas las reservas de palacio a pesar de sus denodados esfuerzos). Hasta me envió a su médico personal para que «ayudara» a Olimpo, quien escuchó despectivamente su consejo.

Los higos eran deliciosos.

—Quiere que engorde —dije.

Quería que estuviera lo bastante fuerte como para caminar detrás de su carro triunfal a través de la ciudad de Roma y el Foro. Y también tendría que estar fuerte para arrastrar las pesadas cadenas. Sí, necesitaría muchos cuidados y buenos alimentos. Qué encantador era Octavio.

Envolvía su puñal con los empalagosos cumplidos que enviaba junto con sus obsequios. Le había halagado el hecho de que yo confiara en que él cumpliría mis deseos. Ya no tenía que pensar en los regalos para Livia y Octavia, sino en acicalarme.

Permanecí tendida en la cama, ahora cubierta con la mejor ropa de lino de palacio, enviada a toda prisa por Octavio, y decidí recobrar las fuerzas. La emoción y el peligro ya habían operado un cambio en mí. Recuperé el apetito y pronto nos terminamos las provisiones que nos había enviado Octavio.

—Pídele buey asado —le dije a Mardo—. Lo enviará en cuestión de una hora.

Y lo hizo. Oh, qué amable.

Por primera vez desde la caída de Alejandría, aquella noche dormí como un tronco.

Puesto que Octavio se mostraba tan deseoso de complacerme, aprovecharía para hacerle una petición muy en serio: ver a mis hijos. Le envié una sentimental y empalagosa carta y esperé. Poco después Dolabela llamó a la puerta con la respuesta en la mano. Octavio accedía a a mi petición. Los niños serían conducidos a mis aposentos. Octavio me enviaba también mis túnicas y mantos del cuarto del guardarropa, gracias a lo cual me pude quitar la sucia camisa de dormir y vestirme debidamente. Era importante que mis hijos me vieran tal como yo quería que me recordaran.

—¡Madre!

Los tres entraron muy emocionados en la estancia. La estridencia de sus voces me hizo comprender el alivio que sentían.

—¡Queridísimos míos!

Me incliné para abrazarlos a los tres y los estreché con toda la fuerza que pude. Estaban allí, y vivos. ¡Con o sin corona, eso ya no importaba con tal de que sobrevivieran!

¿Se habrían enterado de lo de Antonio? A los pocos minutos, los acompañé a un banco que había junto a la ventana y los cuatro nos sentamos en él.

—Vuestro padre ha muerto —les dije.

Alejandro lanzó un grito.

—¿Por qué? —preguntó.

—Cuando cayó la ciudad. Ya sabéis que perdimos la batalla.

—¿Lo mataron en combate?

¿Cómo podía explicárselo para que lo entendieran?

—No, no durante los combates sino más tarde.

—Pero ¿cómo? ¿Cómo? —preguntó el niño con insistencia.

—Sí, ¿cómo? —repitió Filadelfo como un eco.

Sacudí la cabeza.

—Hubo una confusión —dije finalmente—. Hizo lo que tenía que hacer un hombre valiente. No hubiera estado bien que lo hicieran prisionero. Hubiera sido una deshonra.

Selene rompió a llorar.

—¿Quieres decir que se mató?

Tenía que decirles la verdad.

—Sí. No tuvo más remedio que hacerlo. Eso no significa que os quisiera abandonar. Los gobernantes son distintos. Tenemos que hacer cosas que las personas corrientes pueden evitar.

—¿No podía haber hecho otra cosa? —preguntó Alejandro—. ¿Tan malo era ser prisionero? Nosotros somos prisioneros, ¿verdad?

—Sí, pero por muy poco tiempo. Él hubiera sido prisionero para siempre.

—¿Y tú? —preguntó Selene, mirándome directamente a los ojos. Siempre hacía preguntas muy incisivas, como si intuyera más cosas que los demás—. Si él no pudo soportarlo, ¿cómo puedes tú?

¿Por qué me había tenido que hacer esta pregunta? Olimpo y Cesarión me habían enseñado a no responder con sinceridad. No podía correr el riesgo. En cualquier caso, la confesión me hubiera resultado demasiado dolorosa. Ya tenía preparada la respuesta.

—Yo estoy demasiado bien vigilada como para poder hacer lo que hizo Antonio —contesté—. Octavio lo impediría. Por consiguiente, no os preocupéis. Supongo que iremos a Roma, aunque por separado. O, a lo mejor, vosotros os quedaréis aquí y yo iré a Roma. Todavía no sé si seréis vosotros o Cesarión quien gobernará después de mí. El muy sublime Octavio lo decidirá.

—¡Octavio! —dijo Selene—. Ya nos ha visitado y nos ha mandado llamar a sus aposentos. ¡Los que antes eran tuyos! Mostró mucho interés en nosotros y nos hizo un montón de preguntas.

—¿Como qué?

—Sobre la comida que más nos gustaba, cuántos idiomas hablábamos, cuáles eran nuestros dioses protectores. Ya sabes, cosas de buena educación.

Sí. Cosas de buena educación.

—¿Y qué os ha parecido? —pregunté.

—¡A mí me da miedo! —contestó Filadelfo—. Te mira con una cara muy rara, aunque quiera hacerse el simpático.

Me eché a reír. Era una descripción muy certera.

—No le temáis —dije—. Ahora que ya tiene lo que quiere, lo más seguro es que sea amable. Pero vosotros tenéis que fingir que le tenéis simpatía. Es muy sensible a estas cosas.

—¡Supongo que lo tendré que abrazar y llamar tío! —bufó Alejandro—. ¡Y no quiero! ¡Ha matado a mi padre! —De repente, preguntó—: ¿Cuándo será el entierro de mi padre?

—Ya se ha celebrado —contesté. Me dolió el corazón de pena al pensar que ni siquiera podría entregarle la espada de Antonio. Se la había quedado Octavio. Pero quizá fuera mejor. ¿Qué hijo apreciaría la espada que lo había privado de su padre?—. Y no fue Octavio quien mató a tu padre. Fueron... los azares de una guerra perdida.

Y de un imperio perdido y de un mundo perdido. Las pérdidas eran muchas y se extendían hasta la eternidad.

—¿Por qué no nos dejaron asistir? —preguntó Selene.

—Quizá pensaron que sería demasiado doloroso para vosotros —contesté.

«¡Por favor, que no me p[...]tilo! ¡Que no
r[...]
t[...] me pregun-
[...]
[...]vir en Roma?
[...]os lleva para
q[...]
[...]a eso?
[...]
[...]lia.
[...]emente con
m[...]ndo de gra-
ba[...]ón. Mis tres
pr[...]le Antonio.
Pr[...]til que Oc-
ta[...]La razón de
mi[...]ve que ha-
cer[...]aran de lá-
gri[...]

[...]o a uno—,
salo[...]mo un mal
sue[...]ue fuimos.
ras c[...]as más du-
[...] tenía que
desp[...]
[...] lo demás había desaparecido.

Deseé poder darles algún sabio consejo o pronunciar alguna acertada palabra de despedida. Pero no había palabras lo suficientemente sublimes o lo suficientemente amables.

Ya se habían ido, se los habían llevado a sus habitaciones debidamente custodiados. Todos sus movimientos estarían vigilados. Octavio los mantendría fuertemente apresados en su garra, tal como tenía intención de mantenerme a mí.

Cuando se fueron, un vacío se abrió a mi alrededor a pesar de las personas que me acompañaban. Iras contemplaba el mar y Carmiana estaba ordenando la ropa más por costumbre que por necesidad. Sus delicados dedos alisaban las sedas y las doblaban con tanta precisión que hubiera podido hacer montones de diez o quince prendas de altura. Era como si pensara que me las iba a poner todas. Sus silenciosos y conocidos movimientos me adormecían.

Mardo estaba leyendo, cosa para la cual no solía tener tiempo. Olimpo permanecía sentado con los brazos cruzados, mirando a su alrededor con expresión sombría. Parecía cansado y derrotado. Estábamos todos atrapados en una jaula.

Olimpo, mi querido y vehemente amigo —si es que lees este escrito, cosa que dudo mucho, siendo tan respetuoso de la intimidad de los demás como eres—, creo que ocultarte el secreto fue uno de los dolores más grandes de aquellos últimos días. No tuve más remedio («No tuvo más remedio; eso no significa que quisiera dejaros»), pero hizo que fuera más doloroso lo que ya era difícil. No poder decir adiós es un castigo terrible, tanto más doloroso cuanto más apreciamos a las personas. Por consiguiente, te digo ahora el adiós que entonces no pude decirte. Adiós, que todos los dioses te guarden. Y no olvides, no olvides jamás todo lo que sabes.

Fuera el día era fresco y despejado. Veía el mar y las olas sacudiéndose la espuma tal como las muchachas hermosas se sacuden el cabello, llamando a Alejandría e invitándola a jugar.

Alejandría. Se había salvado. Se libraría de las llamas, de los saqueos y de la destrucción que suelen ser las consecuencias de la derrota. Mi ciudad viviría y mis hijos también. Había tenido todo lo que podía desear.

El viento cantaba una alegre melodía, pero nosotros estábamos prisioneros allí dentro y sólo podíamos mirar a través de las ventanas. Era la media vida de un inválido.

Inválido. No válido. Nulo. Debilitar o destruir la fuerza. Eximir de un deber. Privar de una existencia efectiva o continuada. La sola palabra «inválido» encerraba todo un mundo de dolor.

Ahora yo era una inválida y sólo podría recuperar la validez a través de la muerte.

Con las cabezas inclinadas sobre nuestras ocupaciones, nos sumimos en nuestros pensamientos hasta que una llamada a la puerta nos devolvió a la realidad. Dolabela entró elegantemente vestido, tal como correspondía al joven y prometedor aristócrata que era. Pensé con aire ausente que era muy atractivo. Llegaría muy lejos en Roma.

—Majestad —me dijo—, ¿puedo hablar contigo a solas?

Asentí con un gesto y los demás se retiraron en silencio a la estancia de al lado.

—Bueno —le dije sonriendo—, ¿te apetece un refrigerio?

Octavio nos tenía tan bien abastecidos que casi hubiera podido alimentar una cohorte.

Sacudió tristemente la cabeza.

—¿Qué ocurre, Dolabela? —le pregunté, alarmada por su actitud.

Cruzó la estancia con pasos vacilantes e hincó una rodilla en tierra delante de mí. Tomó una de mis manos y me miró con expresión implorante.

—Señora, mi estimada Reina, espero que me creas si te digo que en los pocos días que llevo a tu servicio como guardia, he aprendido a sentir un gran respeto y una gran simpatía por ti.

¿Qué le ocurría?

—¿Qué intentas decirme? —le pregunté.

Temía saberlo. Su mirada era tan angustiada que necesariamente tenía que ser algo muy grave, pero yo estaba segura de que me diría la verdad.

—Acabo de oír al imperator hablando de sus planes

—me confió en voz baja—. Dentro de tres días abandona Alejandría y regresa a Roma a través de Siria.

—¿Y nosotros? ¿Qué será de nosotros aquí?

Ahora su voz era casi inaudible. No quería que nadie informara a Octavio de que él me lo había contado.

—Serás colocada a bordo de un barco y trasladada a Roma.

¡Tan pronto! ¡Sólo tres días!

—Y una vez allí ¿qué hará Octavio conmigo?

Dolabela apartó la mirada y respiró hondo para darse ánimos.

—Me obligará a desfilar en su Triunfo —respondí yo por él—. No temas decírmelo, pues siempre lo he sabido. ¿Estás seguro?

—Completamente. Estaba organizando los festejos. Se celebrarán tres Triunfos, uno por Iliria, otro por Accio y el último por Egipto. Tú serás su principal adorno.

¡Hasta podría figurar en dos! Puesto que si él dice que no fueron guerras civiles, significa que en Accio los romanos no lucharon contra unos romanos, sino contra Egipto.

Qué broma tan cruel.

—Puede que tengas que desfilar en los dos —confirmó tristemente.

—Te agradezco la advertencia —le dije.

¡Tres días!

—Lamento tener que decírtelo, pero hubiera sido más cruel que no lo supieras.

—Sí, te agradezco que lo hayas creído así.

¡Tres días!

—Si hay algo que...

—Sí, lo hay —contesté—. Déjame enviarle una petición a Octavio y entrégasela de mi parte. Por favor, trata por todos los medios de convencerle de que me lo conceda. Significaría mucho para mí, especialmente en las circunstancias en que me encuentro.

Con una extraña serenidad, me acerqué a mi escritorio, tomé un trozo de pergamino y elegí las palabras más adecuadas para una sencilla petición. Me quedaba muy poco tiempo. Tenía que engañar a los guardias acerca de mis intenciones, tal como había engañado a Octavio, para que se volvieran negligentes y descuidados y suavizaran su vigilancia.

Salve, gran imperator César, imploro de tu divina clemencia que me permitas hacer ofrendas y libaciones en el sepulcro de mi esposo y cumplir la antigua costumbre egipcia de ofrecer allí un banquete funerario. Sin él, su espíritu no podría descansar.

Le entregué la nota a Dolabela y éste la leyó con sumo cuidado y asintió con la cabeza.

—Haré todo lo que pueda, mi señora.

—Para mí es muy importante. No podría irme sin hacerlo. No creo que sea tan cruel como para negármelo. Los soldados me podrán vigilar constantemente.

Pero no en el mausoleo. Seguro que evitarían entrar allí y se conformarían con vigilar las puertas e inspeccionar la comida que llevara. No sospecharían que el peligro esperaba dentro.

¡Confiaba en que el cesto estuviera allí, oculto entre las sombras!

—Haré todo lo posible —dijo—. Es una tarea muy dura.

—No te aflijas por ello. Soy yo la culpable. No es obra tuya. Tu gentileza alivia la carga. —Alargué la mano y le rocé el brazo—. Ahora vete y haz lo que te pido.

Asintió con un gesto, dio media vuelta y se retiró.

Qué poco tiempo. Llamé a mis amigos —pues más que simples criados eran amigos— para que entraran de nuevo en la estancia. No podría ocultarles lo que estaba a punto de ocurrir... excepto a Olimpo.

Tendría que sortearlo hábilmente. (¡Perdóname, querido amigo!)

—¿Qué ocurre? —preguntó Mardo con su apacible voz anormalmente alterada. Le seguían los demás.

—Dolabela ha tenido la amabilidad de comunicarme que Octavio me quiere enviar a Roma para que desfile en su Triunfo.

«¡Que no empiecen a gemir y a protestar!,» les supliqué a los dioses. Y mi plegaria fue escuchada. Mis compañeros, serenos y valerosos, se limitaron a inclinar la cabeza.

—Te prepararemos —dijo Carmiana.

Todos supimos a qué se refería... menos Olimpo.

—Octavio regresa por tierra, pues no le gustan los viajes por mar —dije. A mí sí me gustaban. Otra travesía rumbo a otro destino. Pero ésta no quería hacerla—. Puede que llegue a Roma antes que él.

Si las noticias eran llevadas realmente por el viento, seguro que así sería.

—¿Y eso cuándo será? —preguntó Iras.

—Dentro de tres días —contesté. Me volví hacia Olimpo—. Ahora quiero que regreses junto a tu esposa. Eres el único de nosotros cuya familia no vive en palacio. Vete, te lo suplico. Has hecho todo lo que has podido por mí. ¡Mira cómo me estoy recuperando!

—¡No, tengo que quedarme hasta que zarpe el barco! —protestó.

—No. ¿No recuerdas tu tarea? Es necesario que te vayas ahora. Aléjate de nosotros mientras puedas. Ya tienes los rollos terminados, excepto este último, que estoy acabando de escribir y terminaré antes de que se me lleven. Ven a recogerlo, te lo ruego; estará con mis objetos personales. Dejaré instrucciones escritas para que puedas hacerlo y ellos las acatarán. Después cumple tu promesa. A File. Cuando tú quieras. Tú sabrás el momento.

Tomó mis manos y me las comprimió tanto que me dolieron los huesos.

—No puedo irme sin más de palacio y regresar al Museion.

Le miré a los ojos y traté de hacerle comprender mi orden.

—Tienes que hacerlo —insistí—. Todo ha terminado. No me falles ahora.

—¿Tan fácil es un final? —preguntó en un débil susurro.

—Tenemos que hacerlo sencillo —contesté—. No nos torturemos prolongándolo.

Me soltó las manos, pero me siguió mirando como un halcón. Después, algo se rompió en su interior, se inclinó y me abrazó. Me dio un beso en la mejilla y yo noté que la suya estaba húmeda.

—Adiós, queridísima amiga —se despidió—. Te he preservado hasta el momento presente. Ahora tengo que encomendarte a los dioses.

Se apartó y se alejó resueltamente hacia la puerta de espaldas a mí.

—Lo has hecho muy bien —le dije—, pues llevo mucho tiempo avanzando hacia esta hora.

Salió a trompicones de la estancia como si le doliera algo. Oí una breve discusión entre él y los guardias romanos, pero éstos no habían recibido orden de detenerlo y tuvieron que dejarlo pasar.

Cuando estuve absolutamente segura de que se había ido —¡qué sensación tan desolada!—, reuní a los tres restantes a mi alrededor.

—Escuchadme bien —les dije en voz baja para que nadie me oyera—. Mañana llevaremos a cabo nuestro plan. Le he pedido permiso a Octavio para visitar el mausoleo y cumplir los ritos finales en honor de Antonio. Vestiremos nuestras mejores galas y celebraremos un banquete fúnebre en la intimidad. ¿Me habéis entendido? Pediré que Octavio me preste mi corona y mis joyas. No se negará. Después prepararemos la partida y haremos nuestro viaje.

—¿A Roma? —preguntó Mardo, torciendo irónicamente la boca. Levantó a propósito la voz por si alguien estuviera escuchando.

—Sí, viajaremos dócilmente a Roma —contesté sonriendo—. Nos iremos todos juntos.

—Pues ya podemos empezar a prepararnos —dijo Iras.

—Sí, tenéis que ayudarme a elegir la ropa para el acontecimiento más importante de mi vida.

En ese momento me alegré de que Octavio me hubiera enviado tantas prendas de mi guardarropa. Tendría dónde elegir y aquella ocupación me ayudaría a distraerme en las siguientes horas.

Carmiana me fue mostrando en silencio cada prenda, desdoblándola y alisándola. Acababa de doblar la última y pronto tendría que deshacer el trabajo que había hecho. El dolor de aquella tarea formaba parte de un dolor mucho más grande.

¿Cuántas veces lo habría hecho? ¿Para cuántas audiencias y reuniones me habría vestido? Cada una de ellas me había parecido esencial, cada una había sido importante, pero ninguna había tenido la trascendencia del acto que nos aguardaba.

Crujidos de sedas que susurraban en todos los colores del sol y de los campos: blanco, primavera, helecho, amapola, el azul del mar alrededor del Faro. Cada una de las prendas había sido motivo de alegría para mi corazón en su momento, pero ninguna me parecía apropiada para... eso. Necesitaba una túnica especial para mi encuentro definitivo con Isis.

—Toma.

Allí estaba. Jamás me la había puesto. Era de un verde tan puro que, a su lado, las esmeraldas parecían sucias y la hierba, apagada. El verde de los campos de Egipto, el verde intenso de sus cosechas bajo el sol, resplandeciente bajo el ojo de Ra. El verde me parecía el más egipcio de todos los colores: el Nilo, los cocodrilos, los papiros. Y Wadjyt, la diosa cobra del Bajo Egipto, cuyo nombre significa «la verde».

—Me pondré ésta.

Alargué la mano y la tomé de manos de Carmiana.

La fina seda era suave al tacto. El escote era bajo y cuadrado. Perfecto. Eso me permitiría ponerme un collar de oro como los que se veían en las pinturas de las antiguas tumbas.

—¿Y el cabello, mi señora? —me preguntó Iras.

—Como tendré que ponerme el tocado real, deberá ser un peinado sencillo.

—Cuanto más sencillo, mejor —convino Iras.

—Tendremos que pedir que nos envíen aceites de baño y perfumes —observó Carmiana—. Tienes que llevar un peinado perfecto. Todo tiene que ser perfecto.

—Octavio nos enviará todo lo que le pidamos —dije—. Vamos a hacerle la petición ahora, para que tenga tiempo de enviárnoslo todo mañana por la mañana.

Cuando ya estaba oscureciendo, entró el corpulento guardia para encender las lámparas y lo saludamos cordialmente. Esbozó una turbada sonrisa y nos deseó una buena velada.

—La cena ya está en camino —anunció—. Confío en que te resulte sabrosa.

—Hay muy pocas cosas que no sean de mi agrado. No soy remilgada.

Agitó la tea que utilizaba para encender las lámparas.

—Eso facilita las cosas —dijo, haciendo una pausa—. En cuanto a tus peticiones, espero una pronta respuesta.

—Sé muy bien que el imperator está muy ocupado —le dije.

—Pero de eso no se olvidará.

En cuanto terminamos de cenar y los sirvientes hubieron retirado los platos, permanecimos esperando en silencio. En las últimas horas, no hay nada que ayude a entretener la espera. Fuera estaba oscuro y a través de las ventanas penetraba una suave brisa que agitaba las llamas de las lámparas. Oíamos el rumor del agua en el rompeolas. El puerto quería jugar y nos decía: «¡Escuchadme! ¡Os estoy llamando! ¡Tomad vuestras embarcaciones y venid a navegar!» Puede que los enamorados, los amigos, los niños y los ciudadanos libres aceptaran la invitación.

Sí, la ciudad era libre y perduraría. Y mis hijos tomarían el testigo que yo les dejaba, tal como yo había tomado el de mi padre. Había hecho todo lo posible para que así fuera. Cesarión... ¿dónde estaría? ¿De camino hacia la India? Había hecho todo lo que estaba en mi mano. Ya no quedaba nada pendiente. A un hijo lo había enviado lejos y a los otros los había dejado para que obedecieran y apaciguaran al vencedor. Eran los únicos dos caminos que les quedaban. Estaba segura de que uno de ellos les sería útil.


Nos tendimos en la oscuridad como si quisiéramos dormir. Nos estiramos como Nut, la diosa del cielo, que cada noche se traga el sol y lo alumbra cada mañana. Percibo la suave sábana bajo mi cuerpo, cubriendo toda la longitud de la cama.

Qué cerca está el Viejo Egipto esta noche, cerniéndose sobre mí como Nut, rodeándome protectoramente. En nuestra última noche, los dioses se inclinan y nos tocan.


Amanecer. Amanecer del décimo día, el último día. O sea que el diez es mi número sagrado, el que me ha sido reservado. Los diez rollos son emblemáticos. Aún conservo conmigo este décimo y tengo intención de guardarlo hasta el final. Aún me quedan algunas cosas que decir.

—¡Se ha concedido la autorización! —anunció el corpulento guardia, entrando en la estancia con una radiante sonrisa en los labios—. Me complace decirte que el imperator ha accedido benignamente a que abandones el palacio y acudas a la tumba de Antonio tal como has pedido. Él mismo te proporcionará los alimentos tradicionales para el banquete y los guardias que necesites. Lamenta no poder asistir personalmente, pero sus pensamientos te acompañarán.

Incliné la cabeza.

—Doy las gracias al imperator.

—Además, te envía la corona, las joyas y otros símbolos. Puedes quedarte lo que quieras; ya te lo había dicho. Ahora mismo están en camino.

—¿Y los aceites especiales? —preguntó Carmiana.

—Ah, sí, claro.

O sea, que todo está autorizado. Pero el «benigno» imperator aún no ha tenido a bien informarme de que me llevan a Roma. Un descuido, sin duda.

Ya ha llegado el momento. El baño está preparado. El valioso aceite de loto se vierte desde su delicada botella y se mezcla con el agua caliente. Yo floto en el perfumado estanque y permanezco inmóvil. Me lavan el cabello con agua de lluvia y me lo enjuagan con agua perfumada traída desde el sagrado manantial de Heliópolis. Iras me lo peina y me lo deja suelto para que se seque.

Abrimos el cofre de las joyas. Están todas allí; Octavio no ha tocado nada. Allí está el soberbio collar con sus capas de cornalina, lapislázuli, oro y turquesas. Cubre desde el cuello hasta más abajo de los hombros. Está también el collar de mi boda, la fantasía de hojas de oro.

—Los dos —digo—. ¿Por qué no? Vamos a ver por qué no.

El tocado tiene forma de buitre, la diosa protectora

del Alto Egipto, cuyas plumas me envuelven la cabeza. Las alas forman unos escudos alrededor de mis mejillas. Sobre mi frente, un ancho *uraeus*, la cobra sagrada del Bajo Egipto con el capuchón extendido, a punto de atacar.

Ya me siento muy lejos, separada de Carmiana, Iras y Mardo. Cuando me visten con las distintas prendas, símbolo del poder, siento que me convierto en otra cosa, a pesar de que son las mismas que me ponía para que se operara la transformación. Ahora ya está hecho y soy otra criatura.

Aunque mis hijos irrumpieran en la estancia y aunque me dijeran que podía regresar a mi antigua vida, no serviría de nada. El cambio es fundamental e irreversible. Para que la muerte se pueda anticipar a sí misma.

Llegan los guardias para escoltarnos.

Nuestro pequeño cortejo avanza majestuosamente. Me cuesta caminar con todas las pesadas prendas que llevo, el collar y el tocado. Debajo de todos los adornos mi cuerpo se siente pequeño y liviano, pero aun así se asfixia y está encadenado.

Más allá de la puerta abierta del mausoleo me acerco al sarcófago de granito perfectamente sellado, terminado y definitivo.

Sostengo en mi mano las guirnaldas de flores, las guirnaldas faraónicas de aciano, sauce, olivo, amapolas y lengua de buey. Me arrodillo y las coloco sobre la fría piedra. Después vierto el sagrado aceite sobre la piedra y lo extiendo con los dedos hasta conseguir que el granito resplandezca como un espejo.

—Oh, Antonio —le digo. Creo que puede oírme, pero también sé que los soldados del exterior me están escuchando atentamente—. Amado esposo, con estas manos te enterré. Entonces eran libres. Ahora estoy atada como cautiva y cumplo estos últimos deberes con una guardia de vigilancia cuya misión es procurar que me conserve sana para la celebración de nuestra derrota. Tengo que ayudarlos a regocijarse con nuestra caída.

»Ya no esperes más ofrendas por mi parte; éstos son los últimos honores que Cleopatra puede rendir a tu memoria. Me alejan a toda prisa de ti. Nada nos pudo separar en vida, pero ahora, en la muerte... —levanto un poco más la voz— en la muerte, nos amenazan con la separación. ¡Se me parte el corazón! Tú, un romano, has encontrado la tumba en Egipto y yo, una egipcia, buscaré este favor, y sólo éste, en tu país. —De pronto, los soldados desaparecen de mi conciencia y nos quedamos solos Antonio y yo. Ahora le hablo sólo a él en un susurro—. Pero, si los dioses de abajo con quienes tú estás ahora pueden o quieren hacer algo, pues los de arriba nos han traicionado, no permitas que tu esposa sea abandonada; no permitas que me lleven al Triunfo para tu ignominia y escóndeme y entiérrame aquí contigo, pues de entre todas mis amargas desgracias, nada me ha afligido más que estos breves días en que he vivido lejos de ti.

Lloro... yo que me creía por encima de todos los sentimientos.

La vida sin él... ¿la había vivido?

Los soldados se aproximan para oír mejor. Yo me levanto e, inclinada sobre el sarcófago, lo beso. La dura y fría piedra es mi lecho. Ya no hay más palabras. Espero que el nudo de la garganta se afloje.

Ellos también esperan en tensión. Carmiana, Iras y Mardo no se atreven a moverse y nadie me toca. Al final, me aparto del sarcófago.

—Ahora vamos a celebrar el banquete fúnebre —digo.

El que está al mando de los soldados da la orden y, tan rápido que apenas parece haber transcurrido un instante, entra una procesión de platos que colocan delante de nosotros sobre una mesa ceremonial.

En los tiempos antiguos, las tumbas egipcias tenían

unas cámaras donde la familia del difunto podía celebrar banquetes delante de su estatua. Su espíritu salía y se reunía con ellos.

—Os doy gracias —digo—, pero, puesto que no sois egipcios y no pertenecéis a su familia, os ruego que os retiréis y vigiléis en la puerta. Y, por favor, transmitidle este mensaje el imperator, expresándole mi gratitud.

Le entrego la nota al jefe.

Los soldados se retiran cortésmente.

—Por favor, cerrad las puertas.

—¿Veremos? —pregunta Carmiana en un susurro.

—A su debido tiempo —contesto. Ahora ya no hay prisa. Hagámoslo todo en orden, tal como estaba previsto—. Extended el banquete.

Es un ágape digno de los dioses. Allí está la tradicional ofrenda funeraria de la cerveza, el pan, el buey y el pato: «Todas las cosas buenas y puras con las cuales vive el dios, para el *ka* de Marco Antonio, muerto.» También está el pan romano y el vino preferido de Antonio. Lástima que no tengamos apetito.

Pero, para que se pueda cumplir el ritual, probamos un poco de todo. No queremos que los cocineros se hayan esforzado en vano.

—Dame el rollo —le pido a Mardo, quien lo saca de la bolsa junto con los instrumentos de escritura—. Por favor, concededme unos momentos para escribir.

En la penumbra extiendo el rollo y anoto lo que ha sucedido desde que salimos de palacio. Son unas breves y apresuradas frases.

Perdonadme. No dispongo de las palabras ni de las condiciones adecuadas. Pero tendrán que seros suficientes, Cesarión, Olimpo y quienquiera que necesite saber lo que ocurrió en estas últimas horas. Ahora lo dejo para esperar el final.

—Ahora —le digo a Iras—, puedes ir a ver si todo está tal como yo he pedido en mi oración.

Con su gracia de movimientos —¡oh, cómo la echaré de menos!— Iras se dirige a la parte más oscura del mausoleo. Esperamos. Isis no me fallará. Me espera. Ha apartado la mano de los soldados, ha vendado los ojos de los que buscaban para que ahora yo pueda venir a ella en el momento preciso.

Iras regresa de nuevo a la luz, sosteniendo en alto el cesto.

—Lo han dejado —anuncia—. Pero el arcón con la ropa y la corona ha desaparecido.

El arcón era muy grande y contenía un tesoro. Un polvoriento cesto se pasa fácilmente por alto. Sobre todo, si contiene unos higos... unos higos oscuros, bulbosos y cubiertos de moho. Para enmascarar el característico olor de las serpientes... un olor muy parecido al de los pepinos en el campo, iluminados por el sol. Nakht lo hizo muy bien.

—Dámelo —le pido. Pesa mucho, más de lo que esperaba.

Deposito el cesto sobre la mesa funeraria y levanto la tapa. Advierto un ligero movimiento en su interior, un suave deslizamiento. Después algo se yergue. Tomo la serpiente en mi mano. Es gruesa y fría, casi toda de color oscuro, con la parte inferior más clara. Parece muy dócil.

La saco lentamente del cesto. Es más larga de lo que yo pensaba, tanto como la longitud de mis brazos. Cuando la saco, veo más movimiento en el cesto. Nakht ha enviado dos. Muy previsor de su parte.

—Aquí está —digo, contemplando la serpiente. Sus oscuros ojos se clavan en los míos. Su lengua se mueve, tanteando. La sostengo en alto.

Mardo, Iras y Carmiana retroceden. No pueden evitarlo.

—Señora... —dice Carmiana, pero sus protestas mueren en sus labios.

La criatura parece un poco lenta. Permanece en la palma de mi mano como si fuera un animal doméstico.

Pero no disponemos de mucho tiempo. Octavio no tardará en recibir la nota y lo sabrá.

Le golpeo la cabeza y se echa hacia atrás, emitiendo un silbido. Inmediatamente aparece aquel capuchón conocido a través de miles de representaciones e incluso presente en mi corona.

Ataca con tal rapidez que mis ojos no pueden seguir el movimiento. Me muerde el brazo y clava los dientes en él. Son como unas pequeñas agujas o unos minúsculos alfileres.

Ahora espero. Con inmenso júbilo sé que he sido liberada. Sólo podré escribir un poco más. La serpiente me ha mordido en el otro brazo, pero aún tengo cosas que hacer antes de quedarme dormida. Siento un hormigueo en el brazo; los dedos se me quedan fríos, como si no me pertenecieran. La pérdida de sensibilidad va subiendo progresivamente, pero no es dolorosa. También me afecta la mente; siento que una despreocupación —más mortal que el dolor— se apodera de mí. Es una confusa sensación de desinterés... ¿Por qué preocuparse? ¿Por qué molestarse en terminar la tarea?

Porque soy la Reina y mi voluntad es más fuerte que el veneno. Cumpliré con mi deber hasta el último momento.

Ahora te cierro y te encomiendo a Olimpo. Que mi historia se conserve y que sobreviva la verdad. Cuesta mucho abandonar el mundo. He hecho todo lo posible, lo he servido y lo he amado con todo mi ser.

Isis, ya viene tu hija. Te suplico que extiendas tu manto y la recibas. Ha recorrido un largo camino para llegar hasta ti.

Noto algo que me tira hacia abajo. Ahora tengo que cerrarte, rollo. Adiós. *Vale,* tal como dicen los romanos. Tenemos que separarnos. Recuérdame. Que vivas mil años —diez mil— para que yo también pueda vivir.

Tranquilo, corazón. Obedéceme y detente, pues ya he terminado.

# EL ROLLO DE OLIMPO

# 1

¡Necio! ¡Qué necio soy! No he sospechado nada a lo largo de todos estos meses. No puedo creer que haya vivido engañado hasta semejante extremo. Pero ¿acaso tu camino no ha sido mejor que el mío? ¿Qué podía ofrecerte el mío? Me avergüenzo de haberte conocido mucho menos de lo que creía. Mi propio sentido de la responsabilidad me inducía a creer que podía controlar los acontecimientos, o más bien (mira, hasta en eso me quiero halagar) temía favorecerlos. En su lugar, permanecí sentado como una roca, pensando que era sabio y fuerte cuando, en realidad, sólo era un estorbo y un obstáculo entre nosotros.

El sol se estaba poniendo y yo acababa de cenar cuando entraron los soldados. (¿Por qué escribo todo esto como si tú no lo supieras todo y como si no lo contemplaras en cierto modo? Estoy nervioso y trato de serenarme. Hablo atropelladamente.) Eran tres sujetos gigantescos cuyos gruesos petos y altos yelmos los hacían todavía más gigantescos. Uno de ellos me agarró por el hombro y me sacudió tan fuerte que temí que se me fueran a saltar los dientes.

—¡Griego asqueroso! —gritó—. ¡Griego asqueroso, embustero y traidor!

Después me arrojó contra la pared con tal violencia que reboté y caí de bruces al suelo.

Me levantó y me gritó más cosas al oído. Todos aquellos golpes y aquellas sacudidas me estaban provocando náuseas y yo temía vomitar directamente sobre las sandalias del soldado, que se agitaban peligrosamente delante de mis ojos.

—¡Tú que lo has hecho lo puedes deshacer!

—Suéltalo, Apio —dijo uno de los otros—. De nada servirá que éste también muera.

—Como no lo arregle, morirá —replicó mi atormentador.

En cuanto oí la palabra «morirá», lo comprendí. Y, curiosamente, experimenté una extraña sensación de alivio. (En ese caso, ¿por qué había intentado impedirlo? ¿Por qué te había impulsado a recurrir a lo extravagante?)

—La Reina ha... ¡tienes que salvarla! —gritó Apio, el que mandaba.

—¿Dónde está? ¿Qué ha ocurrido?

Una pregunta comprensible, ¿no te parece?

—Lo sabes muy bien —contestó—. ¡Tú lo has organizado!

Me sacudió el brazo y empezó a empujarme hacia la puerta. Como medida de precaución, otro soldado me acercó un puñal a la espalda... como si me hicieran falta los empujones.

Cuando llegamos al mausoleo, una gran multitud se había congregado en el exterior, pero la puerta estaba estrechamente vigilada. La gente intentaba atisbar el interior, pero los soldados apartaban a los curiosos a punta de lanza. Sin embargo, los mirones me abrieron paso en una exagerada muestra de respeto cuando me escoltaron adentro.

En medio de la semipenumbra vi más personas en el interior, pero yo no tenía ojos para nadie. Sólo para ti.

Te felicito. Lo dispusiste muy bien, como siempre has hecho. Quizá todo lo demás no fue más que una preparación de tu golpe definitivo, tu obra maestra.

Estabas tendida sobre la tapa de tu sarcófago, tan inmóvil como si fueras de piedra, con tus vestiduras reales, la corona y los brazos cruzados con el cayado y el mayal sobre el pecho. No cabía duda de que estabas completamente muerta. No había ninguna posibilidad de rescate ni de salvación.

Pese a ello, me acerqué mientras los soldados miraban con ansia... como si yo tuviera el secreto de la vida y de la muerte, siendo así que no era más que un pobre mecánico que algunas veces podía llamar a las puertas del mundo de ultratumba cuando los dioses me lo permitían.

Debo decirte (si eso todavía es importante para ti) que estabas arrebatadoramente hermosa. Cualquiera que fuera el medio que hubieras elegido, no te dejó la menor huella y más bien sirvió para realzar tu belleza. O puede que sólo fuera la alegría de la partida. ¡Eras tan feliz de poder escapar!

Sólo cuando aparté los ojos de tu rostro vi los cuerpos acurrucados de Iras y Carmiana al lado del sarcófago. Me incliné y las toqué. También estaban muertas.

Antes de hablar, tomé tu mano para asegurarme. Aún quedaba un vestigio de calor.

—No se las puede salvar —dije.

—Los psili pueden obrar milagros —intervino uno de los soldados—. El imperator ya ha mandado llamarlos.

Le miré sorprendido.

—¿Han sido unas serpientes? —pregunté.

—Eso creemos —contestó uno de los soldados—. Encontramos un rastro fuera y este cesto...

Me mostró un cesto de boca ancha con unos higos dentro.

Te estudié cuidadosamente y me pareció distinguir dos minúsculas señales en uno de tus brazos, pero no hubiera podido asegurarlo.

Serpientes. Muy apropiado. No sólo son sagradas en Egipto, sino que además están asociadas al poder de ultratumba y a la fertilidad. Puede que te hiciera un favor, negándome a facilitarte otros venenos más convencionales.

Llegaron los psili en medio de un gran revuelo. Los hombres de esta tribu son famosos por su presunta inmunidad a los venenos de las serpientes y por su capacidad de succionar el veneno de la herida de una víctima y resucitarla. Pero llegaron demasiado tarde a pesar del alboroto que armaron alrededor de tu brazo.

No obstante, pronto encontraron un blanco para sus atenciones, pues unos apagados gemidos procedentes de la parte de atrás del mausoleo revelaron a Mardo, inconsciente en el suelo. Se situaron a su alrededor, localizaron la mordedura en la pierna y empezaron a someterla a un enérgico tratamiento.

Entretanto llegó Octavio, furioso y más pálido que la cera. Se encaminó directamente hacia el sarcófago y se te quedó mirando tanto rato que pensé que jamás se iba a apartar de tu lado. Su rostro era impenetrable. Al final retrocedió diciendo como si hablara solo:

—Muy bien pues, accederé a su petición. —Sacudió la cabeza y sólo entonces miró a su alrededor—. ¿Todos muertos? —preguntó.

—Mi señor, la Reina ya estaba muerta cuando entramos —contestó el jefe de la guardia—. Las doncellas estaban a punto de morir. Una estaba aquí... —Señaló el inerte cuerpo de Iras—. Y la otra estaba enderezando la corona de la Reina. La agarré del brazo y le pregunté:

«—Señora, ¿está bien lo que ha hecho tu ama?

»Y ella me contestó:

«—Extremadamente bien, tal como corresponde a la descendiente de tantos Reyes.

»Dicho lo cual, también cayó muerta.

—Dijo la verdad —comentó Octavio con una extraña sonrisa en los labios, una sonrisa de admiración. Lo impresionaste. El hecho de que hubieras conseguido burlarlo te granjeó su respeto—. Preparadlos a todos para el entierro que ella ha pedido —añadió, entregándole la nota al guardia. Después te miró casi con afecto—. La nota habla en tu favor. —Su mirada se desvió hacia el otro sarcófago—. Tú y Antonio descansaréis juntos aquí. No, la muerte no os separará.

Acto seguido, dio media vuelta.

—Mi señor —dijo uno de los guardias—, aquí hay uno que ha sobrevivido.

Recogieron a Mardo y lo depositaron a sus pies.

Octavio soltó una carcajada.

—¿Conque eso es todo lo que han conseguido los esfuerzos de los psili? A mí no me sirve de nada, ni a nadie en estos momentos. Retírate de la vida pública si te recuperas —le dijo, despachándolo—. Vamos —indicó a sus guardias. Se detuvo bruscamente y se volvió hacia mí. No pensé que me hubiera visto y tanto menos que me recordara—. Olvidaré las palabras que me dijiste en Roma acerca de las falsas reclamaciones del hijo de la Reina —me dijo—. Te aconsejo que tú también las olvides.

Y se fue sin más.

Los psili se retiraron y lo mismo hicieron los miembros de la guardia adicional. Llegaron los encargados de preparar a los difuntos y yo te contemplé por última vez.

Por mucho que miremos, al final tenemos que dejar de mirar y retirarnos. Es lo que los vivos están obligados a hacer. Por mucho que miremos, nunca estamos preparados para marcharnos.

Pero yo no podía quedarme a vivir en el mausoleo. Tú me habías encomendado una tarea. Mi trabajo me reclamaba.

Sí, estuvo bien hecho y fue muy apropiado para la descendiente de tantos reyes. Yo te saludo y te lloro.

Amiga de mi infancia, esperaba compartir también contigo la vejez. Pero las diosas no envejecen.

## 2

De Olimpo a Olimpo:

Puesto que siempre he llevado unas notas médicas muy meticulosas (se equivocan quienes piensan que tengo una memoria prodigiosa; simplemente tengo un sistema prodigioso para anotar y organizar lo que averiguo), describiré brevemente lo que ocurrió en los tumultuosos días que siguieron a la muerte del último enemigo de Octavio, la reina de Egipto Cleopatra la Grande. Pues fue en verdad la más grande de los gobernantes de Egipto, un genio político que convirtió el débil país que había heredado en algo ante lo cual hasta Roma temblaba. ¿A quién sino a un genio político de primera magnitud se le hubiera ocurrido la idea de utilizar a los romanos para amenazar a Roma? También fue la última que reinó en Egipto como país libre. Sí, puede que estas notas sean necesarias algún día, aunque sólo sea para refutar la versión oficial de los acontecimientos y mostrar un punto de vista distinto.

Tomé el último rollo de la Reina del lugar donde descansaba cuidadosamente enrollado (¡qué propio de ella!) muy cerca de su tumba y me lo llevé a casa, donde lo leí para mi gran asombro y dolor. Mardo fue trasladado a mi casa, donde Dorcas y yo lo cuidamos. Su recuperación fue muy lenta, pero, tal como yo le dije, fue su grasa lo que lo salvó. Eso y el hecho de que la serpiente lo hubiera mordido por debajo de la rodilla y ya hubiera mordido a otras tres personas antes que a él y seguramente no le quedaba mucho veneno. He observado que las personas gruesas sobreviven a las mordeduras venenosas mejor que las delgadas. ¿Será que la grasa atrapa los venenos?

Se pasó varios días con fiebre, delirando, murmurando y gimiendo, con la pierna hinchada y la piel tensa y brillante. Pero, al final, lo fue superando y pudo contar lo ocurrido durante las últimas horas en el mausoleo. Cómo se celebró el banquete fúnebre, cómo se habían enviado las serpientes desde Heliópolis gracias a un acuerdo concertado meses atrás y de qué forma se habían introducido en el mausoleo, donde las esperaban. Había dos, pero sólo se había usado una. ¿Adónde habría ido a parar la otra? Un misterio: las dos habían desaparecido en las arenas del exterior. Mardo me contó de qué manera se había organizado todo y lo bien que se habían desarrollado los planes. La nota enviada a Octavio era una petición de ritos funerarios. En cuanto la leyó, Octavio comprendió lo ocurrido y envió rápidamente a unos soldados para tratar de impedirlo.

El veneno debió de actuar muy rápidamente, pues no disponían de mucho tiempo para llevar a cabo su plan. Mardo me dijo que los áspides eran muy valiosos y procedían de Heliópolis, donde se criaban por sus rápidas y mortales mordeduras. En Alejandría los áspides normales se utilizan como el medio más humano e indoloro de ejecución, lo cual quiere decir que aquéllos debían de ser especiales.

El funeral fue espléndido, pero sólo un eco de otras celebraciones de Alejandría. La ciudad estaba de luto por haber caído finalmente en manos de Roma y haber perdido a su orgullosa Reina. Los ciudadanos contemplaron en silencio el paso del cortejo, despidiéndose no sólo de Cleopatra sino tamabién de su libertad y de la gloria de que gozaba Alejandría entre las demás ciudades. Mardo y yo estuvimos presentes, él con la ayuda de unas muletas.

Iras y Carmiana fueron enterradas al lado de su ama y Octavio mandó erigir una estela conmemorativa en su honor. Tal como ya he dicho, creo que se sintió cautivado por el valor y la gracia de la escena fúnebre del mausoleo.

En cuanto terminó el funeral, Octavio se dedicó a visitar la ciudad. Quiso ver la tumba de Alejandro, pero no contento con contemplar al conquistador, insistió en que retiraran el cristal para poder tocarlo. Debía de pensar que, de esta manera, Alejandro le transmitiría su fuerza; al fin y al cabo, ambos tenían la misma edad y eran dueños de un inmenso imperio. Ciertamente, Octavio controlaba ahora unos territorios casi tan vastos como los de Alejandro. Por consiguiente, tenía que ser su sucesor. De pronto, ocurrió un desafortunado contratiempo: un trozo de la nariz de Alejandro se desprendió en la mano de Octavio. ¿Qué significado se le podía atribuir? ¿Que el grande rechazaba a Octavio, o que le cedía una valiosa reliquia? Como todos los acontecimientos simbólicos, el hecho se prestaba a muy variadas interpretaciones.

Poco después Octavio ordenó que todas las estatuas de Antonio fueran derribadas, pero un oportuno soborno de dos mil talentos por parte de un leal amigo de Cleopatra impidió que las suyas también fueran destruidas y de este modo permanecen en pie en todo el país.

Los enemigos tenían que ser castigados: Canidio fue ejecutado y lo mismo les ocurrió a varios senadores demasiado fieles a la causa de Antonio.

Haciendo alarde de su célebre moderación, dicen que Octavio no se llevó nada del palacio, excepto una copa de ágata, una antigua posesión de los Lágidas. Era una que Cleopatra tenía en gran aprecio, pero el vencedor puede quedarse lo que se le antoje, tanto si es grande como si es pequeño.

Detrás de su sonriente rostro, Octavio procedió a llevar a cabo la acción que ya tenía planeada, tal como sus palabras en el mausoleo me habían revelado. La describiré lo más brevemente posible, pues demorarse en ella es sufrir la impotencia de la rabia y el dolor más hondo que quepa imaginar.

Utilizando a unos rápidos mensajeros, Octavio consiguió dar alcance a Cesarión y Rodón antes de que subieran a bordo del barco que los tenía que llevar a la India. El dinero hizo que Rodón convenciera a Cesarión de que regresara a Alejandría, donde Octavio deseaba nombrarlo rey. Una vez allí, siguiendo el práctico consejo de su amigo filósofo Areyo, que había parafraseado a Homero, al decir que «demasiados Césares no son una buena cosa», Octavio ordenó matar a Cesarión.

Una vez resueltas estas cuestiones, Octavio se despidió de Egipto, llevándose la copa de ágata, la victoria y los tres hijos restantes de Cleopatra. Puesto que la madre se había negado a adornar su Triunfo, se tendría que conformar con los hijos.

# 3

Mis deberes aún no habían terminado. Pensaba que, con la partida de los romanos, terminarían, pero no fue así. Las obligaciones y las responsabilidades de los que estamos vivos no terminan de una forma tan clara y nítida como las de aquellos que han elegido la muerte. La vida sigue adelante y va imponiendo intermitentes e inesperadas exigencias a nuestras lealtades. La honradez y el respeto humanos me obligaron a seguir a los hijos reales y a vigilarlos en Roma, aunque desde lejos. Al parecer, estaba condenado a seguir atendiendo las necesidades de la Reina mucho más allá de lo que yo había imaginado al hacerle mi promesa.

Los seguí hasta Roma y llegué en plena canícula. Los niños estaban alojados todos juntos en casa de la sufrida Octavia. Los podía ver cuando paseaba por el Palatino al atardecer. Parecían contentos y yo los veía jugar alegremente en el jardín con sus hermanastros, los demás hijos de Antonio. Octavia presidía ahora un hogar con nueve hijos, los suyos, los de Fulvia y los egipcios. Julia, la única hija de Octavio, debía de visitar la casa a menudo, lo cual significaba que las edades iban de los diecinueve años de Marcela a los seis del pequeño Filadelfo. Yo no me daba a conocer a ellos, pues me parecía mejor así, pero permanecía muy cerca de sus vidas, espiando desde el camino de la parte exterior de su casa.

Octavio tardó mucho en regresar por tierra. No volvió hasta el mes de marzo e inmediatamente empezó a organizar los detalles de su Triunfo. Mejor dicho, de sus Triunfos, pues se celebrarían tres durante tres días seguidos. Eligió el mes llamado Sextilis, el mes de la caída de Alejandría. Recorrería las calles el mismo día en que el cortejo fúnebre de Cleopatra había recorrido las calles de Alejandría. Le gustaban los detalles de este tipo.

Entretanto, mientras esperaba su llegada, la ciudad empezó a preparar los agasajos y los honores que pensaba tributar a su amo. El Senado aprobó una resolución, por la cual se condenaba a Antonio, se declaraba maldito el día de su nacimiento y se prohibía la utilización de los nombres Marco y Antonio juntos. Su nombre debía ser borrado de todos los monumentos como si jamás hubiera existido. El día de la caída de Alejandría fue declarado afortunado en el calendario e incluso se propuso que, en adelante, los alejandrinos celebraran el nacimiento de una nueva era, el primer día de un calendario modificado. Propusieron también que se concedieran a Octavio poderes de tribuno vitalicios, que se rezara por él en todos los banquetes tanto públicos como privados y que se hicieran libaciones en su nombre.

Nuestro viejo amigo Planco, el del cuerpo pintado de azul y la oportuna deserción, creó un nuevo nombre y un nuevo título para C. Julio César Octavio, *Divi Filius*: Augusto, el Venerado. Era una especie de alusión divina, no lo bastante descarada como para irritar a los viejos republicanos; majestuosa a pesar de todo, aunque oportunamente vaga. Octavio se mostró muy complacido y permitió que el título se otorgara a su cabeza coronada de laurel. Ahora se había convertido en el imperator César Augusto, dejando a su espalda todos los vulgares nombres anteriores que hubiesen delatado sus orígenes.

Tendrían que dedicarle un mes, tal como se había hecho con César. Todo el mundo pensó que, como César, elegiría el de su nacimiento, que era septiembre. Pero no fue así. Eligió el mes de Sextilis, el de su gran victoria.

A partir de entonces dicho mes se tendría que llamar Augusto.

Así pues, los días trece, catorce y quince de agosto, los cortejos triunfales recorrerían ruidosamente las calles. Se dijo que las celebraciones fueron todavía más fastuosas que las de César y tanto Horacio como Virgilio escribieron encomiásticos versos conmemorativos. Los niños fueron exhibidos, pero respetaron sus vidas.

Y ahora vamos al Triunfo alejandrino, el último y el más impresionante. Participaron las vírgenes vestales, los senadores y los soldados, pero todo quedó eclipsado por los trofeos que se mostraron. Un hipopótamo y un rinoceronte avanzaron pesadamente por la Vía Sacra; unas hileras de exóticos prisioneros nubios embellecían el Foro y los carros del botín se balanceaban sobre los adoquines a causa del peso de los valiosos objetos que transportaban. He dicho que Octavio no se llevó nada de Alejandría, pero, como es natural, se apropió del tesoro que tan lejos había ido a buscar. La cantidad de oro que se transportó a Roma dio lugar a que los índices de los tipos de interés bajaran del doce al cuatro por ciento.

Desfiló también una representación del Nilo con sus siete brazos, seguida por unos carros que transportaban estatuas egipcias arrancadas de sus templos.

Al final, apareció Octavio en su carro, saludado por la multitud como el conquistador del mundo. En lugar de que un esclavo le sostuviera simplemente una corona sobre su cabeza, había optado por ceñirla directamente. Y después... ¡oh, vergüenza!, caminando encadenados detrás del carro, Selene y Alejandro flanqueando al pequeño Filadelfo y seguidos por una enorme y horrible efigie de su madre con unas serpientes enroscadas alrededor de los brazos.

Sus brillantes ojos miraban con arrogancia y sus manos estaban cerradas en puño. Se la representaba recostada sobre un banco, pero no con languidez. Irradiaba fuerza y determinación. ¿Se la quería presentar como a una enemiga codiciosa que suponía una gran amenaza para Roma? Cualquiera que fuera la intención, la multitud prorrumpió en gritos y aclamaciones. ¿La aplaudía o bien se alegraba de su desgracia? Probablemente ambas cosas a la vez. Las serpientes eran una alusión a Isis y a su muerte, lo cual no era indigno de ella. De esta manera, Cleopatra había evitado participar en el victorioso desfile de Octavio y él la saludaba, mostrándola como una formidable enemiga. Al lado de su imagen caminaba un actor recitando una oda de Horacio sobre su muerte:

*Buscó una forma de muerte más noble*
*Y, siendo mujer, no temió enfrentarse con la espada*
*tras haber buscado refugio en remotas playas.*
*Con rostro sereno contempló la ruina de su palacio*
*y, abatida por la pena, tuvo el valor de sostener*
*en sus manos unas repugnantes serpientes para que*
*el veneno mortal penetrara en su cuerpo,*
*negándose a permitir que las despiadadas naves liburnas*
*la llevaran a participar en el Triunfo del soberbio*
*vencedor, tras haber sido privada de sus posesiones,*
*ella que era todo lo contrario de una mujer humilde.*

Cuando terminó el triunfal desfile, Octavio bajó del carro e indicó a los niños que se acercaran. Había llegado el momento en que los prisioneros eran conducidos a una celda de la cárcel y estrangulados mientras el vencedor daba solemnemente las gracias en el templo de Júpiter Capitolino. Pero Octavio subió las gradas del templo con los hijos de Antonio y Cleopatra. Después los niños fueron enviados de nuevo a la casa del imperator.

# 4

Y ahora me dirijo de nuevo a ti, mi amiga y mi Reina. Es curioso que la muerte no nos impida seguir hablando con nuestros seres queridos. O más bien pasamos por distintas fases: al principio, cuando el abismo es reciente y, por consiguiente, todavía no muy grande, hablamos libremente con ellos y los sentimos a nuestro lado. Después, la tristeza, la contemplación de la tumba y del asiento vacío crean una espesa muralla entre nosotros. Más tarde, el tiempo, que es tan fluido, disuelve las barreras y nos encontramos unidos nuevamente como al principio.

Es lo que me ha ocurrido a mí contigo. En cuanto se desvaneció la separación, pude completar el viaje que tú me habías encomendado.

Pues sí, los rollos abultan mucho y son muy pesados. Se necesita un arca muy grande para albergarlos. Tengo los diez.

Me fue beneficioso abandonar Alejandría. El ejercicio de la medicina me exige más de lo que puedo abarcar, pues me he convertido en un personaje extremadamente famoso por haber sido el médico de la Reina. Me atribuyen el mérito de haberte proporcionado los áspides, lo cual no es cierto, pues no tuve nada que ver con ello, y también el de la milagrosa salvación de Mardo, la cual tampoco es obra mía sino de la suerte que tuvo al ser mordido en último lugar y ser tan grueso.

Mientras navego por el canal y bajo por el Nilo, evoco nuestra excursión infantil de hace tiempo. Egipto jamás cambia: las mismas palmeras, las mismas casas de adobe, las mismas pirámides. Es bueno que lo recuerde. Aquí, más allá de Menfis, dudo mucho de que la gente sepa que Octavio es el nuevo «faraón».

Sí, Octavio ha asumido esta nueva identidad. Se hace pasar por tu heredero. ¿No te parece gracioso? Por el hecho de haberse llevado a Alejandro, Selene y Filadelfo a su casa de Roma, se cree el continuador del linaje. Tengo entendido que se están grabando en los templos unas escenas en las que se le representa con la corona faraónica, ofreciendo sacrificios a Horus y Osiris. Desde luego, no pienso detenerme para verlas.

Egipto, Egipto, el eterno Egipto, siempre singular. El nuevo «faraón» lo ha declarado una provincia especial que ningún destacado ciudadano romano podrá visitar sin una autorización expresa. Se conservará como un inmenso jardín de recreo para Octavio. Cornelio Galo será su supervisor, pero no la gobernará. No habrá gobernador.


Y ahora ya estoy muy cerca de File, donde cumpliré mi solemne promesa y completaré mi último deber para contigo. Después podrás descansar, sabiendo que todo se ha cumplido según tus deseos.


Ya no quiero pensar en Octavio ni en nada de lo que hay más allá de esta pequeña isla, con su exquisito templo y su santuario de Isis. Blanca y lo bastante pequeña como para poder ser perfecta, se extiende ante mí y siento el deseo de tomar posesión de ella. El matrimonio entre Egipto y la gran dinastía que tanto llegó a identificarse con el país que conquistó es una hazaña lágida. Tu antepasado Tolomeo V está grabado en los muros y tu padre Tolomeo XII adorna los pilones que guardan el sagrario interior. Y dentro, en medio de la protectora penumbra, se encuentra la gran estatua de tu diosa-madre Isis. Allí depositaré el legado que tú me confiaste y se lo entregaré a ella. Dejaré también el pobre apéndice que yo he escrito. Aquí tiene que estar, pues es la conclusión de la crónica.

Todo este templo es tuyo. En algún rincón invisible para mí se encuentra la cámara donde tú te desposaste con César. Tú perduras aquí, más allá de la garra aniquiladora de Roma.

El anciano sacerdote ha aceptado los rollos sin hacer ninguna pregunta. Me ha mostrado el hueco del pedestal de la gran estatua de Isis donde se guardan las reliquias sagradas. Allí ha depositado reverentemente los diez rollos. Espera este último, pero tiene paciencia, mucha, muchísima paciencia. No me costaría creer que lleva aquí desde los días del primer Lágida.

Después me muestra su tesoro: una estatua tuya labrada en tamarisco. Es de tamaño natural y las voluptuosas curvas y colores de la madera le confieren tal calor que, por un instante, me parece que eres tú la que tengo delante de mis ojos. El hecho de contemplarla me causa dolor y alborozo. Me dice que la piensa cubrir con pan de oro para que perdure muchos siglos y tú puedas ser adorada al lado de Isis. Ya tienes muchos devotos que vienen aquí a rendirte homenaje. Sin embargo, en cierto modo no me parece bien cubrir la vitalidad de la madera, que es una materia viva, con la severa eternidad del oro. Sin embargo, de esta manera te transformas en diosa y sólo así podrás perdurar, elevarte en la imaginación de los hombres y reinar para siempre.

Me dice que File es una corrupción griega del antiguo *pilak* egipcio, que significa «el final». La isla era en otros tiempos el confín de Egipto, el confín de la comprensión de nosotros mismos. Por consiguiente, es tu final, el lugar definitivo de descanso de tus pensamientos, tus obras y tu vida, protegidos por los dioses y salvados de la destrucción. Tú nunca morirás, rodeada por los brazos de Isis.

Al final lo creo y te entrego con gozo.

# Nota de la autora

Cuando me dispuse a escribir una biografía novelada de Cleopatra, experimenté dos reacciones contradictorias, ambas basadas en conceptos erróneos.

La primera de ellas era: ¿por qué escribir un libro sobre Cleopatra? El público lo sabe todo acerca de ella, ¿no es cierto? Sus perfumes, sus serpientes, sus argucias, sus amantes.

Pero no es así. Buena parte de lo que se sabe acerca de Cleopatra procede directamente de los ataques de sus enemigos. El hecho de que algunos de sus enemigos fueran poetas y escritores de la talla de Cicerón, Virgilio y Horacio dio lugar a que la versión de los acontecimientos que éstos facilitaron perdurara y fuera ampliamente conocida y a que se suprimiera oficialmente la otra versión de la historia.

La segunda reacción, opuesta a la primera: se saben tan pocas cosas sobre Cleopatra y su época que es imposible escribir algo significativo acerca de ella. Una vez más no es así. Se tienen muchos datos acerca de ella, desde la lista de idiomas que hablaba hasta los nombres de sus criados, el timbre de su voz o su preferencia por los objetos de cerámica coloreada de Roso, en Siria. Otros aspectos se pueden deducir: por ejemplo, debía de ser bajita y delgada para haber podido pasar inadvertida en el interior de una alfombra enrollada. Es cierto que fue introducida en los aposentos de César en el interior de una alfombra o de una cama portátil.

Después de una batalla, una de las prerrogativas de los vencedores ha sido desde siempre la de ofrecer una versión oficial de sus hazañas y destruir y suprimir otras versiones. Antes de la batalla final que se describe en este libro, ambos bandos tenían sus fieles partidarios; después de la victoria de Octavio, los de Antonio y Cleopatra fueron silenciados.

Pese a ello, se ha conservado el suficiente material no oficial a través de fuentes indirectas como para que resulte factible reconstruir la versión de la historia de Cleopatra. Al contar la versión de Octavio, tres antiguos historiadores que escribieron de ciento cincuenta a doscientos cincuenta años después —Suetonio, Plutarco y Dión Casio— conservaron sin querer buena parte de la versión del otro bando. Plutarco resulta especialmente útil, pues, en la famosa historia de sus últimos días y de su muerte, se basa en las memorias de Olimpo, el médico de Cleopatra. Al llegar a este punto, el relato de Plutarco pasa de la hostilidad (versión de Octavio) a una cierta simpatía hacia la figura de Cleopatra, un brusco cambio que incluso se conserva en Shakespeare. (Por eso la Cleopatra del V Acto es marcadamente distinta de la del resto de la obra.)

En cuanto a los personajes que forman parte tanto de la leyenda como de la historia —y aquí tenemos cuatro: Cleopatra, César, Octavio y Antonio—, importa saber lo que es real y lo que no.

Muchas de las cosas que se describen aquí podrían parecer inventadas, pero son hechos documentados. Tras ocultarse en el interior de una alfombra, Cleopatra conoció a César y ambos se convirtieron en amantes aquella misma noche; el hermano de Cleopatra y sus consejeros los encontraron juntos a la mañana siguiente. Ella le dio a César un hijo a quien éste permitió llevar su nombre.

Dicen que Cesarión guardaba un gran parecido con

su padre, sobre todo en sus movimientos y su manera de caminar. Se sabe que César padeció de epilepsia en sus últimos años.

Cicerón conoció a Cleopatra en Roma y, a juzgar por los comentarios que hizo acerca de ella en sus cartas, parece que le tenía manía.

La famosa oración fúnebre de Antonio en el funeral de César («Amigos, romanos, compatriotas...») es una creación de Shakespeare; la histórica, sacada de Dión Casio, es la que se reproduce aquí.

Las escenas del campo de batalla también son históricas, al igual que los mordaces ataques personales de Octavio contra Marco Antonio y Cleopatra y viceversa. Una ironía de la historia es el hecho de que la única carta de Antonio que se conserva (porque fue citada por Suetonio) sea una severa carta dirigida a Octavio, reprochándole sus múltiples aventuras amorosas.

Mardo, Olimpo, Iras y Carmiana son figuras históricas, pero sus aspectos y personalidades son fruto de mi imaginación. Epafrodito es un personaje imaginario, pero cabe suponer que Cleopatra debía de tener un sagaz ministro de finanzas. Casi todos los restantes personajes son reales; no he necesitado añadir demasiados y sólo he inventado algunos de importancia secundaria.

La famosa escena en la que Cleopatra conoció a Antonio vestida de Venus es verídica, aunque no debió de producirse en una barcaza, tal como comúnmente se cree. Las barcazas no podían navegar en el mar y su uso estaba limitado al Nilo. Por consiguiente, Cleopatra debió de utilizar un navío normal, especialmente equipado. Es cierto que ofreció un banquete en honor de Antonio con una alfombra de pétalos de rosas de un palmo de grosor y que hizo una apuesta con él sobre los gastos y fingió beberse una perla disuelta. Otra noche Antonio la invitó a ella a una ruidosa «cena de soldados».

El criado personal de Antonio se llamaba efectivamente Eros y prefirió quitarse la vida antes que matar a Antonio. Octavio ordenó matar a Cesarión y a Antilo, y es cierto que uno de los pocos objetos que se llevó del palacio de Alejandría fue una copa de ágata que había pertenecido a los Lágidas.

Las emisiones de monedas son las que aquí se describen y solían acuñarse para celebrar importantes acontecimientos políticos.

Es cierto que Cleopatra se quitó la vida mediante la mordedura de un áspid egipcio, que, según las antiguas creencias de dicho país, confería un significado simbólico a la muerte. Es probable que lo eligiera por este motivo y por su efecto rápido e indoloro.

Pero esto es una novela y en sus páginas también hay creaciones imaginarias. Una de las más importantes es la madre de Cleopatra y su muerte. Curiosamente dada la fama de Cleopatra, se ignora la identidad de su madre. Se supone que era una hermanastra de Tolomeo XII y que murió cuando Cleopatra era muy pequeña. Más no se conoce. Se supone también que los hermanos menores eran de otra madre, pero no se sabe con certeza.

No he seguido el relato según el cual Cleopatra le envió a Antonio una falsa nota sobre su muerte y entonces Antonio pensó que ella lo había traicionado. Todo eso procede de crónicas hostiles y, según los modernos historiadores, no es verosímil. También omito la tradicional historia del viejo con el cesto de higos y las serpientes. No se sabe exactamente cómo las consiguió, pero sí está documentado que en el interior del mausoleo se encontró un cesto de higos sin las serpientes.

Puesto que no se ha conservado la correspondencia de César, Antonio y Cleopatra, me la he tenido que inventar.

¿Qué aspecto tenía Cleopatra? La creencia moderna según la cual no era agraciada no coincide con la de los historiadores de la antigüedad. Dión Casio dice: «Pues era una mujer de extraordinaria belleza y en su mejor época era muy atractiva; poseía una voz encantadora y tenía el arte de ganarse la simpatía de la gente. Siendo agradable de ver y de escuchar, con capacidad para seducir a todo el mundo, incluso a un hombre saciado de amor que ya no estaba en la flor de la edad, consideró conveniente conocer a César y echó mano de su belleza para reclamar sus derechos al trono.»

Floro (75-170 d.C.) dice que se arrojó a los pies de César, quien «se conmovió ante la belleza de la joven, acrecentada por el hecho de que, siendo tan hermosa, hubiera sufrido una afrenta»; más adelante dice que ella apeló en vano a Octavio, «pues su belleza no pudo triunfar sobre el autodominio de Octavio».

Según Apiano, «Antonio se sorprendió de su ingenio y de su belleza» y «se dice que se enamoró de ella la primera vez que la vio cuando era todavía una niña y él era caballerizo mayor de Gabinio en Alejandría».

El conocido comentario de Plutarco según el cual, «su belleza no era en sí misma tan extraordinaria como para que ninguna otra se le pudiera comparar» no significa (tal como algunos pretenden) que fuera fea. Todos los comentarios parecen apuntar en el sentido de que era considerablemente agraciada, aunque no poseyera una belleza convencional. No se ha conservado ninguna estatua de Cleopatra, aunque algunas se han identificado como tales por su parecido con la efigie que aparece en las monedas. Hay dos tipos de monedas en las que su aspecto es sorprendentemente distinto: una atractiva de estilo helenístico y otra de apariencia tan tosca como la de un ídolo en las monedas que comparte con Antonio.

¿Cuál debía de ser el color de su tez y su cabello? Los Lágidas eran griegos macedonios y el color de los ojos y el cabello de aquel pueblo oscilaba entre el claro (rubio y de ojos azules) y el oscuro (negro y de ojos castaños). El color de la tez variaba también entre el claro y el mediterráneo «aceitunado». La he imaginado con el cabello negro porque su abuela (su antepasada no Lágida) era medio siria y medio griega. No existen pruebas de que tuviera antepasados egipcios; sin embargo, Cleopatra tenía una afinidad espiritual con sus súbditos egipcios, hablaba su idioma y honraba su antigua religión.

¿Qué fue de los hijos que sobrevivieron? Todos se criaron en casa de Octavio. Cleopatra Selene se casó más adelante con Juba II de Mauritania; ambos reinaron como rey y reina de Mauritania desde el 20 a.C. al 23 d.C. y tuvieron dos hijos, Tolomeo de Mauritania y Drusila. Según una fuente, Alejandro Helios y Filadelfo se fueron a Mauritania con ellos.

Tolomeo de Mauritania reinó entre el 23 d.C. al 40 d.C., pero cometió el error de ir a Roma a visitar a su primo Calígula, quien lo mandó asesinar. Algunas fuentes señalan que Drusila fue la primera esposa de Marco Antonio Félix, el procurador romano de Judea (se le menciona en los Hechos de los Apóstoles, 24, 1-23), pero después se pierde su rastro. Por consiguiente, no hay descendientes conocidos de Cleopatra más allá de la segunda generación.

A Antonio le fueron mejor las cosas. A través de su hija mayor Antonia, que se casó con Fitodoro de Tralles, se convirtió en el antepasado de reyes y reinas de la Armenia Menor, partes de Arabia, el Ponto y Tracia Oriental. Por otra parte, a través de sus dos hijas habidas de Octavia, se convirtió en el antepasado de los emperadores Calígula, Claudio y Nerón. Para entonces, Roma ya había abrazado las costumbres que tanto la horrorizaban en Antonio y Cleopatra: la monarquía divina y las extravagancias orientales. Por consiguiente, a pesar de Octavio, ambos acabaron triunfando.

Debo confesar que mi fascinación y acercamiento a Cleopatra se inició en mi propia infancia. Puede decirse que he esperado cuarenta años a escribir este libro. Hice el primero de mis viajes a Egipto en 1952, escribí mi primera versión de su historia como ejercicio escolar en 1956 y, desde que trabajo activamente en este libro, he regresado cuatro veces a Egipto, he viajado a Roma, Israel y Jordania y he visitado el Museo Británico con asiduidad. He tenido el privilegio de pasar los últimos cuatro años casi exclusivamente en presencia de Cleopatra y ahora abandono su compañía a regañadientes.

Incluyo aquí algunas de mis fuentes para quienes pudieran estar interesados.

Fuentes antiguas: La *Guerra civil* de César, Libro IV; *The Alexandrian War* («La Guerra Alejandrina»), Cambridge, Loeb Classical Library, números 39, 402; Virgilio, *La Eneida*, Libro VIII; Horacio, IX Épodo; Lucano, *Farsalia* o *Guerra civil*, Libro X, un exuberante, atrevido e imaginativo relato sobre la época de César y Cleopatra en Alejandría. Lucano llena todos los huecos que dejó el discreto César en sus relatos de los mismos acontecimientos.

Apiano de Alejandría, en *Historia romana: Las guerras civiles*, Libros II-V, escrita hacia el 140 d.C. ofrece una crónica relativamente imparcial de la historia de Antonio, pero echa la culpa de su desgracia a Cleopatra y lo mismo hace Veleyo Patérculo hacia el 30 d.C. en *Historia de Roma*, Libro II, aunque también es contrario a Antonio y Cleopatra. Cicerón ofrece un considerable material contemporáneo en sus cartas a Ático y en sus Filípicas contra Antonio.

Las tres principales fuentes de las impresiones personales sobre los personajes son, en cambio, *Los doce césares* de Suetonio, escrita hacia el 110 d.C. (incluye biografías de César y de Augusto); las *Vidas paralelas* de Plutarco, escritas hacia el 1220 d.C. (incluye biografías de César, Bruto y Antonio y es nuestra fuente más importante sobre Cleopatra a través de Olimpo) y Dión Casio, *Historia ro-*

*mana*, escrita hacia el 220 d.C. Dión ofrece un marco cronológico muy útil para los episodios de Suetonio y Plutarco.

Como es natural, hay que incluir a Shakespeare con su *Julio César* y *Antonio y Cleopatra*, ambas inspiradas en Plutarco.

Una obra moderna básica es *Cambridge Ancient History* (Cambridge University Press, Londres, 1934, volúmenes IX y X; segunda edición del volumen IX, 1994).

Entre las modernas biografías de Cleopatra cabe citar Michael Grant, *Cleopatra* (Dorset Press, Nueva York, 1992 [reimpresión de la edición de 1972]), una biografía exhaustiva, imparcial y amena; Ernle Bradford, *Cleopatra* (Hodder and Stoughton Ltd, Londres, 1971) [versión en castellano: Salvat Ed., Barcelona, 1995], una historia de la reina muy bien escrita y bellamente ilustrada; Arthur Weigall, *The Life and Times of Cleopatra* (Thornton Butterworth Ltd, Londres, 1914), un temprano pero interesante relato escrito por el inspector general de Antigüedades de Egipto; Jack Lindsay, *Cleopatra* (Cox & Wymnan Ltd, Londres, 1971), especialmente interesante en relación con las profecías y el simbolismo; Hans Volkmann, *Cleopatra: A Study in Politics and Propaganda* (Sagamore Press, Nueva York, 1958), uno de los primeros en examinar la leyenda de Cleopatra desde este punto de vista, haciendo especial hincapié en la maquinaria de propaganda de Octavio; Lucy Hughes-Hallett, *Cleopatra, Histories, Dreams and Distorsions*, (Harper & Row, Nueva York, 1990), una fascinante mirada sobre la forma en que Cleopatra ha sido vista a través de los tiempos, en la que se revelan tantos datos sobre ella como sobre nosotros.

En cuanto a los demás personajes principales, hay muchas biografías sobre César. Recomiendo *Julius Caesar* de Michael Grant (M. Evans & Co, Nueva York, 1992 [reimpresión de la edición de 1969]) [versión en castellano: *Julio César*, Bruguera, Barcelona, 1971]; Ernle Bradford,

*Julius Caesar: The Pursuit of Power*, Hamish Hamilton Ltd., Londres, 1984); Matthias Gelzer, *Caesar: Politician and Statesman* (Oxford, Basil Blackwell, 1968); Christian Meier, *Caesar* (Londres, Harper Collins, 1995 [edición original alemana, 1982]); J. A. Froude, *Caesar, A Sketch* (Scribner's, Nueva York, 1914), una de las primeras «psicobiografías».

Respecto a Marco Antonio, no se encuentran tantas biografías entre las que elegir. Merece la pena leer, *Mark Antony* de Eleanor Golz Huzar (University of Minnesota Press, Minneapolis, 1978); *Marc Antony: His World and His Contemporaries* de Jack Lindsay's (Routledge & Sons, Ltd., Londres, 1936) está muy bien escrita y *The Life and Times of Marc Antony* (G. P. Putnam's Sons, Nueva York, 1931) completa el trío.

Aparte de las biografías, recomiendo varios libros acerca de la época en general y otros temas específicos. *Alexander to Actium* de Peter Green (University of California Press, Los Ángeles, 1990) es un inmenso y amplio panorama excelentemente escrito sobre los trescientos años del Período Helenístico; Paul Zanker, *The Power of Images in the Age of Augustus* (University of Michigan Press, Ann Arbor, 1988) [versión en castellano: *Augusto y el poder de las imágenes*, Alianza, Madrid, 1992] es un cuidadoso e interesante estudio sobre la forma en que Octavio utilizó las imágenes para crear su propio mito; Robert Alan Gurval, *Actium and Augustus* (University of Michigan Press, Ann Arbor, 1939), es un detallado estudio sobre los símbolos que utilizó Octavio tras haber derrotado a Antonio.

John M. Carter, *The Battle of Actium: The Rise and Triumph of Augustus Caesar* (Weybright and Talley, Nueva York, 1970) es un valioso estudio sobre la situación, muy favorable a Antonio; Ronald Syme, *The Roman Revolution* (Oxford University Press, Oxford, 1939) [versión en castellano: *La revolución romana*, Taurus, Madrid, 1989], es el clásico estudio sobre el período y ofrece una imagen justa de Octavio.

Sobre temas más generales, Roland Auguet, *Cruelty and Civilization: The Roman Games* (George Allen & Unwin Ltd., Londres, 1972) [versión en castellano: *Los mejores romanos*, Aymà, Barcelona, 1972] describe los juegos y los espectáculos en todos sus más cruentos detalles; Guido Majno, *The Healing Hand: Man and Wound in the Ancient World* (Harvard University Press, Cambridge, 1975) ofrece un apasionante y ameno relato sobre la medicina antigua por parte de un eminente médico/científico moderno; Ilaria Gozzini Giacosa, *A Taste of Ancient Rome* (University of Chicago Press, Chicago, 1992), revela todo lo que usted siempre ha querido saber sobre los banquetes romanos y la manera en que se ofrecían.

Interesante también *The Army of the Caesars* (Scribner's, Nueva York, 1974), de Michael Grant, sobre los pertrechos y las tácticas; Judith Swaddling, *The Ancient Olimpic Games* (British Museum Press, Londres, 1980); y Lionel Casson, *Ships and Seafaring in Ancient Times* (British Museum Press, Londres, 1994), una fascinante guía sobre lo que ocurría antiguamente en los mares.

*Memorias de Cleopatra* de Margaret George
se terminó de imprimir en septiembre de 2018
en los talleres de
Litográfica Ingramex, S.A. de C.V.
Centeno 162-1, Col. Granjas Esmeralda, C.P. 09810
Ciudad de México.